UN QUÉBEC URBAIN EN MUTATION

GÉRARD BEAUDET

UN QUÉBEC URBAIN EN MUTATION

ÉDITIONS MultiMondes

Catalogage avant publication de Bibliothèque et Archives nationales du Québec et Bibliothèque et Archives Canada

Titre : Un Québec urbain en mutation / Gérard Beaudet.
Noms : Beaudet, Gérard, 1954- auteur.
Description : Comprend des références bibliographiques.
Identifiants : Canadiana (livre imprimé) 20230060722 | Canadiana (livre numérique) 20230060730 | ISBN 9782897733391 | ISBN 9782897733407 (PDF) | ISBN 9782897733414 (EPUB)
Vedettes-matière : RVM : Urbanisation—Québec (Province) | RVM : Urbanisation—Aspect de l'environnement—Québec (Province) | RVM : Urbanisation—Aspect social—Québec (Province) | RVM : Rénovation urbaine—Québec (Province) | RVM : Villes—Croissance.
Classification : LCC HT384.C32 Q8 2023 | CDD 307.76/409714—dc23

Les Éditions MultiMondes bénéficient du soutien financier du gouvernement du Québec par l'entremise du programme de crédit d'impôt pour l'édition de livres et de la Société de développement des entreprises culturelles du Québec (SODEC). L'éditeur remercie également le Conseil des arts du Canada de l'aide accordée à son programme de publication.

Financé par le gouvernement du Canada | Canadä

Révision linguistique : Christine Ouin
Correction d'épreuves : Marie Théoret
Conception graphique de la couverture : Sabrina Soto
Illustration de couverture : Marish, shutterstock.com
Mise en pages : Emmanuel Gagnon

Copyright © 2023, Éditions MultiMondes

ISBN version imprimée : 978-2-89773-339-1
ISBN version numérique (PDF) : 978-2-89773-340-7
ISBN version numérique (ePub) : 978-2-89773-341-4

Dépôt légal : 3e trimestre 2023
Bibliothèque et Archives nationales du Québec
Bibliothèque et Archives Canada

Diffusion/distribution au Canada :
Distribution HMH
1815, avenue De Lorimier
Montréal (Québec) H2K 3W6
www.distributionhmh.com

Diffusion/distribution en Europe :
Librairie du Québec/DNM
30, rue Gay-Lussac
75005 Paris FRANCE
www.librairieduquebec.fr

Imprimé au Canada
www.editionsmultimondes.com

Table des matières

Avant-propos 9

Introduction 11

Encadré : L'urbain et le rural 18

PREMIÈRE PARTIE : LE DESTIN IMPRÉVU D'UNE COLONIE

Chapitre 1
Une colonie d'exploitation 27

Apprivoiser une géographie et improviser
un établissement (1608-1662) 30

Aménager une province française (1663-1759) 34

Soumettre l'établissement colonial
à l'économie de marché (1760-1840) 40

Chapitre 2
La première industrialisation et l'urbanisation 49

S'industrialiser en contexte colonial 53

Vivre à l'ombre des cheminées d'usines 61

S'inspirer des expériences étrangères
en matière d'urbanisme 67

Tandis qu'à Montréal et à Québec...
l'hygiénisme au chevet de la ville mortifère 71

UN QUÉBEC URBAIN EN MUTATION

Chapitre 3
Une urbanisation à maîtriser 79
La naissance de l'urbanisme 79
L'automobile et la redéfinition du rapport
au territoire 84
L'hydroélectricité et l'urbanisation 93
Les villes de compagnies 101
Un grand chantier urbain... à la campagne :
le canal de Beauharnois 111
Une société majoritairement urbaine 113
Encadré : Urbs in rure : *la villégiature* 117

DEUXIÈME PARTIE : RECONSTRUIRE LA VILLE,
CONSTRUIRE LA BANLIEUE

Chapitre 4
Les Trente Glorieuses 135
Sortie de crise 140
Casimirville 149
La déferlante pavillonnaire 153
Encadré : Le Montréal d'après-guerre 156
La banlieue au pluriel 160
La banlieue fordiste 163
Des ambitions à l'épreuve du principe
de réalité 166
Le centre commercial, équipement phare
de la banlieue 170
Les grands chambardements urbains 175
Le chantier autoroutier 193
La patrimonialisation et les mobilisations
citoyennes 202

TABLE DES MATIÈRES

Chapitre 5
Ajuster le tir 209
Le piège de la croissance...................................212
Changement de cap.. 219
Un alignement des planètes 226
La création des MRC et l'adoption des
premiers schémas d'aménagement 230
Projets urbains et leadership municipal........... 238
Et le patrimoine?... 250
La persistance des iniquités 254

Chapitre 6
Faire face au changement de paradigme 259
L'étalement urbain..262
Le logement et l'habitat.....................................265
La mobilité 270
La résilience urbaine... 273
Halte aux démolitions!..................................... 277
La trame environnementale...............................279
L'équité socio-spatiale..282
La participation citoyenne 285
Le défi de la décroissance.................................. 288

Conclusion
Prendre acte et innover 297

Bibliographie 309

Avant-propos

En septembre 2001, peu après mon retour d'une année sabbatique passée à Londres, en Angleterre, avec ma petite famille, je donnais pour la première fois un cours intitulé *Le Québec urbain*. Créé dans le cadre d'une révision du programme de baccalauréat à l'Institut d'urbanisme de l'Université de Montréal, il avait pour objectif de familiariser les étudiants de première année avec les modalités historiques et les enjeux actuels de l'urbanisation du territoire québécois.

Le défi à relever était d'autant plus stimulant qu'il fallait privilégier une perspective à la fois géographique, historique et socio-économique. Ma formation en urbanisme, une connaissance de plusieurs régions du Québec découvertes à l'occasion de mandats réalisés alors que j'étais associé chez la Société technique d'aménagement régional (Sotar), une fréquentation assidue de quelques géographes universitaires et professionnels, de même qu'un intérêt pour l'histoire me permettaient d'envisager avec enthousiasme cet enseignement.

Bien que nombreuses, les sources auxquelles j'ai puisé pour étayer mon cours étaient généralement fragmentaires. Les synthèses étaient soit trop spécialisées, soit confinées à une période bien ciblée. Quant à l'urbanisation, en particulier dans ses dimensions physico-spatiales et hors Montréal, Québec et, dans une moindre mesure, Trois-Rivières et Sherbrooke, elle était – et elle est toujours – très inégalement documentée.

Si le corpus des études en urbanisme s'est enrichi ces dernières années, beaucoup reste à faire pour avoir une vue d'ensemble, tant historique que géographique. Aussi est-ce avec empressement que j'ai accueilli la proposition de MultiMondes de consacrer un ouvrage à cette question. Au moment de célébrer le cinquantième anniversaire de mon entrée à la faculté de l'aménagement à titre d'étudiant en architecture, je disposerai enfin d'un outil qui complète mes prestations. Mais cet ouvrage n'est pas destiné uniquement aux étudiants en urbanisme. Il vise un large public constitué de citoyens que les principaux enjeux de l'urbanisation interpellent en ces temps de bouleversement des milieux de vie et de renouvellement des paradigmes en fonction desquels nous abordons le monde que nous habitons.

Le survol proposé n'est pas exhaustif, loin s'en faut. La géographie urbaine du Québec, dans son ensemble et sa diversité historico-morphologique, n'est qu'esquissée. Certaines dimensions du fait urbain, par exemple l'évolution socio-démographique des collectivités territoriales, notamment à la faveur de l'immigration, ou la contribution des artistes et des littéraires à la construction de l'imaginaire de la ville... et de la banlieue, ont été ignorées en raison de la contrainte éditoriale relative à la taille de l'ouvrage. Aussi ce chantier du Québec urbain reste-t-il ouvert.

Mes remerciements donc aux éditeurs de MultiMondes de m'avoir proposé cette aventure, et plus particulièrement à Raymond Lemieux et à Christine Ouin pour leur relecture attentive et pour leurs commentaires et suggestions avisés ainsi qu'à Marie Théorêt et aux autres membres de l'équipe pour le professionnalisme. Je sais également gré à Pierre Lahoud et Roger Tessier de m'autoriser à reproduire certaines photographies et à l'organisme *Villes Régions Monde* pour sa contribution financière à la constitution du dossier iconographique.

Introduction

*Les années 1960 n'ont guère été propices
à la ville québécoise. La Révolution tranquille
n'a que faire de la « question » urbaine.*

Daniel Latouche[1]

*L'endroit où l'on s'ancre, le lieu où l'on naît, grandit, vit,
qu'on l'ait choisi ou adopté par hasard, doit bien moduler un
tant soit peu notre identité, non ? Le territoire est pourtant le
grand absent du discours national. Quel paradoxe !*

Marie-France Bazzo[2]

L e projet colonial que la France entendait mettre en œuvre dans la vallée du Saint-Laurent au début du XVIIe siècle a été confié à des compagnies rivales qui se montraient peu empressées d'y installer des colons. Comme leurs dirigeants pouvaient compter sur les Autochtones pour les approvisionner en fourrures, ils n'ont jamais vu en quoi la colonisation pouvait leur être bénéfique. En érigeant une habitation fortifiée au pied du cap Diamant, Samuel

---

1. Daniel Latouche, « Les villes québécoises et la Révolution tranquille : un premier rendez-vous », dans J.-P. Augustin (dir.), *Villes québécoises et renouvellement urbain depuis la Révolution tranquille*, Pessac, Maison des Sciences de l'Homme d'Aquitaine, 2010, p. 255.
2. Marie-France Bazzo et coll. (dir.), *De quoi le territoire québécois a-t-il besoin ?*, Montréal, Leméac, 2013.

de Champlain ne cherchait qu'à fixer la retombée d'une trajectoire qui l'avait mené de Port-Royal, dans l'actuelle Nouvelle-Écosse, à la vallée du Saint-Laurent. Ce ne fut qu'en 1616, soit huit ans après la construction de son habitation, que le lieutenant du vice-roi de la Nouvelle-France a proposé la fondation de Ludovica, une ville qu'il souhaitait ériger dans la vallée de la rivière Saint-Charles. Le projet, on le sait, n'a pas eu de suite.

En 1634, un poste de traite fortifié, Trois-Rivières, a été construit à la demande des alliés autochtones des Français. Puis, en 1642, six ans après que Montmagny eut succédé à Champlain, Ville-Marie a été fondée par Paul de Chomedey de Maisonneuve et Jeanne Mance. Cette fondation indisposait le gouverneur de Québec, qui craignait que cet avant-poste n'échappe à son emprise.

La Nouvelle-France n'a donc pas eu, à proprement parler, d'assises urbaines, car les fondations de Québec et de Montréal relevaient plus de conjonctures particulières que de véritables projets urbains voulus par la Couronne.

Québec et Montréal se sont néanmoins imposées après que Louis XIV eut décidé, en 1663, de faire de la Nouvelle-France une province royale. Mais, la faiblesse des effectifs démographiques et la diffusion du peuplement n'ont guère été favorables à la création d'autres villes. Par conséquent, au moment de la Conquête britannique, Trois-Rivières présentait les attributs d'un gros bourg, alors que Québec et Montréal étaient les deux seules villes de l'aire seigneuriale.

Le développement des réseaux ferroviaires à partir du milieu du XIXe siècle et l'industrialisation à laquelle ils ont contribué ont changé la donne. Des hameaux, des villages et des bourgs qui jouissaient de certains atouts, dont l'accès à la ressource hydraulique, se sont urbanisés. Montréal, port océanique et carrefour ferroviaire de premier plan, s'est imposée comme foyer de

INTRODUCTION

l'industrialisation canadienne. Si le Golden Square Mile[3] a incarné avec panache la concentration de richesse que favorisaient la position stratégique de l'île et l'habileté des élites économiques à en tirer parti, les quartiers ouvriers déclinaient le versant sombre de la ville industrielle. Insalubrité et pauvreté teintaient le quotidien des ménages condamnés à vivre à l'ombre des usines, faisant de Montréal une des villes les plus mortifères du monde.

Définitivement reléguée au second plan, Québec peinait à tourner la page sur les déconvenues qu'elle avait subies dans les années 1870, ponctuées par le départ de la garnison britannique, le déclin de la construction navale et l'émigration de plusieurs centaines de ses résidents. Tandis que l'élite de la capitale, groupée le long de la Grande-Allée, jouissait de conditions de vie des plus enviables, les ouvriers s'entassaient dans des faubourgs insalubres de la basse-ville.

À la même époque, un réseau de petites villes industrielles s'est constitué dans la plaine de Montréal et à l'extérieur de la vallée du Saint-Laurent, en particulier dans les Cantons de l'Est[4]. Le clivage socio-économique observé à Montréal et à Québec y a prévalu, quoique dans une moindre mesure. Dopés par l'arrivée de ruraux en quête de travail et l'immigration de souche européenne, les taux de croissance de la population de ces villes étaient tels que plus de la moitié des Québécois étaient installés dans des

---

3. Situé sur le glacis du mont Royal, le Mille carré doré concentrait, à compter du milieu du XIXe siècle, les somptueuses résidences de l'élite financière et économique canadienne, ainsi que plusieurs institutions de la communauté anglo-protestante montréalaise.

4. En 1792, le gouvernement colonial britannique a créé au sud des seigneuries de la rive droite du Saint-Laurent le comté de Buckinghamshire. Un premier canton y a été arpenté en 1796. La région est dès lors désignée par le toponyme Eastern Townships, pour la distinguer des Western Townships, situés dans le Haut-Canada. L'avocat, journaliste et écrivain Antoine Gérin-Lajoie (1824-1882) aurait proposé la traduction Cantons de l'Est en 1858. Source https://www.axl.cefan.ulaval.ca/amnord/Qc-Estrie-cantons.htm

environnements urbains dès les années 1920. À la veille du krach de 1929, l'essentiel du réseau urbain québécois était constitué. La crise financière et l'économie de guerre qui ont suivi ont eu un impact sérieux sur l'urbanisation. Affectée par l'indisponibilité de matériaux et les difficultés économiques des ménages, la construction résidentielle était anémique. Plusieurs grands chantiers ont été interrompus. Malgré la mise en œuvre des politiques de colonisation fédérale – le plan Gordon (1932→)[5] – et provinciale – le plan Vautrin (1934→) –, la croissance démographique urbaine est restée forte dans la mesure où la recherche d'un emploi incitait de nombreux ménages à quitter la campagne pour la ville, ce qui a exacerbé la crise du logement. Un peu de lumière est apparue au bout du tunnel à dater de 1942.

Au Québec comme dans l'ensemble de l'Occident, l'immédiat après-guerre a été l'occasion de renouer avec le culte du progrès qui avait caractérisé la seconde moitié du XIXe siècle et le début du XXe. Forte des avancées qu'elle avait connues dans les années 1920 et en dépit des critiques dont elle était parfois l'objet, la modernité architecturale et urbanistique sous-tendait le refaçonnage des villes centres. Au tournant des années 1950 jusqu'à la fin des années 1960, *Montréal voit grand*[6].

La ville de Québec n'était pas en reste. Développer la fonction publique québécoise a nécessité la transformation de la Colline parlementaire. Pendant que dans le quartier Saint-Roch, la rue Saint-Joseph était transformée en mail, plusieurs projets immobiliers ambitieux étaient échafaudés. Bien que plus modestes, des initiatives semblables ont vu le jour à Hull, Trois-Rivières, Sherbrooke, Granby et dans d'autres villes de taille moyenne.

---

5. Le symbole (→) fait référence à un événement ou un phénomène inscrit dans une plus ou moins longue durée.

6. André Lortie (dir.), *Les années 60 : Montréal voit grand*, Montréal, Centre canadien d'Architecture, et Vancouver, Douglas & McIntyre, 2004.

INTRODUCTION

Aux États-Unis et au Canada, la reprise économique de l'immédiat après-guerre a favorisé l'essor de modalités d'urbanisation qui, sans être totalement inédites, ont transformé de manière radicale les cadres urbains. Jusqu'alors surtout accessible aux élites, l'évasion résidentielle est devenue un phénomène de masse. Au Québec, les campagnes périurbaines de Montréal, Québec, Sherbrooke, Trois-Rivières et de la plupart des villes de province, bien que dans une moindre mesure, ont été prises d'assaut par des spéculateurs, des promoteurs immobiliers et des contracteurs de tout acabit. Bungalows et maisons à paliers incarnaient l'idéal pavillonnaire tandis que le centre commercial devenait le nouveau temple de la consommation. La construction du réseau autoroutier a contribué à cet étalement urbain, que l'on ne savait pas encore qualifier. La crise du logement qu'avait connue le Québec depuis les années 1920 et qui avait atteint un niveau préoccupant au tournant des années 1940 s'est résorbée.

La situation restait toutefois difficile pour la population des quartiers centraux, car de multiples projets de rénovation urbaine y ont entraîné la démolition de milliers de logements, dont plus de 27 000 à Montréal seulement. La fuite des ménages les plus aisés et la désindustrialisation des années 1970 ont ajouté aux difficultés des quartiers ouvriers aux prises avec la désuétude des infrastructures et une érosion sévère des cadres bâtis. La distribution des bienfaits du progrès était à géométrie variable.

Publié en 1972, le rapport du Club de Rome[7] a été un coup de tonnerre dans un ciel bleu. Ses auteurs faisaient valoir, simulations à l'appui, que la croissance illimitée de la population, de la production matérielle et de l'exploitation des ressources naturelles n'était pas viable à long terme. L'année suivante, le premier choc pétrolier a coïncidé, on l'a reconnu plus tard, avec la fin des Trente

---

7. Dennis Meadow, Donella Meadow et Jorgen Randers, *Les limites à la croissance*, Montréal, Écosociété, 2013.

UN QUÉBEC URBAIN EN MUTATION

Glorieuses[8] et une remise en question de certains modes de développement urbain, en particulier celui des immenses ensembles de logements sociaux.

De ce côté-ci de l'Atlantique, la critique de l'étalement remettait implicitement en question le culte du progrès et l'assimilation de ce dernier à la croissance à tout crin. Déjà, au milieu des années 1960, les professionnels du service d'urbanisme de Montréal avaient esquissé *Montréal Horizon 2000*, une vision métropolitaine qui se montrait sensible aux conséquences déplorables d'une croissance urbaine débridée. L'absence d'autorité métropolitaine et la concurrence que se livraient les banlieues ont condamné l'exercice à n'être que pure rhétorique.

L'adoption de la Loi sur le zonage agricole et de la Loi sur l'aménagement et l'urbanisme, grâce auxquelles le gouvernement du Québec entendait contenir les périmètres d'urbanisation et discipliner les dynamiques immobilières, devait permettre un changement de cap à la fin des années 1970. L'étalement urbain et la dépendance à l'automobile, qui en constitue la contrepartie, ont persisté, malgré quelques corrections – par exemple l'apparition de foyers de densification dans plusieurs banlieues –, qui sont davantage attribuables à la conjoncture socio-démographique des dernières décennies qu'à une planification rigoureuse et à des décisions politiques volontaires.

Un nouveau chapitre de la saga du Québec urbain s'est néanmoins ouvert avec la crise climatique, l'indispensable lutte aux émissions de gaz à effet de serre et l'érosion continue de la biodiversité. Les enjeux et les défis qui leur sont associés remettent cause un mode d'urbanisation dont la viabilité est de plus en plus difficile à défendre. L'idéal suburbain n'en reste pas moins

---

8. Jean Fourastié, *Les Trente Glorieuses ou la révolution invisible de 1946 à 1975*, Paris, Fayard, 1979.

INTRODUCTION

toujours auréolé de nombreuses vertus[9], comme on l'a vu au cours de la récente pandémie et comme l'illustrent les résistances à la densification.

C'est à ce Québec urbain inscrit dans des temps longs que s'intéresse le présent ouvrage. Un Québec urbain qui n'est pas constitué de strates autonomes superposées, mais d'un assemblage de couches encastrées les unes dans les autres et assimilable à un palimpseste[10]. En ce sens, le Québec urbain est un héritage, puisqu'il est constitué des legs plus ou moins bien préservés et valorisés que nous ont laissés les générations nous ayant précédés. Mais cet héritage constitue aussi le substrat et le matériau sans cesse enrichis et renouvelés d'un chantier lancé il y a plus de quatre siècles. C'est en ce sens qu'il est un projet.

Regroupés dans la première partie de l'ouvrage, les trois premiers chapitres sont consacrés à la reconstitution de la trajectoire historique de ce Québec d'avant l'étalement urbain. J'en retrace les principaux moments, depuis la construction de l'habitation de Champlain jusqu'aux années 1930. La deuxième partie s'intéresse aux Trente Glorieuses, auxquelles le premier choc pétrolier a mis fin, s'attarde aux deux dernières décennies du siècle dernier et aux ajustements imposés par un nécessaire changement de cap pour, enfin, explorer les enjeux et les défis que dicte le changement de paradigme attribuable entre autres aux dérèglements climatiques. Trois encarts émaillent le texte. Ils sont consacrés à la définition de l'urbain et du rural, à la villégiature et à la ville de Montréal d'après-guerre.

---

9. Collectif, « Tous banlieusards : l'hégémonie d'un modèle urbain », *Liberté*, n° 301, automne 2013.

10. Le palimpseste est un parchemin dont un texte qui y avait été inscrit est gratté pour permettre l'inscription d'un nouveau texte. Par extension, la métaphore du « palimpseste » désigne un objet, par exemple une ville, construit par des destructions et des reconstructions successives, qui n'effacent pas entièrement les traces des états anciens.

L'urbain et le rural

Jusque dans les années 1950, Statistique Canada attribuait le statut d'«urbain» à toutes les cités, villes et villages, peu importe leur taille, tandis que le terme «rural» englobait tout le reste. Cette distribution reflétait la démarcation nette qui prévalait entre les habitats groupés, caractérisés par leur compacité et leur densité – construite et habitée –, et les campagnes, où le bâti et la population étaient dispersés. La croissance des banlieues d'évasion après la Seconde Guerre mondiale a rendu cette catégorisation désuète. Mais elle faisait l'impasse sur d'autres définitions de l'urbain et du rural. Le Littré[11] définit ainsi l'adjectif *urbain(e)*: «qui concerne la ville, qui appartient à la ville, par opposition à rural». Adoptant la forme substantive, le terme *urbain* désigne pour sa part «l'habitant des villes»; en ce sens, «il est opposé à villageois». Le substantif *urbanité* renvoie quant à lui à «la politesse des anciens Romains». Il qualifie une manière d'être, un comportement policé.

L'adjectif *rural(e)* désigne, toujours selon le Littré, «ce qui appartient aux champs, à la campagne». La *ruralité* concerne, quant à elle, la «condition des campagnards, des biens de campagne».

Bien qu'anciens, les substantifs *urbain* et *rural* se sont imposés dans les domaines de l'urbanisme et des études urbaines à la fin des années 1960. Publié en 1970 aux éditions Anthropos, l'ouvrage d'Henri Lefebvre, *Du rural à l'urbain*, constitue un des jalons de ce passage de l'adjectif au substantif. Pour l'auteur:

l'antique campagne et l'ancienne ville se résorbent dans le «tissu urbain généralisé». Ce qui définit la «société urbaine»

---

11. Émile Littré, *Dictionnaire de la langue française*, Paris, Hachette, 1863 (Version des Éditions Famot, 1977).

INTRODUCTION

s'accompagne d'une lente dégradation et disparition de la campagne, des paysans, du village, ainsi que d'un éclatement, d'une dispersion, d'une prolifération démesurée de ce qui fut jadis la Ville[12].

L'urbain n'est par conséquent pas réductible à la ville. Dans le monde romain, certaines exploitations agricoles étaient constituées d'une *villa urbana* (l'habitation du maître, généralement construite dans un endroit agréable et destiné aux séjours à la campagne) et d'une *villa rustica* et *fructaria* (partie du domaine réservée à l'exploitation du sol et à la production alimentaire). Dans la France de la Renaissance, la villa idéale était divisée en *pars urbana* (le logis), *pars rustica* (la ferme) et *pars fructuria* (la terre).

Les villas construites en Vénétie dès le XVIᵉ siècle, dont celles conçues par le célèbre architecte Andrea Palladio, et les bastions de la villégiature bourgeoise du XIXᵉ siècle ont constitué d'autres exemples de l'insertion d'îlots d'urbanité dans le monde rural. De nos jours, la dissémination d'îlots d'urbanité aurait cédé le pas à une urbanisation généralisée, que l'urbaniste étatsunien Melvin M. Webber avait prédite dès le début des années 1960[13]. L'historien suisse André Corboz, qui s'est aussi beaucoup intéressé à cette question, souligne que :

> l'extension de la « ville » au territoire tout entier, correspond à une mutation qualitative : le mode de vie urbain, les systèmes de valeur et de non-valeurs urbains s'imposent partout à travers les médias et surtout la TV. Ce qu'il restait encore de traditionnel, voire d'archaïque, dans les plaines agricoles et dans les vallées montagnardes est en train de faire place à des modèles de comportement homogénéisés ; les anciens comportements urbains

---

12. Henri Lefebvre, *Du rural à l'urbain*, Paris, Éditions Anthropos, 1970.
13. Melvin M. Webber, *L'urbain sans lieu ni borne*, La Tour-d'Aigues, Éditions de l'Aube, 1996 [1971].

eux aussi disparaissent au profit de modèles qu'il faut qualifier de mégalopolitains.

Bref, la phase actuelle [de la planification urbaine] est celle de la *ville-territoire*, celle de l'urbanisme du *territoire urbanisé dans sa totalité*[14].

La suburbanité et la néoruralité constituent deux des déclinaisons de cette transformation de l'établissement humain. Le rural y serait moins le territoire d'inscription d'un genre de vie spécifique, celui de la ruralité traditionnelle, qu'un milieu où subsisteraient des formes patrimoniales et paysagères héritées d'une époque révolue.

Cette conception ne fait pas l'unanimité. Ou du moins elle appelle des nuances. Selon plusieurs observateurs, le rural n'est pas réductible à un environnement et à des aménagements qui auraient survécu à la disparition du monde paysan les ayant engendrés[15]. Il constituerait plutôt un projet de territoire spécifique. Son rapport à l'urbain ne relèverait pas du clivage traditionnel entre la ville et la campagne, mais s'articulerait plutôt à une indispensable complémentarité[16].

---

14. André Corboz, « L'urbanisme au XXe siècle : esquisse d'un profil », dans André Corboz (textes choisis par Lucie K. Morisset), *De la ville au patrimoine urbain. Histoire de forme et de sens*, Québec, Presses de l'Université du Québec, 2009 [1992], p. 252.

15. Bruno Jean, *Territoires d'avenir. Pour une sociologie de la ruralité*, Québec, Presses de l'Université du Québec ; Bernard Vachon, *La Passion du rural : Quarante ans d'écrits, de paroles et d'actions pour que vive le Québec rural*, tome 2 – *Évolution récente du Québec rural, 1961-2014. De l'exode au puissant désir de campagne*, Trois-Pistoles, Éditions Trois-Pistoles, 1997.

16. Bernard Vachon, *Rebâtir les régions du Québec : un plaidoyer ; un projet politique*, Montréal, Les Éditions MultiMondes, 2022.

PREMIÈRE PARTIE

LE DESTIN IMPRÉVU D'UNE COLONIE

Les premières villes sont apparues il y a huit millénaires. Surnommée la Manhattan de l'Antiquité en raison de sa grille de rues orthogonale, Mohenjo Daro était, entre 4 500 et 3 300 ans avant aujourd'hui, une ville de quelque 2,5 kilomètres carrés construite dans la vallée de l'Indus. On estime qu'elle pourrait avoir abrité environ 35 000 personnes. L'acropole sur remblais, les remparts et la régularité de la trame viaire de la basse-ville témoignent d'une planification rigoureuse. La ville offrait à ses habitants des aménagements et des commodités dont ont été dépourvus les quartiers ouvriers de plusieurs villes industrielles du XIXᵉ siècle : portes placées le long des voies transversales pour réduire les nuisances, cours intérieures favorisant la ventilation et l'éclairage naturels, toilettes drainées par des canalisations.

Les civilisations grecque, romaine, chinoise, indienne et inca, pour ne nommer que celles-ci, ont aussi fait preuve de savoir-faire étonnants. Il est cependant admis qu'on peut difficilement parler d'urbanisme, *stricto sensu*, avant le milieu du XIXᵉ siècle. C'est que l'émergence de cette discipline vouée à l'organisation optimale de l'espace construit suppose, ainsi que le soutient Françoise Choay[1], que la ville soit abordée autrement que comme un simple agrégat de bâtiments et d'équipements. Il faut qu'elle soit l'objet de connaissances, de propos spécifiques et d'interventions relevant d'un savoir et de compétences autonomes. Or, ces conditions n'ont été satisfaites qu'à partir du milieu du XIXᵉ siècle[2].

---

1. Françoise Choay, *Urbanisme, utopies et réalités. Une anthologie*, Paris, Éditions du Seuil, 1965.

2. Dans la langue française, le mot « urbaniste » désigne, avant le début du siècle dernier, une communauté de religieuses cloitrées, les clarisses urbanistes, dont la vie était fondée sur la règle donnée par le pape Urbain IV dans les années 1260.

UN QUÉBEC URBAIN EN MUTATION

La *Teoria general de la urbanización*, rédigée par Ildefons Cerdà (1815-1876) et parue en 1867, est considérée comme l'un des textes fondateurs de la discipline, même s'il est longtemps resté méconnu des locuteurs non espagnols. Créé par l'auteur, le terme *urbanización* désigne à la fois le phénomène, l'urbanisation, et l'intervention destinée à en infléchir le cours, l'urbanisme.

À l'époque de la Nouvelle-France, l'intervention sur la ville relevait de l'Art urbain et de l'application d'édits. Dans les années qui ont précédé les expéditions auxquelles Samuel de Champlain a participé, Henri IV avait tenté de mettre de l'ordre dans le fouillis parisien. Il n'a pas eu les moyens de ses ambitions et a dû se contenter de quelques réalisations très ciblées, dont l'achèvement de la construction du pont Neuf (de 1577 à 1588 et de 1598 à 1607) et la création de la place Royale – aujourd'hui place des Vosges – (1605→) et de la place Dauphine à la pointe de l'île de la Cité (1606→). Cette difficulté n'est pas propre à Paris et à la France. Tous les monarques ont fait face à cette impossibilité d'imposer un ordre urbain. C'est ce qui a incité le philosophe René Descartes, auteur du *Discours de la méthode*, publié en 1637, à faire ce constat :

> Ainsi voit-on que les bâtiments qu'un seul architecte a entrepris et achevé ont continué d'être plus beaux et mieux ordonnés que ceux que plusieurs ont tâché de raccommoder, en faisant servir de vieilles murailles qui avaient été bâties à d'autres fins. Ainsi ces anciennes cités qui [...] sont devenues, par succession du temps, de grandes villes, sont ordinairement si mal compassées[3], au prix de ces places régulières qu'un ingénieur trace à sa fantaisie dans une plaine, qu'encore que, considérant leurs édifices chacun à part, on y trouve souvent autant ou plus d'art qu'en ces autres ; toutefois, à voir comment ils sont arrangés, ici un grand, là un petit, et comme ils rendent les rues courbées et

---

3. Autrement dit : agencées.

LE DESTIN IMPRÉVU D'UNE COLONIE

inégales, on dirait que c'est plutôt la fortune, que la volonté de quelques hommes de raison, qui les a ainsi disposés[4].

Il en est de même en Angleterre. À Londres, d'ambitieux plans de reconstruction de la ville, détruite par le grand incendie de 1666, ont repris certains des partis d'aménagement mis en œuvre au XVIe siècle dans le cadre du réaménagement de la Rome des papes[5], en particulier de larges voies rectilignes convergeant vers des places publiques. Bien que certains correctifs aient été apportés çà et là, la ville a été reconstruite en conservant la plupart de ses caractères anciens, au grand dam des autorités.

En 1755, Lisbonne a été détruite par un tremblement de terre, un tsunami et un incendie. Le marquis de Pombal a piloté une reconstruction qui a été le premier exemple d'un projet urbain d'envergure entièrement fondé sur la raison. Cette réussite était attribuable en bonne partie au fait que l'ampleur de la destruction, combinée au grand nombre de décès, avait créé des conditions s'apparentant à celles souhaitées par Descartes. En Écosse, la construction de la nouvelle ville d'Édimbourg, dès la fin du XVIIIe siècle, a aussi bénéficié de telles conditions favorables. Les élites locales, confrontées à une vieille ville qui comptait parmi les plus insalubres de l'époque à l'échelle européenne, avaient en effet décidé de créer, *ex nihilo*, un nouvel ensemble urbain. Il s'agit d'une des réalisations phares de ce que l'on pourrait nommer l'urbanisme georgien. Mais, la nouvelle Lisbonne comme la *New Town* d'Édimbourg relevaient de l'art urbain.

---

4. Cité dans Luc Bureau, «Et Dieu créa le rang....», *Cahiers de géographie du Québec*, Vol. 28, n° 73-74, p. 237.
5. Lorsque, en 1420, la papauté a quitté Avignon pour se réinstaller à Rome, celle-ci était un gros bourg médiéval qui portait les stigmates de plusieurs siècles de déclin. Paradoxalement, c'est cette situation, combinée à la disponibilité de généreux financements, qui a permis aux papes de refaçonner la ville et d'en faire la capitale de la chrétienté.

UN QUÉBEC URBAIN EN MUTATION

Évoquer l'urbanisme à l'époque de la Nouvelle-France et dans le premier siècle suivant sa conquête par les Britanniques est par conséquent un anachronisme. L'urbanisme, avant la lettre, a discrètement émergé au Québec au début du XIXe siècle. Il a suscité un intérêt croissant dans le sillage de la création, en 1855, du régime municipal actuel et de l'industrialisation naissante. Il est néanmoins difficile de parler d'un urbanisme québécois avant le début du XXe siècle. Il n'empêche que des villes ont été fondées en Nouvelle-France et pendant la colonisation britannique, et qu'il a bien fallu en planifier, ou du moins en coordonner d'une manière ou d'une autre, la création et le développement.

Chapitre 1

Une colonie d'exploitation

Débutée en Grande-Bretagne à la fin du XVIIIᵉ siècle, la révolution industrielle s'est d'emblée enracinée dans le monde rural, où elle trouvait ses sources d'énergie, ses matières premières et sa main-d'œuvre. L'aménagement d'un réseau de canaux (1759→), le perfectionnement de la machine à vapeur (années 1760→) et la construction des chemins de fer (1825→) ont cependant contribué à reconfigurer la géographie industrielle. Les entreprises s'installaient désormais à la périphérie des villes, où elles attiraient des ruraux en quête d'emplois. L'industrialisation a dopé la croissance urbaine. Bastion industriel, Birmingham, qui abritait 42 250 habitants en 1778, en totalisait 400 774 en 1881. Liverpool, Manchester, Sheffield, Leeds, Bradford, Newcastle et Glasgow ont connu des croissances similaires. Les besoins en main-d'œuvre étaient considérables. En 1816, les 43 filatures les plus importantes de Manchester employaient en moyenne 300 ouvriers, tandis que deux d'entre elles comptaient plus de 1 000 salariés. En 1850, la grande entreprise avait définitivement déclassé l'artisanat, la métallurgie avait supplanté le textile et la population urbaine était devenue majoritaire. « Atelier du monde », la Grande-Bretagne exerçait une suprématie incontestable.

L'industrialisation avait entre-temps gagné le continent (1820→). La Belgique, le nord de la France et l'ouest de l'Allemagne en étaient les premiers foyers. Aux États-Unis, on fait généralement remonter l'industrialisation à 1793, année de la construction de l'usine textile Slater Mill à Pawtucket dans le Rhode Island. Le creusage de canaux et l'installation de manufactures textiles à Lowell, dès 1820, ont engendré l'essor de cette ville qui compte parmi les 130 Mill Towns de la Nouvelle-Angleterre. Dans le Bas-Canada, l'industrialisation s'est timidement amorcée aux abords du canal de Lachine dans les années 1820. Le statut colonial de la province et la faiblesse relative des effectifs démographiques limitaient l'ampleur du virage industriel. L'élargissement de cette voie d'eau entre 1843 et 1848 et la création de lots hydrauliques[1] on fait de la vallée du canal le foyer de l'industrialisation canadienne.

Ce retard du Canada vis-à-vis des États-Unis a eu de fâcheuses conséquences. La saturation de l'aire seigneuriale, les crises agricoles, la pauvreté des sols de nombreuses paroisses de colonisation et la rareté des débouchés industriels laissaient peu de choix à ceux qui souhaitaient améliorer leur sort. Ils ont dû s'exiler temporairement ou définitivement. On estime qu'entre 1840 et 1930, environ 900 000 Canadiens français en quête de travail ont émigré aux États-Unis. Ils se sont établis en majorité dans le Massachusetts, le Maine, le Vermont, le Rhode Island, le New Hampshire et le Connecticut.

Une comparaison permet de saisir l'ampleur du déséquilibre démographique. En 1852, la population de Montréal s'élevait à 57 715 habitants. Bastion industriel de l'arrière-pays de Boston, Lowell, au Massachusetts, en dénombrait alors déjà plus de 33 300. D'autres chiffres confirment ce déséquilibre. Le nombre de Canadiens français groupés en 1900 dans les Petits Canada des villes de Fall River (33 000), Lowell (24 800), Worchester (15 300),

---

1. Il s'agit d'emplacements situés aux abords des écluses. Des canaux secondaires permettent d'y exploiter l'énergie hydraulique générée par le différentiel de niveau entre les biefs amont et aval. La présence de tels dispositifs à Lowell aurait inspiré les responsables montréalais du chantier d'agrandissement du canal de Lachine.

Manchester (23 000), Woonsocket (17 000) et Lewiston (13 300) était, à cette époque, supérieur à la population totale des villes de Hull (13 993 habitants), Sherbrooke (11 765 habitants), Valleyfield (11 055 habitants), Trois-Rivières (10 000 habitants), Saint-Hyacinthe (9 210 habitants), Sorel (7 000 habitants), Joliette (4 200 habitants) et Saint-Jean-sur-Richelieu (4 000 habitants)[2].

Montréal, Québec et, dans une moindre mesure, les autres villes industrielles de la province n'en vécurent pas moins les conséquences de l'industrialisation et d'une urbanisation débridée, qu'alimentaient l'exode rural et l'immigration en provenance d'Europe. Dans les années 1870, Montréal présentait un taux de mortalité parmi les plus élevés du monde, et supérieur à ceux des principales villes industrielles d'Angleterre, y compris Manchester et Liverpool. L'insalubrité des milieux de vie et de travail expliquaient en grande partie ce triste bilan. De plus, des épidémies, dont celles de choléra et de typhus qui se sont succédés dans les années 1830, provoquaient des pics spectaculaires de mortalité.

Des médecins et des réformistes ont dénoncé la situation. Si le mouvement hygiéniste a connu certains progrès, les moyens dont disposaient les municipalités pour apporter des améliorations étaient toutefois limités. Sans compter le manque de volonté dont faisaient preuve les chantres du libéralisme socio-économique, pour qui l'intervention publique n'était guère souhaitable, voire était condamnable.

Au Québec, comme partout ailleurs dans les pays industriels, les autorités ont été prises au dépourvu. Leur impréparation n'était pas entièrement attribuable au caractère inédit des problèmes. Elle était en partie due aux carences qui limitaient sérieusement les capacités d'intervention des administrations municipales. C'est pourquoi je m'intéresse d'emblée à la nature et aux

---

2. Yves Roby, «Partir pour les "États"», dans Serge Courville (dir.), *Atlas historique du Québec: population et territoire*, Québec, Presses de l'Université Laval, 1996, p. 121-131.

UN QUÉBEC URBAIN EN MUTATION

responsabilités en matière d'aménagement des administrations de l'Ancien Régime (→1763) et aux réformes mises en œuvre par les autorités britanniques après la Conquête (→1855).

Apprivoiser une géographie et improviser un établissement

Les incursions de Jacques Cartier dans la vallée du Saint-Laurent au cours des années 1534-1542 s'inscrivaient dans le mouvement des grandes découvertes inauguré par Christophe Colomb en 1492. François 1er souhaitait se tailler une place dans le concert des nations (Espagne, Portugal, Pays-Bas, Suède et Angleterre) qui entendaient coloniser le Nouveau Monde. La décision de cibler la vallée du Saint-Laurent n'était pas tant un choix délibéré que la conséquence de l'avance prise par les États concurrents.

Le premier hivernage (1534-1535) à Stadaconé (Québec) s'est mal passé. Les rigueurs de l'hiver et le scorbut ont décimé l'équipage. Cela ne s'est guère mieux terminé en 1541-5142, alors que Cartier tentait d'implanter une colonie à Cap-Rouge, à une quinzaine de kilomètres en amont de Québec. Le scorbut et les tensions entre Français et Autochtones ont incité le Malouin à retourner en France. Roberval a aussi échoué dans sa tentative de colonisation en 1542-1543. L'aventure de la Nouvelle-France a été mise entre parenthèses.

Henri IV a relancé le projet en 1603. Samuel de Champlain a reçu son aval pour effectuer une traversée placée sous le commandement de François Gravé, sieur du Pont. Il a exploré le Saint-Laurent et découvert des traces du passage de Cartier. En 1604, il a tenté, en compagnie de Pierre Dugua, sieur de Mons, l'établissement d'une colonie en Acadie, plus précisément à l'île Sainte-Croix, située dans l'actuel État du Maine. Le choix d'un emplacement insulaire s'est révélé, l'hiver venu, catastrophique. Près de la moitié des 79 habitants moururent du scorbut. Le déménagement de l'habitation fortifiée à Port-Royal (aujourd'hui Annapolis Royal en Nouvelle-Écosse) en 1605 semblait, *a priori*, plus judicieux. Mais les autorités de la Nouvelle-Angleterre appréciaient peu ce voisinage.

UNE COLONIE D'EXPLOITATION

Les Français ont compris que l'endroit n'était pas vraiment sécuritaire. En 1613, l'habitation de Port-Royal a été détruite par des colons anglais de Virginie. L'option de la vallée du Saint-Laurent s'imposait de nouveau.

Champlain a décidé de construire une habitation fortifiée au pied du cap Diamant. Celui que l'on qualifie habituellement de fondateur de Québec aurait choisi ce site en raison de ses commodités. D'autres raisons l'ont en réalité incité à s'installer à Québec, qui n'était pas son premier choix. Champlain a révélé dans ses écrits que l'embouchure du Saint-Maurice et les environs du site de la future Pointe-à-Callière à Montréal présentaient des caractéristiques plus favorables à la fondation d'une ville. Cela dit, Champlain n'avait pas à ce moment l'intention de fonder une ville.

En 1616, huit ans après avoir construit l'habitation, Champlain a proposé à Louis XIII de fonder Ludovica. «[...] une ville de la grandeur presque de Saint-Denis, laquelle ville s'appellera, s'il plaict à Dieu et au roy, Ludovica, dans laquelle l'on fera faire un beau temple au milieu d'icelle, dédié au Rédempteur[3].» Caractéristique des villes fondées depuis la Renaissance, celle-ci devait avoir les traits qui seront ceux de la ville que le cardinal Richelieu fera ériger entre 1631 et 1642 dans sa propriété située en Indre-et-Loire et qui est un exemple remarquable de l'urbanisme classique du XVIIe siècle. Elle devait être construite dans la vallée de la rivière Saint-Charles. La proposition prévoyait aussi la construction de forts sur le promontoire et à la pointe Lévy pour la protéger et contrôler le passage des navires. En outre, Champlain envisageait la création de villes à Tadoussac, Trois-Rivières et Montréal. Ces projets ne se sont pas réalisés, du moins sous sa gouverne.

Si ce dernier n'avait pas d'entrée de jeu l'intention de construire une ville, pourquoi alors avoir choisi Québec ? Tout simplement

---

3. Narcisse-Eutrope Dionne, *Samuel de Champlain : fondateur de Québec et père de la Nouvelle-France*, tome 2, Québec, A. Côté et cie Imprimeurs et éditeurs, 1906, p. 503-504.

UN QUÉBEC URBAIN EN MUTATION

parce qu'il ne pouvait pas faire autrement, compte tenu de l'évolution de la géopolitique autochtone[4].

Au moment où Champlain explorait la vallée du Saint-Laurent, les Iroquoiens[5] que Cartier avait rencontrés à Stadaconé et Hochelaga avaient disparu. Si un refroidissement du climat et les maladies contractées au contact des Français sont souvent invoqués pour expliquer cette disparition, on soutient également que la vulnérabilité conséquente de la population de l'aire laurentienne aurait été exploitée par les Iroquois qui entendaient monopoliser les échanges avec les Européens. C'est à ces fins qu'ils auraient décimé les survivants ou les auraient forcés à se réfugier chez des tribus amies. Bien que n'étant pas en mesure de s'installer à demeure dans la vallée du Saint-Laurent en amont de Québec, ils pouvaient facilement y faire incursion en empruntant le lac Champlain et le Richelieu, longtemps appelé rivière aux Iroquois. La vallée du Saint-Laurent en amont de Québec était devenue un *no man's land*[6].

Les Iroquois constituaient de ce fait une menace sérieuse pour les Français, insuffisamment nombreux pour y faire face. D'où l'importance d'alliances qui ont durablement perturbé la géopolitique autochtone du Nord-Est américain[7]. L'envoi de Laviolette à Trois-Rivières, en 1634, pour y construire un poste fortifié, et ce, à la demande des tribus avec lesquelles les Français faisaient le commerce des fourrures, s'inscrivait dans ce contexte.

---

4. Christian Morissonneau, *Le rêve américain de Champlain*, Montréal, Les Éditions Hurtubise, 2009.

5. Nom donné aux Autochtones présents dans la vallée du Saint-Laurent à l'époque où Cartier y a séjourné.

6. Denys Delâge, *Le pays renversé. Amérindiens et Européens en Amérique du Nord – 1600-1664*, Montréal, Les Éditions du Boréal, 1991, p. 96-97.

7. Denys Delâge et Jean-Philippe Warren, *Le piège de la liberté : les peuples autochtones dans l'engrenage des régimes coloniaux*, Montréal, Les Éditions du Boréal, 2017.

UNE COLONIE D'EXPLOITATION

La menace n'avait guère été endiguée quand, en 1642, le sieur de Maisonneuve et Jeanne Mance ont souhaité fonder Ville-Marie. À Québec, les autorités ont d'ailleurs tenté de les dissuader en insistant sur les risques que comportait cette aventure à caractère messianique et en leur suggérant plutôt de s'installer à l'île d'Orléans. Les futurs Montréalistes se sont entêtés. Déjà indisposés par la construction d'un poste fortifié à Trois-Rivières, les Iroquois n'entendaient pas rester les bras croisés. En 1649-1650, ils s'en sont pris aux Hurons, alliés des Français. La Huronie a été détruite. En 1653, ils ont assiégé le poste de Trois-Rivières, mais ont été repoussés. Les incursions iroquoises ont repris en 1660 et 1661. Inquiet pour l'avenir de la colonie, le gouverneur Davaugour a envoyé Pierre Boucher en France pour y sensibiliser la cour quant à la gravité de la situation.

En 1663, Louis XIV a aboli les privilèges de la Compagnie des Cent-Associés et a fait de la Nouvelle-France une province royale. Le bourg de Québec a été promu au rang de ville. La même année, les Sulpiciens sont devenus seigneurs de l'île de Montréal. En 1665, Louis XIV a envoyé le régiment de Carignan-Salières en Nouvelle-France. Ses incursions en territoire iroquois ont favorisé une accalmie. Le régiment a été rappelé en France en 1668. Près de 400 officiers et soldats démobilisés sont cependant restés au pays. Ils se sont établis dans des seigneuries en aval de Montréal et le long du Richelieu. Ces mesures s'apparentaient à la colonisation de la Dacie (Roumanie) et de Nîmes par des militaires romains licenciés[8], car ces colons étaient en mesure de prendre les armes pour défendre le territoire en cas d'incursion de guerriers des Cinq Nations iroquoises, qui n'avaient pas été dissuadées de poursuivre leurs raids. En 1689, les Iroquois ont attaqué les villages de Lachine et de Lachenaie. Plus de 130 morts chez les colons Français ont été déplorées, sans compter les nombreux captifs.

---

8. Louis Gagnon, *Louis XIV et le Canada 1658-1674*, Québec, Septentrion, 2011.

UN QUÉBEC URBAIN EN MUTATION

Ils ont récidivé en 1690, 1691 et 1692. Jusqu'à la signature de la Grande Paix de 1701, la confluence montréalaise est restée une position précaire.

Aménager une province française

Deux décennies après la fondation de Montréal et plus de 50 ans après l'installation de Champlain à Québec, la Nouvelle-France ne dénombrait que quelque 3 000 habitants, contre environ 40 000 en Nouvelle-Angleterre et 10 000 en Nouvelle-Hollande. Les efforts de peuplement avaient été dérisoires, au grand déplaisir de Louis XIV. En 1663, au moment où les privilèges de la Compagnie des Cent-Associés étaient révoqués, les premières Filles du Roy arrivaient au pays.

Les initiatives prises dans les années qui ont suivi n'ont pas fait *de facto* de la Nouvelle-France une colonie de peuplement. Le contraste avec les colonies espagnoles, où la volonté de créer un établissement permanent s'est affirmée dès la deuxième traversée de Colomb en 1493, était saisissant. La ville de Nueva Isabela avait été fondée dans l'île d'Hispaniola en 1496. Construite sur la rive opposée du fleuve Ozama, Santo Domingo s'était vu accorder le statut de ville espagnole en 1502. D'autre villes, dont Puebla en 1531, ont été fondées au gré de l'avancée des Espagnols. La mise en place de cette trame urbaine visait à assurer le contrôle d'un territoire déjà organisé par le maillage urbain constitué de longue date par les Aztèques et les Incas. Alors que certaines de ces villes étaient destinées aux colons européens, d'autres, appelées les refondations, accueillaient les Autochtones soumis aux autorités coloniales.

Les nouvelles villes étaient assujetties à des règles très précises qui avaient été édictées par les autorités de Madrid au XVIe siècle et codifiées en 1573 dans les Lois des Indes[9]. Cette codification

---

9. Celles-ci imposaient un plan en damier, précisaient les dimensions des îlots et spécifiaient que la construction de la ville devait commencer par la création

UNE COLONIE D'EXPLOITATION

n'était toutefois pas à l'origine de la dynamique d'urbanisation ibéro-américaine, puisqu'environ 200 villes avaient déjà été fondées au moment de son adoption.

Rien de comparable n'a présidé à la création de la Nouvelle-Angleterre. Le libéralisme des autorités anglaises quant au statut des candidats à l'émigration a néanmoins favorisé un peuplement passablement soutenu des colonies de la côte Est. Les effectifs démographiques y ont d'emblée été plus importants que ceux de la Nouvelle-France, réservée, du moins en théorie, aux seuls catholiques, par ailleurs relativement peu nombreux à émigrer en raison des réticences des autorités à laisser partir ceux qui étaient considérés comme la pierre d'assise de la richesse de la nation.

Louis XIV, en faisant de la Nouvelle-France une province royale, ne remettait pas en cause le statut de la colonie. Son assujettissement au régime seigneurial était confirmé. Ceux auxquels des seigneuries ont été attribuées devaient y tenir feu et lieu, concéder des censives et, minimalement, construire un moulin, ce qu'ils n'ont pas toujours fait.

L'unité spatiale de base du régime seigneurial implanté par la Compagnie des Cent-Associés en Nouvelle-France était le rang. Il a été reconduit. Il consistait en une juxtaposition de parcelles de terre étroites et allongées nommées *censives*[10]. Le premier rang était constitué en bordure d'un cours d'eau pour en faciliter l'accès. Une fois ce front riverain entièrement concédé, un deuxième rang était ouvert en retrait, et ainsi de suite, jusqu'à ce que, dans le meilleur des cas, l'entièreté de la seigneurie ait été concédée. Bien que le système seigneurial ait été aboli en 1854, cette matrice est restée en vigueur, moyennant certains ajustements, jusqu'à

---

d'une place publique – la Plaza Mayor – en bordure de laquelle devaient être érigés l'église et un édifice administratif.

10. Les terres avaient généralement 3 arpents de front (180 mètres) sur 30 de profondeur (1 800 mètres), pour 90 arpents de superficie (33 hectares). Cet assemblage de terres constituait le rang.

UN QUÉBEC URBAIN EN MUTATION

la fin des dernières poussées de colonisation des années 1930[11].
En outre, le seigneur auquel avait été attribuée la seigneurie se
réservait au moins un domaine où construire son manoir et ériger
un moulin, voire y fonder un village.

Ce mode de peuplement visait moins à soutenir une colonie
de peuplement qu'à assurer la défense d'une colonie d'exploitation des ressources d'un hinterland d'échelle continentale. Si le
peuplement de proche en proche de la vallée du Saint-Laurent a
permis la maîtrise du principal corridor d'accès à cet hinterland,
il a engendré une dispersion de la population qui a indisposé les
autorités coloniales après 1663. D'autant plus que la destruction
de la Huronie incitait plusieurs censitaires à négliger la mise en
valeur de leurs terres au profit d'une participation à la traite des
fourrures. Une alternative a alors été explorée dans la seigneurie
des Jésuites, située au nord de la ville de Québec.

Détenteurs de la seigneurie Notre-Dame-des-Anges depuis
1626, ceux-ci ont initié en 1665 le peuplement d'une terrasse sur-
plombant la rivière Saint-Charles. Le nouvel établissement était
conçu en conformité avec l'édit royal de 1663, qui ordonnait aux
habitants de se regrouper en bourg « à la française ». L'objectif
visé était de pallier les conséquences d'un étalement rural qui
rendait difficile l'application des édits destinés à contrôler le
peuplement. Les censives d'une quarantaine d'arpents (environ
13,7 hectares) découpées dans un vaste carré avaient la forme de
longs triangles au sommet tronqué. D'une superficie de 25 arpents
(environ 8,6 hectares), l'aire ainsi définie à l'extrémité étroite des
parcelles – le trait carré – était constituée en commune et devait
accueillir l'église, le presbytère et d'autres équipements collectifs.
Construites sur le pourtour de ce noyau institutionnel, les maisons
et les dépendances des censitaires étaient par conséquent grou-
pées plutôt que dispersées en chapelet et formaient un village. Le

---

11. Louis-Edmond Hamelin, *Le rang d'habitat. Le réel et l'imaginaire*, Montréal,
Les Éditions Hurtubise, 1993.

UNE COLONIE D'EXPLOITATION

premier plan radial connu sous le nom de Charlesbourg a été créé en 1665. Deux autres subdivisions similaires étaient planifiées : La Petite-Auvergne en 1666 et le Bourg-Royal, en 1667. Mais elles n'ont pas vu le jour.

La dispersion des censitaires s'est poursuivie et des villages ont été fondés là où la démographie, la création de nouvelles paroisses, la construction d'églises et la demande en services le justifiaient.

Si la Nouvelle-France était un projet, il est difficile de soutenir qu'il a été réellement l'objet d'une planification. Pour l'essentiel, la colonie s'est construite à la faveur de dynamiques et de décisions nombreuses, plus ou moins avisées et coordonnées. Les gouverneurs et l'intendant intervenaient dans divers domaines à titre de représentants du souverain. Ils concédaient les seigneuries, réglementaient certaines activités et supervisaient l'application des ordonnances, des édits et des arrêts destinés à assurer le bon fonctionnement de la société. Pendant les années 1660, le Grand Voyer a notamment coordonné la construction du chemin du Roy. Des villages ont été fondés le long du parcours, mais il est difficile de soutenir qu'ils étaient le résultat d'une vision d'ensemble.

C'est au gouverneur Montmagny qu'a incombé la responsabilité de doter Québec d'un premier plan en 1636. Il lui a fallu au préalable offrir de nouvelles terres aux colons qui s'étaient installés sur le promontoire, afin de permettre l'attribution d'emplacements et la construction de bâtiments destinés aux communautés religieuses et à des résidents.

À Montréal, un premier plan des rues a été tracé en 1672 par François Dollier de Casson, supérieur des Sulpiciens, avec l'aide de Bénigne Basset Des Lauriers, notaire et arpenteur. Ce plan, qui traduit l'influence des bastides (des villes neuves fondées dans le sud-ouest de la France entre 1222 et 1373), comportait quelques irrégularités qui témoignaient de la nécessité de prendre en compte des aménagements spontanés hérités[12].

À l'époque de la Nouvelle-France, les villages étaient peu nombreux. L'historien Marcel Trudel en dénombre une dizaine en 1663. La première moitié du XVIIIe siècle a été plus favorable à la création et au développement des villages. On en comptait une vingtaine au milieu du siècle. Plusieurs domaines seigneuriaux comportaient, outre le manoir et ses dépendances, quelques équipements collectifs, par exemple une église ou une chapelle, un presbytère, une forge, une boulangerie, un moulin à farine ou à scie[13].

Quelques seigneurs se sont démarqués par l'intérêt qu'ils ont porté à la fondation d'un village. Pierre Boucher était du nombre. Dès son installation dans la seigneurie qui lui avait été concédée en 1664, il en a délimité l'emplacement.

Tous les villages voulus par des seigneurs ne s'articulaient pas d'emblée à un plan de lotissement. La seigneurie de Terrebonne a été concédée en 1673. Son essor a cependant coïncidé avec son acquisition, en 1720, par Louis Lepage de Sainte-Claire, qui était curé de la paroisse de Saint-François, dans l'île Jésus, depuis 1715. Il a vite reconnu le potentiel des rapides de Terrebonne et a fait construire, en 1721, une chaussée et un moulin à farine. En 1723, il a acheté une partie de la terre d'un dénommé Maisonneuve et l'a intégrée à son domaine qu'il avait substitué au domaine originel, situé plus en amont. Deux ans plus tard, il a fait ériger un moulin à scie, puis il a procédé à la concession des deux premiers terrains du village qui est devenu, au début du XIXe siècle, un des plus importants bourgs de la région de Montréal.

À la veille de la Conquête britannique, le réseau urbain de la vallée du Saint-Laurent était constitué de deux villes, Québec (qui

---

12. Brian Ross et Marie-Hélène Provençal, « Les premières formes urbaines à Montréal : parcellaire et morphologie, 1642-1690 », *Trames*, 1995, p. 6-11.

13. Serge Courville, *Entre ville et campagne : l'essor du village dans les seigneuries du Bas-Canada*, Québec, Presses de l'Université Laval, 1990.

UNE COLONIE D'EXPLOITATION

abritait près de 7 300 habitants) et Montréal (environ 5 000 habitants), et d'une trentaine d'établissements groupés plus modestes, dont Trois-Rivières, avec moins de 1 000 habitants. Près d'une vingtaine d'entre eux étaient situés dans le gouvernement de Montréal. En comparaison, en Nouvelle-Angleterre, Boston, Philadelphie et New York dénombraient respectivement 18 000, 13 000 et 11 000 habitants.

Des missions ont été fondées pour accueillir des populations autochtones évangélisées ou des réfugiés menacés par les conflits entre tribus. En 1675, les Sulpiciens ont établi la mission de la montagne sur le glacis sud du mont Royal. Elle a été déplacée au Sault-au-Récollet en 1696, puis en bordure du lac des Deux-Montagnes (Oka-Kanesatake) en 1721. En 1704, une mission a été établie par les Sulpiciens à l'île aux Tourtes, un lieu stratégiquement situé entre le lac des Deux-Montagnes et le lac Saint-Louis. Un fort avait été construit deux ans auparavant sur la rive gauche du passage par Jacques Leber dit de Senneville, un marchand de fourrures.

En 1676, les Jésuites ont fondé de leur côté la mission Saint-François-Xavier-des-Prés à La Prairie-de-la-Magdeleine. Celle-ci a été relocalisée à quelques reprises avant d'être fixée au Sault-Saint-Louis (aujourd'hui Kahnawake), en 1716. Le fort Saint-Louis a alors été érigé en mitoyenneté avec l'enceinte réservée aux Autochtones.

Auparavant, les Jésuites avaient établi, en 1637, une mission à Sillery, près de Québec, un lieu fréquenté de longue date par les Autochtones. Après l'abandon de celle-ci, une nouvelle mission a été créée en 1683 à l'embouchure de la Chaudière, la mission Saint-François-de-Sales ou mission du Sault de la Chaudière. Les habitants de cette mission abénaquise se sont finalement déplacés à Odanak, un établissement fondé dans les années 1690 à l'embouchure de la rivière Saint-François, en rive droite du Saint-Laurent. La mission de Wendake, aujourd'hui connue sous le nom de village Huron, a été fondée en 1697, au nord de Québec par des survivants de la destruction de la Huronnie par les Iroquois.

UN QUÉBEC URBAIN EN MUTATION

Soumettre l'établissement colonial à l'économie de marché

Au lendemain de la Conquête, la colonie passée aux mains des Britanniques hébergeait environ 70 000 habitants, pour la plupart installés dans la vallée du Saint-Laurent. Un peu moins de 20 % de ces effectifs habitaient les bourgs de Québec, de Trois-Rivières et de Montréal. Sur la rive gauche du Saint-Laurent, le peuplement se déployait de manière continue de Montréal au cap Tourmente, en aval de Québec. Quelques îlots de population s'étaient constitués dans Charlevoix. En rive droite, le peuplement s'étendait de Montréal à la Côte-du-Sud et comportait des poussées le long du Richelieu et de la Chaudière.

Le changement de métropole a modifié relativement peu de choses dans les années qui ont suivi la signature, en 1763, du traité de Paris. Ceux qu'on appelait alors les Canadiens étaient trop nombreux pour que l'on puisse sérieusement envisager de leur imposer le sort réservé aux Acadiens. Les tensions croissantes entre les habitants de la Nouvelle-Angleterre et les autorités britanniques inquiétaient. Ces dernières se sont montrées accommodantes, par exemple en n'abolissant pas le régime seigneurial, malgré l'aversion qu'éprouvaient les Britanniques à l'égard de ce mode de propriété contraire au libre marché. Bien que les défrichements n'aient couvert qu'une partie de l'aire seigneuriale, cette tolérance a eu pour conséquence de constituer une vaste enclave où la collectivité canadienne a d'autant pu mieux préserver ses caractères distinctifs (la religion catholique, la langue française et la loi civile française), que la tenure des terres agissait comme repoussoir pour beaucoup d'éventuels colons britanniques.

Les mécanismes de commutation volontaire de la tenure envisagés en 1801 et 1815 par les autorités sont restés lettre morte. Le régime seigneurial n'a par conséquent été aboli qu'en 1854. Mais, le développement d'une économie de marché et la mise en place des infrastructures et des équipements de production qui lui étaient propres ne pouvaient pas s'accommoder d'une tenure

UNE COLONIE D'EXPLOITATION

qui imposait à perpétuité des cens et des rentes[14], ainsi que des lods et ventes[15].

La contrainte seigneuriale a été amoindrie en partie avec la création, à la toute fin du XVIIIe siècle, des premiers cantons (*townships*) bas-canadiens[16]. Les terres y étaient soumises à la tenure dite « franc et commun socage »[17]. Le mode de tenure n'était pas le seul trait distinctif du *township*. Sa géométrie différait significativement de celle de la seigneurie. Le *township* d'intérieur avait une superficie de 10 milles carrés (61 000 acres ou 247 kilomètres carrés). Il se subdivisait en 11 concessions de 28 lots de 200 acres (81 hectares), soit 220 lots concédés et 88 lots réservés à l'Église et à la Couronne. Le *township* de rivière était un rectangle de 9 milles sur 12 (67 200 acres ou 272 kilomètres carrés) comportant 12 concessions de 28 lots de 200 acres (81 hectares), soit 240 lots concédés et 96 lots réservés. Cette géométrie était théorique. En réalité, un grand nombre de formes irrégulières ont vu le jour à cause des principales assises retenues au cours de l'arpentage, soit la frontière et la rivière Saint-François.

La disposition des réserves du clergé et de la Couronne a freiné le peuplement. La construction des routes et leur entretien, alors à la charge des habitants, étaient entravés par la présence de ces réserves intercalées entre les tèrres des colons, ce qui ajoutait aux frais de clôture, de drainage et d'autres travaux de mise en valeur[18].

---

14. Le cens était une redevance symbolique que le censitaire devait verser au seigneur chaque année, tandis que la rente seigneuriale était l'équivalent d'un loyer payé annuellement.

15. Taxes seigneuriales prélevées chaque fois qu'une terre en censive était vendue.

16. D'autres cantons ont été arpentés dans le Bas-Canada, en particulier le long de l'Outaouais, dans les Laurentides du nord de Montréal, le long du Saguenay et sur le versant Baie-des-Chaleurs de la péninsule gaspésienne.

17. Mode de concession des terres à prix fixe, sans redevance annuelle et en toute propriété ; cette tenure est entrée en vigueur avec l'Acte constitutionnel de 1791.

18. Marie-Paule Rajotte-LaBrèque, « Des townships aux Cantons-de-l'Est », *Cap-aux-Diamants*, no 29, 1992, p. 40-43.

UN QUÉBEC URBAIN EN MUTATION

Dans les Cantons de l'Est, l'incurie des administrateurs, la modification des règles d'attribution et les délais procéduraux plombaient également le processus de concession. Des correctifs ont été apportés dans les premières années du XIXe siècle et ont favorisé l'arrivée de nouveaux colons, mais les progrès sont restés en deçà des attentes des autorités. Les Canadiens boudaient ces initiatives. Devant le peu de progrès des « nouveaux établissements », la Chambre d'assemblée a formé un comité d'enquête en 1821, dont la principale démarche a consisté à envoyer un questionnaire à tous les curés des paroisses du Bas-Canada. Les quelque 80 réponses reçues ont révélé qu'aucun des paroissiens n'avait l'intention de déménager dans les Cantons de l'Est, notamment en raison des inconvénients reliés à la mise en réserves des lots destinés à la Couronne et à l'Église, du manque de chemins et de leur piètre état, de l'éloignement de l'église et de la famille, des coutumes étrangères et de la pauvreté[19].

Des loyalistes, bientôt suivis de colons en quête de bonnes terres et d'entrepreneurs intéressés par les ressources hydrauliques et forestières (bois de sciage, potasse), ont été parmi les premiers à s'y installer. Des immigrants britanniques et des militaires démobilisés à la fin de la guerre de 1812 ont aussi été du nombre des premiers colons. L'ouverture des chemins Craig (1810→), puis Gosford (1838→), est venue suppléer aux nombreux obstacles qui compliquaient la navigation sur les cours d'eau de la région. Ce fut cependant le chemin de fer, mis en service au milieu du siècle, qui a désenclavé définitivement le territoire.

Peu à peu, un paysage rural différent de celui de l'aire seigneuriale s'est constitué. La configuration des parcelles et la microtopographie favorisaient une implantation plus libre des résidences et des dépendances. L'architecture empruntait à celle qui s'était imposée en Nouvelle-Angleterre. Caractéristiques de

---

19. « Des townships aux Cantons-de-l'Est ».

UNE COLONIE D'EXPLOITATION

la vallée du Saint-Laurent, les alignements réguliers en bordure du chemin de rang apparaissaient cependant çà et là, au gré de l'arrivée des Canadiens.

La construction de moulins a fixé les premiers hameaux, comme à Waterloo (en 1793), à Frelighsburg (aux environs de 1790), à Magog (en 1798), à Cowansville (en 1798), à Sherbrooke (en 1802), à Rock Island (en 1803), à Mansonville (en 1811), à Bedford (en 1812), à Granby (en 1813), à Drummondville (en 1815), à Huntington (en 1825) et à Coaticook (en 1826).

Il est difficile de voir dans les initiatives des fondateurs de ces hameaux autre chose que des opportunités dont ils ont voulu profiter. L'arpentage et la vente de quelques lots aux abords d'un moulin suffisaient généralement à donner naissance à un noyau de peuplement. Ce ne fut qu'après quelques années que s'est imposée la nécessité de coordonner la croissance du hameau et de répartir de manière optimale les usages et les activités. Ici aussi, un plan de lotissement était la norme. La grille orthogonale était privilégiée, surtout en raison de la facilité de sa conception et de son implantation, mais aussi parce qu'elle pouvait aisément être étendue. Les contraintes topographiques et hydrographiques dictaient néanmoins souvent des irrégularités.

Si ces nouveaux territoires étaient d'emblée compatibles avec une économie de marché capitaliste, leur ouverture ne réglait en rien les problèmes auxquels les acteurs économiques avaient à faire face dans la vallée du Saint-Laurent.

L'aire seigneuriale restait en effet soumise à des règles qui étaient contraires à l'économie de marché. Cela posait un défi de taille aux investisseurs capitalistes, et en particulier aux promoteurs d'infrastructures ferroviaires, en raison du grand nombre de censives et de domaines seigneuriaux qui devaient être traversés et des vastes superficies requises pour les gares de triage. Cinq chantiers ferroviaires ont malgré tout été lancés avant l'abolition du régime seigneurial. Le premier a été inauguré en 1836, 11 ans

UN QUÉBEC URBAIN EN MUTATION

à peine après la mise en service du chemin de fer de Stockton et Darlington dans le nord-est de l'Angleterre. Il reliait La Prairie, sur la rive sud du Saint-Laurent en amont de Montréal, à Saint-Jean-sur-Richelieu. Il s'agissait d'un portage mécanisé[20] qui reprenait le tracé d'un sentier emprunté de longue date, entre autres par les militaires. En 1847, un chemin de fer reliant Montréal et Lachine a aussi été inauguré. Puis, la même année, sur la rive sud, la ligne Longueuil-Saint-Hyacinthe du St. Lawrence & Atlantic Railroad a été mise en service. Il s'agissait de relier Montréal et Portland, dans l'État du Maine, de manière à doter le port montréalais d'un accès sur l'Atlantique pouvant fonctionner toute l'année. Vers 1850, Louis-Antoine Dessaules, seigneur de Saint-Hyacinthe, a construit un chemin de fer à lisses (c'est-à-dire en bois) afin de relier des lieux d'extraction de matières premières exploités dans sa seigneurie à ce corridor ferroviaire. Au même moment, Barthélemy Joliette a relié par chemin de fer le bourg de L'Industrie (aujourd'hui Joliette) et le village de Lavaltrie, sur la rive nord du Saint-Laurent, afin de faciliter l'exportation du bois de sciage.

Il a fallu que le droit seigneurial soit manipulé pour que puisse être déjouée la contrainte de la tenure[21]. L'entrée en vigueur de lois sur les commutations volontaires du type de propriété en 1822 pour Québec, 1825 pour Trois-Rivières et 1840 pour Montréal a constitué un des dispositifs utilisés à cette fin. D'autres modifications au droit seigneurial ont également anticipé son abolition, au bénéfice d'une économie de marché dont la diffusion a été favorisée, dans les années 1830 et 1840, par l'amélioration des chemins, le développement des villages et des bourgs, ainsi que la multiplication des activités de production artisanales dans les

---

20. Les rails étaient des pièces en pin raccordées par des éclisses métalliques et protégées par un feuillard en fer fixé à leur surface supérieure. Ils ont finalement été remplacés par des rails en acier, plus durables.

21. Rémi Guertin, *L'implantation des premiers chemins de fer du Bas-Canada*, Québec, Les Éditions GID, 2014.

UNE COLONIE D'EXPLOITATION

campagnes[22]. Le Bas-Canada a alors expérimenté les premières manifestations d'une transformation économique qui allait ouvrir la voie à l'industrialisation.

La ville préindustrielle, même celle de taille modeste, était affectée par des déficiences de tous ordres. Elle comportait son lot de dysfonctionnements, d'inconvénients et de désagréments. L'état des rues de Québec en témoignait :

> Les voyageurs de passage à Québec sont unanimes dans leurs remarques sur l'état des rues : elles sont mal pavées, mal drainées et mal nettoyées, poussiéreuses ou boueuses, étroites et raboteuses, encombrées de tas de bois et pleines de saletés. À partir de 1777, les autorités promulguent régulièrement des règlements sur la circulation, l'entretien, le nettoyage et le pavage de rues.
>
> [...] Ce n'est qu'en 1796 que le premier système de voirie proprement urbain est établi, pourvoyant la ville de services d'entretien et de main-d'œuvre. [...].
>
> Malgré un meilleur système de voirie, il y a peu d'amélioration et, dans certains secteurs, une nette détérioration de l'état des rues. Les promesses de poursuivre sans merci les contrevenants et les récalcitrants se succèdent régulièrement, mais demeurent sans incidences sur les habitudes des gens et l'état des rues[23].

L'ampleur et le caractère aléatoire de la croissance des faubourgs, le laxisme dans l'application des règles de lotissement et de construction, de même que l'absence de réseaux d'aqueduc et d'égout, ont contribué à l'augmentation de l'insalubrité urbaine. Au début du XIXe siècle, le quartier Saint-Roch en fournissait un bon exemple.

---

22. Serge Courville, *Le Québec : genèse et mutation du territoire*, Québec, Presses de l'Université Laval, 2000.

23. David-Thierry Ruddel et Marc Lafrance, « Québec, 1785-1840 : problèmes de croissance d'une ville coloniale », *Histoire sociale*, Vol. XVIII, n° 36 (novembre), 1985, p. 326.

UN QUÉBEC URBAIN EN MUTATION

Les autorités municipales n'interviennent pas dans l'organisation du quartier. Les propriétaires du fonds ont la haute main sur le lotissement et le tracé des rues. Celles-ci, non pavées, entretenues par les riverains, n'ont que 4,8 mètres de large, ce qui est bien inférieur aux standards de l'époque. Il n'y a aucun service d'éclairage, d'aqueduc et d'égout, mais ces derniers traits ne sont pas spécifiques de Saint-Roch[24].

Les faubourgs où s'entassaient la population ouvrière étaient particulièrement affectés. Les épidémies et les problèmes de santé chronique, dont ceux attribuables à la tuberculose, y trouvaient un terreau particulièrement fertile. La mauvaise qualité des cadres bâtis n'était pas seule en cause. Les difficiles conditions de travail des ouvriers et la malnutrition prédisposaient les résidents à la maladie.

Les incendies étaient une menace constante. La densité de construction, la vulnérabilité des constructions en bois, l'encombrement des cours et l'insuffisance des moyens de lutte constituaient autant de facteurs qui contribuaient à l'ampleur des désastres. Parmi les incendies les plus destructeurs, on retient ceux de Drummondville (en 1826), Boucherville (en 1843), Québec – faubourgs Saint-Roch et Saint-Jean-Baptiste – (en 1845), La Prairie (en 1846), Montréal (en 1852), Saint-Hyacinthe (en 1854), Québec – faubourgs Saint-Roch et Saint-Sauveur – (en 1866). Si les décès étaient généralement peu nombreux, la destruction de plusieurs dizaines, voire de plusieurs centaines de bâtiments était déplorée. Les conséquences étaient d'autant plus lourdes que les résidents, qui ne disposaient d'aucune assurance, perdaient souvent leur emploi en raison de la destruction des lieux de travail.

L'imposition de matériaux de parement et de couverture ininflammables, l'élargissement de rues devant jouer le rôle de coupe-feu, de même que la construction de réseaux d'aqueduc, ont peu

---

24. Louise Dechêne, « La rente du faubourg Saint-Roch à Québec — 1750-1850 », *Revue d'histoire de l'Amérique française*, Vol. 34, n° 4, 1981, p. 574.

UNE COLONIE D'EXPLOITATION

à peu contribué à réduire les risques de conflagrations. D'autres incendies majeurs n'en sont pas moins survenus, entre autres à Saint-Jean-sur-Richelieu (en 1876), Hull (en 1880, 1886, 1888 et 1900), Trois-Rivières (en 1908), Pointe-aux-Trembles (en 1912) et Terrebonne (en 1922).

Figure 1 – Plan-relief de Québec
En 1820, Québec comptait quelque 15 200 habitants. Le plan-relief Duberger, élaboré par Jean-Baptiste Duberger et John By entre 1806-1808, révèle le contraste entre la Basse-Ville, coincée entre l'escarpement et le fleuve et densément construite, et la Haute-Ville, dont une bonne partie était occupée par de grandes propriétés institutionnelles – séminaire de Québec, couvents des Jésuites et des Ursulines, Hôtel-Dieu – tandis que plusieurs terrains attenants au flanc ouest des fortifications n'étaient toujours pas construits.
(Source : Musée de la civilisation, fonds d'archives du Séminaire de Québec, ph1986-936)

UN QUÉBEC URBAIN EN MUTATION

Figure 2 – Plan de Montréal 1825
Plan de Montréal tracé en 1825 par John Adams. La ville comptait alors quelque 22 500 habitants. Les fortifications avaient été arasées. Dans le bourg, la compacité et la continuité des cadres bâtis témoignent de la densification engendrée par la présence de l'enceinte. Les propriétés des Sulpiciens, des Hospitalières de Saint-Joseph, des Sœurs de la congrégation de Notre-Dame et des Récollets, ainsi que l'ancienne propriété des Jésuites, partiellement occupée depuis 1801 par le palais de justice, y créaient néanmoins des vides importants. Amorcées avant même la destruction des murs, des poussées faubouriennes avaient considérablement augmenté la superficie de la ville. Le tissus bâtis y étaient plus lâches et les bâtiments généralement plus modestes.
(Source : Bibliothèque et Archives Canada, NMC 14 5696)

Chapitre 2

La première industrialisation et l'urbanisation

À quelques rares exceptions près, aucune administration municipale n'existait sous le régime français et durant les huit premières décennies du régime britannique. Montréal et Québec avaient été dotées de chartes municipales en 1831, mais elles n'avaient pas été renouvelées lors de leur expiration, cinq ans plus tard. L'établissement était aménagé en fonction de pratiques entrées dans la tradition, des initiatives disparates des seigneurs, des édits des gouverneurs et des directives des juges de paix et des grands voyers. Dans le rapport qu'il a produit après les insurrections de 1837-1838, Lord Durham a soutenu :

> [qu']on peut considérer comme une des causes principales de l'insuccès du gouvernement représentatif et de la mauvaise administration du pays l'absence totale d'institutions municipales qui donneraient au peuple une certaine autorité sur les affaires régionales[1].

Durham était d'autant plus sensible à cette lacune qu'en Angleterre, les institutions locales avaient quelques siècles d'existence et qu'elles venaient d'être réformées par le Municipal

---

1. John George Lambton Durham, *Rapport sur les affaires de l'Amérique du Nord britannique*, Ottawa, Typo, 1990 [1839], p. 123.

Corporations Act de 1835, en vertu duquel les conseillers municipaux devaient être élus par les contribuables et étaient tenus de publier les états financiers des conseils. Deux ans plus tard, d'autres lois avaient été adoptées pour favoriser le regroupement des paroisses rurales en syndicats, ce qui leur permettait de collecter des impôts et d'administrer plus efficacement la Loi des pauvres.

En outre, la précocité de la révolution industrielle en Grande-Bretagne et ses conséquences sur les villes et leur population avaient obligé les administrations locales à prendre diverses mesures pour remédier à des problèmes d'une ampleur et d'une nature inédites.

Pour Lord Durham, les administrations locales étaient tout simplement indispensables ; aussi a-t-il recommandé qu'elles soient instaurées dans le Haut et le Bas-Canada. Les villes de Montréal et de Québec ont été incorporées en 1840. Les paroisses ou *townships* d'au moins 300 habitants ont été constitués en corporations municipales et des districts municipaux ont été créés. Le régime seigneurial a été aboli en 1854, après plusieurs décennies de débats[2]. L'Acte des municipalités et des chemins du Bas-Canada, adopté l'année suivante, instaurait un régime municipal dans la province, ce qui autorisait l'érection des municipalités de comté, de villes et de villages. Enfin, l'Acte de l'Amérique du Nord britannique, sanctionné en 1867, concédait aux provinces la compétence exclusive en matière d'institutions municipales.

Pour autant, l'absence d'institutions municipales ne s'était pas traduite par un repli de la société bas-canadienne sur elle-même, ni d'une indifférence à ce qui se passait ailleurs, en particulier en Grande-Bretagne et aux États-Unis. Les élites de Québec, siège du gouvernement colonial et ville de garnison, et de Montréal, où

---

2. Les seigneurs ont toutefois conservé la propriété de leurs domaines et des terres non concédées, dont ils pouvaient disposer à leur guise. Benoît Grenier, *Résistances seigneuriales : histoire et mémoire de la seigneurie au Québec depuis son abolition*, Québec, Septentrion, 2023.

LA PREMIÈRE INDUSTRIALISATION ET L'URBANISATION

s'était prestement constituée une bourgeoisie d'affaires, se montraient très perméables aux influences étrangères.

Plusieurs exemples le démontrent. En 1799, le Parlement du Bas-Canada avait adopté une résolution visant à ordonner le développement des villes de Québec et de Montréal. Deux ans plus tard, le lieutenant-gouverneur sanctionnait l'acte autorisant la destruction des fortifications de Montréal et l'exécution des travaux pour « pourvoir à la salubrité, commodité et embellissement de celle-ci ». La ville joignait ainsi le peloton des premières cités européennes à faire de même. Trois commissaires ont été nommés pour planifier et superviser ce chantier. C'était 10 ans avant que trois commissaires ne dévoilent, à New York, le célèbre plan d'extension urbaine de Manhattan. Le plan des commissaires montréalais proposait, entre autres, l'aménagement des premiers squares de la ville. Associé à ce chantier, l'arpenteur Louis Charland a réalisé dès 1801 le « Plan de la ville et cité de Montréal avec les projets d'accroissements ». En 1806, il a conçu, à la demande d'une dénommée Mary Griffin, un plan de lotissement du fief Nazareth, situé à l'ouest du bourg. Malgré la configuration capricieuse de l'emplacement, Charland a défini une trame viaire et parcellaire régulière qui rompait avec les lotissements usuels.

Toujours dans la même foulée, une liaison Montréal-Québec par bateau à vapeur a été inaugurée en 1809, six ans seulement après que Robert Fulton eut piloté le premier navire propulsé à la vapeur sur la Seine. Au début des années 1820, la fabrique de la paroisse Notre-Dame a confié la confection des plans de la nouvelle église à l'architecte new-yorkais d'origine irlandaise, James O'Donnell. Celui-ci a opté pour le style néogothique, alors très en vogue en Grande-Bretagne et aux États-Unis.

Quelques années après l'invention du macadam par l'Écossais John Loudon McAdam, à la fin des années 1820, la macadamisation des premières rues a été effectuée à Québec. À Montréal la démolition des fortifications a été entreprise en 1802 et le tronçon de la rivière Saint-Martin qui longeait le flanc nord du bourg a été canalisé puis recouvert en 1832. Au même moment, entre les rues McGill et Saint-François-Xavier, la construction d'un imposant conduit voûté en pierre dans lequel est canalisé un autre cours d'eau, appelé la Petite Rivière, est entreprise. L'ouvrage, qui anticipait les importants chantiers de collecteurs de la seconde moitié du XIXe siècle, était considéré comme une prouesse d'ingénierie.

Dans les années 1840, plusieurs membres de la bourgeoisie montréalo-écossaise ont subdivisé leurs propriétés situées au nord du bourg pour créer la *New Town*, une banlieue résidentielle calquée sur la *New Town* d'Édimbourg, mise en chantier à la fin du XVIIIe siècle[3]. Squares résidentiels, maisons en bandes (*terrace houses*) et ruelles ont alors fait leur apparition à Montréal.

Ces réalisations montrent que, pendant la première moitié du XIXe siècle, les élites du Bas-Canada étaient attentives à ce qui se passait en Grande-Bretagne et aux États-Unis et à l'affût de pratiques d'aménagement innovantes. Inspecteur de la voirie de 1813 à 1840, le Montréalais Jacques Viger a suggéré, en 1825, l'adoption d'une loi visant à soumettre la création de villages, leur extension et celle des bourgs à des plans de subdivision. Élu en 1833 à la mairie de Montréal, il a fait réaliser des travaux de drainage destinés à assainir les faubourgs de la ville et à lutter contre le choléra.

Plusieurs des propositions qu'il a formulées sont cependant restées lettre morte. Les élus, tous paliers confondus, n'avaient pas les moyens de leurs ambitions, ont tergiversé ou refusé d'intervenir. Les épidémies de choléra (1832→), de typhus (1847→) et de variole (1885→) qui ont frappé plus ou moins régulièrement la vallée du Saint-Laurent n'y ont pas changé grand-chose, bien qu'elles aient fait des milliers de victimes parmi les immigrants et la population de Montréal, de Québec et, dans une moindre mesure, de Trois-Rivières. Les progrès en matière d'urbanisme et

---

3. David Hanna, «Creation of an Early Victorian Suburb in Montreal», *Revue d'histoire urbaine*, Vol. 9, n° 2, 1980, p. 38-64.

LA PREMIÈRE INDUSTRIALISATION ET L'URBANISATION

d'hygiène restaient par conséquent modestes. Et, comme le montrait la Grande-Bretagne, qui avait une bonne longueur d'avance au regard de la dynamique industrialisation-urbanisation, le pire était à venir.

S'industrialiser en contexte colonial

Construit en 1793 en bordure de la rivière Blackstone dans la petite ville de Pawtucket au Rhode Island, le complexe de Slater Mill est considéré, on l'a déjà souligné, comme le lieu de naissance de l'industrialisation étatsunienne. C'était la première filature de coton en Amérique du Nord à utiliser le métier à tisser hydraulique développé par l'Anglais Richard Arkwright. Au cours des décennies suivantes, plusieurs petits centres manufacturiers ont été fondés dans la foulée en Nouvelle-Angleterre, dont Lowell au Massachusetts. Le hameau, situé à la confluence du fleuve Merrimack et de la rivière Concord, a profité, au début des années 1820, du percement de canaux qui ont permis d'optimiser l'exploitation du potentiel hydraulique de la chute qui barrait le fleuve. Un des premiers foyers de l'industrialisation de la côte Est, il en est rapidement devenu l'un des centres manufacturiers les plus importants. On y dénombrait 6 474 habitants en 1830, 20 796 en 1840 et 33 383 en 1850. Incorporée en 1826, la ville était surnommée la «Manchester de l'Amérique» et la «Venise industrielle».

À Montréal, l'avenir manufacturier s'est d'abord joué en bordure du canal de Lachine[4]. Creusé en rase campagne à partir de 1821 et ouvert à la navigation en 1825, cette infrastructure avait d'abord une vocation essentiellement commerciale et militaire.

---

4. La construction d'une quarantaine de moulins à eau dans la confluence montréalaise témoignait du potentiel hydraulique qu'elle recelait. Mais, à l'exception des moulins de Terrebonne, du Sault-au-Récollet et, dans une moindre mesure, des moulins du Gros-Sault et des Jésuites, les installations étaient de taille modeste et construites sur des affluents de la rivière des Mille-Îles et du Saint-Laurent. Les caractéristiques du réseau hydrographique rendaient difficile l'exploitation des sites présentant des potentiels plus intéressants.

UN QUÉBEC URBAIN EN MUTATION

Son faible gabarit et la concurrence du canal Érié (1817→) au regard de l'accès aux Grands Lacs ont rendu nécessaire son élargissement. Il a été réalisé entre 1843 et 1848. En 1844, une étude technique démontrait qu'à l'instar de ce qui se passait à Lowell, une partie de l'énergie hydraulique associée aux dénivelées des écluses pouvait être vendue et les revenus de ces ventes alloués au financement du chantier. En 1846, les lots hydrauliques, terrains et privilèges associés ont été mis aux enchères.

Ainsi, dès le 23 novembre 1846, se met en place à Montréal un complexe hydraulique, que l'on peut comparer à celui de Lowell en Nouvelle-Angleterre. Conjugué aux usines du canal qui tirent leur force motrice de la vapeur, ce complexe témoigne de la précocité de l'industrialisation de Montréal [...][5].

Cette initiative des responsables de l'agrandissement du canal a été déterminante. L'industrialisation du Bas-Canada, retardée par son statut colonial, a pris son envol. Aux environs de 1851, Montréal, qui comptait 58 000 habitants, a accueilli les premières manufactures.

À quelque 130 kilomètres à l'est de la ville, le moulin à scier et à carder du hameau d'Ulverton, qui avait été construit quelques années auparavant en bordure d'un affluent de la rivière Saint-François, a été équipé pour produire mécaniquement des tissus de laine. L'industrialisation manufacturière des Cantons de l'Est démarrait. En 1866, la signature d'un bail de 99 ans pour l'exploitation du pouvoir hydraulique de la rivière Magog à Sherbrooke a permis à Andrew Paton d'entreprendre la construction d'une manufacture de quatre étages dans laquelle ont été installés des métiers à carder, à filer et à tisser la laine. Jouissant d'une desserte ferroviaire de premier plan, Sherbrooke s'est imposée comme foyer industriel.

---

5.   Ministère de la Culture et des Communications, «Mises aux enchères des premiers lots hydrauliques du canal de Lachine», Répertoire du patrimoine culturel du Québec, non daté, https://www.patrimoine-culturel.gouv.qc.ca/detail. do?methode=consulter&id=26988&type=pge

LA PREMIÈRE INDUSTRIALISATION ET L'URBANISATION

Cependant, l'industrialisation s'est développée lentement au Québec et son effet sur l'urbanisation est resté modeste, sauf à Montréal. Aussi, en 1871, la province comptait-elle seulement neuf villes de plus de 3000 habitants (voir tableau 1), en plus de Montréal et de Québec. Dix ans plus tard, elles étaient 14, puis 18 en 1891 et 25 en 1901.

Tableau 1 – Les principales municipalités urbaines du Québec (1871-1901)[6]

	1871	1881	1891	1901
Montréal	107225	140747	216650	267730
Québec	59609	62440	63090	68840
Maisonneuve[7]	1061	4111	833	3958
Mile End	-	1537	3537	10033
Côte-Saint-Paul	-	949	842	1496
Sainte-Cunégonde	-	4848	9391	10912
Saint-Henri	-	6415	13413	21192
Westmount	-	-	-	8856
Outremont	-	367	705	1148
Verdun	-	278	296	1898
Lachine	1696	2406	3761	5561
Saint-Laurent	-	-	1184	1390
Sainte-Thérèse	914	1314	1662	1541
Terrebonne	1050	1398	1457	1822
Saint-Jérôme	1159	2032	2869	3619
Lachute	-	-	1751	2022
Joliette	3047	3268	3372	4220
Berthier	1433	2156	1537	1364
Sorel	5636	5791	6669	7957

6. Les nombres en caractère gras identifient les villes de plus de 5000 habitants ; les cases grisées identifient celles de plus de 10000.

7. Les chiffres de 1871 et 1881 valent pour la municipalité d'Hochelaga, dont a été détaché, en 1883, le territoire de Maisonneuve.

UN QUÉBEC URBAIN EN MUTATION

Saint-Hyacinthe	**3746**	**5321**	**7016**	**9210**
Saint-Jean	**3022**	**4314**	**4722**	**4030**
Iberville	1497	1847	1710	1512
Bedford	-	-	1571	1364
Acton Vale	1849	1861	1381	1175
La Prairie	1259	1390	1246	1451
Valleyfield	1800	**3906**	**5515**	**11055**
Beauharnois	1423	1499	1590	1976
Longueuil	2083	2355	2757	2835
Saint-Lambert	327	332	906	1362
Lévis	**6691**	**7597**	**7301**	**7783**
Lauzon	1847	**3556**	**3551**	**3416**
Saint-Georges	2080	2746	**3099**	**3287**
Saint-Romuald	**3000**	**3641**	**3545**	**3559**
Granby	876	1040	1710	3773
Waterloo	1240	1617	1733	1797
Sherbrooke	**4432**	**7727**	**10095**	**11765**
Magog	-	-	2100	**3516**
Coaticook	1160	2682	**3086**	2880
Farnham	1317	1880	2822	**3114**
Richmond	715	1571	2056	2057
Windsor	-	879	1591	2149
Victoriaville	1425	1474	1300	1693
Plessisville	721	776	1323	1586
Drummondville	1450-	900	1955	1450
Nicolet	-	2200	2518	2225
Thetford Mines	-	-	-	**3256**
Lac Mégantic	-	-	1173	1883
Trois-Rivières	**7570**	**8670**	**8334**	**9981**
Louiseville	-	1381	1740	1565
Chicoutimi	1393	1935	2277	**3826**
Montmagny	1515	1738	1697	1919
Rivière-du-Loup	1541	2291	**4175**	**4569**

LA PREMIÈRE INDUSTRIALISATION ET L'URBANISATION

Rimouski	1186	1417	1429	1804
Hull	**3800**	**6800**	**11264**	**13993**
Buckingham	1301	1479	2239	2936

Pendant le dernier quart du XIXe siècle, l'urbanisation sous-tendue par le développement ferroviaire et l'industrialisation a pris les administrations municipales au dépourvu. L'arrivée, dans un faubourg d'une grande ville, dans une petite ville ou dans un gros village, d'une entreprise industrielle qui souhaitait embaucher rapidement des centaines, voire au-delà d'un millier de travailleurs, suscitait l'enthousiasme. Mais elle engendrait plus souvent qu'autrement des bouleversements sociaux, économiques, spatiaux et environnementaux auxquels les municipalités n'étaient pas prêtes à faire face. En outre, certaines se montraient insouciantes. En 1850, Trois-Rivières a obtenu l'autorisation d'administrer la commune, qui avait été créée au milieu du XVIIe siècle, et d'en lotir une partie à des fins résidentielles. Or, parce que celle-ci était située en zone inondable, ses résidents ont été victimes des crues en 1863, 1865, 1873, 1883, 1884, 1888 et 1896.

En 1874, au moment où était mise en chantier l'usine de la Montréal Cotton, Valleyfield comptait à peine 1 800 habitants. La ville a vu sa population s'élever à 11 055 habitants en 1901, trois ans après la fin de la première phase de construction du complexe manufacturier. La croissance était telle que l'entreprise a dû créer un quartier pour loger les ménages des employés spécialisés et des cadres qui, autrement, pouvaient être débauchés par des concurrents susceptibles d'offrir de meilleures conditions de logement. Une telle mesure n'était pas inédite. En Mauricie, les propriétaires des forges du Saint-Maurice, Radnor et L'Islet devaient aussi fournir un toit à leurs employés en raison de l'isolement relatif de ces complexes sidérurgiques[8].

---

8. René Hardy, *La sidérurgie dans le monde rural. Les hauts fourneaux du Québec au XIXe siècle*, Québec, Presses de l'Université Laval, 1995.

UN QUÉBEC URBAIN EN MUTATION

Outre les équipements de production et les maisons, ces villages d'entreprises comportaient des commerces, des ateliers d'artisans et, dans les plus importants, une école et une chapelle. Cela dit, par sa taille, par la diversité de ses composantes et par le soin apporté à son aménagement, le «quartier des Anglais» de Valleyfield anticipait les réalisations ultérieures connues sous le nom de villes de compagnies ou de villes industrielles planifiées[9].

L'arrivée d'une grande entreprise ne comportait pas toujours de telles obligations d'aménagements pour les compagnies, comme l'a montré l'implantation, à Sherbrooke, de l'usine Paton et de quelques autres établissements de moindre envergure. En 1866, au moment où a débuté la construction de la manufacture, la population de cette petite ville des Cantons de l'Est est d'environ 3 000 habitants. Aucune entreprise n'y employait plus de 50 travailleurs. Cinq ans plus tard, l'usine textile fonctionnait avec 200 travailleurs et la population de la ville avait grimpé à 4 500 habitants. En 1892, année où l'entreprise a été considérée comme la plus importante manufacture de lainages au Canada, le nombre d'employés était de 725. Neuf ans plus tard, Sherbrooke abritait 11 765 habitants. Le développement de la ville a donc permis la constitution d'un marché immobilier autonome, comme cela a été le cas dans plusieurs autres petites villes industrielles québécoises.

En comparaison, la ville de Québec a connu une croissance plus lente. En 1851, on y dénombrait 42 000 habitants, 20 ans plus tard, ils étaient un peu moins de 60 000 et seulement 68 840 en 1901. Cette dynamique contrastait avec la croissance importante qu'avait connue la ville lors de la première moitié du siècle. L'absence de desserte ferroviaire sur la rive nord, le recul de l'exportation du bois équarri, la chute de la construction navale, consécutive à la transition des voiliers à coque en bois aux navires à vapeur à coque en acier, le départ des 3 000 militaires de la garnison et le difficile

---

9. Robert Fortier, *Villes industrielles planifiées*, Montréal, Centre canadien d'architecture et Les Éditions du Boréal, 1996.

LA PREMIÈRE INDUSTRIALISATION ET L'URBANISATION

passage de l'artisanat à la manufacture expliquaient, à des degrés divers, cette faible croissance démographique. Mais celle-ci a occulté un autre phénomène. Les résidents d'origine anglaise, irlandaise et écossaise ont quitté en grand nombre la capitale entre 1871 et 1903. Plus étonnant, les Canadiens français ont aussi été très nombreux à le faire. Quelque 80 % de sa population ont tenté de trouver ailleurs un avenir plus prometteur. Par conséquent, entre les années 1870 et les premières années du siècle dernier, une grande proportion de la population de la ville de Québec a laissé la place aux ruraux des environs qui y conservaient des attaches, ainsi qu'à des immigrants récemment arrivés au pays. Québec est devenue une ville où dominaient les franco-catholiques[10].

À Montréal, la dynamique a été tout autre. La population a atteint 58 000 habitants en 1852. L'industrialisation, l'essor fulgurant du transport ferroviaire et maritime et une immigration soutenue ont permis à la ville de déclasser définitivement Québec, puis de s'imposer comme métropole du Canada. Sa population se chiffrait à 102 225 en 1871. La poussée démographique qui s'est poursuivie a favorisé la création de banlieues industrielles. En 1901, la population de la métropole était de 267 000 habitants, auxquels s'ajoutaient ceux des municipalités autonomes voisines, au nombre de 158 000. Montréal devenait le pôle d'une vaste région où ont émergé dès 1870 plusieurs centres industriels, en particulier à Saint-Jérôme, Lachute, Sainte-Thérèse et Joliette au nord, Valleyfield, Beauharnois, Saint-Jean-sur-Richelieu, Sorel, Saint-Hyacinthe et Granby au sud.

---

10. Serge Courville et Robert Garon (dir.), *Québec, ville et capitale, Atlas historique du Québec*, Québec, Presses de l'Université Laval, 2001, p. 174-175.

UN QUÉBEC URBAIN EN MUTATION

Figures 3a et 3b – Montreal Cotton et Brick Row
La ville de Salaberry-de-Valleyfield a été fondée en 1874, au moment où la Montreal Cotton planifiait la construction d'une usine textile. Les imposants bâtiments érigés entre 1877 et 1898 accueillaient un millier d'ouvriers et surtout d'ouvrières. Une centrale hydroélectrique a été mise en service en 1898. Deux autres édifices, dont le moulin Gault, ont été construits au début du XXe siècle. L'arrivée de la Montreal Cotton a créé une pénurie de logements. Préoccupée par la fidélité de ses cadres et de ses employés spécialisés, l'entreprise a conçu et construit un quartier au nord des installations. Connu sous le nom de *quartier des Anglais*, ce secteur offrait une grande diversité de résidences et plusieurs installations communautaires. Il s'agissait d'un des premiers quartiers industriels planifiés du Québec.
(Sources : 3a) Montreal Cotton Mills, Valleyfield vers 1900, N. M. Hinshelwood, Musée McCord MP-1985.31.9; 3b) Maisons en rangées – brick row – sur le boulevard du Havre, Musée de société des Deux-Rives / MUSO, ML016A)

LA PREMIÈRE INDUSTRIALISATION ET L'URBANISATION

Figure 4 – Les usines Imperial Tobacco Co. et Miner Rubber Co. à Granby
Bien qu'elle ait accédé au statut de ville en 1859, Granby, à l'instar de plusieurs autres municipalités industrielles, a longtemps conservé les attributs d'un gros village. L'arrivée de l'Imperial Tobacco en 1895 et de la Miner Rubber en 1909 a entraîné une importante croissance démographique, la construction de plusieurs voisinages résidentiels et le développement des activités commerciales sur la rue principale.
(Source : Société d'histoire de la Haute-Yamaska, collection Photographies Granby et région, P70-S27-SS4-SSS21-D1-P6)

Vivre à l'ombre des cheminées d'usines

Dans ces villes, et plus encore à Montréal, les conditions de vie se sont dégradées, en premier lieu pour les ouvriers qui vivaient à l'ombre des cheminées des usines. À la Pointe-Saint-Charles, par exemple, l'implantation des ateliers du Grand Tronc (1854→) a donné naissance à un quartier ouvrier qui se distinguait à maints égards des faubourgs montréalais des décennies précédentes[11].

---

11. Gilles Lauzon, *Pointe-Saint-Charles : l'urbanisation d'un quartier ouvrier de Montréal, 1840-1930*, Québec, Septentrion, 2014.

La taille des installations de production et d'entretien du matériel ferroviaire, le nombre d'ouvriers qui y travaillaient, l'ampleur du chantier urbain qui y a été mis en œuvre et l'apparition de nouveaux types de bâtiments résidentiels ont fait de ce quartier le prototype d'un environnement bâti dont on a rapidement eu à déplorer les nombreuses lacunes et les effets fâcheux sur la santé de la population et qu'il a ensuite fallu, tant bien que mal, corriger.

En somme, l'insuffisance des règles de lotissement et de construction, l'absence d'infrastructures de base (aqueduc et égout) et de dispositions concernant l'entreposage ou le rejet dans l'eau ou l'atmosphère de produits potentiellement nocifs, la présence d'activités constituant des risques d'incendie ou générant d'importantes nuisances sonores ou olfactives, ainsi que l'accumulation d'eaux stagnantes, ont contribué, à des degrés divers, à l'insalubrité des habitats et des lieux de travail.

Cette insalubrité a été dénoncée dès le début du XIXe siècle par de nombreux médecins hygiénistes et des réformistes. La situation était d'autant plus préoccupante que les épidémies, contre lesquelles la médecine était impuissante, y ont trouvé un terreau fertile à leur propagation.

En 1876, Montréal se classait parmi les villes les plus meurtrières de la planète et son taux de mortalité infantile a longtemps été particulièrement élevé. Un Comité de santé avait pourtant été créé en 1852 et un Bureau de santé, dont la mission était d'assurer la propreté et la salubrité de la ville, a été mis sur pied en 1870. Le peu de moyens dont ces instances disposaient, les divergences de points de vue sur les causes et les modes de transmission des maladies, ainsi que les réserves de l'Église catholique quant à la pertinence de l'intervention publique, ont sérieusement limité la portée de ces mesures.

À Montréal, mais aussi à Québec, Trois-Rivières, Sherbrooke, Hull et dans d'autres villes touchées par l'industrialisation, les rapports des médecins hygiénistes et les écrits de journalistes ont

LA PREMIÈRE INDUSTRIALISATION ET L'URBANISATION

Figure 5 – Griffintown
Le quartier Griffintown s'est développé à compter du début du XIXe siècle. Prise en 1896 depuis la cheminée de la centrale de la Montreal Street Railway, cette photographie montre un enchevêtrement de bâtiments industriels, d'entrepôts et de résidences dans le secteur du canal de Lachine et du bassin Peel. Sur la gauche de la photo, on aperçoit des enfilades de bâtiments résidentiels, dont certains ont été érigés en cour arrière, ce qui contribuait à l'insalubrité de voisinages dépourvus d'installations sanitaires.
(Source: Wm. Notman & Son, Musée McCord, VIEW-2942_1605 13-P1)

peu à peu fait évoluer la situation. Une légère amélioration a été constatée après l'adoption, en 1886, d'une loi d'hygiène provinciale et la création du Conseil provincial d'hygiène, qui imposait aux municipalités la mise sur pied d'un bureau de santé ou la nomination, dans les plus petites d'entre elles, d'un officier responsable de la mise en application de la loi et des règlements. Mais le laxisme des autorités, le faible nombre d'inspecteurs, le manque de volonté politique et l'insuffisance des moyens ne favorisaient pas de réelles avancées. Au surplus, les crises du logement engendraient régulièrement des reculs.

UN QUÉBEC URBAIN EN MUTATION

Les mauvaises conditions de travail dans les manufactures ont aussi retenu l'attention. Au Québec, en 1885, une Loi des manufactures a imposé la semaine de 60 heures pour les femmes et les enfants, et de 72,5 heures pour les hommes. Elle a interdit l'embauche des garçons de moins de 12 ans et des filles de moins de 14 ans, à moins que les parents n'en aient décidé autrement. Des clauses portaient sur la sécurité et la propreté des établissements. La loi restait néanmoins très permissive. En 1888, seulement trois inspecteurs couvraient l'ensemble du territoire québécois.

En 1886, le gouvernement canadien a créé la Commission royale d'enquête sur les relations entre le capital et le travail. Les audiences ont confirmé le bien-fondé des dénonciations qui s'étaient multipliées au cours des années précédentes. Les ouvriers étaient laissés à eux-mêmes devant un patronat pour qui tous les moyens étaient bons pour maximiser les profits.

La Commission a proposé de limiter la journée de travail à 9 heures et la semaine à 54 heures pour les femmes et les enfants. Elle a suggéré que l'âge minimum d'embauche soit fixé à 14 ans et recommandé qu'un fonds d'indemnité pour les accidents de travail soit créé et placé sous la responsabilité des employeurs. Les recommandations, qui contrariaient les intérêts des hommes d'affaires, n'ont pas eu de suite.

Né à Paris en 1844 et installé à Montréal en 1874, le journaliste et réformiste Jules Helbronner a dénoncé sans relâche, dans les chroniques qu'il a signées dans *La Presse* de 1884 à 1894 sous le pseudonyme de Jean-Baptiste Gagnepetit, les mauvaises conditions de vie des travailleurs. L'ouvrage de Herbert Brown Ames *The City Below de Hill: A Sociological Study of a Portion of the City of Montreal*, paru en 1897, témoignait aussi à sa manière de la persistance des problèmes. L'auteur de cette enquête y a décrit les conditions de vie de la population des quartiers du Sud-Ouest de Montréal. Mais il ne s'est pas contenté de déplorer la piètre qualité de nombreux logements, la présence de maisons de fond de

LA PREMIÈRE INDUSTRIALISATION ET L'URBANISATION

cour et l'omniprésence de latrines. En 1897, il a fait construire, rue William dans Griffintown, un ensemble de quatre maisons, appelé Diamond Court, comportant 39 logements de 3 à 6 chambres et une épicerie[12]. Cet exemple de ce qu'on nommait à l'époque la philanthropie à 5 pour 100 n'a pas été suivi, même si, 11 ans auparavant, l'homme d'affaires William T. Costigan avait fait construire, également dans Griffintown, Court Dwlling, un édifice de 18 logements destinés à des familles d'artisans[13]. Ce furent là deux rarissimes exemples de logements abordables avant la lettre.

Dans les communautés anglophones montréalaises, les institutions paroissiales, les sociétés nationales anglaise, écossaise et irlandaise, plusieurs organismes de bienfaisance, ainsi que de riches philanthropes compensaient tant bien que mal les défaillances des institutions publiques, sans toutefois remettre en cause l'idéologie libérale et l'ordre des choses qui en émanait. Du côté des francophones, la philanthropie privée était plus discrète, les grandes fortunes étant plus rares. L'Église catholique, les communautés religieuses et les paroisses exerçaient un quasi-monopole sur la bienfaisance. Il en était de même à Québec et dans le reste de la province.

Malgré leur réticence à intervenir, sous prétexte de libéralisme économique, les élus et les édiles municipaux ont dû reconnaître, dans les dernières années du XIXe siècle, la nécessité d'une action publique en matière sanitaire. Les réseaux d'aqueduc et d'égout se sont étendus, des rues ont été pavées, des espaces verts aménagés, les marchés publics visités par des inspecteurs sanitaires, tandis que des règlements de lotissement et de construction contrecarraient des pratiques immobilières dénoncées depuis plusieurs décennies. Les progrès n'ont cependant pas été distribués de manière homogène. Des îlots d'insalubrité subsistaient. À Montréal, plusieurs milliers de

---

12. Cet ensemble immobilier a été détruit dans l'indifférence dans les années 1960.
13. Guy Pinard, «Les appartements The Court», *La Presse*, 21 juin 1992.

latrines, particulièrement dans les quartiers du Sud-Ouest, étaient toujours en fonction. Au début du siècle dernier, la situation demeurait extrêmement préoccupante. La mortalité infantile était une calamité. Les milieux nationalistes canadiens-français y ont même vu une menace à la «survie de la race». Le gouvernement du Québec a adopté diverses mesures. L'Église catholique et les élites qui lui étaient associées veillaient au grain.

Si l'État québécois s'est montré plus interventionniste dans [le domaine de la santé publique] que dans celui de l'éducation ou de l'assistance publique, il a aussi fait preuve de timidité face à des groupes qui s'opposaient à la pasteurisation du lait, ou face aux organisations qui gravitent autour de l'Église et qui avaient fondé des Gouttes de lait dans plusieurs grandes villes[14].

Ces initiatives, aussi pertinentes pouvaient-elles être, se révélaient insuffisantes. Les pathologies dont souffraient les citadins requéraient des actions globales. Il fallait détruire les taudis, élargir les rues pour faciliter le déplacement des gens, le transport des marchandises, mais aussi la circulation de l'air, généraliser l'implantation des réseaux d'aqueduc et d'égout, macadamiser les chaussées, fermer les cimetières *intra urbem* et en ouvrir de nouveaux à l'écart des milieux de vie, planifier la croissance urbaine, contrôler l'implantation et la taille des édifices, éviter les voisinages préjudiciables de bâtiments, d'usages et d'activités, aménager des parcs, implanter des équipements collectifs pour le bénéfice de l'ensemble de la population. La mise en œuvre d'un tel programme représentait un défi colossal. Ailleurs, quelques villes l'avaient relevé au milieu du XIXᵉ siècle.

---

14. Denise Baillargeon, «Entre la "Revanche" et la "Veillée" des berceaux : les médecins québécois francophones, la mortalité infantile et la question nationale, 1910-1940», *Bulletin canadien d'histoire médicale*, Vol. 19, n° 1, 2002, p. 133.

S'inspirer des expériences étrangères en matière d'urbanisme

La transformation de Paris pilotée, à compter de 1853, par le baron Georges Haussmann à la demande de l'empereur Napoléon III, l'agrandissement de Barcelone (1860→), en Catalogne, selon les plans d'Ildefons Cerdà et, en Autriche, l'aménagement du boulevard circulaire de Vienne et de ses abords (1857→) sont considérés comme trois expériences d'urbanisme pionnières[15].

La première de ces expériences a entraîné, à Paris, la destruction des logements insalubres dans le but de créer de larges percées, d'installer des réseaux techniques, de construire de nouveaux types d'immeubles résidentiels le long de rues élargies ou nouvellement ouvertes, de border celles-ci de plantations d'alignement et de réaménager ou de créer des espaces verts. Le chantier était pharaonique. Plus de 200 kilomètres de nouvelles voies de circulation ont alors été ouvertes, dont une soixantaine au cœur de la ville. De vastes réseaux d'aqueduc, d'égout et d'éclairage au gaz ont été implantés. L'héritage médiéval de l'île de la Cité, exception faite de Notre-Dame-de-Paris, a presque entièrement été détruit. Dans les différents quartiers touchés, près de 20 000 bâtiments (120 000 logements) ont été démolis alors que 34 000 bâtiments (215 300 logements) ont été construits. Les bois de Boulogne et de Vincennes ont été réaménagés, les parcs des Buttes-Chaumont, de Monceau et de Montsouris, 4 jardins et 21 squares ont été créés et quelque 100 000 arbres ont été plantés le long des boulevards et des avenues[16].

De son côté, l'ingénieur et architecte Ildefons Cerdà a obtenu la démolition des murailles qui enserraient le vieux Barcelone et en faisaient un des centres historiques les plus insalubres d'Europe. Il a

---

15. Au milieu du XIXᵉ siècle, Paris compte 1 170 000 habitants, Barcelone 200 000 et Vienne 325 000.

16. Haussmann a été démis de ses fonctions en 1870. L'haussmannisation n'a toutefois été achevée qu'à la veille de la Première Guerre mondiale.

ensuite conçu et coordonné la mise en œuvre d'un plan d'extension, l'Eixample, élaboré en fonction des progrès en matière d'hygiène, tout en prenant en compte les grands enjeux de circulation. Près de 350 îlots carrés de 113 mètres de côté et dont les angles sont tronqués ont été circonscrits par un maillage orthogonal de larges voies dotées de réseaux d'aqueduc et d'égout, et bordées de plantations d'alignement. Quelques voies diagonales reliaient certains emplacements où devaient être érigés des équipements collectifs. Le plan originel prévoyait que les habitations seraient construites seulement sur deux des faces des îlots, de manière à favoriser l'ensoleillement et la circulation de l'air et à préserver des cours intérieures ouvertes aux deux extrémités.

Enfin, l'aménagement du Ringstrass de Vienne (1857-1880) a été un autre projet phare de la seconde moitié du XIXe siècle. Le décret autorisant l'arasement des enceintes a été signé en 1857[17]. Le réaménagement des emprises, dont la superficie était supérieure à celle de la vieille ville *intra-muros*, a permis de créer une interface entre celle-ci et les quartiers qui avaient été construits hors les murs, d'aménager un boulevard circulaire, d'implanter en bordure de celui-ci des édifices publics d'échelle monumentale – un opéra, un musée d'histoire de l'art, un musée d'histoire naturelle, un parlement et un hôtel de ville –, d'agencer des parcs et des jardins et de construire des ensembles résidentiels prestigieux.

C'était parce que Napoléon III se désolait de l'état de sa capitale depuis qu'il avait découvert, lors de son exil en Angleterre, les parcs, les squares et les avenues élégantes des quartiers georgiens de l'ouest de Londres, qu'il a élaboré un ambitieux plan de réaménagement dont il a confié la mise en œuvre à Haussmann. C'était parce que les autorités espagnoles, quoique indisposées par les velléités autonomistes catalanes, craignaient les risques encourus

---

17. En Allemagne, quelques enceintes urbaines avaient été détruites pendant la deuxième moitié du XVIIIe siècle. En Europe, la plupart d'entre elles ont été arasées entre 1915 et 1870. Les dernières ont été démolies dans les premières années du XXe siècle.

LA PREMIÈRE INDUSTRIALISATION ET L'URBANISATION

par le maintien de la population de Barcelone dans un état d'indigence qu'elles ont donné l'aval à la transformation de la ville. Tandis qu'en Autriche, l'empereur François-Joseph a tenu à suivre l'exemple de Napoléon III pour moderniser sa capitale. Mais, seuls l'exercice d'un pouvoir autoritaire et le développement de nouveaux outils d'intervention ont permis de les mettre en œuvre.

Ces réalisations suscitaient beaucoup d'intérêt, ont créé une émulation dans les milieux de l'aménagement urbain, et ont été considérés par certains comme des modèles à suivre. Mais, elles ont également donné lieu à des controverses. En France, les écrivains Victor Hugo et Émile Zola ont dénoncé la destruction de l'héritage médiéval, la démesure de l'haussmannisation et la rigidité des compositions. Surnommé le bourgmestre esthète et auteur de *L'Esthétique des villes : l'isolement des vieilles églises*, paru en 1894, le Belge Charles Buls était également très critique de l'haussmannisation, à laquelle il reprochait l'homogénéité exagérée des reconstructions.

À Barcelone, le travail de Cerdà a été mal accueilli par la mairie et les architectes locaux, qui n'ont pas accepté que Madrid ait fait fi du concours qui avait été organisé et ait confié le projet à un ingénieur. Quant à la bourgeoisie, elle reprochait au plan de Cerdà son caractère égalitaire, qui contrevenait au principe d'une organisation socio-ségrégative.

L'architecte Camillo Sitte, auteur en 1869 de l'ouvrage *Der Städtebau nach seinen künstlerischen Grundsätzen*[18], a critiqué la linéarité des aménagements, les dimensions excessives des voies et la disposition, incorrecte à son avis, des monuments proposées dans le plan du Ringstrass de Vienne.

Si les retombées spectaculaires de l'haussmannisation ont fait l'envie de plusieurs villes, rares étaient celles qui avaient la caution politique, les moyens financiers, ainsi que les ressources

---

18. *L'art de bâtir les villes.*

humaines et techniques nécessaires pour se lancer dans une aventure d'une telle envergure. Les refaçonnages des centres historiques des villes européennes ont par la suite été plus ciblés. Le réaménagement des emprises des fortifications, arasées parce que désuètes, posaient moins de problèmes, puisqu'elles appartenaient à l'État. Les projets d'assainissement et de réaménagement qui combinaient boulevards, promenades, jardins, monuments civiques et habitations bourgeoises se sont multipliés.

Les poussées démographiques sous-tendues par l'exode rural et l'industrialisation favorisaient l'élaboration de plans d'extension qui, sans nécessairement avoir le panache de celui d'Ildefons Cerdà, permettaient de bâtir des quartiers conformes aux idéaux hygiénistes et esthétiques de l'époque. Les pratiques immobilières condamnables n'ont pas été éradiquées pour autant, comme l'a notamment montré la construction des édifices à logements connus sous le nom de « casernes locatives » (*mietskaserne*) après l'adoption, en 1862, du plan d'extension de Berlin tracé par James Hobrecht.

Aux États-Unis, l'aménagement d'espaces verts, et leur mise en réseaux, s'est imposée dès les années 1850. Cette approche, bientôt connue sous le nom de Park and Parkways System, était influencée par l'idéologie pastorale qui voyait dans la nature une panacée aux maux urbains. Frederick Law Olmsted et Calvert Vaux ont été deux des principaux porte-étendards de ce mouvement. Des enclaves résidentielles sélectives ont en outre été aménagées à la périphérie des grandes villes, dont New York, Boston et Chicago. Caractérisées par leur pittoresque, elles ont eu une influence sur le Britannique Ebenezer Howard, le créateur du concept de cité-jardin.

Née dans le sillage de l'exposition colombienne tenue à Chicago en 1893 et influencée par le réaménagement du Mall de la capitale fédérale, une autre tendance appelé *City Beautiful* s'est inspirée du mouvement Parks and Parkways précité et des initiatives européennes d'embellissement urbain. En raison de l'insistance mise sur les dimensions formelles de l'urbanisme et sur

LA PREMIÈRE INDUSTRIALISATION ET L'URBANISATION

l'importance accordée à l'implantation des monuments civiques, la portée de ce courant a été limitée au regard des défis auxquels l'urbanisme devait faire face, en particulier en matière de logement. En Grande-Bretagne, un sténographe du nom de Ebenezer Howard déplorait l'exode rural et la piètre qualité de vie de la population entassée dans les quartiers industriels des grandes villes. Influencé par certaines réalisations urbanistiques découvertes lors d'un séjour aux États-Unis (1876→), il a publié, en 1898, *To-morrow: A Peaceful Path to Real Reform*, une proposition réformiste qui visait à combiner les avantages de la ville et de la campagne, et à diminuer les inconvénients de l'une et l'autre. Une nouvelle édition, publiée en 1902 sous le titre *Garden Cities of To-morrow*[19], mettait l'accent sur l'organisation spatiale des cités-jardins[20]. Letchworth (1903→) et Welwyn (1919→) ont été les deux premières cités-jardins créées par Howard dans la région de Londres. Mais le mouvement avait déjà essaimé hors de la Grande-Bretagne et a marqué notoirement l'urbanisme du XXe siècle[21].

Tandis qu'à Montréal et à Québec... l'hygiénisme au chevet de la ville mortifère

Aux prises avec de sérieux problèmes d'organisation spatiale et d'insalubrité, les élites montréalaises ont aussi dû mener un combat sur plusieurs fronts pour remédier à des problèmes de plus en plus préoccupants. La destruction des fortifications, entreprise dès 1801, et le réaménagement des emprises, partiellement achevé, ont eu lieu seulement quelques années après les premières expériences européennes du genre.

---

19. Ebenezer Howard, *La cité-jardin de demain*, Paris, Dunod, 1982 [1969].
20. Chaque cité-jardin était constituée d'une ville centre et de satellites. La superficie totale de la cité-jardin était de 26 700 hectares (250 000 habitants), la superficie des villes satellites de 3 640 hectares (32 000 habitants) et la superficie de la ville centre de 4 860 hectares (58 000 habitants).
21. Des associations de cités-jardins ont été fondées en Allemagne en 1902, en France et en Belgique en 1903, aux États-Unis en 1906 et en Espagne en 1912.

UN QUÉBEC URBAIN EN MUTATION

Au moment où l'arasement des enceintes a débuté, l'accès à l'eau potable posait de sérieux problèmes. Un réseau d'aqueduc privé avait été construit en 1801 et étendu en 1816. Montréal est devenue la ville nord-américaine la mieux desservie après Philadelphie. Le réseau était cependant confiné aux secteurs habités par des ménages qui avaient les moyens d'en payer le coût. Il a été municipalisé en 1845. Un réservoir dit «de la Côte-à-Baron» a été creusé en 1849 à l'emplacement de l'actuel square Saint-Louis. En juillet 1852, deux secteurs de la ville ont été détruits par le feu alors que le réservoir avait été vidé pour être nettoyé. La même année, le réservoir McTavish a été construit dans l'ouest de la ville pour éviter qu'un tel événement se reproduise. La construction du canal de l'Aqueduc, entreprise en 1862, a permis de desservir un peu plus de 12 000 logements[22].

La fourniture de l'eau potable en quantité croissante a mis en évidence le problème de l'évacuation des eaux grises domestiques, puisque leur rejet non maîtrisé contribuait à l'augmentation de l'insalubrité. Les premiers tronçons du réseau d'égout ont été mis en place en 1832. La construction simultanée des deux réseaux ne s'est toutefois pas imposée immédiatement.

La ville a été définitivement incorporée en 1840. Des règlements adoptés en 1841 visaient à contrer l'obstruction des voies publiques, à permettre l'ouverture ou le réaménagement de rues et de places, à imposer l'alignement des constructions, à améliorer la salubrité des logements, à contrôler la localisation des activités commerciales et à s'attaquer aux nuisances de divers ordres.

Pierre Beaubien, l'un des principaux propriétaires de Montréal, s'est réjoui des pouvoirs dont la ville disposait désormais. Dans une intervention en 1843, ce médecin et conseiller municipal

---

22. L'eau, captée dans les rapides de Lachine, était acheminée par ce canal à une station de pompage (le Pavillon des roues) à partir de laquelle elle était réacheminée dans des réservoirs situés sur le pourtour du mont Royal. Construite en 1912, l'usine Atwater a remplacé cette station de pompage.

LA PREMIÈRE INDUSTRIALISATION ET L'URBANISATION

nouvellement élu a esquissé un projet d'embellissement urbain et réclamé des améliorations immédiates, dont l'ouverture de larges rues, la création de places publiques, des plantations d'arbres, le recouvrement de certains égouts et l'assèchement de marais. Entre-temps, des amendements ont été apportés à la réglementation de 1841 et de nouveaux règlements ont été adoptés pour étayer les dispositifs de régulation des usages, des activités et des modalités de leur implantation. Dans les années 1850, les cimetières Mont-Royal et Notre-Dame-des-Neiges ont été aménagés au sommet de la montagne, ce qui a permis l'abandon du cimetière Saint-Antoine, qui avait été ouvert en 1799, après la fermeture imposée par les administrateurs de la cité du cimetière *intra-muros* de la Fabrique de la paroisse Notre-Dame de Montréal.

En 1864, une loi provinciale a octroyé à Montréal le pouvoir de préparer et d'adopter un plan général de la cité montrant les aménagements existants et prévus. Ce plan a été consigné dans un document publié en 1872.

Au milieu des années 1870 les parcs du Mont-Royal, dessiné par l'architecte paysagiste Frederick Law Olmsted, et Logan[23], renommé La Fontaine en 1901, ont vu le jour, tandis que l'île Sainte-Hélène, propriété de l'armée canadienne à l'instar des terrains du parc Logan, a pu être utilisée comme un espace vert. La croissance de Montréal hors des limites administratives de la ville n'était alors soumise à aucun plan d'extension, l'urbanisation étant, pour l'essentiel, l'affaire de riches propriétaires fonciers qui subdivisaient leurs terres en se contentant de respecter quelques règles de lotissement. La conception de l'habitat témoignait modestement des avancées de l'hygiénisme. Figure emblématique des voisinages élitaires des villes britanniques, le square est devenu une composante distinctive des quartiers montréalais

---

23. En 1874, la Cité de Montréal a loué une partie des terrains qui appartiennent au gouvernement canadien et servaient à des exercices militaires pour y construire des serres. Le parc n'a véritablement été aménagé qu'à compter de 1888.

UN QUÉBEC URBAIN EN MUTATION

de qualité. Mis en service en 1892, le tramway électrique a facilité cette croissance urbaine parfois débridée. La croissance de la ville de Québec a été plus faible. Mais les problèmes d'aménagement et d'insalubrité y étaient pratiquement aussi importants. En 1845, deux incendies ont détruit les faubourgs Saint-Roch et Saint-Jean ainsi qu'une partie du faubourg Saint-Louis. La construction d'un aqueduc, destiné entre autres à lutter contre les incendies, a débuté en 1853. À la même époque, des résidents de la Haute-Ville se plaignaient des odeurs qui se dégageaient du cimetière des Picotés[24], où avaient été sommairement ensevelies les dépouilles des nombreux individus décédés lors des épidémies qui s'étaient succédé depuis le début des années 1830. Un acte pour interdire l'inhumation dans certains cimetières de la ville a été adopté en 1855. Aménagés dans la proche campagne, les cimetières-jardins Saint-Charles et Notre-Dame-de-Belmont ont respectivement été ouverts en 1855 et 1859. Le cimetière des Picotés a été fermé en 1857 et l'exhumation des premiers corps a débuté l'année suivante.

Dans les années 1840, des voix se sont aussi élevées pour exiger la démolition des portes de l'enceinte au motif qu'elles nuisaient à la circulation. La porte Saint-Jean a été détruite en 1864 et reconstruite de manière à faciliter le passage. Les autres portes fortifiées ont été abattues après le départ de la garnison britannique, au début des années 1870. L'architecte Charles Baillairgé a vu dans la destruction des fortifications l'opportunité de proposer un plan d'embellissement apparenté à ce qui se pratiquait en Europe à l'époque. Le gouverneur général, Lord Dufferin, s'y est fermement opposé. Pour cet aristocrate, « Québec est l'une des villes les plus pittoresques et les plus belles du monde ; son site est superbe et son enceinte de murailles et de tours lui fait une

---

24. En 1702, une épidémie de petite vérole, aussi connue sous le nom de *picote*, a fait plus de 300 victimes qui ont été inhumées dans ce cimetière ouvert quelques mois auparavant.

LA PREMIÈRE INDUSTRIALISATION ET L'URBANISATION

couronne splendide[25]». Il a traité les démolisseurs de «Goths» et de «Vandales» et a exigé la reconstruction des portes. Un plan de mise en valeur a été préparé à sa demande. L'écrivain et journaliste Arthur Buies a rendu compte de ce projet dans une conférence prononcée en 1876 sous le titre *L'Ancien et le futur Québec : projet de Son Excellence Lord Dufferin*. L'invention du Vieux-Québec était accomplie[26].

La modernité n'était pas écartée pour autant. Les premiers tramways électriques ont circulé dans la ville en 1897. Comme à Montréal, ils ont favorisé la création de nouveaux quartiers dont l'aménagement répondait aussi aux préoccupations hygiénistes de l'heure. Facilitée par l'adoption généralisée de grilles orthogonales, l'expansion urbaine, tant à Montréal qu'à Québec, était généralement perçue comme une bonne occasion d'affaires par les propriétaires fonciers et les promoteurs immobiliers.

Dans les autres villes de la province, l'urbanisation n'a que très accessoirement été soumise à des règlements. Dans certaines d'entre elles, des squares apportaient un caractère distinct aux quartiers bourgeois. Quelques mesures y ont aussi été adoptées pour contrer les nuisances. Comme dans les grandes villes, des réseaux d'aqueduc ont été construits. Cela a été le cas à Terrebonne en 1861, à Saint-Hyacinthe en 1866, à Beloeil en 1868, à Trois-Rivières et à Saint-Jean-sur-Richelieu en 1872, à Sorel en 1873, à Yamachiche en 1874, à Longueuil, Joliette et Saint-Jérôme en 1876, à Nicolet et Louiseville en 1881, à Sherbrooke et Hull en 1885, à Montmagny en 1892 et à Granby en 1895. De plus, un tramway électrique a été mis en service à Sherbrooke en 1897, mais ses effets ont été moindres qu'à Montréal et à Québec.

---

25. Cité dans Christina Cameron, «Lord Dufferin contre les Goths et les Vandales», *Cap-aux-Diamants*, Édition spéciale, 1987, p. 38.

26. Cette invention est contemporaine de celle du vieux Paris. Ruth Fiori, *Vieux Paris : naissance d'une conscience patrimoniale dans la capitale*, Bruxelles, Éditions Mardaga, 2012.

UN QUÉBEC URBAIN EN MUTATION

Malgré les nouveaux pouvoirs accordés par le gouvernement du Québec, la ville de Montréal pas plus que les autres villes du Québec n'assumaient un véritable leadership. La localisation et la séquence des nouveaux lotissements étaient dictées par des intérêts privés. Les établissements industriels et les installations ferroviaires, dont l'implantation échappait pour l'essentiel aux administrations municipales, avaient un impact souvent déterminant sur l'urbanisation. Cela était d'autant plus vrai qu'à partir des années 1870, des groupes de propriétaires fonciers de Montréal et, dans une moindre mesure, de Québec, ont obtenu, du gouvernement provincial, la modification du statut de certaines municipalités de banlieue ou l'érection de telles municipalités pour faciliter la valorisation de leurs biens-fonds. Ce stratagème a gagné en intensité avec l'arrivée du tramway électrique dans les années 1890, puisque sa mise en service a facilité une dilatation de l'espace urbain et la création de ce que, aux États-Unis, on appelait les *Streetcar Suburbs*[27].

Il s'agissait d'une stratégie à deux volets. Les municipalités étaient autorisées à contracter des emprunts pour réaliser les travaux de viabilisation du foncier (aqueduc, égout, pavage) et se doter d'équipements collectifs. Mais elles pouvaient aussi accorder des crédits de taxes pour attirer des industries, afin de favoriser par effet d'entraînement la construction résidentielle et le développement des activités commerciales. Cependant, la combinaison d'emprunts destinés à la réalisation des travaux publics et de crédits de taxes trop généreux plombaient inévitablement les finances des municipalités, tant et si bien que tôt ou tard, plusieurs d'entre elles se retrouvaient en difficulté, voire étaient acculées à la faillite. Dans ces cas, seule leur annexion par la ville centre, souhaitée par celle-ci ou imposée par le gouvernement du Québec, permettait une sortie de crise. C'est ainsi qu'entre 1883

---

27. Sam Bass Warner, *Streetcar Suburbs: The Process of Growth in Boston, 1870-1900*, Cambridge, Harvard University Press, 1978.

LA PREMIÈRE INDUSTRIALISATION ET L'URBANISATION

et 1918, 23 municipalités ont été absorbées par Montréal, dont Hochelaga, Maisonneuve, Notre-Dame-de-Grâce, Saint-Henri et Sainte-Cunégonde. Québec a englobé pour sa part les municipalités de Saint-Sauveur, Saint-Malo, Limoilou et Montcalm.

Chapitre 3

Une urbanisation à maîtriser

D ans le Québec du début du XXe siècle comme dans les autres sociétés industrialisées, les problèmes engendrés au cours de la seconde moitié du siècle précédent par l'industrialisation et la croissance urbaine ne pouvaient être résolus par les seules mesures promues par l'hygiénisme. Il fallait revoir la manière de penser l'organisation de la ville et d'en planifier la transformation en recourant à de nouvelles règles de production des cadres bâtis. C'est pourquoi l'urbanisme s'est imposé.

La naissance de l'urbanisme

En Europe, les plans d'extension étaient monnaie courante depuis les dernières décennies du XIXe siècle. Des traités d'urbanisme en établissaient les principes. Le desserrement des trames viaires permettait la création des méga-îlots qui ont favorisé l'apparition de nouveaux types d'habitats collectifs. Aux États-Unis, plusieurs plans métropolitains ont été élaborés dès le début du siècle dernier. L'architecte Daniel Burnham a préparé, en 1905, un ambitieux plan directeur pour San Francisco. L'année suivante, c'est à la planification de l'aire métropolitaine de Chicago qu'il s'est attaqué. Le mouvement était lancé. Au même moment, des universitaires et des professionnels participaient, à Washington, à la première conférence nationale sur l'urbanisme. Le concept de

79

UN QUÉBEC URBAIN EN MUTATION

la planification globale (*comprehensive planning*) des agglomérations urbaines en était le sujet. En 1910, une conférence internationale a été organisée à Londres par l'Institut Royal des Architectes Britanniques (RIBA). On y a abordé des sujets aussi variés que les villes du passé, du présent et du futur, leur développement et leur expansion, le rôle de l'architecte et de l'urbaniste, les cadres juridiques et législatifs et l'étude des plans urbains. La même année s'est tenue à Berlin, en Allemagne, une exposition sur l'urbanisme métropolitain clôturant un concours international de planification de la capitale allemande.

En France, c'est le Musée social, une institution fondée en 1894, qui a joué un rôle de premier plan dans la naissance de l'urbanisme et le développement de l'habitat social. Le Musée a contribué à la création, en 1911, de la Société Française des Architectes Urbanistes et à l'élaboration des premières lois d'urbanisme après la Première Guerre mondiale. Des ouvrages avaient par ailleurs exploré, avant même la fin de la guerre, les modalités de reconstruction des villes et villages détruits.

En 1919, Walter Gropius a fondé, en Allemagne, le Bauhaus. Cette école de grande renommée a eu une influence déterminante sur l'architecture et l'urbanisme du XXe siècle[1]. La convergence de l'art et de l'architecture, la valorisation de l'artisanat, la simplicité du design, l'utilisation des nouveaux matériaux et des nouvelles techniques de construction étaient au fondement de son enseignement. À partir de 1926, les Congrès internationaux d'architecture moderne (CIAM) ont mobilisé les avant-gardes de l'architecture et de l'urbanisme et poursuivi les échanges sur le renouvellement des cadres conceptuels entamé à la fin du siècle précédent et sur les expérimentations qui s'étaient multipliées. Une rupture radicale avec les approches traditionnelles de la ville et une ségrégation

---

1. Le Bauhaus a dû fermer ses portes en 1933 en raison de l'hostilité des autorités nazies. L'exode de plusieurs de ses membres a favorisé la diffusion de sa pensée.

UNE URBANISATION À MAÎTRISER

rigoureuse des fonctions y étaient prônées. Le Corbusier en était une des figures de proue.

Même s'il n'était pas urbaniste, l'Anglais Hebenezer Howard a eu, je l'ai déjà souligné, un impact majeur sur la manière de concevoir la ville. Il avait été charmé par les villes de compagnies construites en Grande-Bretagne à la fin du XIXe siècle et par les enclaves résidentielles implantées à la périphérie des métropoles qu'il avait découvertes lors d'un séjour aux États-Unis. Le concept de cité-jardin qu'il a proposé témoignait de sa détestation de la grande ville industrielle et de l'impact de ces influences. Selon lui, la solution aux maux urbains de son époque résidait dans la création, dans la proche campagne des grands centres, de collectivités de taille modeste d'environ 250 000 habitants, des collectivités qu'il souhaitait relativement autonomes du point de vue de l'emploi et dont l'environnement rural était voué à la production agricole et aux loisirs. Le concept a été mis en œuvre en 1903 à Letchworth Garden City, à partir de plans préparés par Raymond Unwin, un chef de file de l'urbanisme et de l'architecture britanniques.

Aux États-Unis, l'urbaniste Clarence Stein a fondé en 1923 la Regional Planning Association of America pour donner une voix aux réformistes interpellés par les questions d'aménagement régional et métropolitain. L'association a obtenu, en 1926, l'adoption du Standard State Zoning Enabling Act, une loi fédérale qui autorisait les municipalités à mettre en œuvre des réglementations de zonage et de lotissement, et à préparer des plans directeurs d'urbanisme.

La cité de Radburn (1928 →), au New Jersey, s'est inscrite dans le mouvement des cités-jardins. Elle a été planifiée par Clarence Stein et Henry Wright. Qualifiée de *Town for the Motor Age*, cette collectivité suburbaine était, paradoxalement, d'emblée conçue pour protéger les résidents des nuisances de l'automobile. Le tracé des rues en boucles ou en impasses limitait la présence des véhicules dans les secteurs résidentiels. Les circulations piétonnes y étaient reportées dans des espaces verts aménagés au cœur des méga-îlots, et le croisement entre les voies destinées aux piétons et les principales routes était assuré par des viaducs. Inachevée en raison de la crise, Radburn s'est néanmoins imposée comme une réalisation de premier plan.

Bien que l'urbanisme ait tardé à percer au Québec, l'influence de ces initiatives et mouvements y était perceptible. Une Ligue du progrès civique a été fondée à Montréal en 1909 par des réformistes, des hygiénistes, des ingénieurs, ainsi que des architectes et des urbanistes – dont l'Écossais Percy E. Nobbs, acteur influent de l'organisme. Ses membres ont organisé une première conférence sur l'urbanisme dès l'automne. L'écrivain, journaliste et philanthrope Olivar Asselin y a prononcé une allocution sur la leçon que Montréal devait tirer de l'expérience des États-Unis[2]. Le Comité d'urbanisme et de transport a par la suite été créé.

Les préoccupations de la Ligue s'inscrivaient dans la foulée des objectifs de la Commission canadienne de la conservation[3], instaurée en 1909 à l'image d'un organisme similaire fondé l'année précédente aux États-Unis à la demande du président Theodore Roosevelt. Sa mission était d'offrir aux gouvernements fédéral et provinciaux des avis et des conseils sur la conservation et le bon usage des ressources humaines et naturelles. Recruté en Grande-Bretagne, où il était associé au mouvement des cités-jardins, Thomas Adams a été le premier professionnel embauché par l'organisme. Au printemps de 1914, la Commission a tenu à Toronto sa sixième conférence nationale sur l'aménagement des cités à laquelle ont pris part des représentants de Londres, New York, Philadelphie, Boston, Cincinnati et de quelques villes canadiennes. Adams y a présenté le concept de cité-jardin. Il a suggéré que les provinces adoptent un cadre législatif spécifiquement

---

2. Olivar Asselin, *Le problème municipal : la leçon que Montréal doit tirer de l'expérience des États-Unis*, Ligue du progrès civique, 1909.

3. Michel F. Girard, *L'écologisme retrouvé : Essor et déclin de la Commission de la conservation du Canada*. Ottawa, Presses de l'Université d'Ottawa, 1994.

UNE URBANISATION À MAÎTRISER

pensé pour l'aménagement des villes et a proposé, à cet effet, un projet de loi dont elles pourraient s'inspirer.

Peter Samuel George Mackenzie, qui était alors délégué du Québec et trésorier de la province, tout en se disant favorable au projet, a souligné que plusieurs dispositions seraient difficilement applicables au Québec en raison de l'autonomie dont jouissaient les municipalités. L'argument était d'autant plus étonnant que l'administration locale des territoires relevait, en vertu de la constitution canadienne, des provinces et que les municipalités en étaient, en l'absence de statut constitutionnel, les créatures. En d'autres termes, Québec pouvait imposer en toute légitimité l'adoption, par les municipalités, de plans et de réglementations d'urbanisme. Le gouvernement du Québec s'en remettait aux élus locaux – supposément – récalcitrants pour justifier son inaction dans le domaine.

À la fin de la Première Guerre mondiale, sept des neuf provinces canadiennes avaient adopté des lois en matière d'urbanisme. Au Québec, le gouvernement a choisi de créer un Département des affaires municipales en 1918. Il n'adoptera un encadrement législatif en aménagement urbain digne de ce nom qu'au tournant des années 1930[4]. La pertinence, voire la nécessité de l'urbanisme était pourtant reconnue dans plusieurs milieux. Dans un texte de 1917 intitulé *La veillée des berceaux*, Édouard Montpetit avait proposé, après avoir longuement dénoncé le fléau de la mortalité infantile qui sévissait à Montréal et en avoir décrit les conséquences sociales et économiques, de recourir à des plans d'urbanisme qui :

> [...] assainissent le logement, multiplient les habitations des travailleurs et tracent des jardins ouvriers ; encouragent la pratique de l'hygiène publique en répandant les données nouvelles de l'urbanisme et en réclamant de vastes espaces libres où l'air apporte son inestimable bienfait [...][5].

---

4. L'autre province récalcitrante, la Colombie-Britannique, a adopté une loi en matière d'urbanisme en 1925.
5. Édouard Montpetit, « La veillée des berceaux », *L'Action française*, 1917, p. 22.

Présidée depuis sa fondation en 1919 par le maire d'Outremont, Joseph Beaubien, l'Union des municipalités du Québec (UMQ) a fait écho aux activités de la Ligue du progrès civique en inscrivant l'urbanisme au programme de son congrès de 1926[6]. La même année, cette dernière a contribué à l'organisation de la sixième conférence annuelle du Town Planning Institute of Canada. L'urbanisme était alors plus que jamais un sujet d'actualité.

L'année suivante, l'UMQ a adopté une résolution demandant au gouvernement de créer un service dédié aux questions d'urbanisme. En décembre un numéro spécial de la *Revue municipale* était entièrement consacré à l'urbanisme. Édouard Montpetit, devenu une figure de premier plan à l'Université de Montréal, y soutenait la nécessité d'une formation universitaire en urbanisme.

En 1929, la Commission d'urbanisme de la Ligue a rendu public un document intitulé *Projet de loi autorisant la création des commissions d'urbanisme municipal et régional, la réglementation des subdivisions de terrains et décrétant l'imposition d'amendes pour infractions*. Le gouvernement du Québec a encore refusé de donner suite.

Au début des années 1930, le Code municipal du Québec a été modifié pour accorder aux municipalités de plus de 20 000 habitants le pouvoir de diviser leur territoire en zones et d'y réglementer les usages et les constructions. Mais la province ne se dotera d'une vraie loi sur l'aménagement et l'urbanisme que cinq décennies plus tard.

L'automobile et la redéfinition du rapport au territoire

Sur le terrain, les trois premières décennies du XXe siècle se sont inscrites sur la lancée des trois dernières du siècle précédent. L'industrialisation amorcée au début de la seconde moitié du XIXe siècle s'est poursuivie. Ses conséquences sur l'urbanisation et

---

6. Harold Bérubé, *Unité, autonomie, démocratie : une histoire de l'Union des municipalités du Québec*, Montréal, Les Éditions du Boréal, 2019.

UNE URBANISATION À MAÎTRISER

l'exode rural, déjà manifestes dans le dernier quart du XIXᵉ siècle, ont été déterminantes en ce début du XXᵉ. Même si, en 1900, l'automobile et l'hydroélectricité étaient davantage des objets de curiosité que des acquis technologiques largement partagés, elles contenaient en germe une transformation radicale des modes et des cadres de vie.

Le recensement canadien de 1921 révèle que 52 % de la population du Québec, qui totalisait 2 360 510 habitants, résidaient désormais dans les villes. Montréal, dont les effectifs démographiques ont été gonflés par l'immigration internationale, l'arrivée de ruraux et les annexions municipales[7], y contribuait à la hauteur de 26 %. Deuxième ville en importance avec un peu plus de 95 000 habitants, Québec comptait pour 4 %. Les autres citadins se distribuaient dans quelques centaines de villes dont la population dépassait souvent à peine le millier d'habitants. Le Québec dénombrait alors 24 villes de plus de 5 000 âmes, dont 12 de plus de 10 000. Leur nombre a continué de croître. Elles étaient respectivement 11 et 5 en 1901, 17 et 8 en 1911, et 33 et 19 en 1931 (voir tableau 2). À noter que cinq des municipalités apparaissant dans le tableau (Westmount, Outremont, Ville Mont-Royal, Saint-Lambert et Pointe-Claire) étaient des banlieues d'évasion résidentielle, une forme d'urbanisation déjà promise à un bel avenir. L'automobile y a joué un rôle de premier plan.

---

7. Entre 1874 et 1918, Montréal a annexé une trentaine de municipalités ou de parties de municipalités, dont plusieurs étaient en faillite ou vivaient de sérieuses difficultés économiques.

Tableau 2 – Évolution démographique des principales municipalités « urbaines » du Québec (1901-1931)[8]

	1901	1911	1921	1931
Montréal	267730	467986	618506	818577
Québec	68840	78710	95193	130594
Westmount	8856	14579	17556	24235
Outremont	1148	4820	13249	28641
Verdun	1898	11529	25001	60745
Lachine	5581	10699	15404	18630
Saint-Laurent	1390	1800	3222	5348
Pointe-Claire	555	793	2617	4058
Ville Mont-Royal	-	-	160	2174
Saint-Vincent-de-Paul	2807	2914	3571	3243
Saint-Jérôme	3619	3473	5491	8967
Mont-Laurier	-	752	2211	2394
Lachute	2022	2407	2592	3906
Sainte-Thérèse	1541	2120	3043	3292
Terrebonne	1822	1990	2056	1955
Joliette	4220	6346	9116	10765
Berthier	1364	1335	2193	2431
Sorel	7957	8420	8174	10320
Saint-Hyacinthe	9210	9797	10859	13448
Saint-Jean	4030	5903	7734	11256
Iberville	1512	1905	2454	2787
La Prairie	1451	2388	2158	2774
Bedford	1364	1432	1669	1570
Acton Vale	1175	1402	1549	1763
Valleyfield	11055	9449	9215	11411
Beauharnois	1976	2015	2250	3729
Longueuil	2835	3972	4682	5407

---

8. Les nombres en caractère gras identifient les villes de plus de 5000 habitants ; les cases grisées identifient celles de plus de 10000.

UNE URBANISATION À MAÎTRISER

Saint-Lambert	1362	3344	3880	**6075**
Lévis	**7783**	**7452**	**10470**	**11124**
Lauzon	3416	3978	4966	**7084**
Saint-Georges	3287	2692	3576	4098
Beauport	-	-	3240	3242
Donnacona	-	-	1225	2631
Saint-Romuald	3559	3993	3825	3722
Granby	3773	4750	**6785**	**10537**
Waterloo	1797	1886	2063	2192
Sherbrooke	**11765**	**16405**	**23515**	**28933**
Magog	3516	3978	4966	**6302**
Stanstead	2832	2954	2787	2834
Coaticook	2880	3165	3554	4044
Farnham	3114	3560	3343	4205
Richmond	2057	2175	2450	2596
Windsor	2149	2233	2330	2720
Ascot	3702	2799	2603	3077
Victoriaville	1693	3028	3769	**6213**
Plessisville	1586	1559	2032	2536
Drummondville	1450	1725	2852	**6000**
Nicolet	2225	2593	2342	2868
Thetford Mines	3256	**7261**	**7886**	**10701**
Asbestos	783	2224	2189	4306
Black Lake	-	2465	2658	2167
East Angus	-	-	3802	3566
Lac Mégantic	1883	2816	3140	3911
Trois-Rivières	**9881**	**13691**	**22267**	**34450**
Louiseville	1565	1675	1772	2306
Cap-de-la-Mad.	-	-	**6738**	**8748**
Shawinigan	2768	4265	**10625**	**15345**
Grand-Mère	2511	4783	**7637**	**6401**
La Tuque	-	2934	**5603**	**7811**
Chicoutimi	3826	**5880**	**8937**	**11877**

Jonquière	-	2354	4851	**9448**
Kénogami	-	-	2557	**4500**
Alma	-	-	850	3970
Montmagny	1919	2617	4145	3927
Rivière-du-Loup	4569	**6774**	**7703**	**8499**
Rimouski	1804	3097	3612	**5589**
Mont-Joli	822	2141	2799	3143
Matane	1176	2056	3050	4767
Hull	**13993**	**18222**	**24177**	**29433**
Buckingham	2936	3354	3835	4630
Amos	-	-	1488	2153
Rouyn	-	-	-	3225
Noranda	-	-	-	2246

Malgré cette évolution, en 1931, une proportion importante de la population du Québec résidait toujours dans de petites communautés. Si les 25 cités identifiées dans le recensement de Statistique Canada abritaient en moyenne 53 186 habitants, 97 des villes en comptaient en moyenne moins de 2 450, et 22 d'entre elles, moins de 1 000. Dans les 301 villages, la moyenne du nombre d'habitants était de 820.

Un peu partout, la modernité n'en faisait pas moins son chemin, grâce à la diffusion croissante de l'automobile et de l'électricité. Le navire à vapeur, le train et le tramway électrique, respectivement mis en service au Québec en 1809, 1836 et 1892, étaient des moyens de transport mécanisés collectifs. Apparue dans les années 1890[9], l'automobile a individualisé le rapport au transport mécanisé. Mais les premières années ont été difficiles. Les pannes étaient fréquentes, les crevaisons nombreuses, et

---

9. Henry Seth Taylor, un bijoutier et horloger de Stanstead, dans les Cantons de l'Est a fait rouler un chariot à vapeur en 1867. Un accident, attribuable à l'absence de freins, a mis fin à l'expérience.

UNE URBANISATION À MAÎTRISER

les routes guère praticables, particulièrement hors des quartiers centraux des villes, où les rues n'étaient pas systématiquement pavées. L'automobile, coûteuse à l'achat, capricieuse à l'usage et jugée dangereuse[10] (elle effarouchait les chevaux) était considérée comme une excentricité. Pourtant, l'engouement dont elle a fait l'objet était tel que la situation a évolué rapidement.

Au Québec, une première automobile a circulé dans les rues de la capitale en 1897. Elle avait été acquise par le dentiste, inventeur et échevin Henri-Edmond Casgrain. À Montréal, deux ans plus tard, le promoteur immobilier Ucal-Henri Dandurand a étrenné une première voiture. Il en a acheté trois autres, dont une De Dion-Bouton de fabrication française, acquise en 1903. L'année suivante, 48 autos circulaient à Montréal. À l'extérieur de la métropole et, dans une moindre mesure, hors de la ville de Québec, la diffusion de cette innovation technologique a été passablement aléatoire. Elle était tributaire du goût de l'aventure qu'ont manifesté des citoyens fortunés de certaines localités. Une première automobile a roulé à Sherbrooke en 1897, ensuite à Saint-Jean-sur-Richelieu en 1900[11] ; à Granby en 1902 ; à Saint-Hyacinthe en 1903 ; à Matane en 1904 ; à Roberval en 1906 ; à Terrebonne et à Chicoutimi en 1910. Toujours au début du siècle, le voiturier Magloire Borduas, père de Paul-Émile, a conduit dans la ville de Saint-Hilaire une de ces premières voitures automobiles.

À Montréal, 162 automobiles circulaient en 1907, 4 000 en 1915, 13 000 en 1920 et 65 000 en 1930. À Québec, l'automobilité a connu des débuts plus difficiles, notamment en raison de la topographie accidentée et de l'étroitesse de nombreuses rues. L'administration municipale en a dénombré 1 421 en 1919 et 10 714 en 1932. Dans

---

10. À Montréal, le premier décès d'un piéton a été déploré en 1906 ; on en a compté 12 en 1912.

11. Il s'agissait d'un véhicule à vapeur, propriété d'Edmond Guillet, manufacturier de chapeaux de Marieville.

UN QUÉBEC URBAIN EN MUTATION

l'ensemble du Québec, Montréal comprise, l'augmentation du nombre d'automobiles enregistrées a été tout aussi spectaculaire (voir tableau 3).

Tableau 3 – Évolution du nombre d'automobiles enregistrées au Québec (1906-1930)

Année	Nombre	Année	Nombre
1906	167	1920	41 562
1908	396	1922	60 940
1910	786	1924	86 962
1912	3 535	1926	97 418
1914	7 413	1928	128 104
1916	15 348	1930	178 548
1918	26 931		

Un premier salon de l'automobile a eu lieu à Montréal en 1906 ; quelque 20 000 visiteurs y ont déambulé. Deux ans plus tard, Henry Ford lançait le modèle T. L'automobile n'était plus un luxe. Le transport des marchandises et le transport en commun ont vite été touchés par la technologie automobile. Les premiers camions ont roulé à la toute fin du XIXe siècle. Un concessionnaire de camions a ouvert ses portes dans la métropole en 1912. Mais l'industrie du camionnage s'est lentement développée, et à une échelle strictement locale, en raison du mauvais état des routes et de la supériorité du chemin de fer. En 1919, des employés de la Montreal Tramways Company (MTC) ont transformé deux camions de marque White en autobus. Ces véhicules ont permis de desservir des lignes ou des secteurs peu compatibles avec le tramway.

L'automobile a substantiellement modifié le rapport à l'espace, aussi bien en ville qu'à la campagne. Dans les centres urbains, sa diffusion a facilité l'apparition des banlieues d'évasion. Mais elle imposait également de nouvelles pratiques et de nouveaux

UNE URBANISATION À MAÎTRISER

aménagements[12]. Les États-Unis ont montré la voie : les premières stations-service y ont été construites dans les années 1910 ; un premier ciné-parc a été ouvert au Texas en 1921 ; la même année, l'architecte paysagiste John Nolen a planifié, à la demande de la philanthrope Mary M. Emery, la cité-jardin de Mariemont, une communauté autonome de l'Ohio dont les stationnements sur et hors rue ont été l'objet d'une attention particulière ; le Country Club Plaza de Kansas City, un des tout premiers centres commerciaux de banlieue spécifiquement conçus en fonction de l'automobile, a été inauguré en 1923 ; le Milestone Mo-Tel de San Luis Obispo, en Californie, a reçu ses premiers voyageurs en 1925. À la fin de la décennie, Clarence Stein et Henry Wright ont conçu la collectivité de Radburn, qualifiée de *Town for the Motor Age* et dont on a parlé plus tôt. Le Québec n'aura qu'à s'inspirer de pratiques éprouvées et les villes vont à leur tour se modeler aux besoins automobiles[13].

Les stations-service sont devenues, dans les années 1920, une composante incontournable du paysage urbain[14]. Construit en 1922 à Montréal, l'édifice Canada Cement abritait le premier stationnement intérieur. La souffleuse à neige, inventée par Arthur Sicard en 1925 s'est imposée, puisque les rues devaient désormais être déneigées. Montréal et Outremont en ont fait l'acquisition en 1927. La même année, les sections latérales du pont Victoria ont été élargies pour permettre le passage des automobiles. Deux ans plus tard,

---

12. Étienne Faugier, « Automobile, transports urbains et mutations : l'automobilisation urbaine de Québec, 1919-1939 », *Revue d'histoire urbaine*, Vol. 38, n° 1, 2009, p. 26-37.

13. Claire Poitras, « La ville en mouvement. Les formes urbaines et architecturales du système automobile, 1900-1960 », dans Claude Bellavance et Marc St-Hilaire (dir.), *Le fait urbain*, Montréal, Centre interuniversitaire d'études québécoises, 2015 et « Automobile, transports urbains et mutations : l'automobilisation urbaine de Québec, 1919-1939 ».

14. Fondée en 1932 par Charles-Émile Trudeau, la Champlain Oil Products Limited a construit des postes d'essence dont l'architecture s'inspirait de la tradition architecturale québécoise. On en trouverait le dernier exemplaire dans le village de Champlain. En 2010, le petit édifice a été cité immeuble patrimonial par la municipalité.

le pont de Québec, ouvert à la circulation ferroviaire en 1917, est devenu accessible aux automobilistes. En 1930, le tunnel Gosford a été creusé sous une aile du Château de Ramezay pour désengorger le Vieux-Montréal. Dans les rues de Montréal, Québec, Sherbrooke, Hull, Trois-Rivières et Lévis, les conflits avec les tramways – et les accidents, parfois mortels – se sont multipliés[15].

En campagne et dans les petites villes, les conditions de la diffusion de l'automobile étaient passablement moins favorables. La piètre qualité des chemins rendait l'expérience de la conduite extrêmement désagréable et hasardeuse, voire carrément périlleuse. Les agriculteurs et les éleveurs, particulièrement au voisinage des principales villes, ont néanmoins rapidement compris l'intérêt du camion pour la livraison des denrées dans les marchés publics urbains[16]. Pour les médecins de campagne et les curés des villages, l'automobile facilitait les visites à domicile... et contribuait à leur respectabilité.

Conscient des enjeux de la transformation engendrée par l'automobilité, le gouvernement du Québec a adopté en 1912 la Loi sur les bons chemins. Elle relevait du ministère de l'Agriculture et de la Colonisation. Un ministère de la Voirie a été créé en 1914. L'essor du tourisme dans les années 1920 a entraîné la multiplication des projets routiers. Les progrès étaient lents, surtout dans les campagnes éloignées des principales villes, même si certaines régions ont bénéficié des avantages que leur procuraient leurs attraits touristiques.

---

15. En 1920, on dénombrait 1 600 accrochages et accidents plus sérieux avec les tramways montréalais.

16. En 1895, des producteurs laitiers avaient fondé la Société des bons chemins dont la mission était d'exiger l'adoption par le gouvernement d'une politique de la voirie. Sous les pressions de ce lobby, le gouvernement a acheté, en 1898, 63 machines permettant de mécaniser la construction et l'entretien des chemins. Une photographie de 1932 conservée dans les archives de la Ville de Montréal montre une place Jacques-Cartier entièrement occupée par les camions des agriculteurs venus vendre leur production.

UNE URBANISATION À MAÎTRISER

Malgré les embûches persistantes, l'automobilité a joué un rôle déterminant au regard de l'urbanisation, en contribuant à la dilatation des périmètres urbains et à l'évasion résidentielle. L'électrification, mise en chantier au moment où sont apparues les premières automobiles, n'a pas été en reste.

L'hydroélectricité et l'urbanisation

L'électrification a été au cœur d'une nouvelle phase de l'industrialisation du Québec. L'implantation d'une entreprise manufacturière à proximité d'un site de production hydroélectrique a souvent signé l'acte de naissance d'une ville. Ce fut le cas de plusieurs localités qui ont accueilli des papetières. L'adoption, en 1911, d'une loi interdisant l'exportation du bois à pâte coupé sur les terres publiques de la province a en effet entraîné la construction de plusieurs usines de papier-journal mises en service pour répondre à la demande croissante du nombre de journaux quotidiens et du lectorat dans les métropoles et principales villes nord-américaines. L'exploitation des ressources minières a également eu un effet significatif, notamment dans la région de l'amiante et en Abitibi.

Il faut dire que jusqu'alors, l'électrification profitait essentiellement aux services publics urbains. Les premières expériences d'éclairage en ville remontent aux années 1880. Dans la métropole, un contrat pour l'installation de 16 lampadaires à arc, le long des quais du port, avait été accordé en 1880. À Québec, un système d'éclairage avait été installé en 1885 sur la terrasse Dufferin. Il était alimenté par la première centrale hydroélectrique québécoise qui avait été construite en contrebas de la chute Montmorency. L'éclairage urbain a ensuite été mis en service dans différentes villes, dont Joliette en 1889 et Coaticook en 1891.

D'autre part, le premier tramway électrique a roulé dans les rues de Montréal en 1892. Les centrales hydroélectriques de Lachine et de Chambly, construites quelques années plus tard, alimentaient le réseau. En 1898, un consortium d'hommes d'affaires de Boston et de Montréal a fondé la Shawinigan Water & Power Company (SWP) pour exploiter le potentiel hydraulique des chutes de Shawinigan. Les centrales NAC et Shawinigan 1 y ont été mises en service en 1901. Parce que le transport de l'électricité n'était pas entièrement maîtrisé, les responsables de la SWP ont cherché à attirer des entreprises qui accepteraient de s'installer à proximité des centrales. La Northern Aluminum Company, ancêtre d'Aluminum Company of Canada (Alcan), a été la première à s'implanter à Shawinigan. Elle y a construit la centrale NAC qui alimentait les installations de production en courant direct, extrêmement difficile à transporter, même sur de courtes distances. La Belgo Canadian Pulp et la Canada Carbide Company y ont aussi érigé leurs usines. Comme celles-ci étaient implantées à l'écart de tout établissement, une ville devait être planifiée et construite par la SWP.

Mais les recherches menées sur le transport de l'électricité ont rapidement porté fruit. En 1897, une ligne à 12,5 kilovolts, longue de 27 kilomètres[17], a été construite entre la centrale de Saint-Narcisse, érigée sur la rivière Batiscan, et Trois-Rivières, dont elle alimentait le système d'éclairage. En 1899, une partie de la production de la centrale de Chambly était acheminée à Montréal par une ligne à 12 kilovolts longue de 29 kilomètres. En 1903, une ligne à 50 kilovolts de 130 kilomètres a été tirée entre Shawinigan et Montréal, pour alimenter un poste de transformation[18] construit en plein champ sur le territoire de la ville de Maisonneuve. Deux autres lignes ont été mises en service en 1904 et 1911.

D'autres innovations sont survenues dans les années 1910. Une meilleure maîtrise des techniques de construction des ouvrages de retenue et de contrôle en béton a rendu possible l'érection de

---

17. Elle était la plus longue de l'Empire britannique à l'époque.
18. La station n° 1 a été désaffectée en 1950 et intégrée dans de nouveaux bâtiments. Redécouverte au début des années 2000, elle a été soigneusement dégagée, mise en valeur et insérée dans un immeuble à logements coopératif.

UNE URBANISATION À MAÎTRISER

Figure 6 – Centrales hydroélectriques de Shawinigan (1910)
Au début du siècle dernier, Shawinigan constituait un des hauts lieux de la production hydroélectrique. Quatre centrales y ont été mises en service entre 1901 et 1911, soit – dans le sens horaire – les centrales Alcan 16, Northern Aluminum Co. (dont on voit la toiture), Shawinigan 1 et Shawinigan 2A. Les centrale Alcan 16 et NAC desservaient les installations de l'aluminerie tandis qu'une partie de la production de Shawinigan alimentait le marché montréalais grâce à trois lignes de transport construites en 1903, 1904 et 1911.
(Source : Shawinigan Water & Power Co. BAnQ, 0003784067)

barrages en travers des cours d'eau[19], tandis que l'installation de groupes turbo-alternateurs à axe vertical permettait un bond spectaculaire de la capacité de production. Alors que la plupart des centrales construites avant la fin des années 1910 produisaient rarement plus d'une quinzaine de mégawatts, voire moins de 4, et que la centrale Shawinigan 1 (construite en 1901) se démarquait avec une puissance de 43 mégawatts, les centrales Les Cèdres et Grand-Mère, respectivement mises en service en 1914 et 1916, en produisaient 162 et 150 (voir tableau 4).

---

19. Outre l'assise de la centrale, ces ouvrages étaient constitués de déversoirs, d'évacuateurs de crues et de passes à billes.

UN QUÉBEC URBAIN EN MUTATION

Tableau 4 – Exemples de centrales construites entre 1889 et 1932

Centrale	Mise en service	Puissance	Statut
Frontenac	1889	?	modifiée
Montmorency	1894	4 MW	détruite
Saint-Narcisse	1897	1 MW	en partie détruite
Lachine	1898	12 MW	détruite
Chambly	1899	16 MW	détruite
NAC	1901	11 MW	désaffectée
Shawinigan 1	1901	43 MW	détruite
Chutes Chaudière	1901	3,5 MW	détruite
Hull 1	1902	8,5 MW	désaffectée
Soulanges	1906	12 MW	détruite
Shawinigan 2	1911	11 MW	agrandie
Rock Forest	1911	1,8 MW	modernisée
Saint-Timothée	1911	15 MW	désaffectée
Les Cèdres	1914	162 MW	modernisée
Grand-Mère	1916	150 MW	désaffectée
Drummondville	1919	16 MW	en service
Hull 2	1920	27 MW	en service
Rapide-des-Quinze 1	1923	38 MW	en service
La gabelle	1924	129 MW	modernisée
Isle Maligne	1925	224 MW	en service
Chute-Hemmings	1925	29 MW	en service
Bryson	1925	61 MW	en service
Saint-Narcisse	1926	15 MW	désaffectée
Chelsea	1927	144 MW	en service
Rapides-Farmer	1927	98 MW	en service
Paugan	1928	210 MW	en service
Rivière-des-Prairies	1930	45 MW	modernisée
Beauharnois	1932	538 MW (1948)	agrandie

UNE URBANISATION À MAÎTRISER

Un peu auparavant, le gouvernement du Québec avait créé la Commission des eaux courantes, dont le mandat était de faciliter une gestion unifiée des principaux bassins versants du réseau hydrographique. Il s'agissait de réduire les écarts importants entre les grandes crues et les étiages les plus sévères, de manière à limiter les conséquences fâcheuses des unes et des autres et, de la sorte, à optimiser le rendement éventuel de la ressource hydraulique.

La construction de barrages de régularisation à la tête des bassins hydrographiques visait à faciliter l'exploitation forestière, la production hydroélectrique et, le cas échéant, l'industrialisation. C'est ainsi qu'ont été érigés le barrage Gouin sur le Haut-Saint-Maurice en 1917, le barrage Allard sur le Haut-Saint-François en 1918 et des ouvrages similaires à l'embouchure du lac Saint-Jean en 1926, en plus de celui du petit lac Baskatong sur la Haute-Gatineau en 1927.

Au total, un peu plus d'une centaine de centrales ont été construites entre 1900 et 1919. Plusieurs d'entre elles ont été érigées par de petites coopératives locales et des entreprises industrielles, comme des pulperies et des papetières, qui avaient acquis les droits d'exploitation sur de nombreuses rivières du Québec.

Les investissements requis pour la construction d'immenses centrales destinées à l'alimentation de marchés urbains en pleine croissance favorisaient la création d'entreprises dotées de moyens considérables. Des monopoles régionaux se sont constitués[20]. La plus importante entreprise privée de production et de distribution d'électricité au Québec, la SWP, desservait ainsi la Mauricie, la rive sud du Saint-Laurent, Montréal et Québec[21]. La Montreal Light, Heat & Power (1901) possédait quelques centrales et achetait l'électricité de la SWP qu'elle distribuait à Montréal. La Southern

---

20. Clarence Hogue, André Bolduc et Daniel Larouche, *Québec, un siècle d'électricité*, Montréal, Éditions Libre Expression, 1979.
21. Claude Bellavance, *Shawinigan Water and Power, 1898-1963 : formation et déclin d'un groupe industriel au Québec*, Montréal, Les Éditions du Boréal, 1994.

UN QUÉBEC URBAIN EN MUTATION

Canada Power (1913) desservait la région de l'Estrie, la Gatineau Power Company (1926) l'Outaouais et les Laurentides et la Duke-Price Power Company (1924) produisait l'électricité au Saguenay pour les alumineries et les papetières[22].

Combinées à diverses mesures législatives et fiscales, l'électrification a permis l'émergence des filières des pâtes et papier, de l'électrochimie et de l'électrométallurgie. Des villes comme Trois-Rivières, restées à l'écart des grandes trajectoires de distribution des équipements manufacturiers de première génération, ont connu un essor industriel soutenu. D'autres villes ont été bâties *ex nihilo* ou presque. C'est le cas, par exemple, de La Tuque, Grand-Mère, Shawinigan, Témiscaming et Arvida. Au sud du Saint-Laurent, en particulier en Montérégie, dans le Centre-du-Québec et dans les Cantons de l'Est, plusieurs petites villes se sont développées à l'ombre des grandes usines. Les élus de certaines d'entre elles ont compris l'importance du contrôle de l'électricité au regard du développement industriel et urbain. Si quelques municipalités se sont contentées d'acquérir le réseau de distribution, d'autres entendaient contrôler au moins une partie de la production. La ville de Coaticook a acheté la Coaticook Electric Light and Power Company en 1903. En 1908, Sherbrooke a municipalisé le réseau de production et de distribution sur son territoire. Elle en a retiré d'énormes bénéfices du point de vue industriel. Plusieurs nouvelles entreprises s'y sont installées, dont la Canadian Connecticut Cotton Mills, qui a inauguré ses installations en 1914. Comme ses dirigeants prévoyaient engager rapidement 500 employés, ils ont commandé à la Sherbrooke Housing Company la construction, à proximité de l'usine, d'un quartier modèle constitué de plusieurs dizaines de résidences de deux et quatre logements déclinées en huit modèles. Les premières maisons ont été bâties en 1919.

---

22. La compagnie a été achetée en 1925 par l'Aluminum Company of Canada (Alcan).

UNE URBANISATION À MAÎTRISER

L'accès à un réseau électrique a eu des impacts extrêmement divers. Il permettait aux entreprises manufacturières de se libérer d'avoir à exploiter directement le potentiel hydraulique des cours d'eau. Les implantations n'étaient désormais plus dictées par la distribution des points d'accès aux chutes et aux rapides. L'amélioration de la technologie de transport autorisait la construction de centrales augmentant l'offre sans que doive être envisagé l'établissement de population à proximité. Les centrales Rapide-des-Quinze (construite en 1926) sur l'Outaouais supérieur, Rivière-des-Prairies (en 1929) sur la rivière du même nom, ainsi que Les Cèdres (en 1914) et Beauharnois (en 1932) sur le Saint-Laurent en amont de Montréal en sont des exemples.

En ville, l'alimentation électrique a rendu possible l'éclairage public, ainsi que celui des lieux de travail, et conséquemment l'allongement des heures de production dans les manufactures. Elle a aussi entraîné la construction de voies de tramways. À Montréal, Québec, Hull et Sherbrooke, les réseaux créés dans les années 1890 se sont étendus. De plus, des tramways ont été mis en service à Lévis en 1902, à Saint-Lambert en 1909, à Montréal-Sud et Longueuil en 1910, à Granby en 1912[23] et à Trois-Rivières en 1915.

À Montréal, en 1930, le réseau possédait 55 lignes et 510 kilomètres de rails. D'une grande densité, la trame qui desservait les quartiers centraux a été complétée par des antennes rejoignant Lachine, Cartierville, le Sault-au-Récollet, Montréal-Nord et Pointe-aux-Trembles. À Québec, en 1932, on comptait 11 lignes et 42 kilomètres de voies. Aux environs, Sillery, Charlesbourg et Montmorency ont alors pu être desservies. À Sherbrooke, le service a d'abord été offert sur la Belt Line – reliant le centre-ville et le Vieux-Nord – et l'antenne Lennoxville ; en 1925, le réseau totalisait 5 lignes et 18,5 kilomètres de voies. À Trois-Rivières, la douzaine de kilomètres de rails desservaient le centre-ville et se

---

23. Il s'agissait en fait d'un tram-train qui devait originellement relier Montréal et Sherbrooke.

prolongeaient, à l'ouest, jusqu'à la St. Lawrence Paper Mills et, à l'est, jusqu'à la Canada Paper du Cap-de-la-Madeleine. Symbole de l'électrification des villes, le tramway a connu son apogée à la veille de la crise. Les difficultés financières et technologiques, combinées à la concurrence de l'automobile, ont à la longue eu raison de ce mode de transport qui avait contribué à changer le paysage urbain.

À la campagne, l'électrification des fermes a augmenté le confort des résidences et transformé les pratiques agricoles, particulièrement dans le domaine de la production laitière[24]. Mais l'électrification des campagnes n'a pas eu lieu si facilement. La production, le transport et la distribution du courant électrique étaient entre les mains de quelques grands producteurs[25], en particulier la Shawinigan Water & Power Company, et d'une multitude de petites entreprises, dont plusieurs étaient de modestes coopératives[26]. Or, les premières n'étaient pas intéressées par le marché rural, trop coûteux à desservir au regard des rendements attendus, tandis que les secondes, en raison du peu de moyens dont elles disposaient, devaient cantonner l'offre de service aux villages et aux petites villes à proximité desquels elles avaient été implantées[27].

---

24. Elle a aussi contribué à la diffusion de la radio, moyen d'accès à la culture qui s'est développé dans l'effervescence des grandes villes.
25. Le Dr Philippe Hamel, fervent défenseur de la nationalisation, les surnommait dans les années 1930 le Trust de l'électricité.
26. La première nationalisation, réalisée en 1944 par le gouvernement libéral d'Adélard Godbout, n'a visé que la Montreal Light, Heat & Power Co. et la Beauharnois Power, ce qui a laissé le Québec hors Montréal à la merci de 11 grandes entreprises, soit la Shawinigan Water and Power, la Québec Power, la Southern Canada Power, la Saint-Maurice Power, la Gatineau Power, la Compagnie de pouvoir du Bas-Saint-Laurent, la Compagnie électrique du Saguenay, la Northern Québec Power, la Compagnie électrique de Mont-Laurier, la Compagnie électrique de Ferme-Neuve et la Compagnie de pouvoir de La Sarre.
27. C'était la raison pour laquelle le gouvernement de Maurice Duplessis, réfractaire à la nationalisation et particulièrement attentif aux attentes des populations des campagnes, a institué l'Office de l'électrification rurale, en 1945.

UNE URBANISATION À MAÎTRISER

Si l'électrification a favorisé l'industrialisation du territoire, elle a parfois imposé aux entreprises, à l'origine de l'implantation des équipements de production, l'adoption de mesures destinées à attirer et à fidéliser leurs employés, ou à tout le moins les employés spécialisés. L'accès à un logement, à un environnement bâti et à des services de qualité compensait l'isolement de certains établissements industriels, du moins dans les premiers temps. Cette nécessité a entraîné çà et là la mise en œuvre d'expériences urbanistiques plus ou moins originales.

Les villes de compagnies

Tout au début du XXe siècle, la Montreal Cotton de Valleyfield a dû faire face, comme on l'a déjà vu, au problème des logements destinés à certains de ses employés. Elle a acheté et subdivisé des terres agricoles situées au nord du complexe industriel pour y ériger quelque 200 résidences de divers types en plus d'aménager des parcs et d'octroyer des terrains pour la construction d'équipements collectifs. Sans être exceptionnel, ce quartier dit « des Anglais » offrait des conditions de vie supérieures à celles de nombreux quartiers résidentiels de l'époque[28].

Dans la même optique, l'éloignement du site de la ville de Shawinigan et l'ampleur du développement industriel envisagé ont obligé la Shawinigan Water & Power Company à s'impliquer dans la création d'une ville dont le plan a été tracé par l'agence montréalaise T. Pringle & Son. Celui-ci s'articulait à une grille de rues orthogonales et situait les équipements collectifs (hôtel de ville, caserne de pompiers et poste de police, marché public, institut technique, hôtel, promenade riveraine, etc.), tandis qu'une réglementation de zonage dictait la répartition des usages et des activités. Un peu à

---

28. De telles villes industrielles étaient monnaie courante en Europe de l'Ouest et en Amérique du Nord. Si certaines étaient le fruit de préoccupations pour la qualité de vie, d'autres avaient une visée morale, les patrons souhaitant avoir une emprise plus ou moins étendue sur leurs employés et leurs familles.

Figures 7a et 7b – Résidences à Shawinigan et Grand-Mère
Dans les villes industrielles entièrement ou partiellement planifiées, les secteurs résidentiels destinés aux ouvriers spécialisés et aux cadres se distinguaient par le confort des résidences et par leur aménagement d'ensemble pittoresque.
(Sources : 7a) Vue de l'avenue du Cimetière ou avenue Summit, Shawinigan Falls (vers 1911-1921) Photo, Musée McCord, M2017.46.2.6787; 7b) 3ᵉ avenue, Grand-Mère, QC, vers 1910, Musée McCord, MP-0000.1209.8)

UNE URBANISATION À MAÎTRISER

l'écart, un tronçon de la rue George était bordé de cottages en rangée destinés à des employés triés sur le volet. La rue des Érables, caractérisée par son tracé incurvé, desservait un secteur réservé à la construction des résidences des patrons et des cadres[29].

À la fin des années 1910, alors que la Riordon Pulp and Paper Company entreprenait la construction d'un moulin à papier en bordure du lac Témiscamingue, à une centaine de kilomètres au sud de Ville-Marie, elle a mandaté Thomas Adams, un urbaniste écossais venu au Canada en 1914 à l'invitation, comme on l'a déjà vu, de la Commission de la conservation, pour la planification d'une nouvelle ville qui a pris le nom de Témiscaming[30]. Le plan s'inspirait de la cité-jardin howardienne, dont il était familier. Rues au tracé sinueux, méga-îlots parcourus par des ruelles enserrant des potagers et implantation pittoresque des bâtiments en constituaient les principaux attributs. D'emblée destinée à accueillir une population de 10 000 résidents, la ville n'en a jamais compté plus de 3 200. Quant au plan d'Adams, il a été revu pour mieux s'adapter à la topographie du lieu.

Il faut aussi mentionner la création d'Arvida. Elle a résulté d'une initiative d'Alcoa (devenue ultérieurement Alcan) qui a lancé, en 1925, la construction d'une aluminerie au Saguenay. Même si les installations étaient érigées à moins de six kilomètres de Jonquière, le président de l'entreprise, Arthur Vining Davis, a voulu aménager une ville à proximité de l'usine. La réalisation des plans a été confiée à l'architecte urbaniste new-yorkais Harry B. Brainerd. Les 270 premières résidences prévues (essentiellement des maisons unifamiliales détachées) ont été construites en

---

29. À Shawinigan comme dans d'autres villes industrielles, des hameaux très sommairement planifiés se sont développés à l'écart de la ville. C'est le cas de Belgoville, érigée en municipalité de Baie-de-Shawinigan en 1907. Les photographies d'époque nous montrent un quartier extrêmement modeste.
30. La municipalité de Témiscaming avait été érigée en 1888. La ville créée par la Riordon a pris le nom de Kipawa en 1921 et de Témiscaming en 1922.

UN QUÉBEC URBAIN EN MUTATION

135 jours à peine, un exploit rendu possible par l'application des méthodes de production caractéristiques du fordisme et du taylorisme. Le tracé curviligne des rues résidentielles, adapté aux reliefs, contrastait avec la trame orthogonale, plus traditionnelle, du centre-ville[31].

Les villes de Val-Jalbert au Lac-Saint-Jean (1901→) et de Noranda en Abitibi (1926→) ont proposé d'autres déclinaisons de cet urbanisme du début du XXe siècle.

Diverses innovations urbanistiques ont aussi été envisagées pour la métropole. Déjà, le projet de *New Town* des Écossais avait, on l'a souligné, donné le ton dès les années 1840 à l'idée de penser la ville autrement. Au début des années 1890, les promoteurs torontois McCuaig & Mainwaring entendaient réaliser, au nord du mont Royal, un projet nommé *Montreal Annex*. Ceux-ci soutenaient que si les citoyens de Montréal vivaient entassés les uns sur les autres, ce n'était pas par choix, mais plutôt parce que l'absence de moyens de transport les empêchait de s'installer en banlieue. À Montreal Annex (*a Strictly High-Class Suburb*), ils profiteraient d'un air salubre et d'espace libre. Si après de multiples péripéties les promoteurs ont fini par obtenir une desserte par tramway, le conseil municipal de Saint-Louis-du-Mile-End a trop tardé à effectuer les travaux de viabilisation des terrains du secteur. Les promoteurs torontois se sont impatientés et ont tiré leur révérence[32].

En 1906, quatre ans avant que la municipalité de la Côte-des-Neiges ne soit annexée à Montréal, la Northmount Land Company a fait l'annonce d'un projet nommé Northmount Heights. Il

---

31. Les expériences de Shawinigan Falls, Témiscaming (Kipawa) et Arvida sont décrites dans un ouvrage consacré aux villes industrielles planifiées paru en 1996 à l'occasion d'une exposition présentée au Centre canadien d'architecture : *Villes industrielles planifiées*

32. Yves Desjardins, *Histoire du Mile End*, Québec, Septentrion, 2017, p. 102 et suivantes.

UNE URBANISATION À MAÎTRISER

s'agissait d'un lotissement résidentiel destiné à la construction de cottages détachés sur le glacis du mont Royal, à l'est du chemin de la Côte-des-Neiges. L'entreprise dirigée par Édouard Gohier, un riche homme d'affaires de Saint-Laurent, a régulièrement fait paraître des encarts publicitaires dans les journaux montréalais pour vanter les mérites de l'emplacement, présenté comme exceptionnel en raison de sa proximité du centre-ville, de son excellente desserte par tramway, ainsi que de ses atouts environnementaux. Le projet est resté inachevé et l'Université de Montréal en a accaparé une partie de l'emplacement.

Certaines municipalités à vocation industrielle dans les environs immédiats de Montréal ont aussi cherché à se distinguer. La ville de Maisonneuve, fondée en 1883 à la faveur du détachement d'une partie d'Hochelaga, annexée par Montréal, a été du nombre. Les hommes d'affaires canadiens-français à l'origine de sa création entendaient faire de cette municipalité la Pittsburg canadienne. Pour y arriver, ils ont doublé la stratégie usuelle de congés de taxes d'un ambitieux programme d'équipements publics d'inspiration City Beautiful[33]. En 1912, l'aménagement de l'avenue Morgan et du boulevard Pie-IX, la construction d'un marché de style Second Empire et de l'hôtel de ville, suivie d'un bain public en 1916, tous deux de style Beaux-Arts, ainsi que l'édification d'une caserne de pompiers en 1915 (une étonnante réplique du Unity Temple de Chicago, conçu par l'architecte Frank Lloyd Wright) étaient destinés à faire forte impression. Mais ces réalisations, combinées aux exemptions de taxes et aux malversations dans le dossier de la création du parc Maisonneuve (1911→), ont sérieusement mis à mal les finances municipales. La ville de Maisonneuve a été annexée à Montréal en 1918.

À l'est de Maisonneuve, le propriétaire de la biscuiterie Viau, Charles-Théodore Viau, a entrepris en 1898 la mise en valeur des terres agricoles dont il était devenu propriétaire. Comme beaucoup

---

33. Paul-André Linteau, *Maisonneuve ou comment des promoteurs fabriquent une ville, 1883-1918*, Montréal, Les Éditions du Boréal, 1981.

de promoteurs de l'époque, il a fait don d'un terrain pour la construction d'une église, qui a été édifiée en 1899. Sa vision du développement s'inscrivait dans le sillage de celle des promoteurs de Maisonneuve. Les actes de vente des terrains précisaient que les résidences devaient se dresser à 10 pieds (soit environ 3 mètres) au moins du trottoir et compter au moins deux étages. Les façades devaient être en pierre calcaire de Montréal. Viau n'est pas parvenu à obtenir le statut de ville pour le secteur, néanmoins toujours connu sous le nom de Viauville.

Si les opérations de lotissement étaient souvent initiées par d'importants propriétaires fonciers, la construction résidentielle était généralement l'affaire de petits entrepreneurs en construction. Les longues enfilades de plex mitoyens érigés d'un seul tenant étaient rares. À Montréal, pour ne retenir que cet exemple, il était difficile de trouver des séquences de plus de quatre ou cinq bâtiments identiques. La diversité, parfois subtile, des parements en brique, des couronnements chantournés, des linteaux ouvragés et des vitraux a constitué un des traits distinctifs de ce mode de production passablement artisanal.

La plupart des bastions résidentiels bourgeois construits durant cette période se sont mieux tirés d'affaire que la majorité des banlieues industrielles, entre autres parce que les crédits de taxes y étaient rarissimes, voire inexistants, que la valeur des propriétés y était plus élevée et que des réglementations d'urbanisme ont permis d'y contrôler les usages et les activités[34]. Dès la fin du XIXᵉ siècle, Westmount et Outremont en ont été de parfaits exemples. Les demeures confortables, les parcs et espaces verts nombreux, les plantations d'alignement, de même qu'un contrôle strict des activités comportant des nuisances, ont conféré leur caractère distinctif à ces enclaves résidentielles.

---

34. Harold Bérubé, *Des sociétés distinctes. Gouverner les banlieues bourgeoises de Montréal, 1880-1939*, Montréal, McGill-Queen's University Press, 2014.

UNE URBANISATION À MAÎTRISER

Au nord, Ville Mont-Royal, créée par le Canadien Nord au début des années 1910 dans le cadre d'un ambitieux projet de construction d'un terminus ferroviaire au centre-ville de Montréal[35], a emprunté quelques attributs au concept howardien de cité-jardin, mais aussi au mouvement City Beautiful et, plus spécifiquement, à certaines banlieues ferroviaires construites à la même époque aux États-Unis[36].

Enfin, la municipalité de Hampstead, fondée par d'autres promoteurs en 1914, se réclamait de l'expérience londonienne de Hampstead Garden Suburb. Son plan était caractérisé par des rues au tracé curviligne bordées par des cottages d'inspiration Arts and Crafts et par des espaces verts.

Saint-Lambert, sur la Rive-Sud, de même que Montréal-Ouest et Pointe-Claire, dans l'ouest de l'île de Montréal, ont fait partie de ces bastions qui, bien que le plan en fonction duquel ces municipalités se sont développées n'ait rien offert de remarquable, se sont dotés d'entrée de jeu de réglementations d'urbanisme destinées à préserver les attributs particuliers des cadres bâtis.

Le processus d'urbanisation de la seconde moitié du XIXe siècle, qui a échappé, pour une grande part, aux municipalités, y compris à Montréal et à Québec, a parfois rendu coûteuse l'extension des deux villes centres au gré d'annexions. Néanmoins, au début du XXe siècle, l'urbanisation a enfin été soumise localement à quelques règles d'urbanisme. La régularité des subdivisions, la largeur minimale des rues, l'alignement des constructions, l'ouverture de ruelles, la création d'espaces verts

---

35. L'achat de terres agricoles et la construction d'une ville visaient à financer la percée d'un tunnel sous le mont Royal, seule solution permettant de contrecarrer le refus du CP et du Grand Tronc d'accorder au Canadien Nord le droit de traverser les emprises de leurs voies ferrées pour accéder au centre-ville, où devait être érigée la gare Centrale.

36. André Corboz, « Ville Mont-Royal : cité-jardin vitruvienne », dans André Corboz (textes choisis par Lucie K. Morisset), *De la ville au patrimoine urbain. Histoires de forme et de sens*, Québec, Presses de l'Université du Québec, 2009 [2000], p. 159-190.

et de parcs et la distribution des usages en fonction d'un principe ségrégatif se sont imposés dans plusieurs villes.

Des projets d'embellissement urbain ont aussi été esquissés, notamment par des membres de l'Association des architectes de la province de Québec. S'ils visaient souvent à améliorer les déplacements, en particulier en traçant des diagonales qui rompaient la monotonie de la grille orthogonale pour joindre des équipements publics ou des lieux de première importance, ils cherchaient aussi à enrichir le paysage urbain. Le gabarit des percées, leur mise en réseau et l'abondance des plantations d'alignement empruntaient aux pratiques d'embellissement européennes et au mouvement étatsunien City Beautiful.

Aucun de ces projets n'a été réalisé, malgré la mise sur pied, en 1910, de la commission métropolitaine des parcs, sur le modèle de celle qui avait été instaurée à Boston en 1893. Cette instance supra-municipale imposée par le gouvernement du Québec avait le mandat d'explorer, à l'échelle de l'île de Montréal et de l'île Jésus, un projet de système de parcs et de voies de communication de niveau supérieur et d'habitations modèles pour la population ouvrière. En vain, car l'insuffisance des crédits budgétaires, l'opposition de nombreux élus municipaux, de même que les tensions entre différentes conceptions de l'intervention urbanistique ont conduit à l'arrêt des travaux en 1917.

Québec a aussi été le théâtre de quelques projets ambitieux. La ville de Montcalm a été créée en 1908 à l'ouest du faubourg Saint-Jean-Baptiste. Cela faisait suite à diverses initiatives lancées depuis 1872 par le conseil municipal de Notre-Dame-de-Québec-banlieue. Plusieurs propriétaires fonciers et promoteurs, dont Rodolphe Forget, qui était président de la Montcalm Land Company et un des dirigeants de la Quebec Railway Heat & Power, entendaient en effet transformer le lieu en une banlieue résidentielle recherchée. Une réglementation d'urbanisme rigoureuse et la fixation d'une valeur minimale pour les résidences devant être

UNE URBANISATION À MAÎTRISER

construites ont permis l'atteinte de cet objectif[37]. L'initiative a été couronnée de succès, d'autant que le parc des Champs-de-Bataille et l'avenue du parc des Braves, créés en 1908 puis aménagés selon les plans de Frederick G. Todd, ont conféré une aura particulière au quartier[38].

En contrebas des hauteurs de la capitale, la municipalité de Limoilou a été fondée en 1893. En comparaison, son développement a d'abord été anarchique à cause de l'absence d'infrastructures. Quinze ans plus tard, la municipalité a été annexée par Québec ; trois promoteurs s'y sont partagé le marché immobilier. Les encarts publicitaires qu'ils publiaient dans les journaux rivalisaient de superlatifs. La Quebec Land Company y a planifié « parc Limoilou », présenté, dans une publicité parue en 1910 dans *Le Soleil*, comme « le plus beau quartier du Greater Québec ». Les appellations new-yorkaises d'avenues et de rues ont été privilégiées pour conférer un certain prestige au secteur. Les acheteurs de terrains devaient y construire, en retrait du trottoir, des résidences d'au moins deux étages avec parement de maçonnerie. L'éloignement posait cependant problème. Il a fallu attendre 1913 pour l'obtention d'une desserte par tramway. En 1916, des promoteurs ont présenté à la ville de Québec le projet de lotissement du boulevard des Alliés. Les terrains, de plus grandes dimensions que ceux de parc Limoilou, étaient destinés à la construction d'imposants cottages détachés[39].

À Sherbrooke, au nord de la rivière Magog, la British American Land Company avait fait tracer, en 1846, un plan de lotissement au cœur duquel avait été réservé un espace baptisé Portland

---

37. Ville de Québec, « Montcalm Saint-Sacrement – nature et architecture : complices dans la ville », Coffret *Les quartiers de Québec*, 1988.

38. Jacques Mathieu et Eugen Kedl (dir.), *Les plaines d'Abraham : le culte de l'idéal*, Québec, Septentrion, 1993.

39. Ville de Québec, « Limoilou : à l'heure de la planification urbaine », Coffret *Les quartiers de Québec*, 1987.

Square. Dans les années qui suivent, des membres de la bourgeoisie anglo-protestante s'y sont fait construire de somptueuses demeures unifamiliales entourées de parterres ombragés et de jardins. En 1897, d'illustres résidents, dont James Simpson Mitchell, ont été impliqués dans la fondation de la Sherbrooke Street Railway, dont la Belt Line, inaugurée la même année, desservira le secteur. Majoritairement construites entre 1870 et 1910, les résidences de ce quartier, aujourd'hui connu sous le nom de Vieux-Nord, témoignent toujours des goûts architecturaux éclectiques de leurs riches propriétaires.

Si l'électrification a eu un impact significatif sur l'urbanisation, elle en a également eu sur l'architecture. L'ascenseur, l'éclairage artificiel et le téléphone ont en effet représenté autant d'innovations dont la diffusion était tributaire de l'accès à l'électricité. Témoins de la réussite financière de leurs promoteurs, les édifices en hauteur ont gagné en popularité.

L'immeuble de la New York Life Insurance Company, érigé sur la place d'Armes entre 1887 et 1889, a été, avec ses huit étages, le premier gratte-ciel montréalais. L'élan vertical a cependant été contenu. Un règlement adopté en 1901 par Montréal a interdit les bâtiments de plus de 10 étages ou de 130 pieds (39,6 mètres) de hauteur. Entre 1900 et 1914, une trentaine d'édifices ont été construits dans le centre d'affaires, dont une vingtaine comptaient une dizaine d'étages. En 1924, une nouvelle réglementation, calquée sur ce qui se faisait à New York, a changé la donne en permettant de construire un plus grand nombre d'étages pourvu que ceux-ci soient érigés en retrait à partir d'une certaine hauteur.

Les quelques projets immobiliers réalisés à Montréal du tournant des années 1920 aux années 1930 en conformité avec cette nouvelle réglementation ont eu un effet notable sur le profil architectural de la ville. Le siège social de la Banque Royale (1928), la tour Bell (1929), l'University Tower (1929) et l'édifice Aldred (1931) comptaient une vingtaine d'étages et se distinguaient par leur

UNE URBANISATION À MAÎTRISER

caractère élancé. Associés au déplacement du centre des affaires, c'étaient toutefois l'édifice Sun Life, dont le deuxième agrandissement a été effectué de 1929 à 1931, et le Dominion Square Building, construit entre 1928 et 1930, qui se démarquaient le plus dans un paysage urbain en transformation. Le premier est resté, jusqu'à la construction de la Place Ville Marie (1957→), l'édifice le plus imposant du centre-ville. Quant au second, il comportait un basilaire de deux étages qui abritait une galerie marchande que surmontait une tour à bureaux. D'autres chantiers ont contribué à transformer le paysage urbain montréalais. Du côté nord du mont Royal, la construction du pavillon principal de l'Université de Montréal a débuté en 1928. Un peu à l'ouest, l'érection de la basilique de l'oratoire Saint-Joseph a été lancée en 1930. Les deux chantiers ont été interrompus de 1931 à 1941 en raison de la crise économique. L'un et l'autre ont été respectivement complétés en 1943 et en 1961.

À Québec, l'édifice Price, construit de 1928 à 1931, s'imposait. Même s'il ne comptait que 18 étages, il rivalisait avec la tour-donjon du château Frontenac, érigée de 1920 à 1924 et dont les 17 étages en faisaient jusqu'alors l'édifice le plus élevé de la Haute-Ville. À Trois-Rivières, l'édifice Ameau, construit en 1929 et comptant 10 étages, a été pendant des décennies le seul à rivaliser avec la flèche de la cathédrale.

Un grand chantier urbain... à la campagne : le canal de Beauharnois

Ce n'était pas en ville que se situait un des chantiers les plus ambitieux du début du XXe siècle. Moins connu puisqu'il se déroulait en rase campagne, il s'agissait du creusement du canal de Beauharnois et de la construction de la centrale hydroélectrique du même nom. Créée en 1902, la Beauharnois Light, Heat and Power Company souhaitait exploiter le potentiel hydroélectrique du dénivelé du fleuve Saint-Laurent entre les lacs Saint-François et Saint-Louis. Des plans ont été esquissés à partir de 1913 et se sont

UN QUÉBEC URBAIN EN MUTATION

précisés au cours des années 1920. Les autorisations de détourner une partie des eaux du Saint-Laurent ont été accordées par le gouvernement québécois en 1928 et le chantier a été lancé en 1929. La centrale, dont seule la première partie était alors projetée, devait être alimentée par un canal d'amenée long de 24 kilomètres, large de 1 000 mètres et profond de 8 mètres. Plus de 80 % de l'eau du Saint-Laurent y a été détournée.

Le chantier constituait en fait un maillon d'un projet encore plus audacieux : la construction, mise de l'avant en 1897 par la Commission canado-étatsunienne, d'une voie navigable empruntant la vallée du Saint-Laurent entre les Grands Lacs et Montréal.

Les industriels de Chicago avaient déjà commencé des travaux de canalisation de la rivière éponyme destinés à relier la ville au Mississippi et à faire des installations portuaires de La Nouvelle-Orléans un port océanique qui devait permettre à la ville des vents de casser sa dépendance envers le port de New York et d'autres installations portuaires de la côte Est. En 1930, les ambitions de Chicago ont été refroidies par la Cour suprême des États-Unis, qui a interdit la dérivation d'eau des Grands Lacs en direction du Mississippi et a même obligé la ville à réduire le volume dérivé de 300 à 42 mètres cubes par seconde. Deux ans plus tard, un nouveau projet de canalisation a été bloqué par le Sénat, sensible aux arguments du lobby des compagnies ferroviaires et des autorités portuaires de la côte Est.

La rebuffade a été d'autant plus mal ressentie que Chicago, qui avait connu une croissance spectaculaire depuis la fin du XIXe siècle et qui s'était affirmée comme centre culturel et ville universitaire de premier plan, cherchait à s'imposer comme ville phare de la Manufacturing Belt (Cleveland, Detroit, Pittsburg, Buffalo), une vaste région industrielle devenue le foyer de la révolution fordiste. La voie maritime du Saint-Laurent était plus que jamais au

UNE URBANISATION À MAÎTRISER

programme, puisqu'elle permettrait à Chicago de se soustraire à la « colonisation intérieure » qui l'inféodait à la métropole[40].

En raison de ses caractéristiques, l'imposant ouvrage de canalisation a été intégré au projet de voie maritime lorsqu'il a été réactivé dans les années 1950[41]. Le canal d'alimentation de la centrale de Beauharnois a donc servi, dès 1959, au déplacement des navires océaniques et des laquiers qui pouvaient dorénavant contourner les rapides de Lachine. Montréal a perdu du coup un atout qui lui avait permis de devenir un port océanique et un carrefour ferroviaire de premier plan. Le canal de Beauharnois anticipait en quelque sorte le déclin métropolitain de Montréal[42].

Une société majoritairement urbaine

La poussée d'urbanisation des trois premières décennies du siècle dernier a vu le nombre d'habitants des villes surpasser celui des campagnes. En 1931, les premières accueillaient près de 58 % de la population de la province. Montréal, dont le territoire s'était agrandi au début du siècle à la faveur de nombreuses annexions était, avec ses 818 577 habitants, la métropole du Canada. La ville se situait au centre d'une galaxie urbaine d'une douzaine de petites villes engendrée par l'industrialisation : Lachine et Saint-Laurent dans l'île, Valleyfield, Beauharnois, Granby, Saint-Jean-sur-Richelieu, Saint-Hyacinthe et Sorel au sud, de même que Joliette, Saint-Jérôme, Sainte-Thérèse et Lachute au nord. Quelques bastions résidentiels s'étaient consolidés dans l'île, dont Westmount, Outremont, Ville Mont-Royal, Hampstead et Montréal-Ouest, de même que sur la Rive-Sud, à Longueuil et Saint-Lambert. Le tramway avait favorisé l'émergence de modestes zones d'évasion

---

40. Gilles Ritchot, *Québec, forme d'établissement. Étude de géographie régionale structurale*, Paris, Éditions L'Harmattan, 1999, p. 424-427.

41. Le chenal de navigation compris à l'intérieur du canal a 180 mètres de large.

42. Alors qu'au sud, Chicago n'est pas parvenu à détrôner New York, il en a été autrement au Canada puisque Toronto a ravi le titre de métropole à Montréal.

UN QUÉBEC URBAIN EN MUTATION

résidentielle dans l'est montréalais (Tétreaultville), le long de la rivière des Prairies dans Montréal-Nord, ainsi que sur la Rive-Sud, dont l'accès a été facilité par l'inauguration, en 1930, du pont du Havre, rebaptisé sous le nom de Jacques-Cartier.

Québec, avec ses 130 594 habitants, était définitivement déclassée par Montréal. La mise en service, en 1877, du chemin de fer du Québec, Montréal, Ottawa & Occidental Railway (QMO&OR), avait tout de même permis à la ville de prendre sa revanche sur Lévis et Lauzon[43], qui comptaient environ 19 000 habitants. L'ouverture du pont de Québec, 40 ans plus tard, a définitivement subordonné la dynamique de ces villes à celle de la capitale. Enfin, l'agglomération de Trois-Rivières et du Cap-de-la-Madeleine, avec 44 198 résidents, et les villes de Hull avec 29 433 habitants, Sherbrooke avec 28 993 habitants, Shawinigan avec 15 345 habitants et Chicoutimi avec 11 877 habitants complétaient le peloton de tête des villes les plus populeuses en 1931.

À Montréal et à Québec et, quoique plus modestement, dans l'ensemble des villes industrielles de la province, les premières décennies du siècle dernier ont été caractérisées par la mise en chantier d'ambitieux programmes d'infrastructures et d'équipements publics. L'implantation de réseaux d'aqueduc et d'égout, la construction de stations de filtration, le pavage des chaussées, la construction de trottoirs, l'éclairage des rues, l'ouverture ou la modernisation des marchés publics, la fermeture de cimetières, l'aménagement de parcs et la plantation d'alignement ont durablement modifié le paysage urbain. L'adoption de règlements de zonage et de construction, de contrôle des animaux domestiques ou d'élevage, de même que la gestion des rejets industriels et des déchets domestiques ont également contribué à l'assainissement des milieux de vie. Si les progrès ont été bénéfiques, les ratés ont été fréquents, notamment en raison du caractère inédit des défis à relever et de

---

43. Avant la mise en service de la ligne de chemin de fer du Québec, Montréal, Ottawa et Occidental (QMO&OR), en 1879, Lévis jouissait d'un avantage que lui conférait sa position sur d'importants corridors ferroviaires de la rive sud du Saint-Laurent.

UNE URBANISATION À MAÎTRISER

l'insuffisance ou de la déficience de certains des moyens privilégiés. La modernisation a été parfois erratique et tumultueuse[44].

Cela dit, les mondes urbains et ruraux du Québec conservaient certains des attributs qui les caractérisaient au début des années 1870, dont une séparation relativement nette entre les villes et les campagnes, la compacité des cadres bâtis en milieu urbain et un arrimage étroit des principaux équipements industriels aux réseaux ferroviaires.

L'adoption de règlements de construction, la disponibilité de nouveaux matériaux et la professionnalisation de quelques entrepreneurs et des métiers de la construction ont favorisé l'émergence et la généralisation de nouveaux types de logements particuliers aux villes. Le plex montréalais de deux ou trois étages et de deux à six logements avec escalier extérieur en a constitué l'exemple le plus répandu. On en trouvait des variantes à Québec et Trois-Rivières, mais aussi, quoique de manière plus parcimonieuse, dans d'autres petites villes industrielles.

Les immeubles à appartements, apparus à Montréal à la fin des années 1880, constituaient aussi une innovation. Leur diffusion est survenue à un moment où, particulièrement à compter du milieu des années 1910, la difficulté de recruter des domestiques incitait les ménages bourgeois à quitter leurs vastes demeures au profit de logements confortables dans des immeubles de facture architecturale soignée et où, dans le cas où le nombre d'unités le permettait, des services collectifs étaient disponibles. Deux cent dix-huit immeubles du genre ont été construits à Montréal entre 1880 et 1914, dans le Mille carré doré, dans le bas Westmount et dans le corridor de l'avenue du Parc. Un certain nombre ont été aussi bâtis à Québec, notamment sur la Grande Allée[45].

---

44. Jean Gaudette, *L'émergence de la modernité urbaine au Québec: Saint-Jean-sur-Richelieu (1880-1930)*, Québec, Septentrion, 2011.

45. Isabelle Huppé, «Les premiers immeubles d'appartements de Montréal, 1880-1914. Un nouveau type d'habitation», *Revue d'histoire urbaine*, Vol. 3, n° 2, 2011, p. 40-55.

UN QUÉBEC URBAIN EN MUTATION

Le développement du transport collectif mécanisé, l'automobilité et l'électrification ont également favorisé une transformation des modalités d'organisation du territoire, tandis que la diffusion des préoccupations hygiénistes a ouvert la voie à l'équipement sanitaire des milieux bâtis via la généralisation des réseaux d'aqueduc puis d'égout, ainsi que celle de logements neufs équipés de salles de bain et de toilettes.

Bien qu'il ait pris ses assises dans l'hygiénisme, l'urbanisme naissant devait manifestement faire plus. Un peu partout en Europe de l'Ouest et en Amérique du Nord, on a tenté de s'en donner les moyens, notamment en adoptant des législations nationales, en mettant en œuvre des programmes d'infrastructures, de construction de logements sociaux, d'aménagement de parcs et d'espaces verts. Mais il fallait aussi, et plus globalement, s'interroger sur la nature des transformations et la spécificité des solutions de rechange aux modes d'organisation traditionnels de la ville. La soumission de la distribution des usages et des activités à un principe ségrégatif, l'élargissement des chaussées et le desserrement de la maille des voies de circulation, la création conséquente de méga-îlots et l'abandon progressif des modes d'implantation des bâtiments à l'alignement avant des lots ont été certaines des principales innovations proposées par les professionnels de l'urbanisme. Les avancées ont été lentes et les obstacles nombreux.

Au Québec, comme dans le reste du Canada et aux États-Unis, la crise des années 1930 et la Seconde Guerre mondiale ont engendré une mise entre parenthèses de nombreuses initiatives et de plusieurs chantiers. Les réflexions, les recherches et les débats sur les enjeux et les défis de l'aménagement urbain se sont néanmoins poursuivis, surtout dans les quelques établissements où étaient désormais formés les urbanistes.

116

UNE URBANISATION À MAÎTRISER

> ## *Urbs in rure* : la villégiature
>
> De tout temps, les élites urbaines ont souhaité se prévaloir du privilège de fréquenter la campagne pour fuir momentanément les maux de la ville ou pour s'imprégner d'un idéal de nature. Mais l'insécurité des territoires *extra urbem* a longtemps contraint cette pratique. Plongeant ses racines à l'époque d'Élisabeth 1re, le rituel du Grand Tour (de là le terme « tourisme ») est devenu au XVIIe siècle une composante de premier plan de la formation des jeunes aristocrates anglais, puis britanniques. Ce rituel leur permettait de découvrir, au gré de pérégrinations s'échelonnant sur un ou deux ans, le monde qui les entourait. Mais l'insécurité des routes de campagne incitait ses adeptes à ne pas trop s'attarder hors des villes. La situation s'est améliorée au cours du XVIIIe siècle. En Europe, le XVIIIe siècle finissant et le début du XIXe ont en outre consacré la villégiature chez une bourgeoisie avide du genre de vie aristocratique. L'association de la villégiature et du tourisme a dès lors été à l'origine de la création d'îlots d'urbanité dans un monde rural dont la population n'avait, elle, guère le temps et les moyens, voire d'intérêt, pour entreprendre des escapades et s'adonner aux divertissements qui les accompagnaient.
>
> La popularité croissante de ces enclaves d'urbanité a fait de certaines d'entre elles, dont Bath[46] en Angleterre, de véritables villes de loisirs et de plaisirs. De plus, le développement de la navigation à vapeur et des chemins de fer a rendu de plus en plus accessibles des territoires jusque-là voués à l'agriculture, à l'agroforesterie, à l'élevage, au pastoralisme ou à la pêche. Corrélées à l'hygiénisme socio-spatial, les vertus dont

---

46. Capitale religieuse et ville d'eau, Aquae Sulis a sombré dans l'oubli après l'effondrement de l'Empire romain. À la fin du XVIIe siècle, la redécouverte des propriétés curatives des eaux de source a été à l'origine d'une véritable renaissance. En quelques années, Bath est devenue une station thermale de premier plan.

on les parait étaient d'emblée ignorées des habitants des lieux, indifférents aux pathologies urbaines. Cependant, ils ont dû apprendre à partager leur morceau de campagne avec les gens de la ville, voire ont dû leur céder la place après les avoir accueillis. Villégiature et tourisme ont participé à la diffusion des valeurs et des modes de vie caractéristiques du monde urbain. Au Québec, les élites britanniques se sont lancées à l'assaut des hauteurs de Québec[47] et des glacis du mont Royal au tournant du XVIIIe au XIXe siècle. Dans la région de Montréal, cette villégiature de proximité a rapidement essaimé dans la plaine, en particulier autour du lac Saint-Louis, en bordure du lac des Deux-Montagnes, sur les rives du fleuve à Longue-Pointe, Pointe-aux-Trembles et Boucherville, en bordure de la rivière des Prairies et sur le glacis du mont Saint-Bruno[48]. Terrains de golf, courts de tennis et Yacht Club en étaient les compléments obligés. Dans la région de Québec, Beauport et la pointe de Sainte-Pétronille dans l'île d'Orléans jouissaient d'une grande renommée.

La reconnaissance par la médecine des propriétés curatives du grand air et de l'eau de mer a entraîné, également dès la fin du XVIIIe siècle, la création de villégiatures au loin. Kamouraska, fréquentée par la bourgeoisie canadienne-française de la capitale, qui s'y rendait en diligence ou en goélette, s'est imposée. Joseph Bouchette, l'arpenteur général du Bas-Canada, a écrit en 1815 que le lieu était le Brighton[49] du Bas-Canada. Plusieurs autres villégiatures ont été fondées dans les décennies

---

47. France Gagnon-Pratte, *L'architecture et la nature à Québec au dix-neuvième siècle : les villas*, Québec, Musée du Québec, 1980.

48. France Gagnon-Pratte, *Maisons de campagne des Montréalais 1892-1924*, Montréal, Éditions du Méridien, 1987.

49. Au milieu du XVIIIe siècle, un médecin anglais a prescrit à ses patients des séjours sur le littoral du petit village de pêcheurs de Brighton. Le passage, en 1783, du futur roi George IV a consacré le statut de ce qui est généralement considéré comme l'archétype de la station balnéaire moderne.

UNE URBANISATION À MAÎTRISER

suivantes, en particulier à Cacouna et Métis-sur-Mer sur la rive sud du Saint-Laurent, à Pointe-au-Pic et Tadoussac sur la rive nord, autour des lacs Memphrémagog, Massawippi et Brome dans les Cantons de l'Est, sur la rive gauche de l'Outaouais à Montebello et dans les Laurentides au nord de Montréal. Dans ce dernier cas, l'essor du ski a favorisé, dès le début du siècle dernier, une fréquentation hivernale importante.

Le développement des réseaux de chemins de fer a facilité l'accès à ces destinations. Des maisons de pension puis de somptueux hôtels accueillaient ceux qui n'avaient pas la chance de posséder une villa ou qui souhaitaient diversifier leurs séjours. La présence d'îlots d'urbanité dans les campagnes n'était pas propre au Québec. Des villégiatures, parfois doublées de stations de sports d'hiver, ont poussé dans tout le nord-est américain, depuis le littoral atlantique de la Nouvelle-Angleterre jusqu'au Nouveau-Brunswick, en passant par les Adirondacks et les Appalaches, les Laurentides – du nord de Montréal à Tadoussac –, les Cantons de l'Est et le Bas-Saint-Laurent[50]. Elles étaient fréquentées par la bourgeoisie de l'ensemble des métropoles et des principales villes industrielles, d'Atlanta à Boston et de Chicago à Québec, en passant par Toronto et Montréal. Plusieurs des riches clients et quelques promoteurs provenaient de l'extérieur du Québec.

En 1886, à North Hatley, à la pointe du lac Massawippi, le docteur Powhatan Clarke de Baltimore s'est fait construire une villa. Le lieu a attiré plusieurs familles du Sud qui préféraient dorénavant la région au pays yankee, qu'elles avaient l'habitude de fréquenter avant la guerre de Sécession. Une quinzaine d'années plus tard, Henry Atkinson, propriétaire

---

50. Gérard Beaudet et Serge Gagnon, «Esquisse d'une géographie structurale du tourisme et de la villégiature : l'exemple du Québec», dans Normand Cazelais, Roger Nadeau et Gérard Beaudet (dir.), *L'espace touristique*, Québec, Presses de l'Université du Québec, 1999, p. 134-195.

UN QUÉBEC URBAIN EN MUTATION

de la Georgia Power of Atlanta, a fait ériger dans le même secteur une résidence secondaire qui est devenue dans les années 1950 le fameux manoir Hovey. Dans Charlevoix, des estivants originaires de Montréal, mais aussi de Toronto, New York, Cincinnati et Chicago ont confié à des architectes renommés la conception de leurs résidences secondaires[51]. Au nord de Montréal, George E. Wheeler et Lucile Aldridge, tous deux originaires de New York, ont ouvert en 1906 une petite auberge avec vue sur le mont Tremblant. Le succès a été immédiat. Considérablement agrandi, l'hôtel Gray Rocks Inn est devenu, dans les années 1920, une destination dont la renommée dépassait les frontières du Québec. Dans les années 1930, Joseph B. Ryan, qui avait grandi à Philadelphie, a développé la station de ski du mont Tremblant avec l'intention d'en faire une destination de calibre international. Au milieu de la décennie, le baron Louis Empain, fils d'une richissime famille aristocrate belge, a acquis des terrains à Sainte-Marguerite-du-Lac-Masson pour y ériger un complexe de villégiature d'une modernité art déco étonnante[52].

Au Québec, comme ailleurs en Occident, l'attrait de certaines villégiatures a été tel que la population qui y vivait de l'agriculture et de l'élevage n'a rapidement eu d'autres choix que de quitter les lieux. North Hatley et Pointe-au-Pic ont été particulièrement touchés par cette dynamique.

Le tourisme est aussi apparu aux abords des villégiatures. On s'y rendait notamment à des camps de chasse et de pêche construits dans des réserves concédées par le gouvernement. Les visiteurs pouvaient découvrir quelques curiosités. Dans

---

51. Philippe Dubé, *Deux cents ans de villégiature dans Charlevoix*, Québec, Presses de l'Université Laval, 1986.
52. La Seconde Guerre mondiale a mis fin aux ambitions du baron. Après des années d'incertitude, une des pièces maîtresses du complexe, le centre commercial, a été détruite en dépit de sa valeur patrimoniale exceptionnelle.

UNE URBANISATION À MAÎTRISER

Charlevoix, des Autochtones ont saisi ces opportunités en établissant des camps d'été où les femmes proposaient des productions artisanales.

Dans les années 1920, le tourisme s'est autonomisé grâce à la démocratisation de l'automobile. Le gouvernement du Québec a lancé un ambitieux chantier d'amélioration du réseau routier et a fait la promotion des traditions, culinaires en particulier. Il s'agissait de faire du Québec rural, de ses villages et de ses campagnes agricoles un produit touristique original[53]. L'ouvrage *L'île d'Orléans* de Pierre-Georges Roy, publié en 1928, a constitué une des pierres angulaires de cette stratégie. Pour faciliter l'accès à l'île, un pont y a été construit et inauguré en 1935. Quelques années auparavant, le tour de la Gaspésie, rendu possible par le parachèvement de la route de ceinture de la péninsule, était aussi devenu incontournable. Cabines, casse-croûte, petits hôtels et attraits locaux destinés aux visiteurs distribuaient un peu d'urbanité dans un monde rural encore empreint de traditions.

Une autre forme d'insertion d'îlots d'urbanité dans les campagnes périurbaines a émergé dans l'entre-deux-guerres. Ils étaient constitués de petits alignements ou de grappes plus ou moins étendues de modestes chalets généralement proposés en location pour la saison estivale, souvent par des cultivateurs qui en tiraient un revenu d'appoint. Le géographe Raoul Blanchard a estimé qu'au milieu des années 1940, environ 24 000 Montréalais entreprenaient cette migration saisonnière[54]. Certaines localités rurales voyaient leur population croître de manière spectaculaire entre le 24 juin, jour

---

53. Serge Gagnon, « L'intervention de l'État québécois dans le tourisme entre 1920 et 1940 ou la mise en scène géopolitique de l'identité canadienne-française », *Hérodote*, Vol. 4, n° 127, 2007, p. 151-166.
54. Raoul Blanchard, *Montréal, esquisse de géographie urbaine*, Montréal, VLB Éditeur, 1992 [1947].

de la Saint-Jean-Baptiste, qui marquait le début des vacances scolaires, et la fête du Travail, qui correspondait au retour en classe.

De telles migrations de moindre envergure ont eu lieu dans la plupart des villes d'importance, à Québec (sur les rives du Saint-Laurent en amont du pont de Québec), à Trois-Rivières (à Trois-Rivières-Ouest et au Cap-de-la-Madeleine) et à Sherbrooke. Mais on trouvait également des chalets à proximité de toutes les petites villes et même de villages. Après la guerre de 1939-1945, plusieurs de ces chalets ont été plus ou moins sommairement transformés en résidences permanentes, alors que d'autres ont été délaissés au profit de nouvelles aires de villégiature plus éloignées, et remplacés par de nouvelles maisons. L'insouciance dont on faisait preuve à l'époque concernant la localisation de bon nombre de ces îlots de villégiature en zones inondables explique en bonne partie l'ampleur des dommages causés par les crues qui touchent plus ou moins régulièrement ces quartiers résidentiels riverains.

De nos jours, la villégiature exclusivement estivale est négligeable. Si, dans la confluence montréalaise, quelques dizaines de petits chalets témoignent toujours de cette pratique, des résidences secondaires, érigées de plus en plus loin des grands centres urbains, ont remplacé les chalets et participent dorénavant au phénomène de la néoruralité, particulièrement quand leurs propriétaires, jeunes retraités ou télétravailleurs, s'y installent à l'année.

Les vignobles, de même que des cultures et des élevages de niche, redéfinissent par ailleurs, depuis plusieurs années, les contours de l'éclosion de l'urbanité en contexte rural. Ces activités, souvent associées à l'agrotourisme ou au tourisme gourmand, ainsi qu'aux routes à thème qui sillonnent les

UNE URBANISATION À MAÎTRISER

campagnes, sont corrélées à des dynamiques d'empaysagement parfois difficilement conciliables, voire incompatibles avec les pratiques agricoles ou agroforestières strictement commerciales[55].

---

55. Julie Ruiz et Gérald Domon (dir.), *Agriculture et paysage : Aménager autrement les territoires ruraux*, Montréal, Presses de l'Université de Montréal, 2014.

DEUXIÈME PARTIE

RECONSTRUIRE LA VILLE, CONSTRUIRE LA BANLIEUE

En 1995, le Musée de la civilisation de Québec proposait l'exposition *Jamais plus comme avant! Le Québec de 1945 à 1960*[1]. Les responsables y esquissaient les avancées qu'a connues le Québec au sortir de la Seconde Guerre mondiale dans divers domaines. On entendait montrer que, malgré le conservatisme social du duplessisme et du catholicisme, le Québec avait adhéré à une certaine idée de la modernité, que la Révolution tranquille a à son tour endossée avec enthousiasme.

L'inscription du Québec dans la modernité ne remonte évidemment pas à 1945, tant s'en faut[2]. Mais, ce que l'exposition montrait sans vraiment le dire, c'était que l'économie de guerre et la mise en œuvre du plan Marshall[3] avaient permis au monde libre de tourner la page sur la crise des années 1930 et d'entamer une période de prospérité économique.

L'essor de la banlieue pavillonnaire, l'explosion du parc automobile et la consommation de masse de biens durables (mobilier, réfrigérateurs, cuisinières, téléviseurs) témoignaient de cette prospérité, dont la concrétisation avait été différée par l'effort de guerre et les restrictions qui l'accompagnaient. À une autre échelle, la rénovation urbaine et l'expansion de la banlieue d'évasion constituaient les deux principales déclinaisons de la transformation des agglomérations.

---

1. Marie-Charlotte De Koninck, *Jamais plus comme avant! Le Québec de 1945 à 1960*, Montréal, Éditions Fides/Musée de la civilisation, 1995.
2. Yvan Lamonde, *La modernité au Québec, tome 1, La crise de l'homme et de l'esprit (1929-1939)*, Montréal, Éditions Fides, 2011.
3. Le plan Marshall, aussi connu sous le nom de «Programme de rétablissement européen», était une initiative du gouvernement destinée à financer la reconstruction de l'Europe et à contrer les ambitions de l'Union soviétique. Le programme a été aboli en 1952.

De l'autre côté de l'Atlantique, l'immédiat après-guerre posait un tout autre défi. Les autorités responsables de la reconstruction de villes historiques hésitaient entre continuité et rupture. La crise du logement obligeait la mise en œuvre de solutions inédites, tant en ce qui concernait les types résidentiels qu'en ce qui avait trait aux méthodes de construction et aux matériaux.

En 1972, le club de Rome publiait le rapport *Les limites de la croissance*, aussi connu sous le nom de rapport Meadows. Le document était le résultat de recherches entamées quatre ans plus tôt par un groupe de réflexion regroupant des scientifiques, des économistes, des fonctionnaires et des industriels d'une cinquantaine de pays. Les auteurs y soutenaient que la consommation infinie de ressources finies était une impasse et que les données disponibles montraient que leur épuisement était inévitable à plus ou moins court terme. Un changement de paradigme se profilait à l'horizon.

La même année à Saint-Louis aux États-Unis, le premier des 33 immeubles du complexe résidentiel Pruitt-Igoe, auquel la revue *Architectural Forum* avait décerné en 1951 le prix du «meilleur logement» de l'année, était dynamité. C'était le signe d'un revirement de tendance. Dans son ouvrage intitulé *Le langage de l'architecture post-moderne*, publié en 1979, l'architecte Charles Jencks écrivait que «[l]'architecture moderne est morte à Saint-Louis, Missouri, le 15 juillet 1972, à 15 h 32».

Un autre événement marquant a ébranlé de nombreuses certitudes; le choc pétrolier de 1973 a déstabilisé l'économie mondiale. Aux États-Unis, les automobilistes faisaient la queue aux abords des stations-service, dont plusieurs limitaient la quantité d'essence que chaque client pouvait acheter. Les Trente Glorieuses s'achevaient. Toujours en 1973, l'économiste germano-britannique E. F. Schumacher publiait *Small is Beautiful*, un ouvrage qui faisait

RECONSTRUIRE LA VILLE, CONSTRUIRE LA BANLIEUE

écho au rapport Meadows en démontrant que l'économie moderne n'était pas soutenable[4].

La même année en France, une directive du ministre de l'Aménagement du territoire et de l'Équipement interdisait la construction de grands ensembles. Aucune contribution financière de l'État n'était désormais accordée à des projets de plus de 500 logements édifiés sur un même site et conçus par un seul architecte. Le programme avait été lancé 20 ans auparavant. Mais, déjà au début des années 1960, le néologisme *sarcellite* avait été créé pour désigner le mal de vivre dont souffriraient plusieurs habitants des grands ensembles, dont celui de Sarcelles (un peu moins de 13 000 logements), construit en banlieue de Paris au milieu des années 1950.

La décennie 1970 a aussi été marquée, dans les pays industrialisés de longue date, par l'érosion des activités manufacturières traditionnelles. Celles-ci vivaient en quelque sorte, depuis les années 1930, sur du temps emprunté. La crise avait différé une indispensable modernisation, l'effort de guerre avait mobilisé toutes les ressources productives et l'immédiat après-guerre en avait fait de même. Le sursis ne pouvait perdurer. Déjà, dans les années 1960, les fermetures d'usines laissaient entrevoir des jours sombres[5]. Mais, cette fois, c'était l'hécatombe. Dans les vieux secteurs manufacturiers des villes industrielles, les fermetures se sont multipliées. Elles étaient attribuables à la désuétude des installations et à la concurrence des pays émergents, qui profitaient de la délocalisation massive de certaines productions. Dans ces quartiers, les pertes d'emplois se sont combinées à la dégradation des cadres bâtis et, particulièrement en Amérique du Nord, au départ vers la banlieue de nombreux ménages. Les friches industrielles

---

4. Le *Times Literary Supplement* l'a inscrit parmi les 100 titres les plus influents publiés depuis la Seconde Guerre mondiale.
5. Aux États-Unis, des productions manufacturières de la Nouvelle-Angleterre avaient été en partie délocalisées dès les années 1920 dans les États du Sud en raison des coûts moins élevés de la main-d'œuvre.

UN QUÉBEC URBAIN EN MUTATION

définissaient, de concert avec les nouveaux ensembles résidentiels engendrés par la rénovation urbaine, la nouvelle physionomie des quartiers centraux.

Derrière ces soubresauts se profilaient la critique du keynésianisme et la montée de la gouvernance économique d'essence néolibérale défendue par l'École de Chicago. L'arrivée au pouvoir de la Britannique Margaret Thatcher (1979→) et de l'Étatsunien Ronald Reagan (1981→) a lancé, pour sa part, la révolution sociopolitique conservatrice. La réduction de la taille et du rôle de l'État en constituait le mot d'ordre, l'austérité et la privatisation d'entreprises publiques en étaient deux des moyens.

Au Québec, le décès de Maurice Duplessis, à la fin des années 1950, les 100 jours de Paul Sauvé, suivis de l'élection du Parti libéral dirigé par Jean Lesage, ont représenté un temps fort de mi-parcours des Trente Glorieuses. Rien ne laissait présager les déconvenues à venir.

Mais un déclin manufacturier pointait à l'horizon. Le mouvement s'est amplifié dans les années 1970. Certains bâtiments ont rapidement été démolis et la machinerie envoyée à la ferraille ou dispersée à l'étranger, pendant que d'autres manufactures abandonnées rappelaient une époque révolue, en attendant un éventuel recyclage.

Le Sud-Ouest montréalais, le Centre-Sud, Hochelaga et Maisonneuve ont durement été touchés. À Québec, plusieurs manufactures de chaussures du quartier Saint-Roch ont fermé dans les années 1970. À Sherbrooke, des usines dans le domaine du textile, de la bonneterie et du vêtement ont cessé leur production dès les années 1960. Deux autres entreprises, dont la Paton, ont mis fin à leurs activités en 1976 et 1977, jetant 800 employés à la rue. La Penman à Saint-Hyacinthe, la Dominion Textile à Valleyfield (la Montreal Cotton jusqu'en 1948), la Regent Knitting à Saint-Jérôme et la Wabasso à Trois-Rivières ont arrêté leurs

RECONSTRUIRE LA VILLE, CONSTRUIRE LA BANLIEUE

activités dans les mêmes années. À Drummondville, l'âge d'or de l'industrie textile était définitivement révolu.

Au cours des années 1970, l'automatisation dans l'industrie du meuble a permis à quelques entreprises de se repositionner. Il n'empêche que les fermetures d'usines ont été aussi nombreuses dans ce secteur, notamment dans la région de Victoriaville. À Beauharnois, la manufacture de meubles Kilgour a fermé au début de la décennie. À Granby, quelques manufactures ont cessé leurs activités dès les années 1960. L'Imperial Tobacco, l'un des plus importants employeurs de la ville, a mis la clé sous la porte en 1971. La création d'un parc industriel et une stratégie de promotion agressive ont attiré de nombreuses PME, ce qui a atténué l'onde de choc.

Le déclin industriel n'a pas affecté que les équipements de production. Les quartiers et les petites villes qui les accueillaient en ont aussi subi les contrecoups. Déjà touchées par plusieurs problèmes, dont la vétusté de bon nombre de logements, ces milieux ouvriers ont perdu une partie de leur population et se sont appauvris, ce qui a eu des conséquences fâcheuses sur les commerces et les services de proximité.

Certains quartiers où avait résidé une population plus fortunée n'étaient pas épargnés. Dans ce cas, c'est l'extension des centres-villes qui les menaçait. À Montréal, l'héritage architectural et urbain de l'époque victorienne a été fragilisé par la spéculation foncière et un dynamisme immobilier qui n'avait pas encore été affecté par la crise au moment où la maison Van Horne est tombée sous le pic des démolisseurs, provoquant un grand émoi. Un combat en faveur du patrimoine s'est alors engagé[6]. Le quartier montréalais Milton-Parc en a été l'un des principaux théâtres. La mobilisation citoyenne, aidée par les difficultés économiques qu'éprouvait le promoteur, a permis de sauver plus de 600 logements.

---

6. Martin Drouin, *Le combat du patrimoine à Montréal, 1973-2003*, Québec, Presses de l'Université du Québec, 2005.

UN QUÉBEC URBAIN EN MUTATION

À Québec, la construction d'édifices gouvernementaux sur la colline parlementaire et la redynamisation souhaitée du secteur de la rue Saint-Joseph, dans Saint-Roch, ont eu des effets tout aussi déplorables sur les cadres bâtis existants. L'expansion du centre-ville de Sherbrooke sur le plateau Marquette et la construction d'un nouveau centre civique à Trois-Rivières ont également entraîné plusieurs démolitions.

En 1972, le gouvernement québécois a adopté la Loi sur la qualité de l'environnement. Il s'agissait essentiellement de s'attaquer aux problèmes de pollution et de nuisances qui affectaient la qualité de l'air, du sol et de l'eau. L'environnement n'était pas encore considéré comme un milieu dont l'intégrité était menacée par les interventions humaines. Mais cette conception s'est élargie quand, la même année, Hydro-Québec a lancé les études d'avant-projet d'implantation d'une centrale hydroélectrique à réserve pompée sur la rivière Jacques-Cartier. Alertés, des citoyens de Portneuf se sont mobilisés pour contrer ce projet qui aurait ennoyé une partie de la vallée. En 1973, ils ont obtenu la tenue d'une commission parlementaire au terme de laquelle la société d'État a abandonné son projet. Le parc national de la Jacques-Cartier a ensuite vu le jour.

Héritage Montréal et le Conseil des monuments et sites (aujourd'hui Action patrimoine) ont été fondés en 1975. Deux ans plus tard, le journaliste Henry Aubin a publié le résultat d'une vaste enquête sur la promotion immobilière[7]. L'ouvrage décrit comment les grands propriétaires fonciers et les gros promoteurs immobiliers, dont certains étaient des joueurs de premier plan sur la scène internationale, avaient refaçonné le centre-ville de Montréal et certaines des banlieues à compter des années 1950. À la fin de la décennie, le Québec s'est enfin doté d'une Loi sur l'aménagement et l'urbanisme. Mais l'air du temps rattrapait le Québec. La détérioration des finances publiques était invoquée

---

7.   Henry Aubin, *Les vrais propriétaires de Montréal*, Montréal, L'Étincelle, 1977.

RECONSTRUIRE LA VILLE, CONSTRUIRE LA BANLIEUE

par le gouvernement du Parti québécois de René Lévesque pour justifier l'imposition, en 1982, d'une coupe ponctuelle de 20 % des salaires de tous les employés de l'État. Le virage néoconservateur, moins marqué que dans le reste du Canada et qu'aux États-Unis, était entrepris.

Chapitre 4

Les Trente Glorieuses

L'effondrement économique consécutif au krach d'octobre 1929 a durement frappé la province. Bien qu'étant inégalement affectés, les secteurs de la production industrielle ont subi une contraction sévère. Les mises à pied se sont multipliées. Le taux de chômage a atteint 26,4 % et le revenu moyen a baissé de 44 % entre 1929 et 1933. La diminution des salaires a obligé des travailleurs à quitter leurs logements et à devenir chambreurs. Plusieurs projets immobiliers ont été abandonnés et de nombreux chantiers de construction ont été fermés. La misère se répandait, particulièrement dans les villes. Montréal était au cœur de la tourmente.

Certaines municipalités s'en tiraient paradoxalement mieux. À Drummondville, bastion du textile, le nombre d'entreprises industrielles est passé de 16 à 28, entre 1929 et 1946, alors que le nombre d'emplois manufacturiers s'est accru de 68 %[1]. Mais la situation de l'emploi s'est détériorée dans les années suivantes. Magog, une autre ville dont l'économie reposait sur le textile, a également été moins touchée, tout comme Valleyfield, qui à l'instar de Drummondville, accueillait de nouvelles entreprises, ce qui

---

1. Maude Roux-Pratte, « Les élites drummondvilloises et la crise des années 1930 : une étroite collaboration autour de l'assistance aux chômeurs », *Revue d'histoire de l'Amérique française*, Vol. 58, n° 2, 2004, p. 217-244.

UN QUÉBEC URBAIN EN MUTATION

a entraîné l'installation de 6 000 nouveaux résidents et empiré la crise du logement.

En 1931, pris de court, les gouvernements ont adopté une série de mesures, dont l'allocation d'une aide financière aux chômeurs pour l'alimentation, l'habillement, le logement et le combustible. Connue sous le nom de Secours direct, cette mesure est restée en vigueur jusqu'à la fin de la décennie. En 1937, à Québec, un peu moins de 11 % de la population y a eu accès. Le quartier Saint-Sauveur, dont 21 % des habitants y avaient droit, concentrait la moitié des assistés de la ville[2].

À Montréal, le refuge Meurling, construit en 1913-1914 grâce à un legs de Gustave Meurling, comptabilisait, pour l'année 1930, 214 723 nuitées et 442 479 repas[3]. Des photographies d'époque nous montrent les longues files de chômeurs qui s'apprêtaient à y entrer. Ailleurs dans la province, des soupes populaires ont été établies par des organismes charitables.

D'autres mesures ont été mises en œuvre. Des camps de secours ont été organisés à l'extérieur des villes. On y accueillait des hommes célibataires qui y accomplissaient divers travaux en échange d'un gîte et d'un couvert. L'initiative visait à contrer la grogne, dont on craignait qu'elle s'installe dans les quartiers ouvriers.

La colonisation était aussi envisagée comme un moyen de lutte au chômage. En 1932, le gouvernement canadien a lancé le plan Gordon, du nom du ministre responsable, Wesley A. Gordon. Il consistait en un ensemble de mesures visant à offrir aux chômeurs l'opportunité de devenir colons agriculteurs. Au Québec, l'Abitibi, le Témiscamingue et le Bas-Saint-Laurent ont été particulièrement ciblés. Mais seulement 5 955 colons ont été recrutés. Ce succès mitigé a incité le gouvernement québécois à adopter, deux

---

2. Yves Légaré, « À l'heure de la crise », *Cap-aux-Diamants*, Vol. 2, n° 1, 1986, p. 19-23.
3. En 1928, juste avant la crise, ce nombre était de 120 877 nuitées et 251 544 repas.

LES TRENTE GLORIEUSES

ans plus tard, une politique de colonisation dirigée dont la mise en œuvre a été confiée à Irénée Vautrin, ministre de la Colonisation. Le plan Vautrin, soutenu par l'Église, qui y voyait un moyen de freiner l'exode rural, et encadré par des prêtres missionnaires, était ouvert aux familles autant qu'aux célibataires. En dépit d'un certain succès – 29 411 colons ont tenté leur chance –, le plan Vautrin a été remplacé en 1937 par le plan Rogers-Auger, qui est resté en vigueur jusqu'en 1939 et dont l'objectif était de consolider les paroisses rurales récemment ouvertes. Malgré cette mesure, les abandons ont été relativement nombreux, en particulier là où les terres défrichées se sont révélées impropres à la culture.

Même si les finances municipales étaient mises à mal, plusieurs chantiers urbains, en partie financés par les gouvernements supérieurs, ont été entrepris. Il fallait relancer l'emploi à tout prix. Construction de réseaux d'égout et d'aqueduc et d'ouvrages associés (par exemple le réservoir des plaines d'Abraham à Québec), érection de ponts, de viaducs et de tunnels, d'édifices publics (hôtel de ville, casernes d'incendie, bains publics, équipements culturels), aménagement de parcs (dont la création du jardin botanique de Montréal), de promenades et de terrains sportifs, construction d'installations portuaires (le silo-élévateur de Trois-Rivières), voire d'églises[4], étaient au programme. Bien que de portée limitée, ces initiatives ont été l'occasion, pour plusieurs municipalités, de se doter de nouvelles installations collectives ou d'en moderniser d'autres.

C'est l'entrée en guerre du Canada, en septembre 1939, qui a permis au Québec d'entrevoir une sortie de crise. L'industrie était mobilisée à des fins de production militaire, essentiellement au profit de la Grande-Bretagne, qui, dès l'été 1940, résistait tant bien que mal aux assauts de l'Allemagne hitlérienne. En revanche, la consommation de biens a été contrainte par des restrictions de

---

4. Une loi adoptée en décembre 1930 a exceptionnellement autorisé les municipalités à subventionner des travaux effectués dans les églises.

UN QUÉBEC URBAIN EN MUTATION

toutes sortes imposées par la Commission canadienne des prix et du commerce.

De 1939 jusqu'à 1951, les consommateurs canadiens ont connu trois régimes de consommation différents : une phase où l'on peut dire que la guerre n'est pas encore une affaire sérieuse [...] ; une phase de restrictions plus sévères à partir de 1942, qui s'adoucissent à la fin des opérations, mais persistent longtemps, jusqu'à 1947 ; une phase terminale au cours de laquelle les dernières restrictions disparaissent, non sans que certaines mesures se poursuivent sous une autre forme, comme le contrôle des loyers[5].

Quoi qu'il en soit, la reprise industrielle a eu une incidence sur l'exode rural et l'urbanisation, comme le révèle le tableau 5. Entre 1931 et 1941, la population du Québec est passée de 2 874 662 habitants à 3 331 882, soit une augmentation d'un peu moins de 16 %. Québec a connu une croissance similaire, et Montréal, une hausse d'un peu plus de 10 %. Pendant ce temps, plusieurs villes industrielles de province ont vécu des croissances de population plus élevées, et parfois même spectaculaires (cases tramées du tableau 5).

Tableau 5 – Croissance démographique des principales villes industrielles du Québec (1931-1941)

	1931	1941	Augmentation
Montréal	818 577	903 007	+ 10 %
Québec	130 594	150 757	+ 15 %
Lachine	18 630	20 051	+ 8 %
Verdun	60 745	67 349	+ 11 %
Westmount	24 235	26 047	+ 7 %
Outremont	16 319	18 984	+ 16 %
Valleyfield	11 411	17 052	+ 50 %

---

5. Yves Tremblay, « La consommation bridée : contrôle des prix et rationnement durant la Deuxième Guerre mondiale », *Revue d'histoire de l'Amérique française*, Vol. 58, n° 4, 2005, p. 569-607, p. 569.

LES TRENTE GLORIEUSES

Beauharnois	3729	3550	- 5%
Saint-Jean	11256	13696	+ 22%
Granby	10587	14197	+ 34%
Saint-Hyacinthe	13448	17798	+ 32%
Sorel	10320	12251	+ 19%
Lachute	3906	5310	+ 36%
Sainte-Thérèse	3292	4659	+ 42%
Joliette	10765	12749	+ 18%
Saint-Jérôme	8967	11329	+ 26%
Sherbrooke	28993	35965	+ 24%
Trois-Rivières	35450	42007	+ 18%
Cap-de-la-Madeleine	8748	11961	+ 37%
Shawinigan	15345	20325	+ 32%
Hull	29433	32947	+ 12%
Drummondville	6609	10055	+ 52%
Victoriaville	6213	8516	+ 37%
Asbestos	4396	5711	+ 30%
Lévis	11724	11991	+ 2%
Lauzon	7084	7877	+ 12%
Chicoutimi	11877	16040	+ 35%

Une telle croissance posait, on l'a vu, de sérieux problèmes de logement. L'effondrement des mises en chantier, attribuable à la crise et à l'indisponibilité de matériaux, avait en effet empêché un ajustement du marché immobilier résidentiel.

La crise du logement a persisté jusqu'au début des années 1950. Elle a été particulièrement sévère à Montréal. En décembre 1939, l'Office d'initiative économique de Montréal a calculé qu'il manquait 35 000 logements dans la métropole. Quatre ans plus tard, les professionnels du service d'urbanisme ont estimé ce déficit à 50 000. À Québec, en 1939, les autorités municipales ont loué au gouvernement fédéral des baraques sommairement construites sur les plaines d'Abraham par des prisonniers de guerre pour y loger plus d'un millier de personnes. Ces gens ont dû quitter le «faubourg de la misère» en 1951, sans que leur situation ait été régularisée[6] alors que, malgré les mesures de contrôle des loyers maintenues jusqu'à la fin des années 1940, la crise du logement persistait. Une quinzaine de familles ont tenté l'aventure d'une coopérative d'habitation initiée en 1948 par le gérant de la caisse populaire Saint-Cœur-de-Marie.

Au vu de la catastrophe humaine et matérielle qu'avait provoquée la guerre la plus meurtrière de l'histoire, il était difficile d'anticiper la période de prospérité qui a suivi. Les restrictions imposées par l'effort de guerre ont toutefois retardé la sortie de crise.

Sortie de crise

Au Québec comme dans la plupart des pays, l'après-guerre s'est préparé avant même la fin d'un conflit dont l'issue s'est précisée sur tous les théâtres d'opération en 1942. D'ailleurs, cette année-là est paru un ouvrage déterminant coordonné par le directeur général des Hautes études commerciales (HEC), Esdras Minville. Ce document, dont le titre était *Montréal économique, étude préparée à l'occasion du troisième centenaire de la ville*, contenait un texte de l'architecte Marcel Parizeau qui se réjouissait que Montréal ait enfin obtenu une modification à sa charte qui lui permettait de créer un service d'urbanisme. Il écrivait:

> [...] il faut que l'on comprenne que ce qui a été jusqu'ici la politique admise, c'est-à-dire le laisser-tenter et le respect excessif de l'individu est en voie d'extinction. Vouloir prolonger et maintenir, sans distinctions ni conditions, les droits du charbonnier maître chez soi ne fait que favoriser le désordre,

---

6. Chantal Charron, *La crise du logement à Québec et le village des «Cove Fields»: ghettoïsation de la misère et stratégies de survie sur les Plaines d'Abraham (1945-1951)*, Mémoire de maîtrise en histoire, UQÀM, 2004.

LES TRENTE GLORIEUSES

l'encombrement, la laideur, l'activité agissante et par trop ingé-
nieuse des sans scrupule au détriment du bon citoyen[7].

Cette modification, saluée de toutes parts, a fait suite à un
ensemble d'initiatives entamées dans les années 1930 afin que la
métropole puisse se donner les moyens d'un meilleur encadrement
de l'urbanisation. En 1944, le nouveau service d'urbanisme produisait un rapport préliminaire intitulé *Urbanisation de Montréal*.
Concrètement, à Montréal, ce sont la Cité-jardin du
Tricentenaire, dans le quartier Rosemont, et le quartier Norvick
dans Saint-Laurent qui ont anticipé la banlieue d'évasion démo-
cratisée de l'après-guerre.

Le plan de la Cité-jardin du Tricentenaire, élaboré en 1940 et
revu en 1942, s'inspirait de Radburn, cette ville modèle aménagée
au New Jersey dans la seconde moitié des années 1920. Le projet,
initié par l'Union économique d'habitations, était ambitieux et
prévoyait la construction de 430 habitations assorties de services
publics[8]. Les difficultés rencontrées par les gestionnaires les ont
obligés à mettre un terme aux travaux, alors qu'à peine un tiers
du projet avait été réalisé.

De son côté, le quartier Norvick était chapeauté par la Wartime
Housing Limited (WHL), un organisme créé par le gouvernement
canadien afin de construire des habitations pour les ouvriers des
usines d'armement. L'ensemble domiciliaire a été aménagé en 1942
à proximité des usines Noorduyn et Vickers. Il se caractérisait par
le tracé incurvé de ses rues et l'implantation pavillonnaire de ses
400 maisonnettes unifamiliales distribuées autour d'un noyau central de services communautaires. Il s'agissait d'un des plus importants ensembles construits au Québec par la Wartime Housing,

---

7. Marcel Parizeau, « L'urbanisme à Montréal », dans Esdras Minville (dir.),
Montréal économique, Montréal, Éditions Fides, collection Études sur notre milieu,
1942, p. 377-397.
8. Marc H. Choko, *Une cité-jardin à Montréal. La Cité-jardin du Tricentenaire,
1940-1947*, Montréal, Éditions du Méridien, 1989.

141

UN QUÉBEC URBAIN EN MUTATION

qui a également érigé plusieurs îlots de maisons destinées aux vétérans dans divers quartiers montréalais et dans d'autres villes québécoises, dont Dorval, Valleyfield, Sainte-Thérèse, Chicoutimi, Québec – secteur Saint-Vallier –, Sorel et au Cap-de-la-Madeleine. En été 1942, 17 ensembles résidentiels avaient été achevés.

Les maisons qui constituaient ces ensembles avaient un plan carré et une toiture à deux versants ; leur architecture se déclinait en trois plans et en quelques variantes de matériaux de parement extérieur. Leurs concepteurs se sont inspirés de la maison dite « Cape Cod », popularisée par les catalogues de maisons en kit vendues par le grand magasin Sears Roebuck entre 1908 et 1940. Elles étaient construites avec des matériaux peu coûteux préassemblés en usine de manière à pouvoir être achevées rapidement. Et elles étaient temporaires, d'où l'absence de fondation.

La décision de construire des maisonnettes facilement détruites, démontées ou déplacées était attribuable à la volonté du gouvernement de contrer les critiques des promoteurs immobiliers et des constructeurs durement éprouvés par la crise des années 1930. Mais cette décision était aussi redevable à la position idéologique du responsable du dossier. Clarence D. Howe, ministre des Munitions et des Approvisionnement de 1940 à 1945, de la Reconstruction en 1944 et 1945, de la Reconstruction et des Approvisionnements de 1946 à 1948, était en effet un inconditionnel de l'économie de marché[9]. À ses yeux, le gouvernement n'avait pas à s'impliquer directement dans la construction résidentielle. Seule la conjoncture tout à fait exceptionnelle justifiait les interventions de la Wartime Housing Limited.

Certains de ces ensembles ont été détruits, par exemple à Dorval. Mais la plupart des maisons ont été vendues à leurs occupants à compter de 1947. Bien que de dimensions modestes, elles offraient un niveau de confort et des commodités qui contrastaient

---

9. L'Institut C. D. Howe, créé en 1973 et basé à Toronto, en perpétue la position favorable au marché.

LES TRENTE GLORIEUSES

Figures 8a et 8b – Quartier Norvick en 1947
L'ensemble immobilier aménagé à proximité d'usines de guerre compte 400 maisons. Une école et des espaces verts définissent un espace communautaire. Les maisons, construites par la Wartime Housing Ltd., devaient être érigées rapidement avec des matériaux non requis par l'effort de guerre. Elles devaient être démantelées ou démolies à la fin du conflit et les infrastructures, cédées aux municipalités. Elles seront finalement vendues à leurs occupants.
(Sources : 8a) Archives Ville de Montréal, VM97-3_7P24-28,64, 24,65, 25,65 et 26,66 ; 8b) Conrad Poirier, maisons de la rue de Londres en 1947, BAnQ, P48,S1,P15368)

Figure 9 – Maisons de la Cité-jardin du Tricentenaire en 1942
La Cité-jardin du Tricentenaire était un projet coopératif piloté par l'Union économique d'habitation. Comme dans la majorité des ensembles résidentiels coopératifs, la maison unifamiliale était privilégiée. Plombé par de nombreux problèmes, le projet n'a été que partiellement complété.
(Source : Conrad Poirier (1942), cité-jardin, BAnQ P49, S1, P7864)

avec les conditions de logement que plusieurs ménages avaient connues avant d'y emménager.

Certaines des réalisations de la WHL anticipaient l'approche qui sera privilégiée par la Société centrale d'hypothèques et de logement (SCHL), après que l'organisme aura pris la relève à compter de 1946. La configuration du quartier Norvick préfigurait en effet les agencements proposés par la SCHL dans la brochure *Principes pour le groupement de petites maisons*, publiée en 1956.

En 1945, la WHL a aussi amorcé le chantier des maisons de vétérans destinées, comme leur nom l'indique, à l'accueil des militaires démobilisés. Même si leur architecture était apparentée à celle des maisons des ouvriers d'usine, elles avaient des fondations. Des ensembles similaires ont également été construits par des promoteurs ayant acheté les plans conçus à la demande de la SCHL. À Montréal et dans sa région, des maisons de vétérans

LES TRENTE GLORIEUSES

ont été bâties dans Parc-Extension, Ville-Émard et Côte-Saint-Paul. On en a aussi construit à Ahuntsic, Cartierville, Saint-Michel, Villeray, Verdun, Lachine, Snowdon, Côte-Saint-Luc, LaSalle, Dorval, Longue-Pointe (Mercier Ouest), Tétreaultville (Mercier Est), Montréal-Est, Pointe-aux-Trembles, Montréal-Nord, Saint-Paul-L'Ermite (Le Gardeur), Longueuil, Greenfield Park et MacMasterville. Ailleurs au Québec, elles ont été érigées dans le quartier Saint-Sauveur de Québec ainsi qu'à Jonquière, Arvida, La Baie, Brownsburg, Iberville, Lévis, Rimouski, Saint-Hyacinthe, Hull, Sherbrooke et Cowansville.

Ces ensembles étaient généralement implantés en décroché plus ou moins marqué des quartiers centraux et s'articulaient à des lotissements sans grande originalité. Ils présentaient malgré tout certains des attributs de la banlieue d'évasion d'après-guerre, dont des terrains de bonne superficie, une implantation en mode pavillonnaire et une cour avant de dimension généreuse.

La WHL et la SCHL n'ont pas été les seuls acteurs intéressés par la question du logement. Dans les années 1930, des organismes sociaux canadiens-français œuvrant dans l'orbite de l'Église catholique étaient préoccupés par les conditions de vie des ouvriers. Ils ont lancé plusieurs initiatives dans les années 1940 et 1950 pour remédier à la pénurie et à la vétusté des logements et pour contrer les effets délétères de la promiscuité inhérente aux habitations multifamiliales. Après avoir milité pour la création de programmes d'accès à la propriété, plusieurs organismes, dont la Ligue ouvrière catholique, ont opté pour la constitution de coopératives d'habitations. Le slogan «À chaque famille sa maison» résumait l'esprit de l'organisme.

Deux formes de coopératives ont été explorées : la coop dite «de bâtisseurs» et celle dite «d'accès à la propriété». Les organismes ont privilégié la première formule, pendant que l'autre option obtenait la faveur des coopérants et s'est imposée dès 1949 dans le sillage d'une expérience menée à Drummondville : «[c]'est

UN QUÉBEC URBAIN EN MUTATION

cette seconde formule qui a permis au mouvement d'effectuer une percée dans les milieux fortement urbanisés, tout particulièrement à Montréal[10]», où près du quart des habitations coopératives québécoises ont été construites.

Les ensembles de la Wartime Housing Limited avaient été implantés en fonction de la distribution des usines de production de guerre, tandis que les maisons de vétérans ont plutôt été construites à l'écart des quartiers de l'époque manufacturière. Les promoteurs du mouvement coopératif ont accentué quant à eux la rupture avec la ville :

> [l]e logement ne doit pas [...] être au milieu des comportements délinquants si fréquents dans les quartiers centraux de la ville. Le voisinage doit être composé de propriétaires d'unifamiliales au-dessus de tout soupçon d'immoralité. Dans un milieu métropolitain comme Montréal, les exigences de ce [...] critère définissent implicitement une localisation particulière : la banlieue[11].

À Montréal, la Cité-jardin du Tricentenaire a constitué, on l'a déjà souligné, un projet phare du mouvement coopératif. Outre les 430 maisons, le premier plan prévoyait une église, un centre commercial, cinq bâtiments collectifs, ainsi que l'aménagement d'un parc. Mis en chantier en 1942, le projet n'a atteint que le tiers de la taille originellement projetée. Les 167 maisons unifamiliales achevées ont été bâties dans un espace périurbain qui portait encore les traces de son récent passé agricole ; elles incarnaient un idéal pavillonnaire qui a fait la fortune de tous ceux qui ont œuvré à la construction de la banlieue. Elles correspondaient aussi à d'autres préoccupations normalement associées à la démarche coopérative.

> Plus précisément, l'enjeu ultime de l'action coopérative devient l'émergence de collectivités locales nouvelles, d'unités de

---

10. Jean-Pierre Collin, «Crise du logement et action catholique à Montréal, 1940-1960», *Revue d'histoire de l'Amérique française*, Vol. 41, n° 2, 1987, p. 179-203, p. 187.
11. Jean-Pierre Collin, *La cité coopérative canadienne-française : Saint-Léonard-de-Port-Maurice, 1955-1963*, Québec, Presses de l'Université du Québec, p. 53-54.

voisinage offrant un cadre de socialisation plus efficace que celui qui est généré par le marché privé laissé à lui-même. Dès le départ, l'action directe sur le domaine résidentiel est annoncée comme la porte d'entrée à une intervention plus globale de développement communautaire de véritables « villages ouvriers »[12].

Plusieurs projets coopératifs ont été initiés dans l'île de Montréal dans les deux décennies qui ont suivi la fin de la guerre. En 1947, le Conseil central des syndicats nationaux de Montréal a entamé la construction d'une quarantaine de résidences unifamiliales dans Cartierville. Entre 1948 et 1950, le Comité d'habitations de Montréal a bâti trois ensembles totalisant 540 cottages jumelés dans les quartiers Ahuntsic, Rosemont et Mercier. En 1950, la coopérative Unité des Ormeaux a accueilli 22 ménages dans le quartier Ville-Émard. Enfin, en 1951, 44 cottages jumelés ont été construits par la coopérative Notre-Dame-des-Anges, à LaSalle.

Dans la municipalité de Saint-Léonard-de-Port-Maurice, restée agricole malgré l'obtention du statut de ville en 1915, les premiers jalons d'une Cité coopérative canadienne-française se sont concrétisés en 1956. Le projet résidentiel piloté par la coopérative d'habitation de Montréal devait être aménagé sur une terre de 185 arpents (63 hectares). En plus des résidences unifamiliales, le plan de 1958 prévoyait un emplacement pour un petit centre commercial et un autre pour des conciergeries de quatre et huit logements. Au total, 655 maisons unifamiliales ont été construites à partir de 1962.

Des projets de coopératives d'habitation ont aussi été réalisés à Vimont, dans l'île Jésus, à Charlemagne sur la Rive-Nord, ainsi qu'à Boucherville, Beloeil, Longueuil, Jacques-Cartier et La Prairie, sur la Rive-Sud. Les déconvenues n'étaient pas rares. À Charlemagne, où la construction de 1 500 résidences était planifiée, seulement 172 ont été érigées. À Jacques-Cartier, aujourd'hui

---

12. Jean-Pierre Collin, « Vers un coopératisme social : La Ligue ouvrière catholique et la question du logement dans les années 1940 », *Histoire sociale*, Vol. 27, n° 53, 1994, p. 89-109, p. 103.

UN QUÉBEC URBAIN EN MUTATION

un arrondissement de Longueuil, le domaine Gentilly devait compter un millier de maisons ; 40 ont été achevées. Malgré les embûches, les 25 coopératives actives de la région de Montréal ont construit 2340 unités de logement, des résidences unifamiliales pour la plupart.

Ailleurs au Québec, plusieurs coopératives d'habitation de tailles variées ont essaimé un peu partout dans les décennies 1940 et 1950. Des projets d'habitation se sont matérialisés en tout ou en partie à La Tuque, East Angus, Victoriaville, Magog, Sherbrooke, Granby, Saint-Hyacinthe, Hull, Asbestos et Valleyfield.

À Trois-Rivières, le chanoine Louis-Joseph Chamberland a été l'âme dirigeante de la coopérative d'habitation Sainte-Marguerite dont le projet, mis en chantier en 1944 selon la formule de l'autoconstruction, a donné à 180 ménages la possibilité de devenir propriétaires de duplex. À Chicoutimi, la cité-jardin du foyer coopératif a été fondée à la même époque. Son succès a été tel qu'il a fallu procéder à son agrandissement dès 1953. En 1957, dans ce qui est devenu la municipalité de Duberger, la coopérative d'habitation du Québec métropolitain a entrepris la construction d'un millier de maisons unifamiliales. Deux ans plus tard, la municipalité a adopté un plan directeur d'urbanisme. En 1966, la communauté dénombrait 8500 résidents. Une église, une bibliothèque, une maison des jeunes et un petit centre commercial construit en 1962 y formaient un noyau communautaire.

La Fédération des coopératives d'habitation, fondée en 1948, regroupait, deux ans plus tard, 50 coopératives. Quarante et une d'entre elles ont réussi à réaliser 1184 maisons. À elle seule, la coopérative Sainte-Marguerite a donné un toit à un peu plus de 2000 personnes. Si le mouvement coopératif répondait aux aspirations de ménages ouvriers en matière de logement, il n'a comblé qu'une partie de la demande. Pour plusieurs familles défavorisées, la décision de quitter un quartier ouvrier n'était pas nécessairement gage d'amélioration des conditions de vie.

Figure 10 – Coopérative d'habitation Sainte-Marguerite à Trois-Rivières
Préoccupé par les effets de la crise du logement sur ses paroissiens, la chanoine Louis-Joseph Chamberland a créé, en 1944, la coopérative d'habitation Sainte-Marguerite. Cette coop a permis à 180 ménages de devenir propriétaires de duplex érigés bénévolement par les chefs de famille. La photo, prise au milieu des années 1960, montre des membres de la coopérative qui se sont engagés à travailler quatre heures par jour à la construction des logements et à l'aménagement du quartier. (Source : Roger Tessier, Archives nationales du Québec à Trois-Rivières, fonds de la famille Sadoth Tessier, P149, S3, D12 [avec l'autorisation de Roger Tessier])

Casimirville[13]

À Montréal, l'extension du réseau de tramways a favorisé, dès l'entre-deux-guerres, la création de lotissements voués à l'accueil de ménages ouvriers désireux de quitter les vieux quartiers. On les trouvait dans l'est de l'Île (Tétreaultville, Édenville), dans

---

13. Casimirville était le nom donné par Ovila Légaré, concepteur du radio-feuilleton *Nazaire et Barnabé* diffusé sur les ondes de CKAC de 1939 à 1958, à un village de colonisation de l'Abitibi fondé par un groupe de Montréalais décidés à vivre dans une petite communauté dont étaient exclus les curés et les femmes. Le patronyme a été accolé par dérision à plusieurs ensembles plus ou moins étendus de cabanes et de modestes maisonnettes disséminés dans de nombreuses localités.

l'est de la paroisse du Sault-au-Récollet et à Montréal-Nord, dans l'île Jésus (près des têtes de pont à l'Abord-à-Plouffe, Laval-des-Rapides et Pont-Viau), ainsi que sur la Rive-Sud, desservie par deux lignes de tramway, à Montréal-Sud, Greenfield Park et St. Lambert Heights (appelé Mackayville). Ces lotissements étaient souvent l'œuvre de propriétaires fonciers peu scrupuleux. Les chemins de terre y tenaient lieu de rues, les puits et les fosses septiques y compensaient l'absence d'aqueduc et d'égout. Certains ménages sont parvenus à se construire ou à se faire construire en tout ou en partie une modeste maison, mais d'autres ont dû se contenter d'un abri de fortune.

Un tel lotissement a vu le jour dans les années 1940 à Pont-Viau. La proximité de la gare de tramway Millen, inaugurée en 1892 à proximité de la retombée sud du pont éponyme, a favorisé la venue de familles ouvrières. Surnommé Casimirville, cet endroit constituait :

[u]n échantillon de ces colonies crasseuses qui s'édifient dans la périphérie de la Cité, sous la tolérance des urbanistes.

[...]

Un peu partout à *Casimirville*, on est en chantier jour et nuit. L'on construit son abri de fortune par petits morceaux, au gré de la paye prochaine et du temps *slack* [...].

Là, dans ces galetas de deux ou trois pièces, campent des douzaines de familles nombreuses, au mépris des commandements de la plus élémentaire hygiène[14].

On trouve de tels ensembles résidentiels précaires, appelés *shacktowns* dans le reste du Canada et aux États-Unis ou, dans ses déclinaisons moins précaires, *Self-built Suburb*[15], à L'Abord-à-Plouffe, LaSalle, Terrebonne et St. Lambert Heights (future Mackayville, puis

---

14. Louis Robillard, « Le problème de l'habitation. Une visite à "Casimirville" de Pont-Viau », *Le Devoir*, 16 juillet 1947.

15. Richard Harris, *Creeping Conformity: How Canada Became Sururban, 1900-1960*, Toronto, University of Toronto Press, 2004.

LES TRENTE GLORIEUSES

ville de Laflèche). Mais la palme de ces royaumes de l'autoconstruction revient à Jacques-Cartier, décrite par Pierre Vallières dans son ouvrage *Nègres blancs d'Amérique*. Jacques Ferron a ainsi décrit l'endroit :

> Agglomérations de maisonnettes pour la plupart inachevées, souvent bâties avec des matériaux de fortune. En 1947, ces agglomérations étaient assez nombreuses pour former une ville, laquelle fut nommée Jacques-Cartier. [...] Quelles étaient les principales caractéristiques de la nouvelle ville ? La voirie, les chiens, l'absence d'aqueduc et d'égout, les kiosques où en fin de semaine les spéculateurs fonciers détaillaient des lots comme les maraîchers qui, à la fin de l'été, vendent des fruits et des légumes le long des routes, et, enfin, ces maisonnettes auxquelles on travaillait, le soir et en fin de semaine, durant des mois et des années[16].

Si la situation s'est améliorée peu à peu pour bon nombre de résidents, il a quand même fallu détruire un millier de taudis en 1964.

La région de Montréal n'a pas l'exclusivité de tels voisinages. À Québec, au nord de la rivière Saint-Charles, des spéculateurs avaient acheté des terres agricoles en 1912. En 1916, ils ont obtenu la création de la municipalité de Québec-Ouest, ce qui leur a permis de soustraire ce territoire à la municipalité rurale de La Petite-Rivière-Vanier, dont le conseil municipal était peu empressé d'autoriser les lotissements. Les spéculateurs, qui entendaient créer une ville industrielle, avaient les mains libres. Des terrains ont été mis en vente, malgré l'absence d'aqueduc et d'égout. La précarité des premiers ensembles résidentiels était telle que le service d'hygiène de la province a imposé, en 1924, l'installation des services.

À la veille du krach, la population de la ville s'élevait à 600 habitants. Ils étaient 2 132 en 1933. Les ménages au statut économique précaire se logeaient tant bien que mal, mais

---

16. Jacques Ferron, « Le quart de siècle de ville Jacques-Cartier », dans Robert Guy Scully, *Morceaux du grand Montréal*, Montréal, Éditions du Noroît, 1978, p. 70.

Figure 11 – Quartier défavorisé de Mackayville (Laflèche)
La crise du logement qui sévit durant l'entre-deux-guerres a incité de nombreux ménages aux revenus modestes à s'installer en banlieue. Pour beaucoup, les conditions de vie ne s'amélioraient pas nécessairement, loin s'en faut. On trouvait de tels assemblages de modestes maisons et de cabanes à plusieurs endroits dans la région métropolitaine, mais aussi à Québec, Trois-Rivières, Sherbrooke et Sorel. (Collection des photographies de la Direction des communications de la Ville de Longueuil)

l'administration municipale ne parvenait pas à corriger la situation. La ville a été mise sous tutelle de 1933. L'arrivée d'une première entreprise en 1956 a relancé un projet de parc industriel. Les finances municipales se sont améliorées, mais le territoire restait un des plus défavorisée de Québec. Huit ans plus tard, la municipalité a été rebaptisée Vanier et la tutelle a été levée en 1974[17].

À Trois-Rivières, au début de la crise, de nombreux squatters avaient construit des cabanes sur des terrains municipaux dans

---

17. Réjean Lemoine et Sandra Bisson, *Québec-Ouest/Vanier de l'indigence à l'indépendance*, Québec, Les Éditions GID, 2018.

ce qui est devenu le quartier Notre-Dame-de-la-Paix, mais qui a d'abord été connu sous le nom de «village de tôle». Même si des titres de propriété ont été accordés 10 ans plus tard, l'aqueduc n'a été installé qu'en 1948 et il a fallu encore 2 ans avant que les maisons ne soient raccordées à l'égout et l'électricité. Dans les années 1960, le curé de l'endroit, l'abbé Mélançon, a dénoncé la situation sur la place publique. Il a été entendu ; en juillet 1968, le conseil municipal a décrété une «zone de rénovation urbaine». Le quartier, qui abritait 250 ménages, a été détruit entre 1970 et 1972, au grand dam de plusieurs résidents qui refusaient de quitter les lieux.

À Sherbrooke, dans les années 1930, le journal *La Tribune* dénonçait régulièrement la présence à l'extérieur du territoire municipal de cabanes construites sans permis sur des terrains non desservis. L'un de ces secteurs, appelé Collinsville, a été annexé par la ville en 1942. Les taudis n'ont cependant pas été détruits avant le milieu des années 1960. D'autres squats ont été signalés à Sorel où un ensemble de très modestes maisons surnommé «le village de tôle» avait été érigé le long d'une voie ferrée[18]. À Sainte-Adèle dans les Laurentides, une centaine de familles habitaient dans des bicoques élevées à l'écart de la ville. Le quartier a aussi été affublé du nom de Casimirville.

La déferlante pavillonnaire

Ces expériences malheureuses constituaient le côté sombre de l'idéal banlieusard. La déclinaison plus respectable de l'évasion résidentielle d'après-guerre a rapidement pris une ampleur inattendue. Les données sur la croissance démographique qu'ont connue quelques municipalités des proches banlieues de Montréal et de Québec à cette époque en donnent un aperçu (voir tableau 6).

---

18. Les maisons les plus misérables ont été détruites.

Tableau 6 – Croissance démographique de proches banlieues (1951-1961)

	1951	1961
Île de Montréal		
Anjou	1501	9 511
Saint-Léonard-de-Port-Maurice	742	4 893
LaSalle	11 633	30 904
Beaconsfield	1883	10 064
Pierrefonds	1436	12 171
Pointe-Claire	8 984	22 709
Île Jésus		
Chomedey	7 732	30 445
Duvernay	1529	10 939
Laval-des-Rapides	4 998	19 227
Pont-Viau	6 129	16 077
Saint-Vincent-de-Paul	4 372	11 214
Rive-Nord Montréal		
Repentigny	1355	9 139
Rive-Sud Montréal		
Saint-Hubert	6 294	14 380
Jacques-Cartier	22 450	44 807
Laflèche	6 494	10 994
Boucherville	1583	7 403
Québec		
Sillery	5 976	14 109
Sainte-Foy	5 976	38 521
Charlesbourg	11 044	24 309
Beauport	29 728	40 699

Le phénomène ne touchait pas seulement la métropole et la capitale. Dans toutes les villes, des lotissements de maisons unifamiliales ont été construits plus ou moins à l'écart des périmètres urbanisés. À Sherbrooke, pendant que les quartiers centraux se

LES TRENTE GLORIEUSES

dépeuplaient, les nouveaux ensembles résidentiels se multipliaient du côté de Fleurimont, à l'est, et en direction ouest, de part et d'autre du vallon de la rivière Magog. Si le territoire municipal était suffisamment vaste pour accueillir ces nouveaux voisinages résidentiels, les municipalités de banlieue étaient également dans le coup. À Rock Forest, la population est passée de 2137 habitants en 1951 à 3113 en 1961 (une augmentation de 45,6 %) et à 5098 en 1971 (une augmentation de 63,8 %). Un centre commercial y a ouvert ses portes en 1966[19].

À Trois-Rivières, l'urbanisation a gagné les terrasses au nord de la ville à compter de 1946. Le secteur Normanville regroupait 160 résidences six ans plus tard. Ce sont 400 ménages qui se sont installés dans le secteur Saint-Jean-Baptiste-de-la-Salle. Ce boom a entraîné la création de six nouvelles paroisses entre 1954 et 1976, et la construction du centre commercial Les Rivières en 1971. Parce que Trois-Rivières n'avait pas l'espace suffisant pour absorber cette poussée, le territoire de la municipalité adjacente de Saint-Michel-des-Forges a été annexé en 1961. Mais de son côté, la municipalité de Trois-Rivière-Ouest a réussi à conserver son autonomie[20]. La population, de 2695 habitants en 1951, se situait à 4094 en 1961 (une augmentation de 51,9 %) et à 8057 en 1971 (une augmentation de 96,8 %).

Au Saguenay, le Chicoutimi suburbain a émergé après la guerre. Le foyer coopératif (1947→) y a été un des premiers projets à se concrétiser. Sept nouvelles paroisses ont ensuite vu le jour entre 1950 et 1954. La construction des centres commerciaux Place du Saguenay (en 1968) et Place du Royaume (en 1973) témoignait de l'importance d'une poussée de développement le long du boulevard Talbot. Sur la rive gauche du Saguenay, en face du centre-ville, la

---

19. Jean-Pierre Kesteman, *Histoire de Sherbrooke. Tome 4 : De la ville ouvrière à la métropole universitaire (1930-2002)*, Sherbrooke, Les Éditions GGC, 2002.
20. Alain Gamelin *et coll.*, *Trois-Rivières illustrée*, Corporation des fêtes du 350ᵉ anniversaire, 1984.

municipalité de Sainte-Anne-de-Chicoutimi comptait 3 966 âmes en 1951. Elle est devenue Chicoutimi-Nord en 1955 et sa population a rapidement augmenté pour atteindre 11 229 habitants en 1961 (+ 183 %) et 14 086 en 1971 (+ 25,4 %). Entre-temps, l'école Eugène-Lapointe, ouverte en 1962, a été agrandie et est devenue, en 1969, la polyvalente Charles-Gravel. Enfin, un nouveau pont a été construit de 1969 à 1972 pour mieux relier les deux rives du Saguenay ; le vieux pont Sainte-Anne (construit en 1933) ne suffisait plus à la tâche tant la croissance de Chicoutimi-Nord avait été forte.

À Sorel et Saint-Joseph de Sorel, en Montérégie, la participation à l'effort de guerre a été associée à une hausse de la population ouvrière. Un nouveau quartier résidentiel de type banlieusard a été aménagé au sud du centre-ville pour loger des travailleurs. En 1945, la construction de l'hôpital Hôtel-Dieu, légèrement en retrait du périmètre urbanisé, a entraîné la création d'une autre zone résidentielle unifamiliale. Ensemble, Sorel et Saint-Joseph recensaient 18 310 habitants en 1951. À l'initiative de la riche famille Simard, qui y possédait de vastes terrains, la municipalité de paroisse de Saint-Joseph-de-Sorel est devenue, en 1954, la ville de Tracy. Sa population qui était de 3 847 habitants au moment de la création de la ville s'est élevée à 8 171 habitants en 1961 (+ 112,4 %) et à 11 842 en 1971 (+ 44,9 %).

Le Montréal d'après-guerre

En 1919, le 18ᵉ amendement de la constitution a imposé la prohibition aux États-Unis. Celle-ci n'a été levée qu'en 1933 dans la plupart des États. Entre-temps, le gangstérisme y a trouvé un contexte extrêmement favorable au développement des affaires ; c'était l'âge d'or des bars clandestins, des maisons de jeu et de débauche et des tripots de toutes sortes. C'est aussi en 1919 que le Québec a adopté une loi sur la prohibition qui s'étendait aux spiritueux. Mais la province était déjà au régime sec, puisqu'en 1915, 90 % des villes disposaient de règlements interdisant le commerce de l'alcool. Montréal et Hull[21] faisaient bande à part. Le 1er mai 1921, cette loi sur la prohibition a été abrogée quand le gouvernement libéral de Louis-Alexandre Taschereau l'a remplacée par la Loi sur les tavernes, en instituant du même coup la Commission des liqueurs du Québec, ancêtre de la Société des alcools, et une «Police des liqueurs» qui veillait à l'application des lois relatives à la fabrication et à la vente d'alcool sur tout le territoire. Ce revirement de situation était en partie dû aux demandes des représentants de l'Église catholique qui préféraient que soit contrôlée la consommation plutôt que de la voir reléguée dans des lieux illicites.

Peu affectée par la prohibition, Montréal a profité d'une situation enviable à l'échelle du nord-est américain. Les cabarets et les boîtes de nuit y ont eu légalement pignon sur rue et ont fait la renommée de la métropole.

Dans les années 1920, Montréal s'affirme vraiment comme ville de plaisirs, profitant de la prohibition américaine (de 1920 à 1933) et de lois québécoises plus souples. Faire la fête à sec, c'est beaucoup moins attrayant et surtout moins plaisant! La longue durée de la prohibition permet à Montréal de se muer en destination touristique où les plaisirs nocturnes pour adultes ont la première place. La métropole vibre alors au son du jazz, on y danse le charleston sur des airs endiablés, après avoir siroté quelques cocktails enivrants. Toute une économie du divertissement se développe, avec son infrastructure de clubs, de salles de danse et de spectacle, de restaurants, de théâtres et de cinémas[22].

Cette renommée a inspiré Irving Berlin, un des plus illustres auteurs du *Great American Songbook*. En 1928, le célèbre

---

21. L'Ontario a adopté son Temperance Act en 1916. La prohibition y a été en vigueur jusqu'en 1927. Cette situation favorisait la fréquentation de Montréal par des résidents de la province voisine. Mais elle était également propice au développement des affaires à Hull, surnommée, en première moitié du XXe siècle, le Petit Chicago.
22. Catherine Charlebois et Mathieu Lapointe (dir.), *Scandale! Le Montréal illicite 1940-1960*, Montréal, Les Éditions Cardinal, 2016, p. 10.

UN QUÉBEC URBAIN EN MUTATION

parolier a composé *Hello Montreal*, une ode à la ville qui avait détrôné Broadway.

Cette reconnaissance était d'autant plus méritée que Montréal s'est imposée, dans les années 1920, sur la scène du jazz[23]. Domicile du Canadien Pacifique (1881→) et du Canadien National (1919→), la métropole abritait, à l'instar des grandes villes ferroviaires des États-Unis du début du XXe siècle, une importante communauté noire. Plusieurs membres de cette communauté travaillaient pour le CP et le CN, en particulier à titre de porteurs, un emploi qui, bien que très éprouvant, était recherché. Le jazz a trouvé un terreau fertile dans cette communauté. Les jazzmen locaux et les illustres noms du jazz étatsuniens de passage ont valu à Montréal, et en particulier aux quartiers du Sud-Ouest, le surnom de Harlem du Nord.

La levée précoce de la prohibition n'a évidemment pas empêché les organisations criminelles montréalaises de tirer bénéfice du succès des clubs et des boîtes de nuit. Malgré quelques interventions des autorités policières, l'emprise de la pègre était toujours omniprésente. La nomination, en 1946, de l'avocat Pacifique Plante comme conseiller juridique de l'escouade de la moralité, une brigade de la police de Montréal, a constitué le prélude à une lutte résolue contre le crime organisé sévissant aussi bien au sein de l'administration municipale que de la police.

À la même époque, l'archevêque de Montréal, le cardinal Paul-Émile Léger, surnommé le Prince de l'Église, pourfendait la grande ville, qu'il considérait comme un foyer de la déchéance morale de la population. Il dénonçait de manière virulente le matérialisme et le communisme, fustigeait indistinctement la danse, l'alcool, les vêtements trop légers, le bingo et d'autres formes de loisirs, mettait en garde contre la radio et les

---

23. John Gilmore, *Une histoire du jazz à Montréal*, Montréal, Lux Éditeur, 2009.

sketches de mauvais goût qu'on y diffusait, et contre les cinémas étatsunien et français. Si cette position témoignait de l'influence de l'Église au Québec depuis la débâcle des patriotes et l'avènement de l'ultramontanisme[24], elle n'en occultait pas moins une désaffectation en cours des catholiques La part d'ombre des *Nuits de Montréal* chantées par Jacques Normand en 1949 a interpellé l'opinion publique. Pacifique Plante a été, avec un autre avocat du nom de Jean Drapeau, un pilier de l'enquête sur la moralité présidée de 1951 à 1953 par le juge François Caron. Élu à la mairie de Montréal en 1954, Jean Drapeau a poursuivi sa croisade contre le crime organisé.

Toutefois, Maurice Duplessis, premier ministre de la province depuis 1944 n'appréciait pas outre mesure le nouveau maire de Montréal. Aussi a-t-il soutenu, à l'élection suivante, la candidature de Sarto Fournier, un politicien passablement terne, mais qui a été élu. C'est sous son administration qu'ont été érigées les Habitations Jeanne-Mance, des logements sociaux dont ne voulait pas Jean Drapeau, puisqu'il n'entendait pas consolider la vocation résidentielle du centre-ville. Un autre rare fait d'armes de Fournier a été de proposer la candidature de Montréal pour l'organisation de l'exposition universelle de 1967, attribuée à Moscou.

En septembre 1959, Maurice Duplessis a été victime d'une hémorragie cérébrale. Il s'était rendu sur la Côte-Nord, dont le développement avait été favorisé par l'adoption, en 1945, d'une loi sur les mines permettant la signature de baux de 20 ans pour l'exploitation des ressources du Nouveau-Québec. La création des villes de Gagnon (1950) et de Schefferville (1953) n'ont cependant pas empêché la dénonciation d'une politique

---

24. Idéologie qui prônait la subordination de l'autorité civile à celle de l'Église.

UN QUÉBEC URBAIN EN MUTATION

économique libérale, que ses critiques résumaient par le slogan « le fer à une cenne la tonne ».

Le vent a tourné. Jean Drapeau a été élu à la mairie de Montréal en 1960 et amorçait un règne de 26 ans. En avril 1962, Moscou s'est finalement désistée ; Montréal a pris le relais et s'est lancée dans l'aventure complètement folle d'organiser Expo 67[25]. Symbole du renouveau montréalais, la Place Ville Marie a été inaugurée le 13 septembre[26]. Construits un peu à l'écart de celle-ci, le siège social d'Hydro-Québec (1962) et la Place des Arts (1963) témoignaient aussi, tout comme le métro, inauguré en 1966, de la place qu'entendaient prendre les Québécois francophones dans l'avenir de la métropole. Quant à Expo 67, elle a connu un succès de fréquentation inespéré.

La banlieue au pluriel

Les banlieues d'après-guerre, on l'a déjà souligné, ont surtout été constituées de secteurs de maisons unifamiliales. Les importantes superficies qui étaient consacrées à leur construction et la place prépondérante qu'elles occupaient dans les magazines, les cahiers spéciaux consacrés à l'habitation et les pages publicitaires des journaux de l'époque[27] ont du reste contribué à occulter les autres types de bâtiments résidentiels. Dans certaines municipalités, des

---

25. Réalisé en 2017, le documentaire *Expo 67 Mission impossible*, produit par La Ruelle films, rend compte de la démesure du défi et de l'ampleur de l'exploit. Dans un chapitre consacré aux expositions internationales et à Expo 67, la sociologue Dahlia Namian dénonce une fétichisation du progrès dont les victimes étaient nombreuses. Dahlia Namian, *La société de provocation : essai sur l'obscénité des riches*, Lux Éditeurs, 2023, p. 139-172.

26. France Vanlaethem, Sarah Marchand, Paul-André Linteau et Jacques-André Chartrand, *Place Ville Marie : L'immeuble phare de Montréal*, Montréal, Québec Amérique, 2012.

27. Harold Bérubé, « Vendre la banlieue aux Montréalais : discours et stratégies publicitaires, 1950-1970 », *Revue d'histoire de l'Amérique française*, Vol. 71, n° 1-2, 2017, p. 83-112.

constructeurs ont cependant privilégié les duplex isolés, jumelés ou en rangée[28]. Dans la région de Montréal, LaSalle, le Nouveau-Bordeaux, Saint-Léonard et Laval-des-Rapides en abritaient les principales concentrations. La pénurie de logements et l'inefficacité de la lutte aux taudis avaient en outre conduit le gouvernement canadien à mettre en chantier, dès la fin de la guerre, des ensembles résidentiels multifamiliaux constitués de petits immeubles de trois étages sur sous-sol à demi enterré abritant de 6 à 24 logements. À Montréal, Benny Farm, un ensemble résidentiel de 384 logements répartis dans 64 bâtiments de trois étages, a été construit en 1946-1947 par les Housing Enterprises Ltd. pour loger des ménages de vétérans. Ces immeubles se distinguaient des plex montréalais érigés jusqu'au début des années 1930.

> L'objectif était de construire l'habitation dans un parc. [...] les immeubles de Benny's Farm n'occupent le sol qu'à seize pour cent. Les 384 appartements profitent tous d'une double exposition [...]. La disposition en redents a été retenue pour éviter la formation de rues-corridors et pour laisser un grand dégagement entre les ailes, garantissant ainsi d'excellentes conditions d'éclairage et de ventilation dans les maisons[29].

Au Québec, la SCHL a été associée à de nombreux projets résidentiels multifamiliaux de ce type, particulièrement dans la région de Montréal. L'objectif visé était la mise en chantier d'ensembles résidentiels à loyer modique. Pour y parvenir, l'organisme a mis en œuvre le Programme des compagnies de logement à dividendes limités initié en vertu de la Loi nationale sur l'habitation de 1944[30].

---

28. Ces duplex dits « à l'italienne » différaient des plex d'avant-guerre. Ils étaient plus larges et moins profonds et, par conséquent, mieux éclairés naturellement. Un studio (bachelor) était souvent aménagé au sous-sol.

29. Claude Bergeron, *Architecture du XXe siècle au Québec*, Québec, Musée de la civilisation et Méridien, 1989, p. 204.

30. Ce programme visait à accroître le parc de logements locatifs à prix abordable pour les ménages à faible revenu. La SCHL consentait des prêts pour la construction de nouveaux logements ou l'achat-rénovation d'immeubles à un taux inférieur à

UN QUÉBEC URBAIN EN MUTATION

En banlieue, plusieurs des ensembles ont été construits près de lotissements pavillonnaires et d'un centre commercial, une proximité que le Royal Architectural Institute of Canada recommandait dès 1953 au motif que les commerces y trouvaient leur compte et que les îlots où se dressaient les immeubles à logements constituaient une zone tampon entre les secteurs d'activités et les résidences unifamiliales[31]. Caractérisés par une architecture dépouillée, ces complexes immobiliers se sont déclinés en une grande variété de tailles. Les plus petits comptaient une vingtaine d'immeubles, alors que les plus importants en dénombraient plus d'une centaine. Le nombre de logements s'établissait entre 200 et plus d'un millier.

Le programme des compagnies à dividendes limités a connu plusieurs ratés. Une bonne partie des logements construits dans les premiers temps étaient de mauvaise qualité. Plusieurs ensembles ne comportaient ni aménagement paysager ni aire de jeu. La faible proportion de logements de plus d'une chambre à coucher ne convenaient pas aux familles nombreuses. La SCHL a tenté, en vain, de corriger le tir, notamment en ce qui concerne la taille des logements. Le programme a été aboli en 1975[32].

La banlieue de l'évasion résidentielle de masse, on l'a dit, est par essence pavillonnaire. Elle comporte des traits de personnalité qui lui sont propres. L'unité de voisinage, redéfinie dans

---

celui du marché. En contrepartie de ces prêts, qui représentaient 95 % du coût du projet, les propriétaires acceptaient que la SCHL contrôle les loyers tout en garantissant un taux de rendement du capital investi de 5 %.

31. Cette position faisait écho à celle adoptée aux États-Unis par la Federal Housing Administration 20 ans plus tôt. Annie-Claude Dalcourt, *Le centre commercial de l'île de Montréal, typologie d'un espace commercial en construction, 1950-1955*, Mémoire de maîtrise en histoire, UQÀM, 2012.

32. Lynn Hannley, «Les habitations de mauvaise qualité», dans John R. Miron (dir.), *Habitation et milieu de vie : L'évolution du logement au Canada, 1945 à 1986*, Montréal, SCHL et McGill-Queens University Press, 1994, p. 229-247.

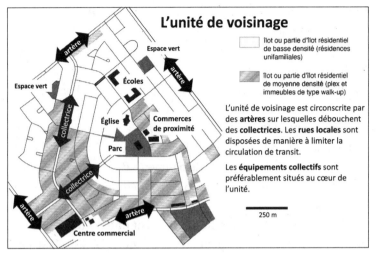

Figure 12

les années 1920 par le sociologue urbaniste Clarence A. Perry[33], lui a donné son assise conceptuelle. Cet outil de planification physico-spatiale a été élaboré pour limiter l'impact de la circulation automobile sur les milieux résidentiels, en privilégiant les rues en impasses ou en boucles et en reportant les circulations de transit sur les artères disposées à la périphérie. Le concept s'est graduellement enrichi par l'intégration de prescriptions pour les équipements et les services de proximité, idéalement localisés au centre des quartiers et accessibles par des chemins piétonniers.

La banlieue fordiste

Mais dans l'après-guerre, la banlieue de l'évasion n'était souvent qu'une pâle adaptation de l'expérience phare qu'a été Radburn (1928 →), citée précédemment. Aux États-Unis, la banlieue à grand déploiement, dont Levittown et Lakewood constituaient l'archétype, se résumait souvent à un plan de lotissement sans

---

[33]. Les réflexions de Perry s'inscrivaient dans le cadre de l'élaboration du premier plan métropolitain de New York, rendu public en 1929.

UN QUÉBEC URBAIN EN MUTATION

trop d'originalité, assorti de règles de base en matière de zonage et de construction.

Le premier de ces projets résidentiels du promoteur immobilier William Levitt, lancé en 1947 en banlieue new-yorkaise, devait compter 2000 maisonnettes ; quatre ans plus tard, il en totalisait plus de 17000. D'autres projets ont été mis en œuvre par le promoteur, en Pennsylvanie dès 1951 et dans le New Jersey, en banlieue de Philadelphie, à partir de 1958. Ces réalisations étaient le résultat d'une production industrielle de bâtiments dont les modalités ont été empruntées au taylorisme et qui avaient été expérimentées durant la guerre.

L'entreprise de la famille Levitt avait obtenu un contrat du département de la Marine pour la construction de 2400 résidences destinées aux familles d'officiers en poste à Norfolk, en Virginie. William, l'un des fils du fondateur de l'entreprise, avait en outre œuvré au sein d'une unité de génie – les *seabees* – responsable de la construction des installations militaires au gré de la progression des troupes étatsuniennes dans le Pacifique. Démobilisé, il a persuadé son père d'adapter ces méthodes de construction à la production résidentielle. L'entreprise a bâti des maisons comme Ford fabriquait des automobiles.

Les promoteurs de Lakewood Park n'étaient pas en reste. En 1949, Louis Boyar, Mark Taper et Ben Weingart, se sont portés acquéreurs de 1400 hectares de terrains à environ 40 kilomètres de Los Angeles. Ils y ont construit, entre 1950 et 1954, 17500 maisons unifamiliales déclinées en cinq modèles. À l'instar de William Levitt, ces derniers misaient sur une production industrielle de résidences abordables. Des noyaux de services de proximité étaient rapidement mis en place et un centre commercial desservi par plus de 10000 places de stationnement a été ouvert en 1952.

Le centre commercial était une composante de premier plan de la banlieue d'après-guerre. La formule, inventée dans les années 1920, a atteint sa maturité dans les années 1950. L'architecte urbaniste viennois Victor David Gruen y a pris une part majeure. Arrivé aux États-Unis en 1938 après avoir fui l'Autriche menacée par l'Allemagne nazie, il s'est immédiatement intéressé au centre commercial, dont il entendait faire un équipement communautaire. Son influence a été considérable[34] ; il a inventé le *mall* en 1954, avant de concevoir, en 1956, le premier *mall* fermé et climatisé. Désormais implanté au cœur d'un méga-îlot, le bâtiment était entouré d'aires de stationnement auxquelles on accédait par des artères ou par les voies de service des autoroutes qui bordaient le site.

Le développement de la banlieue pavillonnaire participait à une transformation des aires métropolitaines anticipée avant la guerre. En 1939, à la veille du déclenchement du conflit, une exposition internationale sur le thème World of Tomorrow s'est tenue à New York. Norman Bel Geddes, un designer industriel de renom, y a conçu, en collaboration avec l'architecte Albert Kahn, Futurama, le pavillon de la General Motors Corporation (GMC). Les milliers de visiteurs quotidiens découvraient une maquette géante d'une région métropolitaine polarisée par un centre-ville où se dressaient de nombreux gratte-ciel à l'architecture épurée. L'ensemble du territoire était parcouru d'un réseau autoroutier tentaculaire. Passionné par l'univers de l'automobile[35], Bel Geddes a par la suite été conseiller en matière de transport auprès de l'administration Roosevelt.

Sa vision futuriste était partagée un autre designer industriel, Henry Dreyfus, qui a conçu pour la même exposition le pavillon Trylon and Perisphere. La maquette de la ville futuriste appelée Democracity représentait une métropole dont le cœur, Centerton, était voué aux activités économiques et culturelles, tandis que la population habitait des communautés satellites essentiellement

---

34. En 1960, Gruen a publié *Shopping Town USA : the Planning of Shopping Centres*, qui constituait la bible des concepteurs de centres commerciaux.
35. En 1940, il a publié chez Random House *Magic Motorway*, une véritable ode aux voies rapides.

résidentielles, Pleasantvilles et Millvilles. Aucun transport collectif ne desservait cette agglomération imaginaire parcourue par des autoroutes.

L'évasion résidentielle facilitait la mise en chantier de la rénovation urbaine et de la transformation des centres-villes. Ceux-ci ont été soumis à de vastes opérations de remodelage financées en grande partie par le gouvernement fédéral après l'adoption, en 1949, du Housing Act. Plus de 2000 secteurs ont été touchés. Ces opérations visaient l'éradication des taudis et la construction de vastes ensembles résidentiels, où devaient être relogées la population touchée. Mais elles ont aussi souvent été dictées par la volonté de faciliter la construction d'édifices et de complexes immobiliers requis par la tertiarisation de l'économie.

Les préoccupations au sujet de l'habitation touchaient aussi le Québec. En 1949, le gouvernement Duplessis a mis sur pied la Commission d'enquête sur le problème du logement. Celle-ci devait, entre autres, documenter la crise et en cerner les causes, identifier les moyens d'y remédier, proposer des mesures d'éradication des taudis, évaluer les avenues de construction d'habitations salubres pour les ménages à faible revenu et étudier la possibilité et l'opportunité d'établir un crédit urbain d'habitation. Le rapport de la Commission, rendu public en 1952, bien qu'ayant reconnu l'ampleur du problème, a d'emblée écarté l'idée d'un tel crédit urbain, susceptible, selon les auteurs, de mener le gouvernement sur la voie d'un socialisme d'État et d'une dérive budgétaire. La prudence du gouvernement québécois a laissé le champ libre au gouvernement canadien, du moins jusqu'à l'instauration, en 1969, de la Société d'habitation du Québec.

Des ambitions à l'épreuve du principe de réalité

Entre-temps, quelques réalisations des années 1940 avaient anticipé la déferlante pavillonnaire des années 1950. En 1944, Jacques Simard a confié à John Bland, professeur d'architecture à

LES TRENTE GLORIEUSES

l'Université McGill, le mandat de préparer le plan d'aménagement des terres agricoles que son père avait acquises sur la rive sud entre 1900 et 1937. Celui qui allait devenir un des membres fondateurs de l'Association professionnelle des urbanistes souhaitait faire de Préville, incorporée en 1948 et aujourd'hui fusionnée à Saint-Lambert, une banlieue modèle[36].

En 1948, le conseiller municipal et contracteur Eugène Chalifour a démarré le projet Parc Falaise à Sillery, en banlieue ouest de Québec. Conçu par les urbanistes Gréber et Fiset, le lotissement de 180 maisons unifamiliales de type cottage et bungalow était sillonné de rues au tracé sinueux. Le quartier était doté d'un petit centre commercial, d'un parc, d'un centre de loisirs et d'un garage automobile collectif.

Le Village Champlain, mis en chantier en 1949 dans l'est de l'actuel arrondissement Mercier-Hochelaga-Maisonneuve a été l'un des tout premiers ensembles résidentiels pavillonnaires d'envergure construit dans l'île de Montréal pendant l'immédiat après-guerre. Son promoteur, Henri Préfontaine, souhaitait d'abord miser sur une adaptation des Quonset Huts[37]. Les acheteurs ne se sont toutefois pas présentés au rendez-vous, ce qui a obligé Préfontaine à opter pour une approche plus conventionnelle. En 1956, le quartier comptait 750 résidences unifamiliales, ainsi qu'un centre commercial, une église, une école et un parc.

En 1950, la Community Planning Association of Canada a édité l'ouvrage d'Harold Spence-Sales[38] *How to Subdivide for Housing Development*. Celui-ci déclinait à l'intention des promoteurs

---

36. Un encart publicitaire paru dans *La Presse* du 30 avril 1955 présentait Préville comme le premier centre domiciliaire scientifiquement aménagé au Québec.
37. De forme semi-cylindrique, la Quonset Hut était un assemblage de poutrelles métalliques, de panneaux de bois, de matériel isolant et de feuilles d'acier. Elle a été abondamment utilisée durant la Seconde Guerre mondiale.
38. Spence-Sales, urbaniste d'origine britannique, s'est installé à Montréal en 1946. Il a initié le premier programme canadien de formation en urbanisme à l'Université McGill.

immobiliers, des arpenteurs, des urbanistes et des municipalités, des principes de subdivision parcellaire qui se démarquaient de la grille orthogonale caractéristique de l'urbanisation d'avant 1930. La SCHL a suivi en publiant, en 1954, la brochure *Principes pour le groupement de petites maisons*, qui faisait également la promotion de diverses déclinaisons de lotissements résidentiels de banlieue. Plusieurs promoteurs immobiliers ont adopté cette manière de concevoir les nouveaux ensembles résidentiels. Cela a été le cas, au milieu des années 1950, de la Riverview Investment Company, qui a mis en chantier à Pont-Viau un projet résidentiel de 2200 unités comprenant un centre commercial, des écoles, des églises, des centres récréatifs, des clubs de yachting et des parcs.

Au nord de Montréal, le quartier Sainte-Thérèse-en-Haut, qualifié de « banlieue totale », a été planifié en 1960 par Harold Spence-Sales à la demande de Benmar Development Company. Les 1200 résidences unifamiliales et les 800 logements multifamiliaux devaient accueillir 10 000 résidents. Un centre commercial, des commerces de proximité (les carrés du village), des églises, des écoles, des parcs et une ceinture verte étaient projetés.

Toujours en 1960, les urbanistes Benoît Bégin, Georges Robert et Charles Carlier ont planifié le quartier Saint-Jean-Baptiste-de-la-Salle à Trois-Rivières. Le concept d'unité de voisinage mis en œuvre a été comparé par l'anthropologue Guy Dubreuil à l'organisation des villages québécois polarisés par les noyaux institutionnels [39].

Des municipalités envisageaient la création de centre civiques. La ville de Sept-Îles, constituée en 1951, a fait œuvre de pionnière en la matière. Au milieu de la décennie, le conseil municipal a sollicité l'urbaniste Harold Spence-Sales pour préparer un plan directeur de la ville, alors en forte croissance. Une place publique, un

---

39. Guy Dubreuil, « Les bases culturelles de l'aménagement du territoire », *Développement et aménagement du territoire*, Fédéral Publications Services et Éditions Georges Le Pape, 1976, p. D-20-D-31.

LES TRENTE GLORIEUSES

hôtel de ville[40], une bibliothèque municipale, ainsi qu'un poste de police et une caserne de pompiers ont été planifiés. Cet ensemble résolument moderne a été inauguré en 1961. L'année suivante, la construction de l'hôpital de Sept-Îles a complété cet ensemble d'équipements collectifs.

D'autres villes, dont Fabreville, Chomedey, Pierrefonds, Greenfield Park, Charlesbourg et Tracy, ont aussi souhaité se doter de centres civiques à la même époque. Les nombreuses propositions ont rarement abouti ou sont restées inachevées. Dans la plupart des municipalités de banlieue, l'absence de contrôle sur la séquence du développement immobilier, l'éparpillement des lotissements, la concurrence intermunicipale qui imposait de faibles taux de taxation, de même que la frilosité ou le manque d'ambition des élus, n'étaient guère propices à la création de tels ensembles d'équipements collectifs[41].

L'urbanisation de Sainte-Foy dans les années 1950 et 1960, bien que passablement soutenue, démontrait les ratés d'une planification subordonnée à l'absence de vision d'ensemble et à une dynamique immobilière à courte vue.

À la fin des années 50, on peut schématiquement distinguer une dizaine de zones éparses de peuplement résidentiel essaimées dans des quartiers et paroisses mal définis pour contenir une urbanisation qui va s'accélérer. [...].

Le découpage politique des quartiers de 1953 et le fait que chaque conseiller municipal souhaite le développement de son propre quartier invitaient à cet éparpillement de l'urbanisation [...][42].

---

40. Une polémique a éclaté en 2019 lorsque le conseil municipal a annoncé que l'hôtel de ville serait détruit pour permettre l'agrandissement du stationnement de l'hôpital. Au moment d'écrire des lignes, l'avenir de la mairie reste incertain.
41. Gérard Beaudet, *Banlieue, dites-vous ? La suburbanisation dans la région métropolitaine de Montréal*, Québec, Presses de l'Université Laval, 2021, p. 110-116.
42. François Hulbert, «Pouvoir municipal et développement urbain : le cas de Sainte-Foy en banlieue de Québec», *Cahiers de géographie du Québec*, Vol. 25, n° 66, 1981, p. 361-401.

UN QUÉBEC URBAIN EN MUTATION

Un tel développement en ordre dispersé a eu cours dans la plupart des municipalités de banlieue, y compris là où avait été adopté un plan directeur d'urbanisme. La distribution aléatoire des lotissements compromettait, entre autres sur le plan financier, la concrétisation des projets de centres civiques, si tant est qu'il y en avait un.

L'architecte et urbaniste d'origine britannique Humphrey Carver[43] a déploré, dans son ouvrage *Cities in the Suburbs*, paru en 1962, l'absence de centres-villes dans les banlieues nord-américaines. Il a critiqué l'assimilation des centres commerciaux à des centres communautaires et dénoncé le manque de leadership des municipalités.

La SCHL, fortement impliquée dans la promotion de la banlieue, a tenté de remédier à la situation en assortissant les contributions financières accordées aux municipalités et aux promoteurs de quelques exigences urbanistiques. Mais l'adoption de plans directeurs pouvait difficilement donner des résultats tangibles, puisque ces documents n'avaient aucune portée légale, faute de cadre législatif habilitant. Par conséquent, la SCHL a surtout contribué à l'étalement urbain à la faveur de la mise en œuvre d'un programme d'assurance-prêt qui, combiné à une modification à la Loi sur les banques apportée en 1954, a permis aux institutions financières de consentir, sans risques, des prêts hypothécaires à des ménages qui auraient eu du mal à les obtenir.

Le centre commercial, équipement phare de la banlieue

Certains des ensembles résidentiels construits dans les années 1945-1973 étaient greffés à des villages et des petites villes où les nouveaux arrivants trouvaient des commerces et des services de proximité. Mais, ici comme aux États-Unis, le centre commercial est rapidement devenu l'équipement phare de la banlieue. Le centre

---

43. De 1955 à 1967, Humphrey Carver a été président du comité de recherche de la SCHL, puis d'un groupe conseil qui lui était rattaché.

Norgate à Saint-Laurent, ouvert en 1950, est le plus ancien au pays. Une quinzaine d'années plus tard, la région métropolitaine en comptait 55, soit 41 dans l'île de Montréal, 7 dans l'île Jésus, 6 sur la Rive-Sud et 1 sur la Rive-Nord[44]. Le centre Rockland, inauguré en 1959 dans Ville Mont-Royal, a été le premier équipement implanté en bordure d'une croisée autoroutière (A15 et A40). En 1961, Place Sainte-Foy, nouvellement agrandie, et Place Laurier ont été les premiers mails intérieurs au Québec. Hors Montréal et Québec, l'essor des centres commerciaux a débuté en 1960 (voir tableau 7, p. 173).

Figure 13 – Échangeur et centre commercial Rockland en 1966
Inauguré en 1959, neuf ans après le centre Norgate, le centre Rockland a été un jalon important de l'évolution de ces équipements commerciaux. Il fut le premier de la région métropolitaine à être implanté en bordure d'un nœud autoroutier (A40 et A15).
(Source : Henri Rémillard, Archives Ville de Montréal, VM94-B025-001)

---

44. Ville de Montréal, *Métropole*, Les cahiers de l'urbanisme n° 2, Service d'Urbanisme, 1964.

UN QUÉBEC URBAIN EN MUTATION

Figure 14 – Sainte-Foy dans les années 1970
La ville de Sainte-Foy, en banlieue de Québec, a connu une croissance rapide durant les années 1950 et 1960. Elle a incarné l'idéal pavillonnaire. La construction, à proximité du pont de Québec, du centre hospitalier universitaire (ou Hôpital des vétérans, 1953), de l'école secondaire Rochebelle (l'École supérieure de Sainte-Foy, 1957), de Place Sainte-Foy (1958) et du centre commercial Laurier (1961) a amorcé une forme de centralité qui n'a cessé de se consolider, au détriment, entre autres, du secteur de la rue Saint-Joseph dans le quartier Saint-Roch.
(Droits réservés : Ville de Québec, N024999)

Dans la métropole et la capitale, la taille de ces équipements et de leurs aires de chalandage a rapidement augmenté, comme en a témoigné l'accroissement du nombre de places de stationnement. Le centre Norgate en offrait 600 alors que trois ans plus tard, le centre Boulevard en proposait 2100. En 1958, la Place Sainte-Foy disposait de 3 000 places et les galeries d'Anjou, 10 ans plus tard, étaient dotées d'un stationnement qui pouvait recevoir 6 000 voitures. Les tout premiers centres commerciaux accueillaient généralement des commerces dits « de proximité ». Le centre Boulevard, qui abritait des succursales du grand magasin Morgan (aujourd'hui La Baie d'Hudson) et de la quincaillerie Pascal, était déjà dans une classe à part. Dorénavant, les centres commerciaux entraient carrément en concurrence avec les petits centres-villes et les artères commerciales traditionnelles. En 1973, la chambre de commerce de Saint-Jean-sur-Richelieu s'est opposée à la construction d'un centre commercial en invoquant précisément les effets négatifs anticipés sur le centre-ville. Il a néanmoins été construit quelques années plus tard.

Tableau 7 – Exemples de centres commerciaux ouverts entre 1950 et 1973

Centre commercial	Année	Municipalité
Galeries Norgate	1950	Ville Saint-Laurent
Centre commercial Champlain	1952	Montréal, quartier Mercier
Centre commercial Boulevard	1953	Montréal/Saint-Léonard
Jardins Dorval	1954	Dorval
Centre commercial Forest	1956	Montréal-Nord
Centre commercial Pont-Viau	1957	Pont-Viau
Centre commercial Saint-Martin	1957	Saint-Martin
Centre commercial Jacques-Cartier	1957	Jacques-Cartier
Place Sainte-Foy	1958	Sainte-Foy
Galeries de la Canardière	1958	Québec, quartier Limoilou
Centre commercial Rockland	1959	Ville Mont-Royal
Centre commercial Duvernay	1959	Duvernay
Centre commercial Rosemère	1960	Rosemère
Promenades King	1960	Sherbrooke
Place Laurier	1961	Sainte-Foy

Carrefour Trois-Rivières-Ouest	1961	Trois-Rivières-Ouest
Galeries Normandie	1962	Montréal, quartier Cartierville
Centre commercial Fleur-de-Lys	1963	Vanier
Place Versailles	1963	Montréal, quartier Mercier
Centre commercial Fairview	1965	Pointe-Claire
Galeries des Sources	1966	Dollard-des-Ormeaux
Centre commercial Rock Forest	1966	Rock Forest
Place Longueuil	1968	Longueuil
Galeries d'Anjou	1968	Ville d'Anjou
Centre Laval	1968	Laval
Plaza Sainte-Thérèse	1968	Sainte-Thérèse
Place du Saguenay	1968	Chicoutimi
La Grande Place	1969	Rimouski
Galeries du Cap	1970	Cap-de-la-Madeleine
Centre commercial Les Rivières	1971	Trois-Rivières
Galeries Saint-Hyacinthe	1971	Saint-Hyacinthe
Galeries de Hull	1972	Hull
Plaza Tracy	1972	Tracy
Carrefour de l'Estrie	1973	Sherbrooke
Centre Valleyfield	1973	Valleyfield

Dans de telles circonstances, la vétusté de plusieurs bâtiments et de bon nombre de locaux commerciaux des centres-villes et des rues commerciales traditionnelles, la faible surface de ceux-ci, les difficultés d'approvisionnement par camion, l'insuffisance réelle ou perçue de l'offre de stationnement, la piètre qualité des espaces extérieurs, ainsi que le départ des commerçants les plus prospères, alléchés par les avantages comparatifs des nouveaux secteurs commerciaux, ont contribué à une érosion en apparence inéluctable des destinations commerciales traditionnelles. Mais leur lent déclin n'a guère préoccupé les élus, du moins pas avant que la situation ne soit devenue critique.

Les grands chambardements urbains

La rénovation urbaine a représenté l'autre grande dynamique immobilière qui a transformé les villes. Elle se déclinait sur deux registres : l'élimination des taudis et la construction de logements sociaux, d'une part, la modernisation des centres-villes d'autre part[45]. Comme en beaucoup d'autres domaines, Montréal a donné le ton[46].

En 1952, un comité consultatif s'est penché sur le problème du logement dans la métropole. Cette initiative faisait suite à une campagne menée par plusieurs organismes, dont le Comité des 55, un regroupement de 55 associations caritatives, religieuses, syndicales, professionnelles et économiques militant pour l'élimination des taudis et la construction de logements à loyer modique. Le rapport déposé en 1954 identifiait 13 secteurs d'habitats insalubres.

L'attention s'est finalement portée sur une partie du centre-ville, le Red Light, une zone de 7,7 hectares, connue pour ses maisons de jeu et ses activités de prostitution. La solution préconisée était radicale : raser complètement le quartier puis, après avoir redessiné les trames viaires et parcellaires, construire de nouveaux immeubles résidentiels.

Ce que l'on a appelé la « Cité radieuse montréalaise », en écho à son pendant corbuséen[47], était originellement un assemblage de 16 barres résidentielles (1 388 logements) implantées sur un

---

45. Comme aux États-Unis, le financement de la rénovation urbaine provenait en grande partie du gouvernement fédéral. Les modalités de contribution financière étaient précisées dans la Loi nationale sur l'habitation de 1949. Des modifications à la loi ont été apportées en 1954 pour faciliter les projets puis, en 1956, pour permettre une utilisation des terrains déblayés lors des opérations de rénovation à des fins autres que résidentielles.

46. Catherine Charlebois et Paul-André Linteau, *Quartiers disparus*, Montréal, Les Éditions Cardinal, 2014.

47. La Cité radieuse, conçue par Le Corbusier et érigée à Marseille en 1947, est un immeuble barre d'une quinzaine d'étages et de 340 logements, comportant une galerie marchande, un hôtel, une garderie et un gymnase. La référence tient plus à l'apparence des immeubles qu'à la transposition du concept.

UN QUÉBEC URBAIN EN MUTATION

méga-îlot en fonction de paramètres environnementaux, dont l'ensoleillement. Finalement, on a érigé un ensemble immobilier de 28 édifices – tours, barres et maisons de ville – totalisant 788 logements[48]. L'administration du maire Jean Drapeau s'était opposée à ce projet. Le magistrat disait craindre une dérive déjà observable dans plusieurs villes des États-Unis, où de tels ensembles résidentiels étaient en train de devenir des enclaves où se multipliaient les problèmes sociaux. De plus, le maire, à l'instar de certains urbanistes et d'acteurs immobiliers, préférait exclure la vocation résidentielle du centre-ville.

Le gouvernement du Québec a profité de la défaite électorale de Jean Drapeau en 1957 pour lancer la construction de ce que l'on a appelé en fin de compte les Habitations Jeanne-Mance. Mais c'était encore trop peu. En 1961, la Corporation de recherches économique a soumis à la ville de Montréal les résultats d'une nouvelle étude de rénovation urbaine. Les mal-logés restaient nombreux et 18 000 logements insalubres subsistaient, répartis dans une quinzaine de secteurs. Le quartier Saint-Henri était cette fois dans la mire. Mais, confrontée à l'opposition de groupes sociaux, Montréal a opté pour plus de modération. Les démolitions ont été plus sélectives et plusieurs logements ont été rénovés. Le projet des Îlots Saint-Martin (1966→), dans la Petite-Bourgogne, a servi de banc d'essai. La construction d'un ensemble de maisons en rangée sur dalle et la remise en état de plusieurs logements anciens y ont été combinées[49].

Dans la capitale, le rapport de la Commission d'enquête sur le logement de la Cité de Québec, le rapport Martin, a été déposé en 1961. Les auteurs soutenaient que plus de la moitié des logements

---

48. Marc H. Choko, *Les Habitations Jeanne-Mance, un projet social au centre-ville*, Montréal, Éditions Saint-Martin, 1995.
49. Les architectes Ouellet, Reeves et Alain ont reçu la médaille Massey de l'Institut royal d'architecture du Canada pour cette réalisation.

LES TRENTE GLORIEUSES

de la ville étaient des taudis et que des démolitions massives étaient nécessaires. Les premiers logements ont été détruits dès le milieu de la décennie. En 1968, la construction de Place Bardy a été décidée. L'ensemble immobilier constitué de deux tours, d'une vingtaine de petits immeubles et de maisons en rangée a été mis en chantier l'année suivante. Avec ses 446 logements, il s'agissait du plus important ensemble de logements sociaux dans la province après les Habitations Jeanne-Mance.

À Trois-Rivières, une enquête sur l'état des logements a été menée en 1963. Elle a révélé que les résidents d'une douzaine de secteurs comptant près d'un millier d'habitants vivaient dans des logements insalubres ou sous-équipés. Des études de rénovation urbaine ont suivi et plusieurs résidences ont été détruites. Certaines des familles touchées ont été relocalisées dans des habitations à loyer modique (HLM) construites par l'Office municipal d'habitation.

En fait, la majeure partie du Québec urbain a été traversée par une vague de rénovation. À Sherbrooke, la mise en œuvre d'initiatives de rénovation urbaine a entraîné la démolition de plusieurs dizaines de taudis et la construction de HLM pour 400 à 600 ménages.

Si certaines démolitions ont été contestées et si plusieurs résidents ont refusé de quitter leur logement, la rénovation urbaine avait la cote auprès des élus. La métropole et les grandes villes comme Québec, Sherbrooke, Hull, Trois-Rivières et Chicoutimi y ont trouvé leur compte, tout comme les villes de taille moyenne, à l'instar de Lachute, Saint-Jérôme, Joliette, Longueuil et Granby, et même les très petites villes. En 1971, au moment où un rapport concernant le projet de rénovation urbaine a été déposé au conseil municipal, Terrebonne ne dénombrait que 7 456 habitants. La Prairie et L'Assomption, qui souhaitaient également s'engager dans la voie de la rénovation urbaine, en recensaient respectivement 8 310 et 4 915.

177

UN QUÉBEC URBAIN EN MUTATION

Au total, plusieurs dizaines de projets de rénovation ont été préparés et 43 d'entre eux ont été mis en œuvre dans l'ensemble du Québec. Un peu plus de 6 600 ménages ont été déplacés. Ce nombre aurait été plus élevé si tous les programmes adoptés par les municipalités avaient été accueillis favorablement par le gouvernement fédéral. Une mise en œuvre plus étendue aurait par ailleurs entraîné de lourdes pertes d'un point de vue patrimonial. Par exemple, à Terrebonne, la plupart des bâtiments du secteur dit «du bas de la côte» devaient être démolis ou déplacés, des rues devaient être fermées ou élargies pour desservir de nouveaux édifices à logements, dont des petites tours, et des centaines de places de stationnement devaient être aménagées[50]. Si cela s'était concrétisé, l'essentiel de ce qui constitue aujourd'hui le Vieux-Terrebonne aurait été détruit. Le gouvernement canadien, qui soutenait en grande partie la rénovation urbaine, en a suspendu le financement en 1969 et y a mis fin en 1973.

La rénovation urbaine ne visait pas uniquement à fournir un toit à la population mal logée. Elle devait aussi libérer le sol pour ériger des grands immeubles et des complexes immobiliers destinés à accueillir les activités d'une économie en voie de tertiarisation et les services gouvernementaux en pleine croissance. Dans la métropole, cette transformation était anticipée au moment où Montréal a créé son service d'urbanisme en 1941. Une esquisse préliminaire d'un plan directeur a été présentée à l'administration municipale en novembre 1944.

Comme ce plan ne portait que sur la partie montréalaise de l'île, certains souhaitaient que soit élaborée une vision plus globale. Un mandat a alors été confié à l'architecte urbaniste français, Jacques Gréber, pour trouver le moyen de concilier la proposition du service d'urbanisme avec les enjeux et les défis qui concernaient l'ensemble des municipalités de l'île. Déposé en 1950, son plan a

---

50. Soudre, Latté et Morales, *Ville de Terrebonne ; étude de rénovation urbaine*, Ville de Terrebonne, 1971.

178

LES TRENTE GLORIEUSES

finalement eu peu d'impact, parce que, d'une part, aucune autorité n'était en mesure d'imposer quoi que ce soit aux villes de banlieue et que, d'autre part, l'urbanisation avait déjà allègrement franchi le fleuve Saint-Laurent et, bien que depuis peu, la rivière des Prairies. L'élection de Jean Drapeau à la mairie en 1954 n'a pas changé grand-chose. Il faut dire que le magistrat, reconnu pour ses propensions autoritaires, s'accommodait fort bien de l'absence de plan d'urbanisme. Cela ne l'a pas empêché de militer, dès la fin des années 1950, pour la fusion de l'ensemble des municipalités de l'île[51] (le projet Une île, une ville), ni de soutenir que la planification métropolitaine devait relever du service d'urbanisme de Montréal. Les visées de Drapeau n'ont pas été bien reçues. La réplique n'a pas tardé. Une cinquantaine de municipalités ont répondu à l'appel d'Ernest Crépeau, maire de la municipalité d'Anjou et farouche opposant aux ambitions du magistrat montréalais. La sacro-sainte autonomie municipale et le droit au développement ont été invoqués pour réfréner les ardeurs de Jean Drapeau. Pour les édiles de banlieue, rien ne devait entraver le développement de leurs municipalités.

Les professionnels du service d'urbanisme ont poursuivi, malgré tout, leurs travaux sur la région métropolitaine. Ils se sont intéressés aux dynamiques d'urbanisation, à la transformation de la forme urbaine, à la circulation et au transport, ainsi qu'aux milieux sensibles. Dans ce dernier cas, ils ont appliqué la méthode d'analyse visuelle mise au point par l'architecte bostonnais Kevin Lynch[52].

---

51. Jean Drapeau s'opposait à la création, envisagée par Maurice Duplessis, d'une instance supra municipale où les banlieues auraient eu un pouvoir équivalent à celui de Montréal.

52. Selon lui, les limites (*edges*), les voies (*paths*), les nœuds (*nodes*), les points de repère (*landmarks*) et les quartiers (*districts*) constituaient les composantes de base du paysage urbain. Voir Kevin Lynch, *L'image de la cité*, Paris, Dunod, 1969 [1960]. Lynch et des collègues ont appliqué cette typologie à des aires métropolitaines perçues à la faveur de déplacements en automobile. Voir Donald Appleyard, Kevin Lynch et John R. Myer, *The View from the Road*, Cambridge, MA: MIT Press, 1965.

UN QUÉBEC URBAIN EN MUTATION

Forts de leur connaissance du territoire, ils ont élaboré, à la demande de l'administration, des scénarios de croissance fondés sur des scénarios démographiques et des partis urbanistiques variés. Les auteurs craignaient que l'absence de planification régionale ne se traduise par un éparpillement de l'urbanisation. Aussi estimaient-ils qu'un arrimage à des infrastructures de transport collectif devait engendrer une urbanisation en corridors déployés entre le cœur de la métropole et les villes satellites – Saint-Jérôme, Joliette, Saint-Hyacinthe, Saint-Jean et Valleyfield. À l'horizon 2000, la région métropolitaine devait compter, selon une des hypothèses, 7,5 millions d'habitants. Le document, intitulé simplement *Montréal Horizon 2000*, a été présenté en 1967 en grande pompe à la Place des Arts. Paul Dozois, alors ministre des Affaires municipales et adversaire de Jean Drapeau, peu impressionné par l'initiative ou soucieux de ne pas indisposer les élus des banlieues, a brillé par son absence.

Malgré son intérêt, *Montréal Horizon 2000* a été éclipsé par Expo 67. La métropole montrait qu'elle avait relevé avec brio le pari délirant d'organiser une exposition internationale de catégorie 1 – la première de son genre en Amérique du Nord – en à peine un peu plus de quatre ans. Le temps nécessaire pour créer dans le fleuve Saint-Laurent et à partir de deux îles, Sainte-Hélène et Ronde, et de hauts-fonds un site capable d'accueillir la soixantaine de pavillons nationaux et la cinquantaine de pavillons d'organisations et d'entreprises. Royaume du piéton, ce site était desservi par un ensemble de moyens de transport allant d'un train léger automatisé et climatisé (l'Expo Express) à des gondoles, en passant par le métro, les minirails, des taxis-triporteurs, les balades (petits trains sur pneumatiques), des vaporettos et un aéroglisseur. On attendait un peu plus de 25 millions de visiteurs, il en est venu plus de 50.

Si certains pavillons présentaient une architecture rappelant des traditions nationales, d'autres, en revanche, exploitaient de nouveaux matériaux et des systèmes constructifs passablement

LES TRENTE GLORIEUSES

innovateurs. C'était le cas des pavillons des États-Unis, des Pays-Bas, de l'Allemagne de l'Ouest ainsi que des pavillons thématiques, dont L'Homme à l'œuvre et L'Homme interroge l'Univers. À la cité du Havre, Habitat 67 impressionnait par l'originalité et l'audace d'une conception due à un étudiant finissant de l'Université McGill et promis à une brillante carrière, le Montréalais d'origine judéo-syrienne Moshe Safdie.

Dans les années 1960, Montréal voit grand, comme l'ont rappelé une exposition tenue en 2004-2005 au Centre canadien d'architecture et le catalogue au titre éponyme[53]. Cette vision était pour beaucoup celle de promoteurs.

Au cœur du centre-ville, juste en contrebas de l'édifice de la Sun Life et de la cathédrale Marie-Reine-du-Monde, une imposante tranchée était toujours chevauchée dans les années d'après-guerre par la rue Dorchester. Dans les années 1910, la compagnie ferroviaire Canadien Nord avait voulu y ériger un ensemble immobilier intégrant la gare centrale, temporairement construite au fond de la tranchée. Le projet a été abandonné en raison de la conjoncture économique. Le Canadien National (CN), qui avait acheté le Canadien Nord ainsi que le Grand Tronc, a relancé le projet dans les années 1930. Le complexe immobilier, encore plus ambitieux que le précédent, a été victime de la crise. L'actuelle gare centrale a finalement été construite en 1941 et un nouvel hôtel, le Reine-Elizabeth, a été érigé entre 1954 et 1958 et relié à la gare par un couloir, premier tronçon de ce qui allait devenir la ville intérieure.

Le siège social du CN a été inauguré trois ans plus tard. Son président, Donald Gordon, a en outre été à l'origine de la construction de la Place Ville Marie (1957-1962). Le socle sur lequel la tour cruciforme se dresse a coiffé – enfin – avec panache la tranchée ouverte cinq décennies plus tôt. La place Bonaventure, terminée en 1967, a mis un terme à la saga de la gare centrale.

---

53. *Les années 60 : Montréal voit grand.*

Figure 15 – Le centre-ville de Montréal au début des années 1960
Jusque dans les années 1950, les sièges sociaux de Bell (1927-1929) et de la Sun Life (1913-1931) étaient parmi les quelques édifices du centre-ville comptant plus de 20 étages. La mise en chantier de la Place Ville Marie, en 1957, a inauguré un nouveau cycle de développement au cours duquel ont aussi été érigés les tours CIL (1962) et CIBC (1962), le siège social d'Hydro-Québec (1962), la place Bonaventure (1964) et l'hôtel Château Champlain (1967). L'érection de la Place Ville Marie et de la place Bonaventure a dissimulé l'importante tranchée creusée au début du XXe siècle pour permettre l'implantation de la gare Centrale au sortir du tunnel sous le mont Royal. (Source: Armour Landry, vue aérienne du centre-ville de Montréal en 1963, BAnQ 06M_P975S1P08123)

La Place Ville Marie a donné le ton à un changement de perspective pour la Métropole. Les tours CIBC (1962), CIL (1962) et de la Bourse (1964), le siège social d'Hydro-Québec (1962), la Place des Arts (1963) et Westmount Square (1967) y ont contribué de façon notoire, tout comme la réalisation de plusieurs corridors souterrains qui constituaient, au gré d'initiatives au départ peu coordonnées, une ville intérieure qui intrigue les visiteurs. Un peu à l'écart, le projet de l'île des Sœurs (1967→) a aussi changé la donne en matière de développement urbain et de promotion immobilière. En août 1955, le gouvernement canadien avait annoncé la construction du pont Champlain. La même année, la Quebec Home & Mortgage Corporation Ltd. a acquis l'île des Sœurs. En 1965, ses administrateurs ont conclu une entente avec Structures

Figure 16 – L'île des Sœurs en 1971
Dans les années 1960, des promoteurs immobiliers ont ciblé les îles des Sœurs, de Boucherville, Saint-Jean, aux Vaches, Paton et Bizard. Plusieurs projets ont été abandonnés. Il en fut autrement de celui de l'île des Sœurs, rendue accessible par la construction du pont Champlain. Piloté par la filiale d'une entreprise de Chicago, cet aménagement a notamment porté la signature de l'architecte Mies van der Rohe, qui a conçu trois barres résidentielles (dont les deux visibles sur la photo) et une station-service.
(Source : Archives Ville de Montréal, VM94-B085-012.tif)

UN QUÉBEC URBAIN EN MUTATION

Métropolitaines du Canada Ltée, une filiale d'une entreprise immobilière de Chicago. Le projet proposé était une déclinaison du concept de cité-jardin et une application du concept d'unité de voisinage. Chacun des quartiers devait être doté d'un parc-école en son centre, de services communautaires, commerciaux et de loisirs, ainsi que d'un réseau de sentiers. L'ampleur du projet et des difficultés liées à la conjoncture économique a obligé les promoteurs à apporter des changements au concept originel, sans que soit cependant compromise l'idée de cité-jardin.

Ces réalisations ont révélé l'influence qu'avaient les États-Unis en matière d'urbanisme et d'architecture. Outre les travaux de Kevin Lynch évoqués ci-dessus, on peut rappeler que la Place Ville Marie a été dessinée par l'agence new-yorkaise de l'architecte sino-étatsunien Ieoh Ming Pei et qu'elle a été construite par William Zeckendorf, un important promoteur immobilier de la métropole. Impliqué dans le projet du Lincoln Center for the Performing Arts de New York (1955→), le designer industriel franco-étatsunien Raymond Loewy a joué un rôle déterminant dans l'élaboration du concept de la Place des Arts. La tour CIL a été conçue par l'agence Skidmore, Owings and Merrill de Chicago. Quant au projet de l'île des Sœurs, il a bénéficié de la contribution de l'architecte germano-étatsunien Ludwig Mies van der Rohe, qui en a conçu trois barres résidentielles et une station-service et qui a aussi réalisé les plans de Westmount Square, un ensemble immobilier érigé en 1964 dans l'ouest du centre-ville.

À l'est du centre-ville de Montréal, la construction de la Maison de Radio-Canada a été précédée, au début des années 1960, de la démolition de 262 bâtiments répartis sur une quinzaine d'îlots et abritant 678 logements, 12 épiceries, 13 restaurants et une vingtaine d'usines et d'ateliers. Près de 5 000 personnes ont dû se reloger. Les effets bénéfiques de l'arrivée de la télévision nationale ne se sont pas matérialisés. Le quartier ne s'est jamais remis de cette destruction massive. Au sud-ouest du centre-ville, le quartier

LES TRENTE GLORIEUSES

irlandais, connu sous le nom de Goose Village, a été détruit en 1964 pour permettre la construction de l'autoroute Bonaventure et de l'Autostade[54]. À la même époque, Concordia Estates a acquis, dans le plus grand secret, des centaines de logements dans Milton-Parc en vue de les abattre et d'ériger un ensemble immobilier comprenant plusieurs tours à logements, un hôtel, des bureaux et une galerie marchande. Le projet a été dévoilé en 1964. Mise en chantier au début des années 1970, la première phase a entraîné la démolition de 272 logements et de plusieurs commerces. Le projet, critiqué de toutes parts, s'est arrêté là. Les 630 autres logements voués à la disparition ont été rachetés par des coopératives d'habitation et rénovés.

Plusieurs autres projets n'ont pas vu le jour. On prévoyait que le métro aurait 9 lignes, 112 kilomètres de voies et 300 stations. Une université ouvrière devait être érigée dans la partie sud du Plateau-Mont-Royal, ce qui aurait nécessité la destruction de plusieurs centaines de bâtiments. Outre l'édification, déjà signalée, d'une autostrade devant emprunter l'emprise de la rue de la Commune et entraîner de ce fait la destruction d'une partie du Vieux-Montréal, on prévoyait le percement d'une voie rapide en tranchée dans l'axe de l'avenue Papineau et son rattachement par un énorme échangeur au pont Jacques-Cartier, ainsi que le percement d'un tunnel autoroutier sous le mont Royal.

À Québec, Lucien Borne, qui était maire de la ville depuis 1938, voulait la doter d'un plan d'urbanisme. Un mandat a été accordé en 1949 aux architectes et urbanistes Jacques Gréber et Édouard Fiset, tandis que Roland Bédard, diplômé de l'Université Cornell aux États-Unis, était nommé à la direction du service d'urbanisme, créé pour l'occasion. Ce plan devait avoir une portée régionale. Les municipalités de banlieue ont refusé d'y contribuer. Québec en a assumé la totalité des coûts. Considérant l'importance des enjeux

---

54. *Quartiers disparus.*

d'aménagement et de circulation, Gréber et Fiset ont recommandé la création d'une Commission provinciale d'urbanisme. Le premier ministre Maurice Duplessis a fait la sourde oreille. L'élection à la mairie de Wilfrid Hamel, en 1953, annonçait un changement de cap qui n'avait rien pour rassurer le milieu de l'urbanisme. Jacques Gréber a présenté sa démission. De fait, en 1956, le nouveau maire a rejeté le plan après l'avoir rendu public et a aboli du même souffle le service d'urbanisme, qui n'a été reconstitué qu'en 1967.

Entre-temps, le développement de l'appareil d'État québécois nécessitait la construction de nouveaux immeubles administratifs. La Commission d'aménagement de Québec, créée en 1961 pour prendre le relais de la Commission d'embellissement[55], a déposé deux ans plus tard un audacieux plan de réaménagement de la Colline parlementaire. Résultat, quelques résidences de la Grande Allée et une partie du faubourg Saint-Louis ont été rasées pour permettre la construction de nouveaux édifices, dont le complexe G (l'édifice Marie-Guyard) et l'édifice H, dit « le Bunker », érigés de 1967 à 1972, ainsi que le Grand Théâtre, inauguré en 1971. Ces chantiers n'étaient pas motivés par de seules considérations utilitaires ;

> [...] la symbolique est forte car en concentrant le pouvoir et la culture dans un écrin de modernité, le gouvernement montre qu'il tient ses promesses en dotant Québec de tous les attributs nécessaires pour en faire une grande métropole[56].

Plusieurs centaines de logements de la Basse-Ville ont également été détruits à la fin de la décennie pour ériger, entre autres, un complexe immobilier connu sous le nom de « la Grande Place ».

---

55. Cette Commission avait été établie en 1927 et abolie par Duplessis en 1944. Le gouvernement de Jean Lesage l'a rétablie en 1960.
56. Richard Desnoilles, « Lorsque la politique crée l'image d'une métropole : Québec et la Révolution tranquille », dans Jean-Pierre Augustin (dir.), *Villes québécoises et renouvellement urbain depuis la Révolution tranquille*, Maison des Sciences de l'Homme d'Aquitaine, 2010, p. 163-177, p. 165.

LES TRENTE GLORIEUSES

Lancée à la fin des années 1960, l'opération de redéveloppement visait à freiner la désertion du centre-ville commercial de Québec. L'acquisition et la démolition de plus d'une centaine d'immeubles au pied de la côte d'Abraham était requise. Une première vague de destruction a eu lieu à compter de 1969. Des centaines de personnes et une centaine de commerces ont été touchés. En vain, puisque «la Grande Place» n'a jamais vu le jour.

La rue Saint-Joseph, principale artère du centre-ville commercial de Québec, avait connu un déclin sévère à la suite de l'ouverture des centres commerciaux de Sainte-Foy qui lui faisaient durement concurrence. Pour y remédier, la piétonisation d'une partie de la rue a été réalisée en 1966. Les résultats n'ont pas été à la hauteur des attentes. En 1974, la rue a été transformée en mail intérieur par la construction d'une imposante structure, sans plus de succès.

Comme à Montréal, des projets ont – heureusement – été abandonnés. Un rapport déposé en 1968 par les ingénieurs Vandry & Jobin à la demande de Québec suggérait notamment le franchissement en tunnel du promontoire de la ville et la construction d'un pont suspendu entre le bassin Louise et Lévis. Prévue pour 1970, l'inauguration du pont Pierre-Laporte, dont la construction avait été entreprise quatre ans plus tôt, justifiait l'abandon de ce qui aurait constitué un troisième lien avant la lettre[57].

Dans l'ouest du Québec, les années 1960 ont été marquées par la croissance des effectifs de la fonction publique fédérale. La Commission de la capitale nationale y a vu l'occasion de concrétiser une ambition caressée de longue date : créer un district fédéral[58]. Le plan élaboré par Jacques Gréber – encore lui! – entre 1946 et 1950

---

57. Il reste que, malgré cet abandon, Québec est aujourd'hui du nombre des villes nord-américaines comptant le plus de kilomètres d'autoroutes par tranche de 100 000 habitants.

58. Comme on en trouve à Washington et à Brasilia, par exemple. Ce projet a néanmoins été contesté par le Québec et l'Ontario. On a donc dû se contenter d'une capitale qui chevauche l'Outaouais tout en relevant des administrations municipales d'Ottawa et de Hull.

proposait la destruction de la quasi-totalité des bâtiments de l'île de Hull. Si la Commission n'avait pas les moyens de ses ambitions, elle a quand même procédé, entre 1969 et 1974, à l'expropriation et à la démolition de quelque 1 500 logements au centre-ville, afin que soient érigée Place-du-Portage, un complexe plurifonctionnel devant accueillir des employés du gouvernement canadien. Près de 5 000 personnes ont été touchées. La revitalisation attendue du centre-ville ne s'est concrétisée que partiellement.

Figure 17a. Rue Saint-Joseph à Québec en 1967.

LES TRENTE GLORIEUSES

Figure 17b – Rue Saint-Joseph en 1974.
Cœur du quartier Saint-Roch, la rue Saint-Joseph est sérieusement affectée par l'ouverture, dans les années 1960, des centres commerciaux de banlieue et le départ de nombreux ménages. En 1967, la Ville de Québec a transformé l'artère commerciale en mail piétonnier. L'initiative n'est pas parvenue à contrer le déclin. La construction d'une toiture, entre 1972 et 1974, a transformé la rue en mail intérieur. Le succès n'a pas été davantage au rendez-vous. La démolition de cette imposante structure a été décidée à la fin des années 1990 et la rue, réaménagée, a retrouvé son statut d'avant 1967.
(Droits réservés (figures 17a et 17b) : Ville de Québec, N015438 et N030805)

À Sherbrooke, l'édification en 1953 d'un marché de la chaîne d'alimentation Steinberg, à l'extrémité nord de la rue Wellington, et d'un stationnement étagé témoignait de la vitalité du centre-ville. Quinze ans plus tard, le commerce a fermé, ce qui laissait présager des jours difficiles. La construction des promenades King (1960) et la multiplication des commerces sur l'artère éponyme dédiée à l'automobilité avaient déjà fragilisé la trame commerciale de la rue Wellington. Dans l'espoir de lui donner un second souffle et pour atténuer l'impact de l'ouverture, en 1973, du Carrefour de l'Estrie[59], la municipalité a transformé la rue en semi-mail piétonnier. L'élargissement des trottoirs et l'installation de marquises, deux ans plus tard, n'ont pas suffi à en freiner le déclin. À Trois-Rivières, une section de rue a été fermée, une église et quelques résidences ont été détruites en vue de la construction d'un nouvel hôtel de ville et d'un centre culturel face au square Champlain, réaménagé pour l'occasion. Achevés en 1968, les deux édifices de style moderne ont valu à leurs concepteurs le prestigieux prix Vincent-Massey. Le déclin de la rue des Forges, principale artère commerciale de la ville, s'est malgré tout poursuivi.

Figure 18 – Les marquises de la rue Wellington Nord à Sherbrooke
À Sherbrooke comme dans la plupart des villes du Québec, l'ouverture des centres commerciaux a affecté le dynamisme du centre-ville. En 1973, l'installation de marquises faisait partie d'un projet destiné à transformer la rue Wellington Nord en mail. Le déclin s'est poursuivi. Les marquises ont été retirées en 1989 dans le cadre d'un plan de réaménagement du centre-ville. Les Sherbrookois ont alors redécouvert un ensemble architectural de grande qualité.
(Source: Musée d'histoire de Sherbrooke, Doug Gerrish, Fiche #11756)

---

59. *Histoire de Sherbrooke. Tome 4 : De la ville ouvrière à la métropole universitaire.*

LES TRENTE GLORIEUSES

L'euphorie provoquée par la transformation du Québec urbain n'était pas l'apanage des seules villes centres. Sur la Rive-Sud de Montréal, la croissance démographique des années d'après-guerre a été soutenue et l'avenir paraissait des plus prometteurs. Neuf municipalités ont été fondées entre 1947 et 1958 (voir tableau 8), dont Brossard et Candiac, nées dans le sillage de l'annonce, en 1955, de la construction du pont Champlain (1957-1962). Les spéculateurs s'en sont donné à cœur joie, comme l'a révélé, quelques années plus tard, le journaliste d'enquête montréalais Henry Aubin[60].

Comme cela s'était produit au tournant du XIXe siècle, un endettement massif et les malversations ont plombé les finances de plusieurs municipalités qui se livraient en plus une concurrence féroce.

Au nord de Montréal, l'urbanisation a résolument franchi la rivière des Prairies ; Arèsville (Saint-François-de-Sales), Saint-Vincent-de-Paul, Duvernay, Pont-Viau, Laval-des-Rapides et Chomedey ont connu, entre 1951 et 1961, des hausses de population élevées[61]. Si elle a été à l'origine de plusieurs projets immobiliers, cette déferlante, au demeurant passablement anarchique, a été la source de nombreux problèmes de gouvernance, et plusieurs municipalités nouvelles ou ayant obtenu un changement de statut (voir tableau 8) avaient des problèmes financiers. En 1965, le gouvernement du Québec a imposé, à la suite des recommandations d'une commission d'enquête chargée d'étudier les problèmes intermunicipaux des 14 municipalités de l'île Jésus, leur fusion. En 1970, Laval a adopté son premier plan d'urbanisme qui prévoyait un territoire entièrement urbanisé et occupé par une population d'un million d'habitants en 2000[62].

---

60. *Les vrais propriétaires de Montréal.*
61. La ville de Chomedey était née de la fusion, en 1961, des municipalités de Saint-Marin, de l'Abord-à-Plouffe et de Renaud.
62. En 2023, elle s'élève à 446 369 habitants et les aires agricoles protégées occupent 30 % du territoire.

UN QUÉBEC URBAIN EN MUTATION

En 1966, une Commission d'étude des problèmes intermunicipaux de la Rive-Sud a été mise sur pied par le gouvernement du Québec à la demande des municipalités de Longueuil, Jacques-Cartier, Saint-Hubert, Saint-Lambert et Préville. Craignant une mégafusion semblable à celle qui avait été ordonnée dans l'île Jésus, Longueuil et Jacques-Cartier d'une part, puis Saint-Lambert et Préville d'autre part ont fusionné en 1969 ; Saint-Hubert et Laflèche ont fait de même en 1971.

Tableau 8 – Municipalités fondées ou ayant changé de statut (1947-1961)

Rive-Sud	Année	Île Jésus	Année
Jacques-Cartier	1947	Laval-Ouest	1950
Mackayville	1948	Saint-Vincent–de-Paul	1952
Préville	1948	Saint-Martin	1953
LeMoyne	1949	Arèsville	1956
Boucherville	1957	Vimont	1956
Candiac	1957	Fabreville	1957
Saint-Bruno-de-Montarville	1958	Duvernay	1958
Brossard	1958	Saint-François	1958
		Renaud	1961
		Sainte-Dorothée	1961
		Auteuil	1961
		Chomedey	1961

À Québec, les municipalités de Beauport, Charlesbourg, Duberger, Sillery et Sainte-Foy ont constitué une première demi-couronne de banlieues d'évasion résidentielle. Dans les années 1950 et 1960, ce croissant était caractérisé par une dynamique de suburbanisation dont témoignaient, entre autres, la croissance démographique et la création de nouvelles paroisses[63].

---

63. Andrée Fortin, «La banlieue en trois temps», dans Andrée Fortin, Carole Després et Geneviève Vachon (dir.), *La banlieue revisitée*, Montréal, Nota bene, 2002, p. 49-72.

Les quartiers de maisons unifamiliales, les autoroutes et les secteurs d'activité distribués selon un principe ségrégatif incarné dans un règlement de zonage en définissaient le profil. On ne doit toutefois pas se laisser berner par les apparences. La banlieüe de Québec, comme celle de Montréal, était un patchwork de voisinages présentant des contrastes parfois étonnants.

Mais là comme ailleurs, la maison unifamiliale et le centre commercial représentaient une modernité que les administrations municipales accueillaient à bras ouverts. Quant à la viabilité économique de cette évasion résidentielle, mise en doute par certains experts[64], on a de manière générale laissé aux générations futures le soin de s'en préoccuper.

Le chantier autoroutier

Au cours des années 1930, le gouvernement québécois souhaite construire un réseau d'autostrades pour relier les grandes villes de la province et faciliter les déplacements des touristes en provenance des États-Unis. Une première route à voies séparées est ouverte en 1939 entre La Prairie et l'État de New York. Une autre autostrade (la route 9) devait relier Montréal et Québec. On en avait entrepris la construction au milieu des années 1930. Son achèvement s'est inscrit dans le contexte particulier de la Seconde Guerre mondiale.

La politique avouée du ministère québécois de la Voirie était de coopérer avec le ministère de la Défense nationale en construisant des routes qui pourraient accélérer l'effort de guerre du Canada en reliant les centres de production et de distribution de matériel de guerre. Les routes devaient être aussi bien construites que possible. En effet, le gouvernement québécois considérait qu'il lui incombait de se préparer à toute éventualité en construisant des autostrades de façon à servir parfaitement

---

64. Réjane Charles, *Le coût d'aménagement des zones urbanisées. Le cas de la ville de Laval*, Montréal, Presses de l'Université de Montréal, 1972.

UN QUÉBEC URBAIN EN MUTATION

deux visées : «des routes commerciales et militaires». Pour cette dernière fin, il fallait songer au déplacement de lourds véhicules de combat et de camions de munitions vers les ports et, de là, vers l'Europe. Il fallait même envisager, aux dires du ministre des Travaux publics et de la Voirie, T.-D. Bouchard, que les routes de la province puissent servir à une évacuation des grands centres[65].

La route 9 n'était toujours pas complétée à la fin de la décennie. Le chantier autoroutier est relancé à la fin des années 1950. En 1929, le gouvernement québécois avait autorisé la construction, dans le nord de l'île de Montréal, d'une voie de contournement ; le projet a toutefois été différé en raison de la crise. Les acquisitions des terrains de l'emprise ont débuté en 1952 et la construction a commencé quatre ans plus tard. Inaugurée en 1959[66], la 40, comme on l'appelle communément, n'était pas une autoroute, mais un boulevard de contournement permettant d'éviter les quartiers centraux. Son tablier surélevé éliminait l'effet barrière. Malgré l'étroitesse relative des voies, le boulevard métropolitain constituera un segment du réseau autoroutier de la métropole.

Une autre liaison est-ouest avait été projetée à Montréal dans les années 1920. Son tracé, parallèle au fleuve Saint-Laurent, devait traverser les quartiers industriels de l'Est et du Sud-Ouest. Le projet a été relancé dans les années 1940, puis à la fin des années 1950. Comme je l'ai déjà souligné, l'autostrade devait être construite dans l'emprise de la rue de la Commune, dans le Vieux-Montréal. Le peu d'espace disponible entre les édifices et les deux silos à grains du port imposaient la superposition de tabliers. L'opposition de certains professionnels de l'urbanisme dont, au

---

65. Pierre Lambert, «Histoire du boulevard Sir-Wilfrid-Laurier», *Cahiers d'histoire de la Société d'histoire de Belœil – Mont-Saint-Hilaire*, n° 107, 2015, p. 3-14. Ces usages militaires ont explicitement été évoqués lors du lancement, en 1956, du grand chantier autoroutier étatsunien décidé par le président Eisenhower.
66. Année de l'abandon du tramway dans la métropole.

premier chef, Blanche Lemco van Ginkel et son époux Sandy van Ginkel, a forcé les autorités à abandonner le projet. La proposition de déplacer le tracé de l'autoroute dans la dépression de la rue Vitré, au nord, indisposait les ingénieurs, qui ont menacé de

Figure 19 – Maquette du centre-ville de Montréal (années 1950)
Au tournant des années 1950, Montréal est sur le point de connaître un important boom immobilier. Plusieurs tours, dont celle de la Place Ville Marie, mise en chantier en 1957, vont modifier le skyline de la métropole. Quant au ministère des Transports du Québec, il planifiait, dès la fin des années 1940, la construction d'une autostrade est-ouest dont le tracé se superposerait à la rue de la Commune. Deux urbanistes, Blanche Lemco van Ginkel et Sandy van Ginkel, ont dénoncé avec succès ce projet qui aurait eu un impact extrêmement dommageable sur le quartier du Vieux-Montréal.
(Source : Archives Ville de Montréal, VM94-U0109-011.tif)

poursuivre les van Ginkel pour pratique illégale de l'ingénierie. Le bon sens a fini par prévaloir. La construction de l'autoroute en tranchée a débuté au milieu des années 1960.

En 1957, le gouvernement du Québec a fondé l'Office de l'autoroute Montréal-Laurentides (OAML) à qui a été confiée la construction de l'autoroute des Laurentides. L'argument touristique, qui avait dicté pour une bonne part les priorités d'amélioration des routes depuis les années 1920, était de nouveau invoqué. Il s'agissait de rendre plus facilement accessible aux Montréalais leur terrain de jeu et aux touristes étrangers, une destination prisée[67]. Cette vision était toutefois sur le point de céder le pas à une conception misant sur l'utilité plus globale de ces voies rapides. Dans cette optique, l'OAML est devenu l'Office des autoroutes du Québec en 1961 et a obtenu la responsabilité de bâtir un véritable réseau de voies rapides.

La désignation inattendue de Montréal comme ville hôtesse de l'exposition internationale a obligé le gouvernement du Québec à raccourcir les échéanciers. L'échangeur Turcot, un des ouvrages les plus spectaculaires du réseau, n'a malgré tout été ouvert à la circulation que la veille de l'inauguration d'Expo 67.

Si le réseau autoroutier avait d'abord pour fonction de relier entre elles les principales villes et les agglomérations urbaines de la province, il permettait également de connecter les espaces suburbains aux centres-villes. Mais la traversée des quartiers centraux exigeait de nombreuses démolitions et, par conséquent, le déplacement d'un grand nombre de résidents, ainsi que la fermeture de commerces et d'industries.

À Montréal, plusieurs milliers de logements ont été sacrifiés dans le Centre-Sud et dans Hochelaga-Maisonneuve, ainsi que

---

67. De ce point de vue, l'autoroute des Laurentides était une version québécoise de l'*Autostrada dei Laghi* qui reliait, depuis 1924, Milan à Varese, une commune située dans une zone de villégiature à une cinquantaine de kilomètres au nord de la métropole industrielle.

Figure 20 – La retombée sud du pont Papineau-Leblanc
Au début des années 1960, le ministère des Transports du Québec planifiait la construction du pont Papineau-Leblanc. On envisageait alors de localiser l'accès au pont à la hauteur du boulevard Gouin. Les six voies de l'autoroute auraient ainsi été aménagées à moins de 70 mètres de l'église de la Visitation et auraient coupé le village du Sault-au-Récollet en deux. Les urbanistes de la Ville de Montréal ont heureusement réussi à persuader les ingénieurs du MTQ de revoir l'accès au pont. Les impacts restent néanmoins importants.
(Source : Jean-Yves Létourneau [1969], Archives Ville de Montréal, VM94-B99-001)

dans le bas Westmount et dans Notre-Dame-de-Grâce. Sur la Rive-Sud, entre Longueuil et La Prairie, la route 132/autoroute 15 a été construite sur les remblais réalisés lors de l'aménagement de la voie maritime, ce qui a engendré d'importantes nuisances sonores à Longueuil, Saint-Lambert, Préville et La Prairie et rendu extrêmement difficile l'accès au fleuve pour les riverains. À Boucherville,

Figure 21 – Autoroute Dufferin-Montmorency
La construction de cette autoroute a eu des conséquences déplorables sur le quartier Saint-Roch. Le quartier chinois a été détruit et la paroisse Notre-Dame-de-la-Paix – dont on voit l'église qui a été épargnée – a été presque entièrement rayée de la carte. Des bretelles, qui devaient être raccordées à un tunnel qui aurait traversé le promontoire, ont été inutilement construites.
(Droits réservés : Ville de Québec, N013834)

seule l'opposition déterminée de la municipalité a empêché le ministère de rayer de la carte une bonne partie du village historique au profit de l'élargissement de la route 132. Dans l'est de Montréal, le village historique de Longue-Pointe a été rasé pour aménager l'approche du pont-tunnel Louis-Hippolyte-La Fontaine. Dans le nord de l'île, les professionnels du service de l'urbanisme sont parvenus à persuader le ministère des Transports de revoir

Figure 22 – Hôtel de ville de Montréal
Cette photo montre la place prise par l'automobile dans les villes à compter des années 1950, au détriment des cadres bâtis. Construit en 1955, un stationnement étagé jouxte le château de Ramezay, pourtant classé monument historique dans les années 1920, tandis qu'au nord de l'hôtel de ville, le champ de Mars est également voué au stationnement. C'est aussi le cas de plusieurs îlots qui ont été débarrassés de leurs bâtiments et dont certains ont conservé cette vocation de stationnements improvisés pendant plusieurs décennies.
(Source : Archives Ville de Montréal, VM94-B073-012.tif)

la configuration de l'approche du pont Papineau-Leblanc, dont la construction, selon les plans initiaux, aurait coupé en deux le village du Sault-au-Récollet à la hauteur de l'église de la Visitation[68]. Dans Duvernay, plusieurs maisons ont été détruites pour permettre le passage de l'autoroute en tranchée.

---

68. Érigée en 1749 et agrandie un siècle plus tard, elle est la plus ancienne de l'île de Montréal.

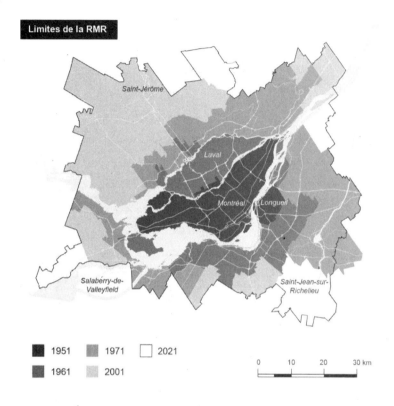

Figure 23 – Évolution de la région métropolitaine de recensement (RMR) de Montréal (1951-2021)

À Québec, le prix à payer pour étendre le réseau autoroutier a été aussi très élevé. Le quartier Saint-Roch a été éventré par les percées autoroutières et des voies surélevées qui montaient à l'assaut du promontoire. Des centaines de logements ont été démolis et le quartier chinois a été rayé de la carte. À Beauport, le tracé de l'autoroute Dufferin-Montmorency a empiété sur les battures et privé le domaine Maizeret, une ancienne propriété de campagne du Grand Séminaire, de son accès au fleuve.

Enfin à Trois-Rivières, la construction de l'autoroute 40, projetée dès 1966 mais lancée seulement en 1973, a également eu de

LES TRENTE GLORIEUSES

lourdes conséquences pour quelques centaines de ménages des quartiers Sainte-Marguerite et Saint-Sacrement.

En outre, à Montréal, Québec, Sherbrooke, Hull, Trois-Rivières, Granby, des rues ont été élargies pour faciliter les déplacements, et plusieurs centaines d'édifices ont été rasés pour aménager des milliers de places de stationnement, supposément indispensable au dynamisme des centres-villes.

Le réseau autoroutier a eu un impact déterminant sur la configuration des agglomérations et des villes. Les autoroutes facilitaient en effet l'accès aux nouveaux espaces résidentiels de la périphérie et favorisaient la dispersion des activités commerciales et des emplois manufacturiers.

L'évolution de la région métropolitaine de Montréal (RMR) témoigne de l'ampleur du phénomène. Alors qu'en 1951, celle-ci ne débordait l'île de Montréal que sur une partie de l'agglomération de Longueuil et sur le secteur centre de la rive gauche de la rivière des Prairies dans l'île Jésus, 10 ans plus tard, elle englobait une grande partie de la Rive-Sud, l'entièreté de l'île Jésus et quelques périmètres sur la rive gauche de la rivière des Mille-Îles. En 1971, la RMR s'est de nouveau dilatée de manière spectaculaire, en particulier le long de l'autoroute 40 sur la Rive-Nord et de l'autoroute 20 sur la Rive-Sud. Toutes proportions gardées, le phénomène a été encore plus marqué à Québec.

Dans la capitale comme dans la métropole, cet étalement avait été précédé par le déploiement de fronts périurbains. À Québec, une recherche menée à la fin des années 1940 par la sociologue Colette Beaudet montrait que la banlieue englobait déjà une vingtaine de municipalités et constituait une aire de diffusion résidentielle plus vaste que le territoire de la future Communauté urbaine de Québec, instaurée en 1970[69]. À Montréal, la RMR de 1971 a absorbé, sur les rives de la confluence, la quasi-totalité des

---

[69]. Cette recherche prend en compte l'aire du service téléphonique sans frais d'interurbain et une offre de transport en commun permettant un navettage quotidien.

zones de villégiature repérées par Raoul Blanchard au cours de la seconde moitié des années 1940[70]. Plusieurs de ces villégiatures avaient vu le jour avant la Seconde Guerre mondiale et avaient été converties, parfois avant même la fin du conflit, en quartiers d'habitation permanents.

À Montréal, Québec et Hull, des problèmes spécifiques, en particulier les fortes disparités municipales en termes de planification et de services aux citoyens, ainsi que l'importance de l'étalement urbain, ont incité le gouvernement québécois à adopter des mesures pour atténuer les effets négatifs d'une dispersion qui s'était intensifiée dans les années 1960. À Montréal, la Communauté urbaine de Montréal (CUM) et la Commission de transport de la CUM (CTCUM) ont été instituées en 1969, en remplacement de la Corporation de Montréal Métropolitain. Une communauté urbaine (CUQ) a également été fondée la même année dans la capitale québécoise. En Outaouais, la création de la Communauté régionale (CRO), toujours en 1969, visait à contrer l'influence de la Commission de la capitale nationale (CCN). La réalisation d'un schéma d'aménagement était l'un des mandats des trois communautés. Les responsables ont cependant été rapidement confrontés à la résistance des administrations locales. Les schémas n'ont guère été plus que des assemblages des documents d'urbanisme municipaux, particulièrement à Montréal et Québec. En cette circonstance, la création des grands parcs-nature de Montréal a constitué le principal legs d'une instance administrative qui a été abolie lors des fusions municipales de 2001.

La patrimonialisation et les mobilisations citoyennes

La rénovation urbaine et la construction du réseau autoroutier ont provoqué des mobilisations citoyennes et des revendications

---

Colette Beaudet, *Banlieue réelle de la ville de Québec*, thèse de diplôme en sociologie, Québec, Université Laval, 1948. Citée dans *La banlieue revisitée*.
70. *Montréal, esquisse de géographie urbaine*.

LES TRENTE GLORIEUSES

touchant le droit au logement et le droit à la ville. À Montréal, des citoyens du Sud-Ouest se sont mobilisés dès 1963 pour exiger une plus grande prise en compte de leurs préoccupations. En 1968, des citoyens du quartier Milton-Parc ont entamé une bataille contre le promoteur du projet Cité-Concordia, qui prévoyait détruire le quartier avec l'aval de la municipalité. À Québec, les auteurs du rapport Ezop, publié en 1972, ont pourfendu les responsables de la rénovation urbaine de la ville qui avaient cautionné la destruction de centaines de logements, principalement dans Saint-Roch. À Hull, des citoyens ont tenté de s'opposer, dès la fin des années 1960, aux visées du gouvernement fédéral et des promoteurs qui entendaient donner suite aux propositions de réaménagement formulées dans les années 1950 par l'urbaniste Jacques Gréber.

La période a coïncidé avec un éveil à l'égard de la protection patrimoniale. Bien que le Québec se soit doté d'une Loi sur les monuments historiques en 1922 et qu'il ait modifié cette dernière en 1952, peu d'initiatives avaient suivi. Dans les années 1960, les centres historiques étaient mis à mal. Le secteur de la place Royale dans la Basse-Ville de Québec était devenu insalubre. Le Vieux-Montréal s'était vidé de sa population et sa partie ouest était devenue une concentration d'entrepôts plus ou moins délabrés.

Un peu partout, à Terrebonne, La Prairie, L'Assomption, Beauharnois, Charlesbourg et dans bon nombre d'autres villages, les résidents nantis étaient partis, des bâtiments se dégradaient, voire étaient démolis dans l'indifférence, tandis que les activités économiques périclitaient. Or, il s'agissait de ce qu'on pourrait appeler un patrimoine d'ancien régime. L'héritage victorien (±1836→) et sa composante industrielle n'avaient pas encore la cote[71].

---

71. Le patrimoine valorisé dans les décennies d'après-guerre était essentiellement un héritage du Régime français et des décennies qui ont suivi la Conquête, au cours desquelles les traditions architecturales «canadiennes» avaient toujours cours.

UN QUÉBEC URBAIN EN MUTATION

Au début des années 1950, le responsable de l'inventaire des œuvres d'art (1937 →), Gérard Morisset, était préoccupé par l'état du Vieux-Québec. Il prônait, pour faire face au défi que représentait la sauvegarde de cet ensemble exceptionnel, la création d'un institut national d'urbanisme. Une proposition qui est restée lettre morte. La construction, au milieu des années 1950, de la tour de l'Hôtel-Dieu a toutefois suscité une vive indignation. Dans son essai *Pour une politique*, rédigé en 1959, le chef du Parti libéral du Québec, Georges-Émile Lapalme, a proposé la mise sur pied d'un bureau provincial d'urbanisme dont le rôle serait de coordonner l'action publique en matière de protection et de valorisation du patrimoine. Encore là, l'idée n'a pas été retenue.

Les municipalités ne manifestaient généralement pas un grand intérêt pour la question. On notait quelques exceptions. À Trois-Rivières, le plan directeur adopté en 1960 accordait une attention particulière au centre historique. À Montréal, en 1961, les époux van Ginkel ont réalisé, à la demande de la ville, la première étude d'urbanisme sur le Vieux-Montréal. L'année suivante, l'administration municipale a créé la commission Jacques-Viger pour la conseiller dans la gestion du centre historique. En revanche, si des programmes de rénovation urbaine élaborés à la fin de la décennie pour le compte de plusieurs municipalités identifiaient quelques bâtiments qui méritaient d'être préservés, leur sauvegarde n'était pas assurée pour autant.

À Québec, la restauration de la maison Chevalier à la fin des années 1950 a anticipé le chantier de Place-Royale (1967→) qui a été piloté par le ministère des Affaires culturelles. Les bâtiments ont été acquis et le secteur vidé de sa population et de ses activités. La ville de Québec n'était pas impliquée dans cette intervention. Afin de ne pas être en reste, elle a créé, à la fin des années 1960, le Comité de rénovation et de mise en valeur du Vieux-Québec qui a rendu public, en 1970, le *Concept général de réaménagement du Vieux-Québec*.

Figure 24a

Figure 24b

Figures 24a et 24b – Le Vieux-Montréal et le Vieux-Québec (Basse-Ville)
L'évolution de la maison McTavish (24a) et des maisons Dumont et Le Picard (24b) témoigne de l'impact du changement de vocation du Vieux-Montréal et du secteur Basse-Ville du Vieux-Québec ainsi que l'intensification des activités à une époque où l'intérêt patrimonial des lieux n'était pas encore reconnu.
Construite à la fin du XVIIIe siècle, la première est transformée en fabrique de produits chimiques au début du XXe. La toiture est démolie et un étage est ajouté. Recyclées en hôtel vers 1840, les secondes sont l'objet de l'ajout de deux étages au début du siècle dernier.

Figure 24c

Figure 24d

LES TRENTE GLORIEUSES

Figures 24c et 24d – Place Royale à Québec
Contrairement au Vieux-Montréal, qui n'a été l'objet d'aucun programme de restauration systématique et où la diversité des cadres bâtis a été préservée, la place Royale, située au cœur de la Basse-Ville de Québec, a été l'objet d'une démarche de reconstitution intégrale souhaitée dès la fin des années 1950. Le parti architectural retenu et mis en chantier à la fin de la décennie suivante a nécessité des démolitions massives et des reconstructions pastichant l'architecture ancienne (24c). Le secteur, tel qu'on le découvre aujourd'hui (24d), n'a en fait jamais existé. Pendant ce temps, des centaines de bâtiments anciens tombaient sous le pic des démolisseurs dans de nombreux centres et quartiers historiques de la province.
(Sources : a) Bernard Vallée, la maison McTavish en 1976, BAnQ, E10, S44,SS1,D76-756 ; b) J. W. Michaud, L'hôtel Louis XIV en 1949, BAnQ, E6,S7,SS1,P70037 ; c) Droits réservés, Ville de Québec, *Concept général de réaménagement du Vieux-Québec*, p. 158 ; d) photo Piette Lahoud)

En 1961, la création du ministère des Affaires culturelles et la modification, deux ans plus tard, de la Loi de 1952 avaient clairement marqué un changement de politique au gouvernement. Les amendements à la loi permettaient de protéger des territoires caractérisés par une concentration de monuments historiques. De 1963 à 1975, neuf arrondissements ont été décrétés par le gouvernement : Vieux-Québec (1963), Vieux-Montréal (1964), Vieux-Trois-Rivières (1964), Vieux-Sillery (1964), Vieux-Beauport (1964), Carignan[72] (1964), Vieux-Charlesbourg (1965), Île-d'Orléans (1970) et Vieux-La Prairie (1975). Une Loi sur les biens culturels adoptée en 1972 donnait la possibilité de rattacher des aires de protection aux monuments historiques classés. Ces mécanismes visaient en quelque sorte à mettre à l'abri les « joyaux de la couronne ».

La même année, Michel Lessard et Huguette Marquis ont publié l'*Encyclopédie de la maison québécoise, trois siècles d'habitation*, aux Éditions de l'Homme. Même si quelques pages étaient consacrées à l'architecture résidentielle urbaine, la maison rurale

---

72. Il s'agissait d'une collection de bâtiments rassemblés sur un site de cette municipalité voisine de Chambly.

UN QUÉBEC URBAIN EN MUTATION

traditionnelle y était à l'honneur. Mais un nouveau chapitre du combat pour le patrimoine s'ouvrait en 1973 avec la destruction, à Montréal, de la maison Van Horne.

Chapitre 5

Ajuster le tir

En avril 1959, l'ouverture de la voie maritime du Saint-Laurent scellait le sort du canal de Lachine, à Montréal. En amont, les écluses et des bassins du port intérieur ont été remblayés en 1965. Puis, en 1970, le canal a été fermé à la navigation commerciale. Dans les années qui ont suivi, plusieurs des plus importantes usines qui y étaient localisées ont fermé : Northern Electric en 1974, Redpart en 1976, Belding Corticelli en 1982, Stelco et Canada Malting en 1985.

La fermeture du canal et l'indifférence quant à son avenir et à celui des usines qui le bordaient étaient dans l'air du temps. À la même époque, dans plusieurs Mill Towns de la Nouvelle-Angleterre, des manufactures ont été détruites et des canaux remblayés dans le cadre de projets de rénovation urbaine et de construction de voies rapides[1]. Au Québec, les destructions d'usines et de complexes industriels se sont multipliées. À Valleyfield, par exemple, une majeure partie des impressionnantes installations de la Montreal Cotton ont été détruites en 1971 et les

---

1. Dans le Nord-Est américain, une des premières expériences de mise en valeur de l'héritage industriel urbain a débuté à Lowell au début des années 1970. En 1978, le Congrès étatsunien a créé le Lowell National Historical Park et la Lowell Historic Preservation Commission. À Montréal, une piste cyclable avait été aménagée en rive du canal de Lachine l'année précédente.

UN QUÉBEC URBAIN EN MUTATION

canaux d'amenée comblés. Un centre commercial y a été construit en 1973. De telles destructions étaient la rançon du progrès. L'heure était à l'optimisme. Certains suggéraient même naïvement que les temps de cycles économiques rythmés par des crises étaient révolus. Rares étaient ceux qui se doutaient, au début des années 1970, que la période d'expansion économique et de prospérité des Trente Glorieuses tirait à sa fin[2].

En 1972 à Montréal, l'inauguration du complexe Desjardins contribuait à la transformation du centre-ville amorcée en 1957 avec la construction de la Place Ville Marie. Le chantier du tunnel Ville-Marie, lancé la même année, et celui des installations olympiques, entrepris en 1973, ne laissaient guère poindre des jours difficiles, bien au contraire. À Québec, le projet d'une imposante cité administrative – connue sous le nom de Grande-Place – en était à ses balbutiements. À un jet de pierre de là, on s'apprêtait à transformer la rue Saint-Joseph en mail intérieur. L'administration municipale de la capitale annonçait la création du quartier Lebourgneuf, une véritable ville dans la ville. À Trois-Rivières, la construction du tronçon centre-ville de l'autoroute 40 devait positionner avantageusement la ville sur le corridor Montréal-Québec, pendant que le pont Laviolette, ouvert à la circulation en 1967, avait inscrit la région de Bécancour dans l'orbite de la capitale trifluvienne.

De nouvelles institutions ont aussi apporté leur contribution à la transformation du Québec urbain. À compter de 1967, une trentaine de villes hors Montréal et Québec ont accueilli des collèges d'enseignement général et professionnel (cégeps). Fondé

---

2. Selon l'économiste Thomas Piketty, le XXe siècle en général et la période de l'après-guerre (1945-1970) en particulier constituent des exceptions historiques. Les Trente Glorieuses représentent un moment sans équivalent – et non reproductible – dans l'histoire des sociétés, et sont attribuables à une conjoncture inédite : guerres mondiales, crise économique majeure, reconversion réussie de l'économie de guerre, taux d'imposition progressifs élevés, intervention de l'État providence, etc. Thomas Piketty, *Le capital au XXIe siècle*, Montréal, Éditions Fides, 2013.

en 1969, le réseau de l'Université du Québec a progressivement intégré les villes de Chicoutimi, Rimouski, Hull, Trois-Rivières et Rouyn-Noranda dans le cercle des cités universitaires. Ces établissements, issus d'une ambitieuse réforme de l'enseignement supérieur, offraient de nouvelles opportunités aux jeunes des villes et des régions hôtesses et y bonifiaient l'offre d'équipements culturels et sportifs.

Ces réalisations, chantiers et projets relevaient d'une conception moderniste de la ville qui prévalait depuis la fin de la guerre. L'euphorie qu'ils alimentaient ne devait pas durer. Au Québec, comme dans l'ensemble du Nord-Est américain, le déclin amorcé dans certains secteurs manufacturiers avant la Seconde Guerre mondiale s'est accentué. Dans le Sud-Ouest de Montréal, en particulier aux abords du canal de Lachine, ainsi que dans le Centre-Sud et les quartiers Hochelaga et Maisonneuve, plusieurs usines ont définitivement fermé leurs portes ; d'autres entreprises ont été relocalisées dans des parcs industriels de banlieue pour y être modernisées. Au tournant des années 1970, le Canadien Pacifique et la Vickers, deux des plus gros employeurs de l'Est de Montréal, ont brutalement réduit leurs activités aux ateliers Angus et au chantier maritime. Au milieu des années 1980, c'était au tour du secteur pétrolier concentré à Montréal-Est de connaître des fermetures d'entreprises et de nombreux licenciements[3].

Québec, Trois-Rivières, Hull, Sherbrooke, Drummondville, Saint-Hyacinthe, Saint-Jérôme, Shawinigan, Victoriaville, Sorel et plusieurs autres bastions manufacturiers de moindre envergure ont également subi des fermetures d'usines et des pertes d'emplois conséquentes. Dans les grandes villes, les quartiers ouvriers ont été d'autant plus durement touchés que des résidents ont été forcés de quitter en raison des démolitions ou ont répondu à l'appel

---

3. Survenu en 1979, le deuxième choc pétrolier a causé une sévère récession, empirée par une hausse inédite des taux d'intérêt, le taux directeur de la Banque du Canada ayant atteint 19,89 % en août 1981.

de la banlieue. De 1967 à 1988, le Sud-Ouest de Montréal a perdu quelque 20 000 emplois industriels. Sa population, qui avait atteint 100 000 résidents en 1950, a chuté à 69 000 en 1988. La tendance a été la même dans le quartier Centre-Sud, dont la population a diminué de 31,4 % entre 1961 et 1971[4]. À Québec, le nombre d'habitants du quartier Saint-Roch a décliné de moitié entre 1961 et 1981. À Hull, la population des vieux quartiers de l'île du même nom est passée de 25 000 personnes en 1951 à 12 780 en 1986. Quant aux quatre plus anciennes paroisses de Trois-Rivières[5], elles ont subi, entre 1960 et 1981, des pertes de population variant de 41 % à 46 %. Ces saignées démographiques et l'appauvrissement des résidents de ces quartiers ont eu plusieurs conséquences fâcheuses, dont une baisse du potentiel de reproduction démographique attribuable au départ des jeunes ménages, un vieillissement de la population, ainsi que l'érosion de l'activité économique et du tissu commercial.

Le piège de la croissance

Dans le Québec des années 1970, le premier choc pétrolier, le déclin d'un large pan du secteur manufacturier et de plusieurs quartiers ouvriers, l'éveil aux conséquences d'un développement essentiellement abordé sous l'angle de la croissance et les bouleversements socio-politiques n'ont pas immédiatement remis en cause les manières de penser et d'organiser le territoire. Le progrès se conjuguait toujours sur le mode d'une croissance tous azimuts. L'étalement urbain et les enjeux environnementaux restaient des préoccupations de spécialistes. Serait-ce qu'au Québec, l'urbanisation se déclinait de manière acceptable ? Il est permis d'en douter, comme le montre un bref retour en arrière.

---

4. Richard Morin, «Déclin, réaménagement et réanimation d'un quartier ancien de Montréal», *Revue d'histoire urbaine*, Vol. 17, n° 1, 1988, p. 29-39.
5. Immaculée-Conception, Saint-Philippe, Notre-Dame-des-Sept-Allégresses et Sainte-Cécile.

Dès l'après-guerre, l'Union des municipalités du Québec (1919→), la section québécoise (1947→) de l'Association canadienne d'urbanisme, la rédaction et des contributeurs de la revue *Architecture Bâtiment Construction* (1945-1968), des universitaires, des professionnels de l'urbanisme et des citoyens engagés[6] sont régulièrement revenus sur la nécessité d'adopter une loi sur l'urbanisme. Maurice Duplessis, qui a dirigé la province de 1936 à 1939 et qui a été réélu en 1944, a toujours fait la sourde oreille. Pour ce défenseur du libéralisme économique et du conservatisme social, l'intervention gouvernementale n'était pas souhaitable. Cela a teinté la position adoptée par la Commission Gingras dont il a ordonné la création en 1952 afin d'enquêter sur le problème du logement. Comme on l'a déjà mentionné, celle-ci a estimé en substance qu'à moins d'être un État socialiste ou collectiviste, ce n'était pas au gouvernement de s'occuper du logement des ménages. Cette position était partagée par des organisations proches de l'Église, dont la Ligue ouvrière catholique. Pas étonnant que le service provincial d'urbanisme, mis sur pied en 1944, ne disposait toujours, au milieu des années 1950, que de moyens rudimentaires.

En 1957, six ans après avoir réclamé, en vain, l'adoption d'une loi sur l'urbanisme, l'Association canadienne d'urbanisme a consacré un numéro de sa revue[7] aux problèmes posés par le développement urbain dans la province de Québec. Pierre Camu, professeur à l'Université Laval, faisait remarquer, en référant plus spécifiquement à 17 villes de 15 000 à 100 000 habitants, que les villes moyennes du Québec étaient confrontées à de sérieux problèmes de planification et de développement.

---

6. En 1950, le Franciscain Bonaventure Péloquin a publié l'ouvrage *L'urbanisme. Principes et conseils pour l'aménagement et l'extension des villes*, Montréal, Bellarmin.

7. *Revue canadienne d'urbanisme* (*Community Planning Review*), vol. VII, n° 1, Ottawa, 1957.

UN QUÉBEC URBAIN EN MUTATION

Quelques municipalités désiraient remédier à cette situation et ont commandé des plans directeurs d'urbanisme : Saint-Laurent et Sept-Îles en 1954, Québec et Nicolet en 1956, Victoriaville en 1957, Brossard, Boucherville et Fabreville en 1958, Sherbrooke et Granby en 1960, Trois-Rivières en 1961, Saint-Bruno-de-Montarville en 1962, Saint-Jérôme et Tracy en 1963. Au Cap-de-la-Madeleine, c'est – étonnamment – la Chambre de commerce qui avait confié, en 1953, la production d'un plan directeur à l'agence trifluvienne de Benoît Bégin. Ce dernier a en outre participé, avec une dizaine de collègues, dont Jean-Claude La Haye, Jacques Simard, Blanche Lemco van Ginkel et Rolf Latté, à la création, en 1957, de l'Association des urbanistes professionnels du Québec[8]. Une des missions de cet organisme était de faire connaître une profession qui en était à ses balbutiements dans la province.

La fondation, en 1961, d'un Institut d'urbanisme rattaché à l'Université de Montréal[9], et la création, deux ans plus tard, de la Commission provinciale d'urbanisme ont également contribué à l'essor de la pratique. Hors du milieu professionnel, l'urbanisation et l'urbanisme suscitaient un intérêt grandissant. En 1962, à l'occasion de la création de l'Institut, Pierre Bourgault a publié quatre longs articles dans le magazine *Perspectives* de *La Presse*. Sous le titre «Le mal du siècle : l'urbanisme». Les textes abordaient, au profit d'un lectorat de non-spécialistes, les grandes problématiques urbaines de l'heure, évoquaient les enjeux et des défis qui leur étaient associés et s'attardaient en fin de parcours au cas montréalais.

L'année précédente, Maurice Joubert avait livré dans *Le petit journal* un vibrant plaidoyer en faveur de l'urbanisme. Fils du fondateur de la laiterie J. J. Joubert, et agronome professionnel,

---

8. Elle est devenue la Corporation des urbanistes professionnels du Québec (CPUQ) en 1963 et l'Ordre des urbanistes du Québec (OUQ) en 1994.

9. Gérard Beaudet, «L'Institut et l'urbanisme au Québec : 1961/62-2001/02», dans Gérard Beaudet (dir.), *L'Institut d'urbanisme 1961-1962 / 2001-2002 : un urbanisme ouvert sur le monde*, Montréal, Éditions Trames, 2004.

il s'était rendu, au début des années 1950, en Californie, qui était alors un haut lieu de la création architecturale résidentielle. De retour au Québec, il a fait construire une maison de style ranch sur la terre familiale. C'était le début d'une aventure qui s'est échelonnée sur une décennie. Un encart publicitaire paru dans l'édition du 11 juin 1954 de *La Presse* conviait les lecteurs à l'inauguration des fabuleuses nouvelles maisons de type californien. En 1957, Joubert est devenu maire de la municipalité de Duvernay. Il a été élu président de l'Association nationale des constructeurs d'habitation en 1958, puis, en 1960, président de l'Association des constructeurs d'habitations du district de Montréal. Tout au long de ces années, il a participé à de nombreuses activités et n'a eu de cesse de promouvoir l'urbanisme[10].

Cette position a trouvé un écho chez Gérard Filion qui a consacré, en février 1960, un éditorial à une sévère critique des producteurs de la banlieue. Se référant à un rapport publié par l'Institut royal d'architecture du Canada et mobilisant la plupart des stéréotypes toujours en usage, il en déplorait la banalité de l'architecture et la piètre qualité d'une conception des quartiers distillant l'ennui[11].

Au moment où les travaux de la Commission Parent sur l'éducation allaient bon train[12], l'éditorialiste du *Devoir* Claude Ryan dénonçait à son tour le peu d'attention que les autorités accordaient à l'urbanisme.

> Depuis vingt ans, l'aménagement du territoire québécois a progressé très vite. L'initiative de ce progrès a malheureusement été laissée dans la plupart des cas à des politiciens véreux et à des spéculateurs. On n'a qu'à visiter bon nombre de municipalités

---

10. Anonyme, « L'État provincial a un rôle à jouer : l'urbanisme à la base de la solution des problèmes des municipalités », *Le Devoir*, 30 août 1960.

11. Gérard Filion, « Les banlieues, un corps sans âme », *Le Devoir*, 10 février 1960.

12. Les premiers volumes de la Commission royale d'enquête sur l'enseignement ont été déposés en 1963.

UN QUÉBEC URBAIN EN MUTATION

situées en banlieue de Montréal pour constater les dégâts et les bêtises accumulés depuis un quart de siècle. Rues ouvertes sans plan d'ensemble ; zones industrielles définies sans égard pour les zones résidentielles ; permis de toutes sortes attribués au hasard. Le développement des banlieues semble avoir été un domaine de prédilection pour les aventuriers[13].

Aussi, en 1963, ce dernier saluait-il l'annonce du ministre Pierre Laporte de la mise sur pied d'une Commission consultative d'urbanisme, une initiative, soutenait-il, que les ratés de l'urbanisme justifiaient amplement.

La création de la Commission suggérait un changement de cap dont ont témoigné les auteurs de l'édition de 1964 de l'*Annuaire de la province*, qui faisait valoir que l'urbanisme au Québec entrait dans sa phase de l'adolescence en se distanciant de l'art urbain et en adoptant une conception beaucoup plus organique de l'agglomération urbaine[14].

Mais les initiatives ont tardé. En 1968, la Commission provinciale d'urbanisme dressait un bilan sévère :

[n]os villes sont le fruit de l'improvisation. [...] L'essor urbain du Québec s'est fait de façon complètement anarchique. Les villes ont poussé pour répondre à des besoins, des désirs, des ambitions, des conflits et des compromis qui n'avaient jamais qu'une valeur temporaire. Leur croissance s'est faite sous la pression des spéculateurs fonciers, des entrepreneurs et des industriels que motivait principalement la recherche de profit. Chacun y laissa sa marque, qui n'avait aucun rapport avec celle que les autres imprimaient[15].

---

13. Claude Ryan, « Vers une politique québécoise d'urbanisme », *Le Devoir*, 12 janvier 1963.
14. Bureau de la statistique du Québec, *Annuaire du Québec 1963*, Ministère de l'Industrie et du Commerce, Québec, L'Imprimeur de la Reine, 1964.
15. Commission provinciale d'urbanisme, *Rapport La Haye*, Gouvernement du Québec, 1968.

Les auteurs du rapport proposaient un cadre législatif pour accomplir un nécessaire rattrapage. Bien que les ministres libéraux Paul Gérin-Lajoie et Pierre Laporte et que le président de la Commission, l'urbaniste Jean-Claude La Haye, aient aussi été à l'origine de la fondation de l'Institut d'urbanisme de l'Université de Montréal, le chantier de l'urbanisme est resté en plan. Le gouvernement de l'Union nationale, entre-temps revenu au pouvoir, a choisi de rester fidèle à l'idéologie non interventionniste qui avait caractérisé l'ère duplessiste et n'a pas donné suite à la principale recommandation du rapport La Haye.

Trois ans après le dépôt du rapport, le géographe Marcel Bélanger constatait le peu de place accordé aux questions d'habitat chez ceux qui œuvraient en planification[16]. Il ajoutait que les politiques régionales, élaborées en vertu d'une approche technocratique de problèmes à résoudre, répondaient essentiellement à des objectifs à court terme d'exploitation des ressources et d'équipement industriel et infrastructurel du territoire.

Dans un texte paru en 2010, le politologue Daniel Latouche soulignait que :

[c]e qui frappe à la lecture [de textes publiés dans les années 1961-1966], c'est la place somme toute secondaire occupée par la ville et la question urbaine en général dans la Révolution tranquille[17]. [...]

Pour ce dernier, « la Révolution tranquille n'a que faire de la "question" urbaine »[18].

---

16. Marcel Bélanger, « De la région naturelle à la région urbaine : problèmes d'habitat », *Conférences J. A. de Sève*, Montréal, Presses de l'Université de Montréal, 1971, p. 43-63.
17. « Les villes québécoises et la Révolution tranquille : un premier rendez-vous », p. 248.
18. « Les villes québécoises et la Révolution tranquille : un premier rendez-vous », p. 255.

UN QUÉBEC URBAIN EN MUTATION

Un projet de loi sur l'aménagement et l'urbanisme a enfin été étudié en 1972 par le gouvernement libéral du premier ministre Robert Bourassa ; il est mort au feuilleton, dit-on, à la suite de la levée de boucliers qu'il a suscitée dans le monde municipal. Mais ce fut plutôt Raymond Garneau, le ministre des Finances, qui a obtenu le retrait du projet. Un nouveau projet de loi a été soumis à la consultation en 1976. La planification urbaine serait confiée à des agglomérations constituées à cette fin. La défaite du Parti libéral à l'élection de l'automne de la même année a entraîné l'abandon du projet. Ce fut seulement en 1979 que le Québec s'est enfin doté d'une Loi sur l'aménagement et l'urbanisme. Le nouveau gouvernement formé par le Parti québécois avait préalablement adopté la Loi sur la protection du territoire agricole pour soustraire les terres à l'appétit insatiable des spéculateurs, des promoteurs et des municipalités.

Cela dit, contrairement à la Loi sur la protection du territoire agricole, dont l'objectif était clair, la Loi sur l'aménagement et l'urbanisme n'était sous-tendue par aucune vision. Il s'agissait essentiellement d'un code de procédures qui dictait les modalités d'adoption et de modification des documents d'urbanisme et d'aménagement et qui en établissait les contenus obligatoires ou facultatifs. Ce fut essentiellement par le biais d'orientations gouvernementales qu'une certaine vision a été finalement imposée aux instances locales.

Un nouveau palier de municipalités a par ailleurs été instauré : les municipalités régionales de comté (MRC), de manière à donner une assise élargie à la planification. L'urbanisme municipal devait par conséquent s'inscrire dans un cadre défini par des schémas d'aménagement régionaux. Il s'agissait, en quelque sorte, d'étendre à l'ensemble du Québec méridional la formule adoptée en 1970 lors de la création des Communautés urbaines de Montréal et de Québec, et de la Communauté régionale de l'Outaouais.

218

Changement de cap

Les coûts économiques, sociaux et politiques qu'impliquait la rénovation urbaine avaient obligé un changement d'orientation des politiques municipales. La fin des années 1970 et la première moitié des années 1980 ont ainsi été consacrées à l'élaboration et à la mise en œuvre de programmes d'amélioration de quartier (PAQ), que complétaient les programmes de rénovation résidentielle LOGINOVE[19] et PAREL[20]. Des initiatives de réfection des infrastructures (égout et aqueduc), de démolition de hangars et de remise en état des logements ont redonné du tonus aux quartiers ciblés. La rénovation résidentielle a toutefois porté un dur coup à un patrimoine architectural modeste, dont les attributs ont souvent été sacrifiés au profit de la performance thermique de l'enveloppe des bâtiments.

De telles adaptations ne signifiaient pas que l'esprit des Trente Glorieuses était éteint. Au milieu des années 1970 à Montréal, le gouvernement canadien a soumis le secteur du Vieux-Port à une dynamique immobilière qui faisait peu de cas de la spécificité du lieu. Libéré par les autorités portuaires, l'emplacement originel présentait un potentiel immobilier inattendu. D'autant que les constructions présentes ne suscitaient pas de réel intérêt, comme l'a démontré la destruction d'un premier silo à grain en 1976. L'assimilation du secteur à un simple gisement foncier qu'il suffisait d'exploiter en y érigeant un ensemble de grands immeubles contrevenait cependant à la sensibilité qui émergeait dans le sillage de la mise en valeur du Vieux-Montréal. Les Montréalais souhaitaient que la valorisation du Vieux-Port soit davantage liée à celle du centre historique. Les citoyens et de nombreux groupes réclamaient la création d'une esplanade servant à la fois de parvis

---

19. Programme de subventions de la Société d'habitation du Québec en vigueur de 1981 à 1986.
20. Le Programme d'aide à la rénovation des logements a été créé en 1973 par la SCHL et révisé en 1985.

UN QUÉBEC URBAIN EN MUTATION

du centre historique et de fenêtre sur le fleuve[21]. Ils ont obtenu gain de cause. Le Vieux-Port a été livré à temps pour les festivités du 350e anniversaire de fondation de Montréal, en 1992. Les banlieues n'étaient pas en reste. Dans l'île Jésus, les 14 municipalités avaient été fusionnées en 1965 pour former la ville de Laval. Un premier schéma d'aménagement a été adopté en 1970. Ses concepteurs fondaient la démarche de conception sur des perspectives démographiques apparentées à celles sur lesquelles avait reposé le travail des auteurs du document *Montréal Horizon 2000*. Comme on l'a déjà vu, la population de cette nouvelle entité devait atteindre un million d'habitants au tournant du siècle. Un nouveau centre-ville devait remplacer les petits noyaux villageois. Quant aux terres agricoles, détenues massivement par des spéculateurs, elles étaient vouées à la disparition. Cette vision de l'avenir a été éclipsée par la baisse de la croissance démographique et par un report de l'étalement urbain au nord de la rivière des Mille-Îles.

Quelques kilomètres au nord, en 1971, une autre fusion a entraîné la disparition de 13 municipalités et la création de la ville de Sainte-Scholastique (renommée Mirabel), d'une superficie de 486 kilomètres carrés. Cette réorganisation municipale était la conséquence de la décision prise en 1969 par le gouvernement fédéral d'y construire un nouvel aéroport international pour desservir la métropole. Les expropriations requises (près de 400 kilomètres carrés), difficilement justifiables *a posteriori*, dépassaient la superficie de l'île Jésus. Cet aéroport, planifié et construit à la hâte, était destiné à devenir l'un des plus gros de la planète. Le choc pétrolier de 1973 et les adaptations conséquentes du monde de l'aviation civile, combinés au contentieux Québec-Ottawa sur la desserte en transport collectif et autoroutier et à de sérieux ratés

---

21. Jean-Claude Marsan, «L'aménagement du Vieux-Port de Montréal : les avatars de l'urbanisme promoteur», dans Annick Germain (dir.), *L'aménagement urbain : promesses et défis*, Sherbrooke, Institut québécois de recherche sur la culture, 1991, p. 27-60.

de la gouvernance, ont conduit au déclin puis à la fermeture de cet aéroport qui n'a jamais été achevé[22].

Le gouvernement canadien en avait confié la planification au Bureau d'aménagement du nouvel aéroport de Mirabel (BANAIM). L'envergure du projet a motivé le gouvernement du Québec à constituer le Service d'aménagement du territoire de la région aéroportuaire[23] (SATRA). Celui-ci s'est révélé un laboratoire en matière de planification territoriale et de concertation intergouvernementale. Plusieurs des outils de planification locale et intermunicipale qui ont été mobilisés après l'adoption de la Loi sur l'aménagement et l'urbanisme y ont été éprouvés.

Des administrations municipales se préoccupaient de l'avenir de leur centre-ville, malmené par la concurrence que leur livraient les centres commerciaux construits dans les années 1960 et 1970. Trois-Rivières[24], Sherbrooke, Saint-Hyacinthe et Granby ont été du nombre des municipalités pionnières[25]. La question était dans l'air du temps. L'adoption, au milieu des années 1980, du programme Revi-Centre a mis à disposition des municipalités des subventions gouvernementales pour mener à bien diverses opérations de revitalisation. Les résultats n'ont globalement pas été à la hauteur des attentes.

> Conçu pour favoriser une revitalisation de centres-villes traditionnels, ce programme s'est en fait avéré [sic] une opération cosmétique. Ce sont en effet partout les mêmes luminaires disposés en bordure des mêmes trottoirs construits des mêmes pavés imbriqués. On pourrait presque caricaturer l'opération

---

22. Suzanne Laurin, *L'échiquier de Mirabel*, Montréal, Les Éditions du Boréal, 2012.
23. La SATRA a succédé au Bureau d'aménagement du nouvel aéroport international au Québec (BANAIQ).
24. Aurèle Cardinal et Hélène Laperrière, « La renaissance d'un centre-ville : le cas de Trois-Rivières », *L'aménagement urbain : promesses et défis*, Institut québécois de recherche sur la culture, p. 109-127.
25. Pierre Beaupré « Small Town Blues ? », *ARQ Architecture Québec*, n° 23, février 1985, p. 5. Les projets évoqués sont présentés en pages 14-34.

UN QUÉBEC URBAIN EN MUTATION

en affirmant qu'on a surtout réussi à jeter un éclairage renouvelé sur le déclin d'un grand nombre de petits centres-villes du Québec en voie de banalisation[26].

Les ratés de ce programme étaient attribuables, entre autres, à l'attitude des élus qui rechignaient souvent à encadrer de manière plus étroite la distribution spatiale de l'activité commerciale. D'autres initiatives ont montré qu'ici et là, les municipalités souhaitaient rompre avec la manière de faire héritée des premières décennies d'après-guerre. À Sainte-Foy, en banlieue de Québec, l'administration municipale a adopté un schéma directeur des structures qui redéfinissait les modalités de développement des rares terrains encore disponibles. En proposant une diversité d'habitations, on souhaitait accueillir 30 000 nouveaux résidents, une cible ramenée à 20 000.

Déployé sur 244 hectares, le projet d'aménagement de la collectivité nouvelle de Pointe-Sainte-Foy s'inspirait du concept d'unités de voisinage. Chaque unité était dotée d'un petit noyau de services de proximité. Un pôle de commerces et de services plus étoffé était aussi planifié. En 1986, la compagnie Industrielle Alliance a mis en chantier la rue du Campanile, un ensemble immobilier à vocation mixte (commerces, bureaux, logements) s'inspirant des petits centres-villes traditionnels. Exemple précoce de l'application des principes du nouvel urbanisme[27], Pointe-Sainte-Foy a été une expérience dont les mérites n'ont pas été suffisamment reconnus.

Toujours dans la capitale nationale, le projet Lebourgneuf a été élaboré en 1973. Cette collectivité nouvelle de 50 000 habitants (une ville dans la ville) devait être implantée sur un site de 1 500 hectares passé sous l'administration de la ville de Québec

---

26. Gérard Beaudet, « Urbanisme, aménagement et tradition : la protection et la mise en valeur du patrimoine en région et en banlieue », *L'aménagement urbain : promesses et défis*, p. 73.

27. Line Ouellet, « La ville en banlieue », *Continuité*, n° 32-33, 1986, p. 62-64.

222

AJUSTER LE TIR

à la suite de l'annexion de Charlesbourg-Ouest et Neufchatel. Le projet empruntait à la conception des villes nouvelles construites en Europe dans l'après-guerre ; il prévoyait des tours et des barres distantes les unes des autres, mais reliées par des passerelles ou par les dalles-esplanades sous lesquelles étaient disposés les stationnements et les voies de circulation. Un train rapide suspendu devait relier le quartier au centre-ville. Les concepteurs anticipaient par ailleurs l'utilisation des technologies à des fins de télémagasinage, de télégestion, de téléconférence et de télébibliothèque[28]. Rien de tout cela ne s'est concrétisé. La place déjà prise par l'automobilité à Québec, la bonne desserte autoroutière du secteur, l'abondance de stationnements et la construction des Galeries de la Capitale en 1981, combinées au manque de leadership de la ville, qui pouvait pourtant miser sur une maîtrise foncière étendue, ont compromis le projet. Hormis la forte densité résidentielle, Lebourgneuf n'offre aujourd'hui rien de très innovant.

En 1965, le conseil municipal de Jacques-Cartier avait souhaité créer une base de plein air et un centre-ville. Sous tutelle depuis 1953 en raison de nombreuses malversations et de sérieuses difficultés financières, la municipalité n'avait pas les moyens de concrétiser le projet. L'idée est revenue à la surface quand s'est réalisée la fusion avec Longueuil. Le plan directeur d'une collectivité nouvelle a été adopté en 1975. La municipalité a acquis des terrains à partir de 1980 pour y aménager le parc régional Michel-Chartrand, d'une superficie de 185 hectares. La première phase de l'aménagement résidentiel a été lancée en 1984. Outre les ensembles résidentiels, quelques pôles d'emplois et de services étaient prévus dans les environs.

À Montréal, les ateliers Angus ont été l'un des principaux centres d'emplois manufacturiers de la métropole. Construits au début du siècle dernier par le Canadien Pacifique (CP), ils ont

---

28. Anonyme, « Le Bourgneuf [sic] », *Développement et aménagement du territoire*, Fédéral Publications Services et Éditions Georges Le Pape, 1976, p. C 90-C 99.

UN QUÉBEC URBAIN EN MUTATION

joué un rôle de premier plan dans le développement du quartier Rosemont. En 1970, l'entreprise a fermé une partie des installations (40 hectares). Un projet de réaménagement à des fins commerciales et résidentielles a été dévoilé en 1977 par la Société Marathon, filiale immobilière du CP. Des résidents de Rosemont et des commerçants, en particulier ceux de la rue Masson, se sont opposés au projet défendu par l'administration du maire Jean Drapeau. En 1983, le gouvernement du Québec a imposé la création d'un organisme sans but lucratif, la Société des terrains Angus (STA), qui a acquis le site, a préparé un plan de réaménagement puis a vendu des terrains à des promoteurs d'habitations à but lucratif et non lucratif. La construction de plus de 2500 unités de logement a débuté l'année suivante[29].

Trois initiatives plus modestes sont également dignes d'être soulignées, en raison de la perspective urbanistique qui les sous-tendait. À Saint-Hyacinthe, un emplacement attenant au marché public devait être réaménagé après l'incendie qui avait détruit une partie du centre-ville en 1981. L'Allée du marché, un ensemble immobilier comportant 46 logements et 22 locaux commerciaux, a été mise en chantier en 1983. Un passage piétonnier reliant la place du marché et un accès à des stationnements intérieurs lui conférait une petite touche européenne[30].

À Sherbrooke, la Paton, un complexe manufacturier construit à la fin des années 1860, avait fermé ses portes en 1978. L'avenir de cette composante exceptionnelle du patrimoine industriel des Cantons de l'Est est resté incertain pendant quelques années. Un projet de recyclage à des fins résidentielles et commerciales a été mis en œuvre au milieu des années 1980. Il s'est révélé un des premiers chantiers du genre au Québec[31].

---

29. Suzanne Laferrière et Bernard Vallée, «De la prospérité à l'incertitude : les usines Angus à Rosemont», *Cap-aux-Diamants*, n° 54, 1998, p. 10-13.
30. «Les petits centres de villes».
31. Pierre Saint-Cyr, «Sherbrooke : la Paton», *Continuité*, n° 37, 1987, p. 40-41.

Figure 25 – Vieux-Terrebonne
Le classement, dans les années 1970, du site historique de l'île-des-Moulins et de trois maisons anciennes, auxquelles ont été rattachées des aires de protection, a contribué à freiner le déclin d'un centre historique passablement mal en point. La construction, au milieu des années 1980 et à l'initiative de la municipalité, de l'ensemble immobilier Terrebourg, puis de celui du Manoir de la Rive, a donné une tournure urbanistique à la mise en valeur du Vieux-Terrebonne. D'autres initiatives de même nature ont depuis permis de poursuivre sur cette lancée.
(Photo : Pierre Lahoud)

À Terrebonne, l'ancienne place publique, située à l'entrée de l'île des Moulins, n'avait pas survécu à l'érosion de son cadre bâti. Un terrain vacant trouait le cœur du Vieux-Terrebonne depuis les années 1970. Destinée d'abord à l'implantation de la bibliothèque municipale, la friche restait sans vocation à la suite de la décision d'installer la bibliothèque dans les moulins de la chaussée, qui seraient par conséquent restaurés. La municipalité a alors choisi de vendre le terrain à un promoteur répondant aux exigences d'un cahier des charges élaboré de manière à favoriser la construction d'un ensemble immobilier respectueux des caractéristiques du milieu. C'est le projet Terrebourg qui a été retenu[32]. Fruit d'une approche originale, il a contribué de manière significative au mouvement de réappropriation du secteur historique enclenché avec la mise en valeur du site historique de l'Île-des-Moulins[33]. Ces exemples, et quelques autres qui auraient pu être cités, constituent malheureusement autant d'exceptions qui confirmaient la règle. Celle qui montre que l'urbanisation, dans les années 1970 et 1980, est restée l'affaire de spéculateurs fonciers et de promoteurs immobiliers. Malgré l'adoption en nombre croissant de documents d'urbanisme, les municipalités ont peiné à assumer un véritable leadership.

Un alignement des planètes[34]

Au moment du premier choc pétrolier, le Québec, comme on l'a vu, n'avait toujours pas de loi d'urbanisme, Montréal n'avait pas encore adopté de plan d'urbanisme et plusieurs municipalités considéraient l'urbanisme comme une responsabilité de second ordre. Les villes se développaient en rivalité les unes envers les autres et l'étalement urbain avait libre cours, comme l'a révélé l'ajustement des régions métropolitaines de recensement de Montréal et de Québec, en 1971.

Novembre 1976. L'élection d'un gouvernement du Parti québécois a secoué le Québec. L'arrivée au pouvoir d'un parti mobilisé par la question identitaire pouvait-elle avoir un impact sur la relation qu'entretenaient les Québécois avec le territoire? Plusieurs initiatives ont suggéré l'émergence d'une nouvelle sensibilité à cet égard.

---

32. Pierre Beaupré, «Habitat public : 8 projets», *ARQ Architecture Québec*, n° 28, décembre 1985, p. 13.

33. Gérard Beaudet, *Comment le vieux Terrebonne est devenu le Vieux-Terrebonne*, Québec, Les Éditions GID, 2017.

34. Cet alignement a été originellement décrit dans Gérard Beaudet, *Les dessous du printemps étudiant. La relation trouble des Québécois à l'histoire, à l'éducation et au territoire*, Montréal, Nota bene, 2013.

AJUSTER LE TIR

Il faut reculer de quelques mois pour comprendre ce nouveau contexte.

En février 1976, l'ex-ministre Claude Castonguay, président du Groupe de travail sur l'urbanisation, a remis au ministre des Affaires municipales, Victor Goldbloom, un rapport qui recommandait un ensemble de mesures destinées à mettre fin à ce qui s'apparentait, sinon à un véritable chaos, du moins à une improvisation lourde de conséquences en matière d'aménagement du territoire urbain. Le groupe de travail proposait, au passage, un ambitieux survol des enjeux concernant l'environnement, l'habitat et la qualité de vie, les services publics, les loisirs, les structures administratives, ainsi que les finances municipales. Presque au même moment, l'architecte Guy R. Legault a déposé, de son côté, le rapport du Groupe de travail sur l'habitation qu'il présidait depuis 1974. Dénonçant l'absence d'une politique québécoise en habitation et la perte d'influence des municipalités en cette matière – alors qu'elles œuvraient en première ligne –, les auteurs recommandaient de leur attribuer le pouvoir et les moyens financiers de la mise en œuvre des politiques et des programmes en habitation.

En été, l'exposition Corridart transformait la rue Sherbrooke de Montréal en galerie d'art à ciel ouvert à l'occasion des Jeux olympiques. L'exposition, coordonnée par l'architecte et artiste Melvin Charney, proposait un ensemble d'installations s'étirant sur près de sept kilomètres et dont la ville elle-même était l'objet. Jean-Claude Marsan, Lucie Ruelland et Pierre Richard étaient responsables de l'une des composantes emblématiques de cette initiative. D'immenses photographies en noir et blanc de paysages urbains montréalais de différentes époques étaient fixées à des échafaudages et proposaient un regard critique sur l'urbanisme pratiqué par l'administration Drapeau[35].

---

35. Dans une biographie de Jean Drapeau, Susan Purcell et Brian McKenna soulignent qu'à la veille des élections municipales de 1974, le Rassemblement des

UN QUÉBEC URBAIN EN MUTATION

Enfin, deux professeurs de l'Université de Montréal, Guy Dubreuil et Gilbert Tarrab, ont publié aux éditions Georges le Pape, le premier ouvrage de ce qui devait être une collection d'essais consacrée au territoire et à son aménagement. Intitulé *Culture, territoire et aménagement*, cet ouvrage inaugural proposait une interprétation socio-anthropologique de l'aménagement du territoire québécois et des enjeux auxquels la province était alors confrontée.

Cette succession d'événements avait été précédée, un an plus tôt, par la création de deux organismes de défense du patrimoine bâti au Québec. C'est en effet en 1975, après la démolition de la maison Van Horne et la mobilisation citoyenne contre les grands projets immobiliers, qu'ont été fondés Héritage Montréal et le Conseil des monuments et sites du Québec, récemment renommé Action patrimoine.

C'est aussi au début de 1976 que le ministre des Affaires culturelles du gouvernement libéral de Robert Bourassa, Jean-Paul L'Allier, a publié un ambitieux document de travail intitulé *Pour l'évolution de la politique culturelle*, dans lequel il intégrait le Livre blanc signé par l'ancien ministre Pierre Laporte en 1965. Deux importants mandats avaient par ailleurs été confiés à des chercheurs. Le premier, lancé en 1974 et en voie d'être achevé par des professeurs de l'Université Laval, visait à cerner la spécificité des paysages charlevoisiens et à déterminer dans quelle mesure l'attribution d'un statut en vertu de la Loi sur les biens culturels pouvait protéger les lieux les plus significatifs[36]. Le deuxième, sur le patrimoine immobilier montréalais, a été confié en 1976 au

---

citoyens de Montréal (RCM) proposait « l'adoption d'un plan d'urbanisme qui mettrait fin aux excès d'une administration municipale qui semblait rénover la ville avec le discernement d'un boulet de démolition ». Susan Purcell et Brian McKenna, *Jean Drapeau*, Montréal, Éditions Stanké, 1981, p. 305.

36. Jean Raveneau, « Analyse morphologique, classification et protection des paysages : le cas de Charlevoix », *Cahiers de géographie du Québec*, Vol. 21, n° 53-54, 2005, p. 135-186.

Centre de recherche et d'innovation urbaines de l'Université de Montréal (CRIU) et mis en œuvre par des chercheurs de l'Institut d'urbanisme et du département de géographie de l'Université Laval[37]. Ceux-ci devaient élaborer une approche urbanistique du patrimoine afin de suppléer aux insuffisances du mécanisme usuel d'attribution des statuts de protection des monuments historiques. Cet alignement des planètes a cependant été bien éphémère. Le Livre vert de Jean-Paul L'Allier n'a pas eu de suite, puisque le Parti libéral n'a pas été reporté au pouvoir. Si le Livre blanc sur la politique du développement culturel déposé en 1978 par Camille Laurin partageait les mêmes ambitions que celles que Jean-Paul l'Allier formulait, l'insistance mise sur la défense et l'illustration de la langue française a relégué l'aménagement du territoire au second plan. Les études sur les paysages charlevoisiens et le patrimoine montréalais n'ont guère eu d'influence sur les politiques patrimoniales de l'État québécois. L'exposition Corridart a été rapidement démantelée à la demande de Jean Drapeau. La collection d'essais consacrée au territoire et à son aménagement n'a comporté qu'un seul titre. Quant aux rapports Castonguay et Legault, ils ont subi le sort de nombreuses autres études de même nature. Le document intitulé *L'urbanisation dans la conurbation montréalaise*, publié par le ministère des Affaires municipales en 1977, n'en faisait aucunement mention.

Néanmoins, en 1979, le Québec a adopté la première loi d'urbanisme de son histoire et instauré de nouvelles instances administratives, les Municipalités régionales de comté (MRC).

---

37. Gilles Ritchot, François Charbonneau, Pierre Gascon et Gilles Lavigne, *Rapport d'étude sur le patrimoine immobilier*, Montréal, Centre de recherche et d'innovation urbaines, 1977.

UN QUÉBEC URBAIN EN MUTATION

La création des MRC et l'adoption des premiers schémas d'aménagement

Les années 1980 ont été consacrées au chantier des schémas d'aménagement et des plans d'urbanisme. Il serait exagéré de soutenir que ce chantier a débuté dans l'enthousiasme. D'une part, parce que plusieurs municipalités se seraient fort bien accommodées d'un *statu quo*. Qu'il suffise de rappeler qu'à la veille de l'adoption de la Loi sur l'aménagement et l'urbanisme en 1979, seulement une centaine de municipalités, parmi les 1 600 du Québec, s'étaient dotées d'un plan d'urbanisme et que plusieurs des réglementations en vigueur étaient des plus sommaires. D'autre part, parce que la production des schémas d'aménagement relevait d'un nouveau palier administratif, les municipalités régionales de comté, dont les municipalités locales se méfiaient. Pour ces dernières, la mission des MRC empiétait nécessairement sur leurs prérogatives, ce qui pouvait aller à l'encontre de leurs intérêts immédiats. Quant aux petites municipalités, elles craignaient que les plus grandes acquièrent à leur détriment un trop grand ascendant.

Les élus locaux qui siégeaient à la table du conseil des MRC devaient apprivoiser cette nouvelle instance administrative avant de s'attaquer aux schémas d'aménagement. Un *modus operandi* consensuel – et au demeurant prévisible – s'est rapidement installé. En vertu des principes de la démocratie libérale d'inspiration britannique, un élu est essentiellement responsable envers ses électeurs. Par conséquent, il n'a pas la légitimité requise pour adopter une mesure qui serait imposée à la population d'une autre municipalité. Or, les élus qui composaient le conseil des MRC, et au premier chef les maires, y siégeaient par délégation et non pas à la faveur d'une élection. Ils se montraient donc d'une extrême prudence, d'autant que s'ils dérogeaient à ce principe de responsabilité, ils pouvaient se faire servir la même médecine par les élus des autres municipalités. Ce qui avait plombé l'élaboration des schémas d'aménagement des communautés urbaines de Montréal

230

et de Québec et de la communauté régionale de l'Outaouais dans les années 1970, pouvait aussi limiter sérieusement la portée des schémas, exception faite des dispositions sur lesquelles pesaient des orientations gouvernementales contraignantes. De manière générale, les municipalités se sont contentées de se conformer aux exigences minimales imposées par la loi et par les orientations gouvernementales.

Aussi, bien qu'aucune véritable évaluation critique n'ait été réalisée, on peut soutenir que, parmi les observateurs, rares auraient été ceux qui auraient donné aux MRC plus que la note de passage. Mais, a-t-on souvent suggéré, à défaut de révolutionner la planification physico-spatiale, l'exercice aurait au moins eu le mérite d'obliger les élus à se concerter en vue de s'entendre sur certaines préoccupations et sur certains objectifs communs. Mais, dans l'ensemble, le bilan s'est révélé plutôt mince. La lecture des schémas ne suggérait-elle pas que le Québec était une société en plein développement, comme si la chute de la natalité, le vieillissement de la population, la désindustrialisation, l'exode des régions, l'effilochage croissant des lointaines périphéries métropolitaines, le vieillissement des infrastructures, les dommages causés à l'environnement, les coûts exorbitants de l'étalement urbain, l'érosion socio-économique de plusieurs quartiers anciens et de nombreuses petites villes étaient des phénomènes qui avaient épargné la *Belle Province*. En fait, on planifiait l'organisation du territoire comme on l'aurait fait à l'époque du dépôt du rapport La Haye, la sensibilité des auteurs du document *Montréal Horizon 2000*[38] à certaines problématiques en moins[39].

---

38. Étayé par de nombreuses études et cartographies thématiques, le document *Montréal Horizon 2000* ne constituait pas à proprement parler un schéma d'aménagement ou un plan d'urbanisme. Il proposait plutôt une esquisse d'organisation territoriale optimale pour une agglomération de plus de sept millions d'habitants.
39. Gérard Beaudet, «Aménagement du territoire et urbanisme : le Québec a-t-il su relever le défi de la planification ?», *Organisations & Territoires*, Vol. 14, n° 3, 2005, p. 5.

UN QUÉBEC URBAIN EN MUTATION

En somme, tout se passait comme si rien ne devait contraindre une forme d'urbanisation dont les coûts économiques et environnementaux étaient pourtant de mieux en mieux mesurés. Alors que la croissance de la population du Québec ralentissait (voir tableau 9), plusieurs banlieues enregistraient des hausses de population spectaculaires.

Tableau 9 – Croissance de la population du Québec (1951-1991)

Année	Population	Croissance
1951	4 055 681	
1961	5 259 211	29,7 %
1971	6 137 305	16,7 %
1981	6 547 207	6,7 %
1991	7 069 396	7,9 %

Si la population de la région métropolitaine de recensement de Montréal est passée de 2 743 208 habitants en 1971 à 2 921 357 en 1986 (une hausse de 6,5 %), Terrebonne et Saint-Louis-de-Terrebonne, dont la population s'élevait à 13 507 habitants en 1971, en comptaient 31 310 en 1986, un an après la fusion des deux municipalités, une augmentation de 131 %! De même, les hausses ont été de 177 % à Lachenaie, 125 % à Sainte-Anne-des-Plaines et 118 % à Saint-Constant.

La population de la région métropolitaine de recensement de Québec est passée, pour sa part, de 512 233 habitants en 1971 à 603 267 en 1986 (+17,8 %), alors que l'augmentation de la population a été de 306 % à Cap-Rouge, 196 % à Saint-Augustin-de-Desmaures, 100 % à Val-Bélair et un peu plus de 65 % à L'Ancienne-Lorette.

L'absence de planification régionale et les ratés d'un urbanisme municipal passablement accommodant avaient déjà conduit le gouvernement du Québec à adopter, en 1978, l'*Option préférable d'aménagement pour la région de Montréal*. Dans une étude

AJUSTER LE TIR

préparatoire, les auteurs notaient que, même si l'urbanisation de la partie centrale de l'agglomération était parcourue par de vastes discontinuités, l'étalement repoussait toujours plus loin son emprise :

> [l]es municipalités en croissance sont donc de plus en plus éloignées de Montréal. En moins de cinq ans, soit depuis 1971, Ste-Julie a vu sa population plus que doubler. Kirkland et Lachenaie ont presque doublé. Terrebonne, Mascouche, Lorraine, Varennes, Saint-Paul-l'Ermite [devenu Le Gardeur], Vaudreuil, Dollard-des-Ormeaux, Boisbriand, Verchères, Pincourt, Repentigny, Saint-Hilaire, ont connu des augmentations de l'ordre de 50 %[40].

Après avoir examiné différentes facettes de l'urbanisation métropolitaine, les auteurs abordaient la question de la planification, dont ils soulignaient les disparités : « [l]a situation n'est pas partout désolante » puisque « [...] plusieurs collectivités se sont dotées des instruments et du personnel nécessaires à la planification et à la gestion courante d'un aménagement de qualité ». En revanche, poursuivaient-ils :

> [l]es citoyens et les responsables de beaucoup d'autres municipalités [...] n'en sont pas arrivés là. Ils continuent de tolérer et même d'attirer le développement de qualité inadéquate ou médiocre et sans aucune organisation préalable. On assiste donc à un nivellement par le bas des conditions auxquelles doit satisfaire le développement urbain. Il y a toujours un endroit dans la conurbation où un projet médiocre, qu'il soit résidentiel, commercial ou industriel, réussira à s'installer[41].

---

40. Direction générale de l'urbanisme et de l'aménagement du territoire, *L'urbanisation dans la conurbation montréalaise : tendances actuelles et propositions d'orientation*, Ministère des Affaires municipales, 1977, p. 12.
41. *L'urbanisation dans la conurbation montréalaise : tendances actuelles et propositions d'orientation*, p. 19.

UN QUÉBEC URBAIN EN MUTATION

On comprend qu'au vu de ces constats, les attentes étaient grandes au moment où a été lancé le chantier de la première génération des schémas d'aménagement. Les données concernant la période 1971-1986 montraient toutefois que les dynamiques qui avaient cours pendant l'élaboration des premiers schémas n'avaient pas connu d'ajustements à la baisse. Or, notaient les auteurs d'un bilan rendu public en 1992, ces documents ne remettaient pas en cause de manière fondamentale les modalités d'urbanisation privilégiées depuis l'immédiat après-guerre.

La délimitation des périmètres d'urbanisation a été un des principaux enjeux considérés lors de l'élaboration des schémas d'aménagement. À cet effet, presque tous les schémas d'aménagement (80 sur 98) énoncent des orientations qui favorisent la concentration du développement urbain [...]. De divers points de vue cependant, ce contrôle de l'urbanisation à l'intérieur des schémas apparaît incomplet : malgré une volonté de concentration, dans la majorité des schémas, on a multiplié le nombre de périmètres d'urbanisation et on leur a attribué des superficies généralement deux fois supérieures à l'espace construit [42].

En somme, on peut conclure qu'un premier pas a été fait en matière de contrôle de l'urbanisation. La majeure partie des municipalités régionales de comté n'a cependant pas utilisé le schéma d'aménagement pour s'assurer d'une concentration réelle et d'une harmonisation intermunicipale de l'urbanisation [43].

Un même constat était fait deux ans plus tard :

Les grands réseaux d'équipements et de services étaient en place [en 1984], le Québec ayant largement investi dans ce domaine pour rattraper un retard important. Depuis, le type d'urbanisation et de répartition des activités qui s'est développé sur le territoire

---

42. Ministère des Affaires municipales, *La révision des schémas d'aménagement. Bilan des schémas d'aménagement et perspectives de révision*, Gouvernement du Québec, 1992, p. 26-27.
43. *La révision des schémas d'aménagement. Bilan des schémas d'aménagement et perspectives de révision*, p. 28.

AJUSTER LE TIR

et les déséquilibres qui l'accompagnent ont laissé apparaître des trous dans le maillage urbain, ont accentué l'inadéquation de certains réseaux et ont augmenté les coûts de fonctionnement. [...] Mais alors qu'on parlait de remise en cause du développement des franges urbaines, on doit aujourd'hui déplorer qu'elle n'ait pas produit les effets auxquels on aurait pu s'attendre si cette remise en cause avait vraiment été générale et suivie de mesures appropriées. En d'autres termes, le meilleur équilibre recherché n'a pas été atteint et on doit reconnaître que le phénomène de l'urbanisation est loin d'être maîtrisé. La gestion de l'urbanisation demeure un enjeu majeur pour les prochaines années[44].

Si Montréal et Québec ont davantage retenu l'attention des observateurs, les tendances n'étaient guère moins préoccupantes dans les autres régions métropolitaines de recensement. Partout, la croissance des RMR a été largement supérieure à celle de la population (voir tableau 10). Or, l'étalement résidentiel s'est accompagné d'une déconcentration croissante de l'emploi, qui en est devenue en quelque sorte l'un des ressorts.

Bien qu'elle en soit l'héritière, la banlieue de la fin du siècle dernier n'avait plus rien à voir avec celle des Trente Glorieuses. Elle s'en distinguait à bien des égards. Elle avait gagné en autonomie, du moins dans les couronnes les plus anciennes. Aux équipements de base (centre commercial, bibliothèque minimaliste, aréna, parcs avec plateaux sportifs) s'étaient ajoutés des équipements commerciaux de plus grande envergure (les mégacentres), des salles de spectacle et des bibliothèques à la fine pointe des technologies, des complexes multisports, voire des campus universitaires. Des îlots de densification y étaient apparus et des quartiers aux cadres bâtis ou aux usages désuets y avaient été recyclés. La taille et la composition

---

44. Direction générale de l'urbanisme et de l'aménagement du territoire, *Les orientations du gouvernement en matière d'aménagement : pour un aménagement concerté du territoire*, ministère des Affaires municipales, 1994, p. 3.

Tableau 10 – Expansion des RMR et croissance de la population (1971-1996)

RMR	Superficie 1971 km²	Superficie 1996 km²	Croissance superficie	Croissance population
Montréal	2673	4024	50,5%	21,3%
Québec	906	3150	247,7%	39,8%
Sherbrooke	64	980	1431,3%	73,3%
Trois-Rivières	165	872	428,5%	42,9%
Chicoutimi	422	1723	308,3%	20,0%
Hull	552	2082	277,2%	65,6%

***

Incarnation de l'idéal banlieusard, la résidence unifamiliale avait toujours la cote auprès de certains ménages, même si la proportion de ce type résidentiel par rapport à la surface occupée avait considérablement diminué au cours des dernières décennies[45]. Cette diminution de la proportion du nombre de résidences unifamiliales, tous types confondus, s'était accompagnée d'une hausse de leur coût et de celle du terrain. C'est pourquoi certains étaient prêts, conformément à l'adage étatsunien *Drive until you qualify*, à chercher leur lieu de résidence loin en périphérie. Dans les régions de Montréal et de Québec, l'étalement s'est donc poursuivi à l'extérieur du territoire des régions métropolitaines de recensement.

Alors que, depuis quelques années, certaines résidences unifamiliales se déclinent, dans leur version obèse, en néomanoirs

---

45. Certaines données concernant cette réduction doivent être accueillies avec prudence, puisque pour la Société canadienne d'hypothèque et de logement, la résidence unifamiliale est une maison isolée sur toutes ses faces. Les maisons jumelées et en rangée ne sont donc pas considérées comme des unifamiliales.

(ou *monster houses*), d'autres peuvent être assimilées, dans leur version sous-compacte, à des berlingots[46]. Mais la hausse du coût du foncier et de sa viabilisation (aqueduc, égout, pavage, éclairage) a incité les promoteurs à proposer, dès les années 1980, de plus en plus de maisons jumelées ou en rangée. Pour autant, la conception des voisinages n'a guère changé.

La réduction de la taille des ménages, le vieillissement de la population, le report de l'âge d'accès à la propriété ou, tout simplement, l'évolution des goûts résidentiels ont favorisé une transformation substantielle de l'offre. Les édifices à logements locatifs ou en copropriété et les petites tours résidentielles se sont multipliés, particulièrement au cours des deux dernières décennies. Ils sont souvent groupés dans des méga-îlots, ce qui permet des arrangements moins contraints par le réseau viaire. Ces aires plus ou moins étendues de densification constituent rarement, malgré le nombre d'unités parfois important, des ensembles dotés de services de proximité. La dépendance à l'automobile y est la norme, d'autant que plusieurs d'entre eux sont implantés loin des points d'accès aux principaux corridors de transport en commun.

Même si des efforts sont désormais consentis pour intégrer certaines composantes environnementales, entre autres aux fins de la protection des espaces sensibles et de la préservation de la biodiversité, les pressions sur les milieux humides se maintiennent. Certes, plusieurs municipalités ont adopté des règlements qui favorisent, du moins en théorie, une conception plus ambitieuse et harmonieuse des cadres bâtis. Il n'en demeure pas moins que la banlieue de l'étalement reste passablement banale, particulièrement quand elle est construite à petite échelle. La production

---

46. Cette comparaison avec les petits récipients en carton plastifié de forme tétraédrique vient d'une collègue urbaniste, Marie-Josée Halpin. Elle désigne ainsi des maisonnettes dont la taille est telle que le salon ou les chambres à coucher doivent souvent être installés au sous-sol.

« à la petite semaine et à la bonne franquette[47] » est toujours de mise, malgré ce que suggèrent les publicités souvent grandiloquentes proposées par de nombreux promoteurs immobiliers.

Projets urbains et leadership municipal

Quelques municipalités entendent cependant assumer plus de leadership. Mais l'innovation urbanistique est difficile à mettre en œuvre en banlieue, ne serait-ce qu'en raison du peu d'intérêt des constructeurs pour les nouveautés autres que cosmétiques. Des avancées sont malgré tout constatées çà et là. Si elles sont souvent modestes, certaines se sont révélées plus ambitieuses. C'est le cas à Terrebonne, où la ville a lancé Urbanova en 2012. S'inscrivant dans la mouvance du nouvel urbanisme, le projet vise à constituer des voisinages résidentiels caractérisés par la diversité des types de logements, ainsi que par la présence de noyaux de services et d'activités accessibles à pied ou en vélo. La valorisation de vastes étendues de milieux naturels fragiles contribue à l'identité du projet. Toutefois, la localisation de ce quartier dans cette portion de la Rive-Nord ne permet de diminuer que très accessoirement la dépendance à l'automobile.

L'adoption, par la Communauté métropolitaine de Montréal (CMM), d'une stratégie de densification et d'aménagement arrimée au transport – *Transit-Oriented Development* (TOD) – a suscité, dès 2011, des réflexions urbanistiques dans les municipalités de banlieue, en particulier celles où se trouvent des accès au transport collectif dit structurant : train de banlieue, métro (Laval) et, depuis 2020, REM de l'Ouest, mais aussi plus exceptionnellement, autobus. Il s'agit de favoriser une meilleure articulation des initiatives en transport collectif et de la distribution des projets immobiliers, ainsi que des opérations de densification ou de redéveloppement.

---

47. Gérard Beaudet, « Produire l'habitat à la petite semaine et à la bonne franquette », *ARQ*, n° 166, février 2014.

La densification et la mixité fonctionnelle qui lui sont souvent associées semblent désormais incontournables. Elles représenteraient à la fois un remède à l'étalement urbain, un des leviers de la réduction de l'émission des gaz à effet de serre due au transport, une modalité d'adaptation aux changements climatiques, ainsi que la condition d'une amélioration de l'offre de transport collectif et du développement de la mobilité douce. Certes, des îlots de densité existent depuis longtemps en banlieue. La densification a toutefois connu un essor important au cours des deux dernières décennies dans les territoires suburbains de l'ensemble des aires métropolitaines, en particulier en raison de changements sociodémographiques. Elle a suscité l'engouement des promoteurs, avant même de devenir une stratégie urbanistique. Cela explique pour une bonne part sa dispersion, sa faible articulation aux réseaux de transport collectif et, par conséquent, la grande dépendance à l'automobile des ménages qui y résident. Quant à la mixité des usages qui devait lui être associée, elle s'est rarement concrétisée.

Dans la région métropolitaine de Montréal, la mise en œuvre d'une stratégie liant aménagements et transport en commun vise explicitement à accroître les bénéfices de la densification. Les résultats sont, à ce jour, plutôt modestes[48]. Comment s'en étonner au regard des contraintes, particulièrement nombreuses, avec lesquelles les concepteurs doivent composer : proximité de quartiers résidentiels de basse densité, zonage agricole, présence de milieux humides, chevauchement d'emprises autoroutières, insuffisance du service de transport collectif, tant en nombre de départs/arrivées que de plages horaires avec service, déficiences de desserte de plusieurs pôles d'emplois, etc.

Dans la capitale nationale, l'articulation urbanisme/transport collectif est presque anecdotique. Le retrait en 2017 de Lévis du projet de service rapide par bus inter-rives, le soutien inconditionnel

---

48. Gérard Beaudet, *Le transport collectif à l'épreuve de la banlieue du Grand Montréal*, Québec, Presses de l'Université Laval, 2022.

UN QUÉBEC URBAIN EN MUTATION

accordé par la mairie au projet de troisième lien et l'augmentation de la capacité autoroutière favorisent en effet la prépondérance de l'automobilité.

Dans les périmètres de basse densité résidentielle existants, la densification semble difficilement acceptable pour les résidents. Plusieurs s'y opposent. Pointe-Claire, Ville Mont-Royal, Montréal-Est, Saint-Lambert, Saint-Bruno-de-Montarville et Longueuil sont quelques-uns des foyers de résistance dans la région de Montréal. À Québec, des citoyens de l'arrondissement Sillery se sont opposés à la densification dès 2009. La demande d'adoption de règlements sur les plans d'implantation et d'intégration architecturale destinés à préserver l'intégrité des quartiers résidentiels visés et la patrimonialisation de certaines banlieues de l'immédiat après-guerre[49] reflètent l'accueil pour le moins réservé du principe de la densification. La mauvaise presse dont souffre ce concept est en partie attribuable à sa compréhension biaisée[50]. Mais l'opposition des résidents est aussi due à la persistance d'un idéal banlieusard dont on estime, à tort ou à raison, qu'il serait menacé par l'altération de ses attributs originaux[51].

Devant les leviers de boucliers, des municipalités prônent une densification douce. Il s'agit d'insérer de petites unités d'habitation dans les tissus existants. Ces unités peuvent être obtenues par subdivision des résidences, y être greffées, être glissées entre celles-ci ou être implantées en mode pavillonnaire. Mais l'expérience québécoise en la matière est trop récente pour que l'on puisse en évaluer l'acceptation et les retombées.

---

49. Lise Walczak, « L'avènement du patrimoine de banlieue », *Continuité*, n° 170, 2021.

50. La densité dont il est question ici est définie par le nombre de logements par hectare ou par kilomètre carré. Elle n'a pas de lien direct avec la hauteur des édifices.

51. Martin Simard, « La controverse sur la densification au Québec : un choc des valeurs sur la forme de l'habitat et des milieux de vie », *Organisations & Territoires*, Vol. 31, n° 3, 2022, p. 111-127.

AJUSTER LE TIR

La conversion d'emplacements dits « déstructurés » ou de ceux dont les usages sont en déclin et le réaménagement de friches constituent également, depuis la fin des années 1970, un défi de taille pour les urbanistes. Lancée en 1979 par Montréal, l'« Opération 10 000 logements » a inauguré ce vaste chantier de requalifications urbaines. Nécessité faisant loi, la métropole avait perdu plus de 270 000 habitants entre 1960 et 1975 au profit de la banlieue. L'initiative visait donc à contrer l'exode des Montréalais, en particulier des jeunes ménages avec enfants. À la faveur d'appel de propositions, Montréal a mis sur le marché des terrains dont elle était propriétaire. L'opération, même si elle n'a pas atteint les objectifs souhaités au regard de l'attrait qu'exerçait la banlieue, a connu un tel succès qu'elle a été renommée en 1982 « Opération 20 000 logements ». Le redéveloppement d'une vaste emprise ferroviaire désaffectée dans le Sud-Ouest (quartier Georges-Vanier) et l'aménagement d'une partie du domaine Saint-Sulpice (quartier André-Grasset) ont engendré les deux plus importants ensembles immobiliers construits dans cette foulée.

Au milieu des années 1980, le recyclage à des fins résidentielles de la partie est des ateliers du Canadien Pacifique avait été entrepris. En 1992, le CP a définitivement fermé ses ateliers. La deuxième phase du réaménagement (50 hectares) a commencé au milieu de la décennie. Contrairement à ce qui s'était passé lors de la première phase, le CP a conservé la propriété d'une partie substantielle du site et y a construit un ensemble résidentiel de 1 200 unités de logement. Le plan retenu pour le reste de l'emplacement, piloté par la Société de développement Angus, une entreprise d'économie sociale, a permis le recyclage de quelques bâtiments, dont deux sections de l'immense usine de construction de locomotives connue sous le nom de Locoshop, ainsi que l'implantation d'édifices à vocation commerciale et industrielle légère – le technopôle Angus –, et la construction de 400 logements.

En 1986, l'entreprise Bombardier Aéronautique a acquis les terrains de l'aéroport de Cartierville, dans l'actuel arrondissement de Saint-Laurent. Décidée deux ans plus tard, sa fermeture a libéré l'emplacement dont 150 hectares ont été alloués en 1990 à un projet résidentiel. Après de nombreux échanges entre la ville et le promoteur, le projet Bois-Franc a finalement été mis en chantier. Il se caractérise par une grande diversité de bâtiments résidentiels dont l'architecture et le mode d'implantation des bâtiments ainsi que la distribution de nombreux parcs et espaces verts répondent aux principes du nouvel urbanisme[52].

À Boucherville, un nouveau quartier multifonctionnel a été bâti sur une friche agricole d'une superficie de 400 hectares acquise par des spéculateurs dans les années 1960 et exclue de la zone agricole en 1988. Un plan d'aménagement a été proposé dès 1994.

Le conseil avait pour grand objectif de donner à Boucherville, à moyen terme, de nouveaux attributs urbains et l'ordonnancement d'une nouvelle fonction urbaine de centralité [...]. L'idée de créer un centre-ville était née. Ces orientations furent inscrites au plan d'urbanisme révisé adopté par la ville de Boucherville en 1997[53].

Construit pour l'essentiel après 2001, ce quartier compte plus de 4 000 résidents. On y a construit le complexe immobilier Lionel-Daunais (une enfilade d'immeubles à logements avec des commerces au rez-de-chaussée), une résidence pour personnes âgées, une école primaire privée, quatre centres de la petite enfance (CPE) ou garderies, un marché public, ainsi que le Centre multifonctionnel Francine-Gadbois, érigé au débouché d'une avenue bordée

---

52. L'architecture des maisons de ville et le motif du square trouvent leurs racines dans les petites villes coloniales du sud des États-Unis.
53. Bruno Bergeron, «Création d'un centre-ville en banlieue. Secteur Harmonie, arrondissement de Boucherville de la Ville de Longueuil», *Urbanité*, Novembre 2002, p. 24-26.

d'édifices de bureaux et en bordure d'un grand parc. Les espaces de stationnement disposés derrière les édifices montrent cependant que, malgré les efforts pour privilégier les déplacements actifs, l'automobile reste indispensable dans cette banlieue.

À Boisbriand, l'usine de la General Motors a fermé ses portes en 2004. Après de vaines tentatives pour intéresser une entreprise industrielle, la municipalité s'est résignée à revoir la vocation du site. Mis en chantier en 2005, l'ensemble résidentiel Faubourg Boisbriand a accaparé 30 % des 97 hectares. Des usages commerciaux (un mégacentre localisé à l'intersection des autoroutes A15 et A640) et industriels ont occupé le reste de la superficie. Malgré une certification LEED voisinage, le quartier comporte peu de services et reste très dépendant de la voiture.

En 2009, l'arrondissement Côte-des-Neiges–Notre-Dame-de-Grâces a amorcé un projet de conversion du Triangle, un espace qui avait accueilli des activités à caractère industriel dans les années d'après-guerre. Un concours de design urbain tenu en 2011 a précisé la vision de l'arrondissement. Le projet, toujours en cours, consiste en la construction d'immeubles résidentiels en hauteur (de 4 à 12 étages) abritant près de 3 000 logements, dont 15 % de logements abordables et sociaux, la réfection des infrastructures, la requalification du domaine public (chaussées, terre-pleins végétalisés et trottoirs) et l'aménagement d'un parc.

En 2017, Montréal a entrepris une réflexion sur l'avenir d'une friche industrielle d'une soixantaine d'hectares située dans l'est de l'arrondissement de Lachine. Il a été proposé d'y construire un écoquartier de 7 400 logements. Un pôle d'emplois, une école primaire, un centre sportif et communautaire, un espace public de 8 000 mètres carrés, ainsi que des commerces et services de proximité sont également planifiés. La mise en valeur de vestiges industriels constitue l'un des défis qu'ont dû relever les concepteurs et les promoteurs.

UN QUÉBEC URBAIN EN MUTATION

Situé à proximité du Triangle, à l'ouest de l'autoroute Décarie, le site de l'ancien hippodrome Blue Bonnets, bien que fermé en 2009, est toujours en attente de redéveloppement. Montréal souhaite transformer l'emplacement de 43,5 hectares en un quartier carboneutre. Une forte proportion des 6 000 unités résidentielles prévues seraient, conformément à la politique de la ville, des logements sociaux et abordables. Les concepteurs du projet doivent toutefois composer avec plusieurs contraintes, dont l'enclavement du site, le voisinage de l'autoroute, une importante congestion véhiculaire et une conjoncture économique difficile[54].

En 2012, Longueuil et la Pratt & Whitney ont annoncé la conversion d'une zone industrielle de 97 hectares, qui a été le berceau de l'industrie aéronautique québécoise, en un quartier mixte de forte densité (100 à 180 logements à l'hectare) totalisant 7 000 logements et comportant des édifices de bureaux, des services et des commerces de proximité, ainsi que des espaces verts, dont un parc central de cinq hectares. Un programme particulier d'urbanisme a été adopté en 2017.

Toujours en 2012, la Ville de Québec a dévoilé deux projets qualifiés un peu abusivement, à l'instar du projet Lachine-Est, d'écoquartiers : le site de la Pointe-aux-Lièvres, un ancien secteur industriel situé à la limite de Saint-Roch et de Limoilou et enclavé par la rivière Saint-Charles et une autoroute, et le site D'Estimauville, un secteur commercial en déclin où se situent entre autres les Galeries de la Canardière, un centre commercial construit en 1960. Les deux projets comportent des habitations, des édifices de bureaux, des espaces verts, ainsi que des commerces et des services de proximité.

En septembre 2015, Candiac a dévoilé un programme particulier d'urbanisme (PPU) pour redévelopper la portion sud du parc industriel Montcalm, où avait été implantée l'usine Consumers

---

54. À l'automne 2022, un appel de candidatures pour le développement d'un projet de logements 100 % abordables sur le site s'est soldé par un échec.

244

Glass en 1960. Un ensemble immobilier de 1 700 logements a été mis en chantier en 2016. Le projet Square Candiac a été planifié selon les concepts du TOD mentionné précédemment, et du Pedestrian-oriented development[55] (POD).

En 2019, Drummondville a annoncé le recyclage de l'emplacement de la Fortissimo, un terrain de 9,3 hectares situé en bordure de la rivière Saint-François où avait été construite, dans les années 1930, une usine textile. Le quartier qui y sera aménagé comportera des immeubles résidentiels et à bureaux, un centre culturel, des espaces verts, ainsi que des commerces et des services de proximité.

Les projets de réaménagement se compliquent quand on doit composer avec des contextes complexes, redevables par exemple au morcellement de la propriété, à la présence de sols contaminés ou de bâtiments d'intérêt patrimonial ou des utilisations du sol toujours viables.

À l'est du centre-ville de Montréal, l'abandon, dans les années 1950, des installations du Canadien Pacifique, le déclin industriel (années 1960), la destruction d'une partie du faubourg à M'lasse (1963→) et l'érection de la maison de Radio-Canada (1971), ainsi que la construction de l'autoroute Ville-Marie (1972→) avaient lourdement déstructuré le secteur. En 1993, la ville a lancé le projet Faubourg Québec, qui visait le recyclage, à des fins résidentielles, d'une friche de 7,7 hectares située immédiatement à l'est du Vieux-Montréal. Critiqué par des organismes sociocommunautaires et confronté à de nombreuses difficultés, le projet a été l'objet de plusieurs modifications et n'a été complété que 25 ans plus tard. Plus récemment, le redéveloppement du site de la gare Viger (place Gare Viger), la construction de l'ensemble à vocation mixte Esplanade Quartier, de même que le dévoilement du projet Quartier des Lumières (ancien site de Radio-Canada) et de l'avant-projet du réaménagement du site Molson le long

---

55. Quartier où la mobilité douce (marche, vélo et autres modes actifs de transport) est encouragée et facilitée par les aménagements et la distribution des activités.

UN QUÉBEC URBAIN EN MUTATION

du fleuve, ont témoigné de la volonté de l'administration montréalaise de concrétiser un ambitieux chantier de renouvellement urbain qui s'est longtemps fait attendre.

Alors que Laval a tergiversé pendant plus de trois décennies quant à l'emplacement de son centre-ville, la latitude dont ont profité les grands promoteurs immobiliers se fait toujours sentir, y compris aux abords de la station de métro Montmorency, dont l'inauguration en 2007 donnait le coup d'envoi de la création d'une centralité qui est restée longtemps incertaine. Malgré les quelques avancées des dernières années, le design urbain demeure l'angle mort de la planification lavalloise. La pauvreté de conception du domaine public, entre autres en ce qui concerne la mobilité active et le rapport à l'automobile, de même que l'articulation trop strictement fonctionnelle des ensembles immobiliers au domaine public, sont des lacunes auxquelles on n'a que très accessoirement apporté des correctifs satisfaisants. Cela est particulièrement évident dans le cas des ensembles résidentiels qui ont été érigés aux abords de la station de métro Montmorency. Mais cette lacune se constate presque partout où ont été construits de grands ensembles immobiliers depuis les années 1990.

> Bien que le territoire de Laval soit en voie de densification et que des complexes résidentiels apparaissent un peu partout, on a l'impression de passer d'une banlieue horizontale à une banlieue verticale. En effet, des tours résidentielles surgissent un peu partout, sans qu'elles fassent partie de projets intégrés où l'on retrouverait un minimum de services de proximité accessibles à pied[56].

À Longueuil, le pôle construit près de la retombée sud du pont Jacques-Cartier avait commencé à être édifié avant même

---

56. Serge Vaugeois, « Laval après le 13 novembre 2013 : améliorer l'image de la ville », *Urbanité*, 2014, p. 11-13.

AJUSTER LE TIR

l'annonce de la construction de la station de métro[57]. Il a long-temps souffert d'une planification axée sur des considérations strictement fonctionnelles et une approche extrêmement favorable à l'automobile. Aujourd'hui, en encadrant mieux la construction de nouveaux édifices et en repensant l'aménagement des espaces extérieurs, Longueuil veut consolider ce pôle et rendre le lieu plus convivial. Son inscription dans une immense boucle d'infrastructures autoroutières pose toutefois problème.

En comparaison, les ratés du redéveloppement du quartier montréalais de Griffintown, dont la construction a débuté au tournant de l'an 2000, illustrent le prix à payer pour le manque de vision et de leadership municipal. Un premier projet, accueilli favorablement par Montréal, a été l'objet de critiques sévères de la part de nombreux urbanistes et observateurs. Pour l'un d'entre eux,

> [i]l est difficile de ne pas s'inquiéter devant l'ampleur des moyens déployés par la Ville de Montréal pour confier à une seule entreprise le développement de tout un quartier, soit de déterminer le type d'habitations, de services, d'emplois et d'activités culturelles auxquels auront accès les milliers de personnes qui viendront s'y établir. La Ville a donc choisi de laisser le champ libre à un promoteur qui ne proposait rien de moins que de construire une communauté et de prendre en charge une part importante des éléments qui auraient constitué la vie quotidienne des futurs résidents de Griffintown. N'est-ce pas donner beaucoup de pouvoir à un promoteur qui n'est pas soumis aux exigences d'imputabilité d'un gouvernement local et qui n'a de compte à rendre qu'à ses partenaires financiers[58]?

---

57. Longueuil avait fusionné avec Montréal-Sud en 1961. Des terrains appartenant à la Défense nationale ont été acquis quelques années plus tard pour y construire un centre commercial et y aménager un centre-ville, connu sous le nom de place Charles-Le Moyne.

58. Louis Gaudreau, «Que doit-on retenir du Projet Griffintown?», *Relations*, juin 2009.

UN QUÉBEC URBAIN EN MUTATION

Les critiques et la conjoncture économique ont eu raison du projet. Cet ancien quartier industriel a néanmoins été livré en pâture aux promoteurs avant qu'ait été adopté un plan d'ensemble. Il est par conséquent devenu, au gré des opportunités, un assemblage hétéroclite d'immeubles en hauteur. Le domaine public y est réduit à sa plus simple expression et Montréal peine à y implanter des équipements collectifs.

L'approche du redéveloppement du secteur Bridge-Bonaventure suggère que des leçons ont été retenues de l'expérience de Griffintown[59]. Désireuse de construire un quartier caractérisé par une forte densité résidentielle et une grande diversité de fonctions, la Ville de Montréal semble déterminée à jouer un rôle plus actif. Les promoteurs immobiliers tentent néanmoins depuis quelques années de forcer le jeu, en particulier en ce qui concerne le nombre de logements et la hauteur des édifices, dont ils réclament qu'ils soient revus à la hausse[60]. Cette vision du redéveloppement est toutefois contestée par plusieurs groupes communautaires du Sud-Ouest qui réclament qu'on mette l'accent sur le logement social et abordable.

La transformation du centre-ville de Sainte-Foy montre aussi la difficulté, pour les municipalités et leurs services d'urbanisme, de penser et de cadrer le devenir de milieux soumis à de fortes pressions immobilières et à des dynamiques d'acteurs aux intérêts parfois difficilement conciliables, voire divergents. Le projet du Phare, présenté en 2015 et abandonné en 2020 au profit du complexe immobilier Humaniti après avoir suscité de vives critiques,

---

59. Ce secteur de 2 300 hectares s'étendant au sud du centre-ville a été façonné par l'industrialisation, les infrastructures de transport et les activités portuaires. On y trouve par ailleurs des édifices d'intérêt patrimonial, dont le silo-élévateur n° 5 et Habitat 67. Des promoteurs souhaitaient y construire un stade de baseball. Le projet a toutefois été abandonné.

60. Alors que Montréal envisage la construction de 4 000 logements, les promoteurs demandent que ce nombre soit porté à 7 000. Cette densification et les sur-hauteurs réclamées sont abusivement présentées comme un moyen de lutter contre l'étalement urbain.

illustrait de manière très éloquente la subordination de l'intérêt public aux ambitions démesurées d'un promoteur[61].

C'est également ce que révèlent les nombreuses dérogations aux limites de hauteur accordées depuis 2010 par Montréal dans l'arrondissement Ville-Marie. Les demandes formulées à cet effet sont davantage attribuables à la concurrence que se livrent les promoteurs qu'à des considérations urbanistiques ou à des impératifs de viabilité économique des projets[62].

Échelonnées sur plus de 40 ans, ces initiatives, et d'autres qui s'y apparentent, témoignent à des degrés divers de l'importance du leadership des municipalités dans les grands projets urbains. Les difficultés qu'éprouvent les municipalités ne sont pas nécessairement moindres quand les pressions sont moins fortes. À Lévis, la création, en 1974, du complexe administratif du mouvement Desjardins s'inscrivait dans la lignée des campus de banlieue, caractérisés par une disposition libre des bâtiments au cœur de vastes îlots paysagés et par la présence de nombreuses aires de stationnement. Polarisé par le centre des congrès, inauguré en 2008 et agrandi en 2015, le centre civique en émergence à proximité depuis une quinzaine d'années offre un contraste marqué. L'absence d'unité de composition, le caractère hétéroclite des cadres bâtis, la piètre qualité du domaine public et la forte présence automobile perpétuent une manière de faire caractéristique des décennies de l'immédiat après-guerre. Le morcellement de l'assise frontière y est pour beaucoup.

La maîtrise foncière, bien qu'elle soit favorable à l'expression du leadership municipal dans les projets de développement ou de

---

61. L'Ordre des architectes déplorait que l'administration municipale veuille contrevenir au programme particulier d'urbanisme qui avait été élaboré de concert avec les citoyens.

62. Des promoteurs profitent des discussions sur la densification pour insister sur le caractère supposément inévitable de la construction en hauteur. Les demandes d'abandonner la limite de hauteur fixée par rapport au mont Royal démontrent que ces positions relèvent d'un fantasme qui est au cœur de la culture du gratte-ciel.

redéveloppement, est peu valorisée et très rarement pratiquée par les municipalités québécoises. Or, comme l'ont montré les projets de l'Île-des-Sœurs, Angus, Bois-Franc, Anjou-sur-le-Lac et faubourg Laudance/rue du Campanile, une telle maîtrise, qu'elle soit publique ou privée, est généralement un atout, en particulier au regard de la conception et de la mise en place des composantes du domaine public (réseau viaire, places, parcs, espaces verts) et des équipements collectifs, ainsi que des modalités d'arrimage des espaces publics et privés.

Et le patrimoine?

La préservation et la mise en valeur du patrimoine bâti sont devenus des enjeux prépondérants au cours des quatre dernières décennies. Le choc causé par les destructions massives des années 1970, la sauvegarde *in extremis* de quelques monuments, dont, au centre-ville de Montréal, la gare Windsor et le couvent des Sœurs grises, tous deux voués à la démolition, et l'intérêt croissant pour un héritage industriel menacé par la fermeture des usines, ont motivé des citoyens et des organismes à interpeller les municipalités. Or, pendant longtemps, celles-ci s'en sont plus souvent qu'autrement remises au ministère des Affaires culturelles, devenu en 1994 le ministère de la Culture et des Communications.

L'attribution de statuts de protection a permis plusieurs sauvetages dans les années 1970. À Montréal, le classement de la chapelle du couvent des Sœurs grises en 1976 a obligé les promoteurs du Parc de la chapelle à abandonner un projet qui aurait entraîné la destruction quasi complète de l'édifice. À Terrebonne, le classement du site de l'Île-des-Moulins décidé en 1974 a stoppé le déclin d'un ensemble de bâtiments menacé par une dégradation avancée. À Chicoutimi, le classement de la pulperie en 1984 a couronné une décennie d'interventions citoyennes et confirmé la sauvegarde de ce complexe. Bien que le ministère de la Culture et des Communications ait procédé, entre 1972 et 1979, au classement de près de 170 monuments et sites historiques, l'attribution de tels statuts s'est révélée, à compter des années 1980, de plus en plus mal adaptée au changement de perspective imposé par la patrimonialisation urbaine.

Jusque-là jugés insalubres, voire lourdement taudifiés, les quartiers centraux des villes industrielles ont été redécouverts et patrimonialisés[63] et ont suscité la convoitise des promoteurs publics et privés au cours des années 1970. Ce fut le cas du Mille carré doré montréalais ou de la partie sud du quartier Saint-Roch à Québec. Paradoxalement, les projets immobiliers concrétisés ou simplement annoncés y ont eu des conséquences déplorables, ce qui fondait l'attrait de ces quartiers étant sacrifié aux intérêts des promoteurs. D'autres quartiers, moins favorablement situés, ont été désertés par une partie de leurs résidents et de leurs commerçants et ont été négligés par les municipalités.

La mise en œuvre de la Loi sur l'aménagement et l'urbanisme devait permettre de s'attaquer aux enjeux d'une expansion considérable du champ patrimonial, du moins en théorie, puisque les territoires présentant un intérêt patrimonial devaient être identifiés dans les schémas d'aménagement et dans les plans d'urbanisme. Ce signalement s'est toutefois rarement accompagné de mesures susceptibles de garantir la préservation de l'intégrité de ces milieux et d'en permettre une transformation compatible avec leurs attributs distinctifs. Pour de nombreux élus, le patrimoine était un embarras.

C'est pourquoi l'attribution aux municipalités de pouvoirs spécifiques en matière de patrimoine, à compter de 1985, n'a pas changé grand-chose, même si les villes ont été passablement

---

63. Martin Drouin, «De la démolition des taudis à la sauvegarde du patrimoine bâti (Montréal, 1954-1973)», *Revue d'histoire urbaine*, Vol. 41, n° 1, 2012, p. 22-36.

nombreuses à les utiliser[64], alors que le ministère se désengageait[65]. C'est que, trop souvent, l'octroi de statuts visait purement et simplement à compenser les déficiences et les ratés de l'urbanisme sur le terrain patrimonial.

Des lieux tels que le Vieux-Montréal, le Vieux-Trois-Rivières, le Vieux-Terrebonne, le Vieux-Charlesbourg et le Vieux-Deschambault; la maison Alcan, rue Sherbrooke Ouest à Montréal; la Belding-Corticelli et la Redpath, en bordure du canal de Lachine; la Paton à Sherbrooke; les conversions d'églises et de couvents; le projet Méduse, la Dominion Corset et la rue du Petit Champlain, à Québec; la place du marché à Saint-Hyacinthe; tout comme le secteur de la Place Aubry dans le vieux Hull, montrent pourtant que le patrimoine peut contribuer, de manière parfois remarquable, à la vitalité et à l'identité des villes, toutes tailles confondues. Mais, en ce domaine comme en beaucoup d'autres, les réalisations exemplaires ne parviennent pas à s'imposer. Tout se passe comme si la pertinence d'une approche sensible devait être sans cesse redémontrée.

Les années 1950 et 1960 nous ont aussi légué un héritage architectural, infrastructurel et urbanistique d'une tout autre nature. Or, six décennies plus tard, une partie de ce legs nécessite des travaux de mise à niveau ou ne répond plus aux besoins, aux préoccupations et aux manières de faire actuels. L'arrivée en fin de vie utile de certaines composantes de cet héritage est l'occasion de réfléchir à ce qu'on veut en faire. Le réaménagement, au début des années 2000, du boulevard René-Lévesque et de l'avenue Honoré-Mercier sur la colline parlementaire, la démolition de l'échangeur du Parc des Pins à Montréal en 2005 et des bretelles de l'autoroute Dufferin-Montmorency à Québec en 2007, l'aménagement, dans le cadre du 400ᵉ anniversaire de la fondation de Québec, de la

---

64. Environ 270 monuments et sites ont été cités de 1985 à 1989, et 280 de 1990 à 1999.
65. Alors que le ministère avait classé 169 monuments et sites historiques entre 1972 et 1970, il n'en a classé que 98 de 1980 à 1989, et 18 de 1990 à 1999.

AJUSTER LE TIR

promenade Samuel-de-Champlain[66], de même que la destruction, en 2016, de la section centre-ville de l'autoroute Bonaventure et l'aménagement dans l'emprise d'un boulevard avec terre-plein s'inscrivaient dans l'air du temps et ont témoigné d'un changement de perspective.

Ailleurs, le déplacement de la route 112 à Magog, le réaménagement de la tête du lac Memphrémagog et la mise en valeur du marécage de la rivière aux Cerises, à compter de 1985, la revégétalisation des berges de la rivière Saint-Charles[67] en 1997, tout comme la mise en valeur de la gorge de la rivière Magog à Sherbrooke en 2009, ont aussi signalé un changement de sensibilité.

La reconstruction de l'échangeur Turcot entreprise en 2015 et les projets de réaménagement d'échangeurs et de prolongement autoroutiers dans le Grand Montréal et dans la capitale montrent, *a contrario*, que l'automobilité reste un paradigme incontournable, du moins pour certains.

Cela dit, la destruction, au cours des dernières années, de plusieurs bâtiments et ensembles architecturaux constituant ce qui est habituellement appelé le patrimoine moderne confirme la subordination encore trop fréquente de la protection et de la mise en valeur de l'héritage architectural et urbanistique aux impératifs d'un développement immobilier à courte vue[68].

---

66. La voie rapide avait été ouverte au début des années 1960.

67. Véritable égout à ciel ouvert, la rivière Saint-Charles avait été bétonnée en 1974 sur sept kilomètres.

68. Comme le démontre également, en milieux urbains et périurbains, le traitement des milieux humides. Pour plusieurs, les mesures de compensation s'apparentent davantage à des permis de destruction qu'à une véritable stratégie de préservation, ce que confirment *ab absurdo* les piètres résultats du programme de restauration ou de création de nouveaux milieux humides du ministère de l'Environnement. Éric-Pierre Champagne, «Destruction des milieux humides : une somme record versée en compensations», *La Presse*, 25 octobre 2022 ; Alexandre Sirois, «Destruction des milieux humides : un (autre) fiasco environnemental», *La Presse*, 28 octobre 2022.

La persistance des iniquités

En 2021, 80 % de la population du Québec vivait en milieu urbain. Les six régions métropolitaines de recensement regroupaient quant à elles 70,2 % de la population de la province. Elles concentraient donc un peu moins de 88 % des citoyens vivant en milieu urbain. Avec ses 4 291 732 habitants (dont 1 762 949 pour la ville centre), Montréal est de loin la plus populeuse des régions métropolitaines de recensement.

Tableau 11 – Proportion de la population du Québec vivant dans les régions métropolitaines de recensement (RMR) en 2021

RMR	Population	Proportion/Québec
Montréal	4 291 732	49,9 %
Québec	839 311	9,8 %
Gatineau	353 293	4,1 %
Sherbrooke	227 398	2,6 %
Saguenay	161 567	1,9 %
Trois-Rivières	161 489	1,9 %
Total	6 034 790	70,2 %

Comme dans l'ensemble des pays industrialisés, les conditions de vie des Québécois résidant dans les villes se sont significativement améliorées au cours du dernier siècle. Dans les années 1920, la tuberculose (la peste blanche) causait des ravages. Cette maladie de la misère entraînait quelque 3 000 décès par an. À l'époque, le seul remède connu consistait en séjours dans un sanatorium.

La mortalité infantile était aussi catastrophique. Pour la période 1921-1925, alors que le taux de décès par 1 000 enfants nés vivants était de 127,1 pour l'ensemble du Québec (contre 83,0 en Ontario), il a été de 141,7 à Montréal et de 146,1 chez les Canadiens français, comparativement à 79,5 dans la communauté protestant et 39,6 dans la communauté juive.

AJUSTER LE TIR

Comme dans le cas d'autres problèmes de santé, l'insalubrité des milieux de vie était en cause: «[l]es taux très élevés de mortalité infantile et de tuberculose illustrent le laisser-faire des autorités en ce qui regarde la salubrité des logements, l'octroi de revenus raisonnables ou encore l'accès à des soins de santé[69].» La maladie a beaucoup reculé après la Seconde Guerre mondiale. Aujourd'hui, on dénombre de 200 à 280 cas de tuberculose par année.

La grippe espagnole a frappé le Québec et tué 13 000 personnes en 1918. Là aussi, l'insalubrité des logements et la pauvreté ont été des facteurs aggravants.

À Montréal, les quartiers les plus affectés sont dans l'est de la ville: Papineau, Sainte-Marie, Hochelaga, Maisonneuve. À Québec, certains estiment que 80% des victimes proviennent des quartiers pauvres de la Basse-Ville[70].

Dans les villes, les progrès de la médecine, l'équipement sanitaire des logements, la destruction des taudis et l'accès à de nouveaux logements après la Seconde Guerre mondiale ont apporté une amélioration notable. La pandémie de COVID-19 nous a toutefois rappelé que la vie en collectivité comporte des risques[71]. Mais elle a surtout souligné que les facteurs environnementaux représentent toujours de sérieux déterminants de santé et que les disparités de répartition de ces déterminants sont à l'origine d'iniquités socio-spatiales durables.

Les aléas liés aux dérèglements climatiques sont également une source de risques dont les municipalités doivent se préoccuper, en particulier parce qu'ils obligent une remise en question

---

69. Denis Goulet, *Brève histoire des épidémies au Québec; du choléra à la COVID-19*, Québec, Septentrion, 2020, p. 96.

70. *Brève histoire des épidémies au Québec; du choléra à la COVID-19*, p. 120.

71. Certains ont mis en cause la densité résidentielle. Des données géospatiales montrent toutefois que c'est plutôt la combinaison d'une densité élevée, de mauvaises conditions de logement et d'un déficit en parcs et en espaces verts qui est la cause de la vulnérabilité des populations de certains quartiers.

UN QUÉBEC URBAIN EN MUTATION

de notre rapport au territoire, que ce soit par nos pratiques (par exemple, en matière de mobilité[72]) ou en raison des conséquences des événements climatiques du point de vue social, économique et spatial. Or, encore une fois, nous ne sommes pas tous égaux devant ces enjeux. Les îlots de chaleur, pour ne prendre que cet exemple, sont plus nombreux dans les quartiers centraux modestes, où les logements anciens sont mal isolés, que dans les secteurs où vivent des populations nanties, mieux à même de s'adapter.

Les pénuries récurrentes de logements affectent principalement les ménages les plus démunis, qui sont condamnés à s'entasser dans des appartements exigus et/ou insalubres. Aucune ville de quelque importance n'est à l'abri de ce problème[73]. Il en est de même de l'itinérance, qui s'est répandue depuis plusieurs années dans un grand nombre de municipalités québécoises[74].

La gentrification des quartiers centraux, amorcée dans les années 1980, a ajouté une autre dimension à la crise du logement. Présente dans plusieurs villes, dont Québec et Gatineau (secteur Hull), cette dynamique touche particulièrement Montréal[75]. Même si certains ménages qui s'installent dans les voisinages gentrifiés occupent des logements neufs compris dans des édifices récemment construits ou dans des bâtiments non résidentiels recyclés, d'autres accaparent les logements existants, qu'ils jumellent parfois pour agrandir la superficie habitée. Les conséquences de ce phénomène ne sont pas confinées à la sphère du logement. Les

---

72. Tant du point de vue des déplacements que des choix modaux et des préférences quant aux types de véhicules.

73. En 2022, la SCHL estimait qu'il manquait 100 000 logements au Québec pour retrouver l'équilibre entre l'offre et la demande. La région de Montréal subit 60 % de ce déficit.

74. En 2022, l'activité de sensibilisation Nuit des sans-abri s'est tenue dans une trentaine de villes, dont Shawinigan, Saguenay, Châteauguay, Vaudreuil-Dorion, Sherbrooke, Victoriaville et Plessisville.

75. Marie Sterlin et Antoine Trussart, *Gentriville : comment des quartiers deviennent inabordables*, Montréal, VLB éditeur, 2022.

transformations socio-économiques engendrent également une gentrification commerciale qui se traduit par la disparition des commerces et services de proximité répondant aux besoins des résidents peu fortunés.

En somme, les défis auxquels doivent faire face les décideurs et les professionnels de l'urbanisme et de l'aménagement dans une société fortement urbanisée sont de plus en plus nombreux et complexes. S'agissant par exemple de ceux qui sont associés aux dérèglements climatiques, ils apparaissent dans des termes parfois inédits. Ce qui est le propre des changements de paradigme.

Chapitre 6

Faire face au changement de paradigme

«Décroissance, frugalité et sobriété territoriale», «La ville pour tous», «Repenser l'habitation», «Vers un urbanisme post-pandémie?», «Résilience climatique», «L'arrimage urbanisme-transport collectif», «Aménagement durable et prospérité», «La ville intelligente», «Habitat, changement de paradigme», «Villes et territoires en mutation», «Présence autochtone et aménagement du territoire», «Obésité: les urbanistes font le poids», «Des solutions à la dépendance automobile»...

Ce sont là quelques-unes des thématiques de dossiers parus au cours des dernières années dans la revue *Urbanité* de l'Ordre des urbanistes du Québec. Des dossiers ou des articles apparentés ont également été publiés au cours de la même période dans la revue *L'Aménagiste* de l'Association des aménagistes régionaux du Québec, la revue *Paysages* de l'Association des architectes paysagistes du Québec, la revue *Esquisses* de l'Ordre des architectes du Québec et le magazine *Formes*. Ils recoupent à des degrés divers plusieurs textes publiés sous le titre parapluie *Le Devoir de cité* dans le quotidien éponyme ou des textes d'opinion publiés dans *Le Devoir*, *La Presse*, *Le Soleil* ou *Le Droit*. En ce sens, ils font écho aux intérêts de nombreux chercheurs et observateurs et à des préoccupations plus largement répandues dans la société québécoise.

La pièce de théâtre documentaire *J'aime Hydro* de Christine Beaulieu, les documentaires *Québec, terre d'asphalte* de Nicolas Mesly[1] et *Main basse sur la ville* de Martin Frigon, tout comme la trentaine d'épisodes du balado *Cadre bâti*[2] réalisés par Guillaume Ethier, Emile Forest et Maude Cournoyer, s'inscrivent dans ce registre. Les regards et les réflexions portés par l'ensemble de ces œuvres témoignent, pour reprendre le titre d'un des dossiers publiés dans *Urbanité*, d'un changement de paradigme.

Un paradigme est une représentation du monde, une manière de le concevoir. Il détermine des attitudes, des comportements et des façons de faire qui lui sont conséquentes. Un changement de paradigme est parfois favorisé par le surgissement d'un phénomène ou d'un événement inédit de grande envergure, par exemple la démocratisation de l'automobile ou l'éclosion de la pandémie de la COVID-19. Mais il résulte généralement d'une remise en cause des systèmes axiologiques et des pratiques qui leur sont associées et de l'adhésion à de nouvelle valeurs. Un tel changement ne survient donc pas du jour au lendemain. Il peut mettre plusieurs années, voire quelques décennies, à se concrétiser et est souvent reconnu après être plus ou moins longtemps resté dans l'angle mort des travaux de la plupart des observateurs. C'est pourquoi il faut toujours être prudent quand on soutient qu'il y a changement de paradigme, comme le nouvel urbanisme le démontre.

Ce mouvement est né dans les années 1980, en partie en réaction aux dogmes du modernisme architectural et urbanistique incarné par les Congrès internationaux d'architecture moderne (CIAM), à partir des années 1920. Il semble être, en la circonstance, le fruit d'un changement de paradigme. Les États-Unis ont été un

---

1. Nicolas Mesly, *Terres d'asphalte : notre agriculture sous haute pression*, Montréal, Les Éditions MultiMondes, 2022.
2. https://cadrebati.org/

FAIRE FACE AU CHANGEMENT DE PARADIGME

terreau fertile pour la diffusion des concepts de ce mouvement dont les principes sont résumés dans la *Charte du nouvel urbanisme*[3]. Or, plusieurs de ses *a priori* et bon nombre de ses préoccupations étaient déjà présents dans *Le nouvel urbanisme*, ouvrage de l'urbaniste français Gaston Bardet publié en 1948[4]. Doit-on s'en étonner? Le nouvel urbanisme appartient, pour reprendre les catégories définies par Françoise Choay[5], au courant culturaliste. Il s'oppose à maints égards au courant progressiste. L'un et l'autre proposent des modèles d'organisation spatiale élaborés, pour l'essentiel, au XIXe siècle, mais dont les racines sont plus anciennes. Or, puisque l'urbanisation s'inscrit dans des temporalités longues, que la ville est constituée de plusieurs strates imbriquées les unes dans les autres – un palimpseste selon André Corboz[6] – et que plusieurs problèmes urbains ne sont pas spécifiques à une époque donnée, il n'est guère étonnant que les «configurations discursives» du discours urbanistique resurgissent à intervalles plus ou moins réguliers.

Il n'en reste pas moins que l'expansion et les ratés de la mondialisation, la métropolisation et l'étalement en apparence inexorable des métropoles du Nord, l'urbanisation accélérée du Sud global, la dépendance à l'automobilité, la congestion routière et la production conséquente des gaz à effet de serre, l'accroissement des inégalités socio-spatiales, les dérèglements climatiques et leurs impacts sur les établissements humains, de même que l'érosion de la biodiversité, exigent aujourd'hui un changement de paradigme. Nombre de sociétés tardent cependant à adopter des mesures adaptées à la nature et à l'envergure des problèmes auxquels elles font dorénavant face. Qu'en est-il au Québec?

---

3. https://www.cnu.org/sites/default/files/cnucharter_french.pdf
4. Gaston Bardet, *Le nouvel urbanisme*, Paris, Éditions Vincent Fréal, 1948.
5. *Urbanisme, utopies et réalités. Une anthologie.*
6. «Le territoire comme palimpseste».

L'étalement urbain

Difficile de ne pas placer l'étalement urbain en tête des préoccupations de l'heure. Le phénomène n'est évidemment pas nouveau ; sa critique remonte à plusieurs décennies et ses coûts, qu'ils soient économiques, environnementaux ou sociaux, seraient irrécusables. Les dérèglements climatiques lui confèrent une actualité renouvelée, puisque certains problèmes qui lui sont associés, dont, au premier chef, la dépendance à l'automobilité et l'émission conséquente des gaz à effet de serre, sont aussi en cause. Malgré les mesures adoptées au fil des ans, l'étalement urbain se poursuit. Dans la grande région de Montréal, les villes de Saint-Jérôme et de Saint-Jean-sur-Richelieu, respectivement situées à 61 et 42 kilomètres du centre-ville montréalais, sont désormais formellement incluses dans la région métropolitaine de recensement en vertu de l'intensité des échanges entre celles-ci et le reste de l'agglomération. De plus, le parachèvement de l'autoroute 30 en Montérégie a eu des retombées telles, notamment en matière de développement résidentiel et industriel, que la ville de Salaberry-de-Valleyfield, distante de 66 kilomètres, est vraisemblablement sur le point d'y être intégrée. Saint-Hyacinthe et, bien que dans une moindre mesure, Joliette se «rapprochent» également de Montréal.

Dans la région de Québec, la situation est similaire. L'annonce de la construction d'un troisième lien a d'ailleurs incité des élus de la rive sud, notamment du côté de Montmagny, municipalité située à quelque 56 kilomètres de Lévis, à en anticiper favorablement les répercussions sur son développement immobilier.

Les superficies des autres régions métropolitaines de recensement du Québec ont, elles aussi, connu des croissances nettement supérieures, en proportion, à l'augmentation de leur population. Les RMR sont en outre proportionnellement beaucoup plus grandes (voir tableau 12), ce dont témoignent les densités de population.

Cette distorsion s'explique en bonne partie par une mobilité beaucoup moins contrainte dans les régions métropolitaines abritant moins d'habitants. En d'autres termes, il y est moins coûteux en temps de déplacement de vivre loin du centre. Mais cette distorsion est également le résultat, dans le cas des agglomérations accueillant un important réseau autoroutier, d'une extension proportionnellement plus élevée de celui-ci dans les aires métropolitaines moins peuplées. Alors que Montréal comporte 0,83 kilomètre d'autoroutes par 1 000 habitants, Québec en dénombre 1,09, ce qui place la capitale au second rang canadien.

Tableau 12 – Population, superficie et densité de population des régions métropolitaines de recensement (2021)[7]

RMR	Population	Superficie (km²)	Hab./km²
Gatineau	353 293	3 381	104
Québec	839 311	3 499	240
Montréal	4 291 732	4 670	919
Sherbrooke	227 398	1 458	156
Saguenay	161 567	3 133	51
Trois-Rivières	161 489	1 038	155

De toute évidence, la lutte à l'étalement urbain n'a pas été gagnée. La banlieue d'évasion et les fronts périurbains sont le lieu de résidence de plus de la moitié des habitants des agglomérations québécoises et de plus en plus, dans le cas des vieilles banlieues, un lieu d'éducation, de travail, de consommation, de loisir et de retraite. L'extension des banlieues québécoises, leur aménagement et la proportion de la population qui y réside en ont fait une composante incontournable de l'équation que nous avons à résoudre.

Tout retour en arrière est du reste illusoire. Ne serait-ce que parce que la décision de quitter la banlieue pour s'installer en ville requiert, si l'on est propriétaire, la vente de sa résidence et, par

---

7.   Source : Statistique Canada, Profil du recensement, Recensement de la population de 2021.

conséquent, son achat par quelqu'un qui y résidera. Reste, aux dires de plusieurs, la densification douce.

Celle-ci présente deux avantages : elle limite la poursuite de l'étalement en insérant des unités de logement dans des milieux déjà bâtis ou en substituant des types plus denses que les originaux ; elle offre une solution de rechange aux quartiers centraux qui n'ont pas la cote auprès de nombreux banlieusards. C'est évidemment plus facile à dire qu'à faire. Déjà, tels des irréductibles Gaulois, plusieurs résidents ont fait connaître leur opposition, entre autres, on l'a déjà signalé, dans le Vieux-Sillery, dans le Vieux-Longueuil, à Saint-Lambert, à Pointe-Claire, à Ville Mont-Royal, à Montréal-Est et à Saint-Bruno. La densification, régulièrement associée à des édifices en hauteur ou présentée comme telle et de manière parfois démagogique par ses opposants, est mal accueillie.

Les diverses initiatives lancées ces derniers temps sous la rubrique « Oui dans ma cour ![8] » parviendront-elles à briser les résistances et à rendre acceptable ce qui, jusqu'à présent, a été considéré comme antinomique à un certain idéal suburbain ? Difficile à dire. Quant à l'idée de donner aux municipalités le pouvoir de passer outre à la consultation de la population dans le cas où la densification souhaitée serait confinée dans un registre jugé acceptable *a priori*, tant en nombre d'étages que de logements ou de superficie construite, on peut anticiper qu'elle risque d'être mal accueillie dans certains milieux.

Comme l'écrivait en 2014 le spécialiste en comportement des consommateurs d'énergie, Gaëtan Lafrance :

---

8. Apparu au début des années 1990 aux États-Unis, le slogan « Yes, in My Barkyard » (YIMBY) s'opposait à l'expression « Not in My Backyard » (NIMBY) popularisée au début de la décennie précédente dans le cadre d'oppositions citoyennes à des projets divers. Les chantres du YIMBY reconnaissaient la nécessité d'une densification des banlieues par insertion d'unités résidentielles compatibles avec les cadres bâtis existants. Promue par l'organisme québécois Vivre en Ville, l'initiative « Oui dans ma cour ! » soutient les acteurs de l'immobilier et les citoyens intéressés par les projets de consolidation et densification urbaines.

FAIRE FACE AU CHANGEMENT DE PARADIGME

Pas facile de sauver le monde quand le principal acteur, l'urbain, est souvent intransigeant, capricieux, voire incohérent. Il exige des produits frais tous les jours et des petits fruits dans ses céréales en toute saison. À quand la consommation responsable? Il réclame un service de transport rapide et efficace, tout en critiquant les hausses de taxes. Pour réduire l'empreinte écologique et les inégalités sociales, il faut tabler sur la solidarité et le compromis. Or, c'est souvent le chacun-pour-soi qui prédomine. L'homme nouveau ne veut rien dans sa cour ni dans celle du voisin d'ailleurs. La «démocratie citoyenne» est un beau concept, mais elle impose des choix qui relèvent trop souvent d'une argumentation légère et expéditive[9].

En outre, faire jouer le mauvais rôle à la banlieue et à ses résidents n'a, de toute évidence, pas rapporté les dividendes anticipés. Les solutions proposées aux problèmes qu'on lui associe ne tiennent manifestement pas suffisamment compte de l'ancrage profond de l'idéal qu'elle incarne[10]. Densifier la banlieue, aussi souhaitable que ce soit, ne peut constituer qu'une réponse partielle aux enjeux urbains de notre temps. Seule une démarche territoriale macro et intégrée permettra d'identifier les solutions susceptibles de rendre viable l'hyperville[11].

Le logement et l'habitat

Quoi qu'en disent certains, le Québec vit, depuis plusieurs années, une crise du logement. En octobre 2022, selon les données de la Société canadienne d'hypothèques et de logement (SCHL), 41 des 44 régions métropolitaines, villes et agglomérations du Québec présentaient un taux d'inoccupation des logements locatifs inférieur à 3%. À Montréal, il se situait à 2%, à Québec à 1,5%, tandis que dans

---

9. Gaëtan Lafrance et Julie Lafrance, *Qui peut sauver la cité?*, Montréal, Les Éditions MultiMondes, 2014, p. XIII.

10. Michel Max Raynaud, «Densification, contrainte territoriale et politique urbaine», *Revue québécoise d'urbanisme*, Vol. 42, novembre 2022, p. 4-6.

11. André Corboz, «La Suisse comme hyperville», *Le Visiteur*, n° 6, 2002.

UN QUÉBEC URBAIN EN MUTATION

les régions métropolitaines de Gatineau, Sherbrooke, Saguenay et Trois-Rivières, il était inférieur à 1%. Ce sont 100 000 logements qu'il faudrait construire pour que le marché résidentiel québécois retrouve l'équilibre. Ce n'est évidemment pas une première. En 2002, la plupart des villes d'importance au Québec affichaient un taux de vacance inférieur au seuil généralement associé à l'équilibre entre l'offre et la demande (voir tableau 13). On se rappelle en outre qu'au sortir de la Seconde Guerre mondiale, Montréal était aux prises avec une sévère pénurie de logements qui remontait aux années 1930.

Ces crises ont des causes diverses. Dans une économie de marché, le système productif privé ne répond que très accessoirement et de manière indirecte aux besoins des ménages les plus démunis, qui doivent souvent se contenter de logements de piètre qualité et dont le coût de location exige au surplus un effort financier excessif. Les réajustements du marché immobilier dépendent par ailleurs de multiples interventions peu coordonnées, difficilement mises en œuvre à court terme et dont les motivations sont éloignées de la recherche d'un état d'équilibre.

Tableau 13 – Villes dont le taux de vacance était inférieur à 3% en 2002

Montréal	0,6%	Montmagny	1,3%
Drummondville	1,8%	Québec	0,8%
Granby	2,5%	Sherbrooke	2,3%
Hull	0,6%	Saint-Georges	2,7%
Joliette	2,2%	Saint-Hyacinthe	1,3%
Magog	1,1%	Saint-Jean	1,2%
Mont-Laurier	2,2%	Sainte-Marie	2,0%
Victoriaville	2,0%		

FAIRE FACE AU CHANGEMENT DE PARADIGME

Dans les quartiers centraux de Montréal et de Québec, l'évasion résidentielle des années 1950 et 1960 a libéré plusieurs logements de qualité dont la disponibilité a en partie compensé les destructions massives nécessaires à la rénovation urbaine. La subdivision des logements et le manque d'entretien ont contribué à leur dégradation. Autrement, la construction de logements sociaux a permis une amélioration notable de l'offre locative pour les plus démunis. La gouvernance néolibérale qui a déferlé dans nos sociétés à compter du milieu des années 1980 a cependant conduit le gouvernement canadien à se retirer du financement de cette filière. Aujourd'hui, une bonne partie de ce parc de logements souffre, à l'instar des infrastructures et d'autres équipements collectifs hérités des Trente Glorieuses, dont les écoles et les hôpitaux, du passage des ans et des déficits chroniques d'entretien.

La transformation du logement en produit financier a ajouté une nouvelle dimension à la crise du logement. Dans certains quartiers de la métropole, la présence croissante de puissants investisseurs a dicté l'évolution de la construction résidentielle et a favorisé, par effet d'entraînement, la gentrification. Les *flips* et les rénovictions pratiqués dans la plupart des villes du Québec, tout comme l'inscription d'un nombre croissant de logements sur les plateformes de location à court terme et la studentification[12], participent également, à des degrés divers, à cette transformation du logement en placement dont on attend un rendement maximum à court terme.

Les ménages à faible revenu sont les plus vulnérables. Cependant, la surenchère immobilière qui résulte de la transformation des logements en un produit financier « comme un autre » touche aussi des ménages de la classe moyenne pour qui l'accès à la propriété ou à un logement convenable exige un effort

---

12. Adaptation d'une partie du parc de logements à la demande étudiante dans les villes abritant, à l'exemple de Montréal, plusieurs institutions d'enseignement supérieur.

économique de plus en plus grand. C'est une des conséquences les plus visibles de la marchandisation croissante du parc résidentiel. Elle n'en est pas la seule. Dans *Le droit à la ville* paru en 1968, le sociologue Henri Lefebvre soutenait que la transformation du logement en produit marchand compromettrait de plus en plus la nature de l'habiter, dans la mesure où l'habiter ne se résume pas à l'habitation. Or, dans les faits, il est aujourd'hui réduit pour plusieurs à l'occupation d'un logement dont l'accès est soumis aux diktats d'un marché souvent impitoyable. La production de quartiers sans âme s'ajoute à une telle érosion. Griffintown en est un exemple désolant dans la mesure où l'urbanité (qui relève de la conception et d'une appropriation collective et communautaire du cadre de vie) y est réduite à la part congrue, à savoir ce qui reste après que les promoteurs se sont servis.

Certains ensembles résidentiels pour retraités et personnes âgées fonctionnent de la même manière. L'habiter y est d'entrée de jeu programmé par les promoteurs et se réduit à des installations de loisir et de détente (un tout inclus) réservées, sécurité oblige, aux seuls occupants. Le succédané d'habiter y est entièrement subordonné à la logique marchande[13]. Ces bastions de l'entre soi prennent l'allure de châteaux forts fermés au quartier et à la ville.

La rénovation du parc de logements sociaux, la construction de logements hors marché et la mise à l'écart du marché de logements existants[14] sont des mesures de premier recours. Il faudra de toute évidence faire plus pour éviter de vivre des crises à répétition. D'autant que la quête du logement abordable se révèle une chimère pour un nombre croissant de ménages.

---

13. Gérard Beaudet, «Offrir un toit aux plus démunis : chronique de la production du logement social», dossier Habiter l'habitat. Perspectives sur la crise du logement, *Possibles*, Vol. 46, n° 1, 2022, p. 31-41.

14. Zacharie Goudreault, «Près de 400 logements sortis du marché spéculatif à Drummondville», *Le Devoir*, 1er mars 2023.

FAIRE FACE AU CHANGEMENT DE PARADIGME

Moins visible, la précarité de l'habiter dans plusieurs communautés autochtones est également un problème majeur, pour ne pas dire un scandale. L'indisponibilité et l'insalubrité des logements, parfois combinées à des difficultés d'accès à l'eau et à l'électricité, y ont un impact sur la santé des populations et conduisent, en certaines circonstances, à l'exode vers les centres urbains.

L'habiter souffre par ailleurs de la pauvreté du design d'un trop grand nombre de réalisations. Les grands projets, comme les plus modestes, se réduisent trop couramment à de simples opérations immobilières dont la finalité affichée (construire un milieu de vie) est subordonnée au retour sur investissement maximal recherché par les promoteurs et au rendement fiscal attendu par les villes. La prise en compte de la spécificité des milieux d'accueil et l'impact morphologique, fonctionnel et symbolique des projets sont, par conséquent, trop souvent escamotés, notamment quand la dimension patrimoniale fait partie de l'équation.

Des réalisations telles que la rue du Campanile dans l'arrondissement de Sainte-Foy à Québec, inaugurée en 1986 ; le quartier Bois-Franc dans l'arrondissement montréalais de Saint-Laurent, aménagé en 1988 ; l'ensemble immobilier Anjou-sur-le-Lac, érigé en 1989 ; la phase II du réaménagement du site Angus commencé en 1992 ; le quartier Urbanova à Terrebonne, mis en chantier en 2011 ; le réaménagement du secteur de la place Simon-Valois dans l'arrondissement Mercier-Hochelaga-Maisonneuve en 2005 ; le village urbain Cohabitat à Québec réalisé en 2010 ; Solar Uniquartier de Brossard inauguré en 2016, montrent que, sans atteindre à l'idéal, il est possible de faire des projets urbains autrement. Il n'en reste pas moins que plusieurs des réalisations des dernières années ne sont manifestement pas à la hauteur des ambitions des municipalités concernées et des prétentions des promoteurs.

L'adoption, par la Communauté métropolitaine de Montréal, d'une stratégie urbanistique axée sur le transport en commun – le

TOD –, la planification d'écoquartiers[15] et la mise en œuvre de politiques de densification de l'habitat par plusieurs villes devraient permettre un changement de cap. Mais encore faudrait-il que les villes abandonnent la posture de l'accommodement des visées des promoteurs, qu'elles adoptent trop facilement, pour assumer un véritable leadership. Et que les plus démunis ne soient pas oubliés.

La mobilité

Adopté par les autorités municipales en 2008, le *Plan de transport* de la métropole, sous-titré *Réinventer Montréal*, dit tenir compte des besoins de mobilité de la population. Il demeure toutefois, avec les 21 chantiers qu'il propose, un exercice plutôt classique en la matière. Le transport y est toujours assimilé aux déplacements et aux moyens mis en œuvre pour les faciliter.

Les défenseurs de cette perspective, solidement ancrée en Amérique du Nord, doivent néanmoins composer depuis plusieurs années avec ce qu'il est convenu de nommer «le virage de la mobilité». Amorcé en Europe dans les années 1990, cette approche change la manière de concevoir le transport.

L'usage du concept suggère un modèle de déplacement des individus habitant un territoire qui passe par l'optimisation de l'usage de tous les modes de transport, isolément ou en combinaison : modes de transport collectif (train, tramway, métro, autobus, taxi) et modes de transport individuel (voiture, deux-roues motorisé, vélo, marche à pied). Outre l'optimisation des moyens de déplacement, le concept incite à une réflexion plus large sur les comportements de mobilité, l'évolution des conditions socio-économiques et les parcours de vie des gens[16].

---

15. Notamment Angus et Lachine-Est à Montréal, D'Estimauville et Pointe-du-Lièvre à Québec, Fortissimo à Drummondville. De manière générale, les écoquartiers conçus au Québec tiennent davantage d'un urbanisme verdoyant que d'une véritable démarche d'écoquartier, du moins telle qu'on la comprend en Europe.

16. Éric Champagne et Paula Negron-Poblete, «La mobilité urbaine durable : du concept à la réalité», *Vertigo*, Hors-série 11, 2012.

FAIRE FACE AU CHANGEMENT DE PARADIGME

Le virage de la mobilité a également pour objectif de mieux articuler urbanisme et transport, deux champs d'intervention et de pratiques disciplinaires qui s'étaient autonomisés un siècle auparavant. Au Québec, le virage a timidement été engagé à la fin de la décennie 2000. L'Association du transport urbain du Québec (ATUQ), composé de neuf sociétés de transport collectif des grandes villes, en a fait le thème de son colloque en 2007 sous le titre *Choisir ensemble la mobilité durable*. L'année suivante, l'Union des municipalités du Québec (UMQ) a adopté une Politique de mobilité et de transport durable[17], et un premier forum québécois de la mobilité durable a été conjointement organisé en juin par l'ATUQ, l'UMQ, Montréal et l'Institut d'urbanisme de l'Université de Montréal.

En 2010, un colloque sur le thème *La mobilité urbaine et le développement durable : du concept à la réalité*, a été inscrit au programme du 78e congrès de l'Association francophone pour le savoir (ACFAS). L'événement a réuni une trentaine de chercheurs en urbanisme et aménagement du territoire, architecture de paysage, ingénierie, géographie, science politique et sociologie. Les valeurs au cœur du changement du paradigme, les modes et les motifs de la mobilité quotidienne, les contraintes qui l'affectent, ses dimensions sociales, la multimodalité, ainsi que l'incontournable intégration de l'urbanisme et du transport ont été abordés. Les textes d'une dizaine de communications ont été publiés en 2012 dans un numéro hors-série de la revue en ligne *Vertigo*[18].

Les municipalités ont également agi. Des plans de mobilité durable (PMD) ont été adoptés par Québec et Laval en 2011, puis par Sherbrooke, en 2012, Longueuil et Gatineau, en 2013, et Trois-Rivières en 2016, alors que le ministère des Transports rendait

---

17. Gérard Beaudet et Pauline Wolff, *Politique de mobilité et de transport durables*, Union des municipalités du Québec, 2008.
18. « La mobilité urbaine durable : du concept à la réalité ».

publique une politique de mobilité durable intitulée *Transporter le Québec vers la mobilité*, en 2018.

Le concept de mobilité durable s'est imposé. L'usage croissant du vélo pour les déplacements utilitaires, la multiplication de pistes et de voies cyclables, la diffusion du vélo en libre accès et de l'auto-partage, l'attention accordée aux piétons, la fermeture temporaire ou, plus rarement, permanente de rues commerciales, la réduction de la vitesse dans les rues locales, ainsi que l'électrification des transports, constituent autant d'initiatives qui découlent de préoccupations et de perspectives nouvelles.

En revanche, la prépondérance de la part du budget du ministère des Transports accordée aux infrastructures routières et autoroutières, les prolongements d'autoroutes et l'ajout de voies sur certains tronçons, le projet de troisième lien entre Québec et la rive sud, la non-atteinte des objectifs de réduction des gaz à effet de serre et les errements de la gouvernance en matière de transport collectif dans la région métropolitaine de Montréal soulignent qu'il est plus facile de parler de mobilité durable que de modifier de manière concrète des comportements et des façons de faire façonnés par plusieurs décennies d'automobilité.

L'augmentation du nombre de véhicules immatriculés (+ 44 % entre 1999 et 2019) et du nombre de véhicule par personne (+ 24 % pour la même période, soit 0,84 et 1,05)[19] montre que la culture de l'automobilité reste un des piliers du déplacement des personnes et du transport des marchandises. L'évolution de la filière des camions légers est à ce titre particulièrement préoccupante. Au Québec, les ventes dans cette catégorie de véhicules ont augmenté de 228 % entre 1990 et 2020. La part de marché des camions légers est passé de 24 % à 71 %. Leur consommation d'énergie est 197 % plus importante qu'avant, tandis que les sommes consacrées à l'achat de ces véhicules ont augmenté de 596 %!

---

19. Collectif G15+, «Les indicateurs du bien-être au Québec. Véhicules en circulation sur les routes», 2022.

FAIRE FACE AU CHANGEMENT DE PARADIGME

Pendant ce temps, non seulement le transport collectif ne s'est guère développé, mais la pandémie et l'essor du télétravail ont entraîné un recul marqué de son utilisation. Les autorités responsables doivent faire face à d'importants déficits d'exploitation, en partie attribuables à un sous-financement chronique. Le parcours du combattant auquel doivent s'astreindre les responsables du dossier du tramway de la ville de Québec[20] et les sérieux ratés de gouvernance dans la planification du transport collectif dans la région de Montréal à l'occasion de la mise en chantier du REM[21] n'ont rien facilité. Quant à l'arrimage urbanisme-transport, incarné entre autres par le Plan métropolitain d'aménagement et de développement (PMAD) adopté en 2011 par la Communauté métropolitaine de Montréal, le moins que l'on puisse dire est qu'il y a loin de la coupe aux lèvres[22].

La poursuite de l'étalement urbain, favorisé entre autres par la reconfiguration de la distribution de l'emploi au profit des banlieues, génère au surplus une dynamique tout à fait contre-productive du point de vue du transport collectif.

La résilience urbaine

La catastrophe ferroviaire qui a frappé Lac-Mégantic en juillet 2013 nous a brutalement rappelé que nous vivons dans des milieux à risque. Mais, la mémoire collective relègue souvent aux oubliettes de tels traumatismes. Et pourtant[23]...

Au Québec, des accidents et des catastrophes naturels ou d'origine anthropique sont survenus à intervalles plus ou moins réguliers. Les séismes, les glissements de terrain, les effondrements

---

20. Jean Dubé, Jean Mercier et Emiliano Scanu, *Comment survivre aux controverses sur le transport à Québec ?*, Québec, Septentrion, 2021.
21. Gérard Beaudet et coll., « REM de l'Est : les mirages », *L'Action nationale*, Vol. CXII, n° 3-4, mars-avril 2022, p. 73-154.
22. *Le transport collectif à l'épreuve de la banlieue du grand Montréal.*
23. Gérard Beaudet et Isabelle Thomas, « Petite chronique des désastres au Québec », *Urbanité*, printemps 2014, p. 22-24.

UN QUÉBEC URBAIN EN MUTATION

rocheux, les crues et les pluies diluviennes causant des inondations, les chutes de neige abondantes et les épisodes de verglas, ainsi que les tornades ont entraîné, au fil des décennies, la mort de centaines de personnes, le déplacement temporaire de milliers de ménages et définitif de plusieurs autres, et causé d'importants dégâts matériels.

Les incendies urbains, les accidents ferroviaires et aériens, les explosions et les incendies dans des sites de stockage ou des entrepôts de produits hautement inflammables et toxiques, la pollution des cours et plans d'eau, la libération de particules toxiques dans l'air, la contamination des nappes phréatiques, la production et l'abandon de déchets miniers ont aussi provoqué des décès, des maladies, laissé sans toit de nombreuses personnes, généré des dégâts matériels considérables et eu des impacts environnementaux nocifs de plus ou moins longue durée.

Les incendies urbains et les inondations dues aux crues printanières et aux embâcles ont particulièrement marqué l'imaginaire collectif, tant en raison de la soudaineté de ces aléas que de leur fréquence et de leur étendue géographique.

Plusieurs villes et villages ont été éprouvés par au moins un incendie majeur, dont Montréal, Québec, Trois-Rivières, Hull, Terrebonne et Rimouski. Si, depuis le milieu du siècle dernier, les normes de protection et les moyens de lutte ont énormément réduit les risques de conflagration, les incendies de Pointe-du-Lac, en 2005, de Saint-Donat et de Lac-Mégantic, en 2013, ainsi que de l'Île-Verte, en 2014, nous rappellent qu'en ce domaine comme en tant d'autres, le risque zéro n'existe pas.

Le Québec méridional dans son ensemble et la confluence montréalaise en particulier sont très exposés aux risques d'inondations. Malgré le dragage du lac Saint-Pierre et l'ouverture hivernale d'un chenal de navigation en aval de Montréal, et en dépit de l'érection d'ouvrages de régulation des eaux des bassins versants du Saint-Laurent, de l'Outaouais, du Saint-Maurice, du Saguenay

Figure 26 – Incendie de Rimouski
Plusieurs villes et villages québécois ont été la proie des flammes pendant la seconde moitié du XIXe siècle. La construction des réseaux d'aqueduc, l'utilisation de pompes à incendie et l'adoption de normes de construction ont peu à peu réduit le nombre et l'ampleur des conflagrations. Malgré ce progrès, Trois-Rivières (1908), Terrebonne (1922) et Rimouski (1950) ont quand même subi des dévastations. Dans la nuit du 6 au 7 mai, le tiers de la ville de Rimouski est parti en fumée. L'incendie, qui s'est déclaré dans une cour à bois, a détruit 230 immeubles et en a endommagé lourdement une vingtaine. On a déploré 2 365 sinistrés.
(Source : Louis-Paul Lavoie, *Les lendemains de l'incendie, Rimouski 1950*, Groupe de fonds Clément Claveau, Collection du Musée régional de Rimouski N.A.C. : HR-13100)

et de la Saint-François, les risques demeurent élevés, comme l'ont révélé les inondations de 1976, 1977, 2018, 2019 et 2023. Si les riverains de la Chaudière sont des abonnés aux inondations, ceux du Richelieu ont été exceptionnellement touchés par la crue de 2011, tandis que les résidents du secteur de Baie-Saint-Paul dans Charlevoix ont été à même de constater les effets des dérèglements climatiques au printemps 2023.

Cette brève énumération nous signale que nous sommes moins à l'abri des catastrophes que nous pouvons le croire. À l'instar de nombreuses autres collectivités – et autorités –, nous avons eu tendance à nous fier à notre bonne étoile, plutôt que de prendre les mesures indispensables à une approche préventive des risques. Le fatalisme a longtemps laissé les causes prévisibles et évitables dans l'angle mort de l'examen des catastrophes.

Les modalités de reconstruction retenues par le gouvernement québécois après l'inondation de 2011 dans la vallée du Richelieu, tout comme le recours aux digues prôné par plusieurs municipalités et exigé par de nombreux citoyens, soulignent qu'une sensibilité au risque affinée ne suffit pas à engendrer des changements d'attitudes, pourtant nécessaires. Les dérèglements climatiques nous obligent à revoir nos façons de faire. La résilience, c'est-à-dire la capacité qu'ont la population, les milieux bâtis et les environnements naturels à encaisser des chocs, à s'en relever et à être dotés des moyens de mieux les affronter, est aujourd'hui au cœur de nombreuses réflexions dans le monde des aménagistes[24]. Beaucoup reste encore à faire.

Depuis le début des années 2000, plusieurs initiatives ont été lancées par le gouvernement du Québec pour faire face aux changements climatiques : création d'Ouranos[25], adoption d'un cadre de prévention des risques naturels, plan d'action spécifique, etc. Les municipalités ont été invitées à s'impliquer formellement, notamment à la faveur d'une participation au Programme Climat Municipalité du ministère de l'Environnement, de la Lutte contre les changements climatiques, de la Faune et des Parcs. La plupart d'entre elles ont répondu favorablement et ont mis en place des plans pour identifier les priorités, en se basant sur les spécificités

---

24. *La ville résiliente. Comment la construire ?*
25. Regroupant 450 chercheurs, experts, praticiens et décideurs issus de différentes disciplines, Ouranos est un pôle d'innovation dont la mission est de permettre au Québec de mieux s'adapter à l'évolution du climat.

FAIRE FACE AU CHANGEMENT DE PARADIGME

hydro-géographiques locales. Mais cette démarche ne relève pas seulement d'une évaluation objective des risques. Celle-ci prend appui sur une méthodologie qui tient compte des ressources budgétaires, techniques et humaines disponibles. Les risques ignorés ou considérés avec moins de célérité n'en restent pas moins réels. En outre, le dossier des zones inondables prouve qu'il est difficile, particulièrement d'un point de vue politique, d'écarter certaines mesures (par exemple la construction de digues), même si elles créent des problèmes[26].

Halte aux démolitions!

L'intérêt pour le patrimoine urbain remonte, pour une bonne part, à la fin des années 1950. Mais seuls les centres historiques associés au Régime français, et en particulier le secteur de la place Royale du Vieux-Québec, ont alors retenu l'attention. Autrement, et ce jusqu'au début des années 1970, ce sont des édifices isolés qui ont été protégés tant bien que mal par la distribution passablement aléatoire les statuts de sauvegarde. Comme cela a été indiqué auparavant, en 1973, la destruction de la maison Van Horne a forcé une révision des manières de penser la conservation du patrimoine bâti. À Montréal et à Québec, la rénovation urbaine et les vastes projets immobiliers menaçaient sérieusement un héritage urbain dont la valeur commençait à être reconnue. Mais la contribution de l'urbanisme à la sauvegarde et à la mise en valeur du patrimoine n'allait pas de soi.

De ce point de vue, le *Plan pour le Vieux-Montréal* produit en 1962 par Sandy van Ginkel et Blanche Lemco-van Ginkel et le *Concept général de réaménagement du Vieux-Québec*, élaboré et rendu public en 1970 par le Comité de rénovation et de mise en valeur de la ville, ont été deux exceptions notables. Si les urbanistes, aidés par des spécialistes de la question, sont parvenus à

---

26. Soustraire par endiguement une partie du lit secondaire d'un cours d'eau reconfigure les zones inondables.

277

identifier les ensembles d'intérêt patrimonial, ils ont peiné à les intégrer dans les documents de planification.

Dans les années 1980, l'expansion du champ patrimonial à la faveur de l'intérêt naissant pour le patrimoine industriel n'a guère facilité les choses, tant s'en faut. Les multiples démolitions survenues dans plusieurs villes québécoises au cours des quatre dernières décennies et l'avenir plus qu'incertain de nombreux édifices, y compris de plusieurs bâtiments publics remarquables, indiquent que le problème reste entier[27]. Les règles du jeu en matière d'urbanisme, souvent justifiées par une fiscalité mal adaptée, favorisent plutôt un redéveloppement urbain basé sur le remplacement des immeubles existants par des édifices généralement de plus grande taille.

Le façadisme[28], de plus en plus répandu à Montréal, le démontre[29]. La problématique du bon usage des sites historiques, pourtant évoquée par André Corboz dès les années 1970[30], reste plus souvent qu'autrement subordonnée aux impératifs du (re)développement immobilier.

La part congrue allouée au patrimoine dans plusieurs programmes particuliers d'urbanisme (PPU) de Montréal, alors même que d'autres documents ne laissent guère de doutes quant à l'existence d'un tel patrimoine, confirme cette dérive.

La Société immobilière du patrimoine architectural de Montréal (SIMPA), fondée en 1981 et active jusqu'en 1997, avait pourtant

---

27. Marie-Hélène Voyer, *L'habitude des ruines. Le sacre de l'oubli et de la laideur au Québec*, Montréal, Lux Éditeur, 2021.

28. Attribué à Dinu Bumbaru, directeur des politiques à Héritage Montréal, le terme désigne une pratique qui consiste à démolir un bâtiment en ne conservant que la façade pour la rattacher à un nouvel édifice, généralement de plus grande taille.

29. Gérard Beaudet, «Patrimoine urbain: troquer la substance pour l'apparence», *La Presse*, 15 février 2020.

30. André Corboz, «Du bon usage des sites historiques», dans André Corboz (textes choisis par Lucie K. Morisset), *De la ville au patrimoine urbain. Histoire de forme et de sens*, Québec, Presses de l'Université du Québec, 2009 [1974], p. 287-304.

FAIRE FACE AU CHANGEMENT DE PARADIGME

ouvert des perspectives fort pertinentes[31]. D'autres expériences, dont celle du Vieux-Terrebonne[32], ont aussi montré ces dernières années qu'il était possible de concilier urbanisme et patrimoine. Ces exemples ne sont manifestement pas suffisamment valorisés. La patrimonialisation de la banlieue de l'entre-deux-guerres et de celle des Trente Glorieuses, constatée depuis quelques années[33], risque de surcroît de compliquer la situation. Il y a en effet fort à parier que la patrimonialisation sera mobilisée dans certains milieux pour contrer des initiatives de densification que pourraient lancer les municipalités. Le phénomène, déjà perceptible dans quelques banlieues, pourrait en outre inciter les chantres de la densification à contester le bien-fondé de la valorisation patrimoniale, ce qui serait évidemment fort regrettable.

La valorisation paysagère des environnements bâtis, moins spontanément associée aux milieux urbains, est aussi devenue une dimension incontournable de notre rapport au territoire. Mais ces valorisations sont trop souvent abordées comme des contraintes imposées plutôt que comme une dimension spécifique des territoires. Le pays réel dont nous avons hérité n'est pas encore vraiment considéré comme un legs dont nous sommes redevables au bénéfice de ceux qui nous suivront.

La trame environnementale

Dans les années 1970, la question environnementale était abordée de manière étroite. Elle se résumait généralement, comme le révélait la Loi sur la qualité de l'environnement adoptée en 1972, à un ensemble de préoccupations touchant l'air, l'eau et les sols, et en la mise en œuvre de mesures destinées à éviter leur dégradation.

---

31. La SIMPA a été associée à plusieurs projets phares du Vieux-Montréal (édifice Chaussegros-de-Léry, musée de la Pointe-à-Callière, Centre du commerce mondial) et à la mise en valeur des faubourgs Québec et des Récollets.

32. *Comment le vieux Terrebonne est devenu le Vieux-Terrebonne.*

33. « L'avènement du patrimoine de banlieue ».

Mais la bataille menée par des citoyens pour contrecarrer un projet d'aménagement hydroélectrique dans la vallée de la rivière Jacques-Cartier[34] anticipait déjà, à l'époque, un élargissement de cette conception. Elle est aujourd'hui davantage corrélée à l'idée de milieu et à sa dynamique.

Le projet Archipel, élaboré pendant la seconde moitié des années 1970, reflétait aussi une telle conception. Pour ses responsables, l'environnement «est défini non pas comme état de nature par opposition à l'homme, mais comme le produit historique et quotidien de la relation de l'homme et de la nature, engageant la responsabilité collective[35]». Ceux-ci proposaient de substituer une approche aménagiste à une approche conservationniste.

> [c]e n'est pas la transformation du milieu biophysique par le travail productif de l'homme qui fait problème – ce que d'aucuns appellent artificialisation, d'autres, humanisation, domestication, socialisation de la nature – mais bien l'actuel processus de production de l'environnement par lequel l'homme se trouve coupé de la nature au profit d'intérêts particuliers, de monopoles sectoriels, qui en exploitent et dilapidènt les éléments constitutifs, ne laissant à la population que les restes pour consommation de fin de semaine[36].

Avant-gardiste à bien des égards, Archipel était un projet d'aménagement destiné à conférer aux plans et cours d'eau de la confluence montréalaise un statut d'espace à part entière et à réintégrer l'eau dans l'habitat humain (et pas seulement dans l'habitat faunique), dans le tissu urbain autant que dans le quotidien des

---

34. Il s'agissait d'une centrale dite à réserve pompée qui était alimentée par un réservoir créé par la construction d'un barrage de 46 mètres de hauteur en travers de la gorge de la rivière Jacques-Cartier. Raymond Labrecque, «La bataille de la Jacques-Cartier», *Histoire Québec*, Vol. 14, n° 1, 2008, p. 40-41.

35. Jean Décarie et Gilles Boileau, «Le projet Archipel : une réflexion et une discussion géographiques», *Cahiers de géographie du Québec*, Vol. 27, n° 71, 1983, p. 330.

36. «Le projet Archipel : une réflexion et une discussion géographiques», p. 331.

FAIRE FACE AU CHANGEMENT DE PARADIGME

habitants. Le projet prévoyait le contrôle des apports d'eaux en amont, la gestion intégrée des niveaux et des débits par l'érection d'ouvrages de contrôle aux exutoires du lac des Deux-Montagnes et du lac Saint-Louis, l'aménagement hydraulique des rapides de Lachine, l'amélioration de la qualité de l'eau ainsi que la réappropriation des espaces inondables et l'aménagement des rives. Plombé par les querelles de juridiction et par le mauvais accueil réservé au projet d'exploitation des rapides de Lachine à des fins de production hydroélectrique, Archipel a été abandonné 1986. Ses objectifs ont ensuite été partiellement repris dans le projet de parc national de l'Archipel, mais se sont essentiellement traduits en aménagements riverains disséminés sur les rives de la confluence.

Fruit tardif d'une longue tradition[37] et une des pièces maîtresses du Plan métropolitain d'aménagement et de développement adopté en 2011 par la Communauté métropolitaine de Montréal, le concept de trame verte et bleue repose également sur une même conception aménagiste de l'environnement.

De manière générale, la perspective environnementaliste demeure cependant étroitement associée à l'idée de nature. L'intérêt croissant pour la biodiversité et son érosion, tout comme le chantier des aires protégées et des paysages humanisés[38], ne sont pas étrangers à cette approche. La protection des milieux naturels que cela implique comporte toutefois des limites. L'application très permissive de la règle « éviter, minimiser, compenser », à laquelle sont assujettis les projets qui affectent un milieu humide et hydrique en causant une diminution de superficie, une dégradation des fonctions écologiques ou une perte de biodiversité, prouve que les milieux sensibles, comme les ensembles urbains

---

37. Jean Décarie, « La trame verte et bleue de Montréal », *Urbanité*, hiver 2017, p. 44-46.

38. Le statut de paysage humanisé vise la protection de la biodiversité d'un territoire habité, terrestre ou aquatique, dont le paysage et les composantes naturelles ont été façonnés par des activités humaines au fil du temps.

d'intérêt patrimonial du reste, font difficilement le poids devant les impératifs du développement. Limiter les dégâts semble être le leitmotiv de plusieurs décideurs et de nombreux promoteurs. Cette conception étroite, pour ne pas dire étriquée, de l'environnement est dénoncée par plusieurs professionnels de l'aménagement et de nombreux observateurs. Le collectif G15+, fondé en mars 2020 et regroupant des leaders économiques, sociaux, syndicaux et environnementaux œuvrant à une relance solidaire, prospère et verte, a notamment manifesté sa préoccupation devant le bilan environnemental du Québec et a souligné que les données disponibles ne permettaient pas de dresser un portrait exhaustif de la problématique environnementale[39]. Bref, même si le milieu urbain retient désormais l'attention des environnementalistes[40], il y a encore beaucoup à faire.

L'équité socio-spatiale

Au Québec comme dans les autres sociétés industrialisées, les enquêtes des hygiénistes de la seconde moitié du XIXe siècle ont révélé les écarts importants qui existaient en matière de santé et d'espérance de vie entre la population des milieux ouvriers et les élites socio-économiques. Les médecins-hygiénistes, les réformistes et les philanthropes ne se sont toutefois pas attaqué aux causes profondes de ces différences, même s'ils les ont parfois formellement identifiées. Ils ont plutôt prôné des mesures palliatives, notamment l'amélioration de l'habitat.

Héritiers des hygiénistes, les urbanistes ont fait de même. Des progrès, certes modestes, ont néanmoins été constatés dès le début du XXe siècle. Plus tard, après la Seconde Guerre mondiale, l'enrichissement de la classe moyenne, la mise en œuvre de politiques,

---

39. « Les indicateurs du bien-être au Québec. Véhicules en circulation sur les routes ».

40. Michel A. Boisvert et Paula Negron-Poblete (dir.), *L'urbain, un enjeu environnemental*, Québec, Presses de l'Université du Québec, 2004.

FAIRE FACE AU CHANGEMENT DE PARADIGME

de programmes et de mesures socio-sanitaires sous l'égide de l'État providence et une pratique plus soutenue de l'urbanisme ont permis d'autres avancées dans ce domaine. Les écarts n'ont pas entièrement disparu pour autant. Des segments importants de population sont encore aux prises avec de sérieuses difficultés. Publié en 1989 à l'initiative du Conseil des affaires sociales, le rapport *Deux Québec dans un* soulignait que, si la métropole et le reste du Québec constituaient bel et bien deux mondes, des cassures socio-économiques notables et de même nature existaient dans l'un et l'autre. Tant à Montréal et dans les autres villes de la province que dans les milieux ruraux, des localités semblaient condamnées à perdre du terrain.

Une panoplie d'indicateurs socio-économiques réunis sous les rubriques revenu, habitation, instruction, inoccupation et certains indicateurs de clientèles comme l'espérance de vie, l'inadaptation juvénile, les handicaps sociopédagogiques appliqués aux localités et aux quartiers en déclin démographique, révèlent une corrélation élevée entre chacun d'eux. En d'autres termes, on trouve un pourcentage élevé de personnes qui affichent une mauvaise performance pour chaque indicateur dans la plupart des localités ou des quartiers en déclin démographique. En somme, là où il y a déclin démographique, on rencontre plus de problèmes sociaux qu'ailleurs.

[...]

Le plus étonnant, dans l'application de ces indicateurs aux territoires en déclin démographique, c'est de constater que les populations qui y vivent présentent partout les mêmes problèmes, à quelques nuances près, dans l'hinterland du Bas-du-fleuve comme dans le « T » de la pauvreté, à Montréal ou dans le reste du territoire[41].

---

41. Conseil des affaires sociales, *Deux Québec dans un : Rapport sur le développement social et démographique*, Gouvernement du Québec et Gaëtan Morin éditeur, 1989, p. 106-107.

À la fin des années 1990, l'Institut national de la santé publique a conçu un indice de défavorisation matérielle et sociale (IDMS). Cet indicateur comportait, comme son nom l'indique, deux dimensions. La première reflétait la privation de biens et de commodités de la vie courante qui affecte les résidents d'un territoire et qui a comme conséquence un manque de ressources matérielles. La seconde renvoie à la fragilité du réseau social, de la famille à la communauté. Les cartographies réalisées ont confirmé le diagnostic du Conseil des affaires sociales.

Plus récemment, des démarches de revitalisation urbaine intégrée[42] (RUI) et des initiatives apparentées menées, entre autres, à Montréal, Drummondville et Trois-Rivières, ont aussi validé ce diagnostic. Mais elles ont montré que d'autres milieux que ceux qui avaient été identifiés par le Conseil des affaires sociales affrontent aussi des situations difficiles. C'est le cas à Montréal-Nord, où des secteurs ont été durement éprouvés par la pandémie de COVID-19, mais aussi à Laval, dans les quartiers Chomedey, Pont-Viau et Saint-François, sur la Rive-Sud, dans le secteur Laflèche de l'arrondissement de Saint-Hubert et les quartiers Le Moyne, Saint-Jean-Vianney et Sacré-Cœur de l'arrondissement du Vieux-Longueuil, ou dans le secteur du Vieux-Gatineau. Ces exemples indiquent que, contrairement à ce que le rapport du Conseil suggérait, les banlieues ne sont pas épargnées par les problèmes habituellement associés aux quartiers centraux des villes. Cela ne devrait pas étonner quiconque connaît les difficiles conditions d'émergence de certaines de ces collectivités, évoquées au chapitre 4. Les poches de défavorisation s'y révèlent malheureusement durables.

De ce point de vue, le renouvellement de l'intérêt pour les déterminants environnementaux de la santé permet d'entrevoir

---

42. La revitalisation urbaine intégrée concerne la transformation de milieux urbains généralement défavorisés et dégradés par les acteurs locaux. La première étape consiste à établir et à approprier un diagnostic territorialisé. La première démarche a été initiée en 2002 par Montréal.

FAIRE FACE AU CHANGEMENT DE PARADIGME

des interventions mieux adaptées. Mais il va de soi que la résorption de la crise du logement est un prérequis.

La participation citoyenne

Pendant longtemps, les institutions municipales québécoises n'ont eu aucun mécanisme de participation citoyenne autre que les assemblées du conseil. Ce n'est qu'en 1930 qu'un mécanisme référendaire a été inscrit dans le code municipal, puis en 1941 dans la Loi des cités et villes. Pendant longtemps, l'obtention d'une majorité en nombre et en valeur des électeurs propriétaires d'immeubles était requise pour qu'un échevin soit élu. Les locataires étaient par conséquent exclus de la démocratie municipale alors que les gros propriétaires avaient une voix prépondérante. Or, ceux-ci avaient tendance à considérer que les documents d'urbanisme constituaient une entrave au droit de propriété (sauf là où ils résidaient), ce qui n'était guère favorable à des avancées ayant pour objectif le bien commun. À Montréal, ce privilège a été aboli en 1970.

La Loi sur l'aménagement et l'urbanisme, adoptée en 1979, a assujetti l'adoption et la modification des schémas d'aménagement et des documents d'urbanisme à des procédures de consultation. Celles-ci pouvaient mener, dans le cas des seconds, à la tenue de registres et, si le nombre de signatures était suffisant, à l'organisation d'un référendum.

Sur le terrain, la participation citoyenne s'est organisée tant bien que mal. À partir des années 1940, les membres des coopératives d'habitation ont minimalement eu voix au chapitre dans les projets auxquels ils étaient associés. Dès les années 1960, des citoyens se sont mobilisés dans les quartiers ouvriers de Montréal, Québec, Hull et Sherbrooke pour constituer des comités afin de défendre le droit au logement, et pour contrer les projets de rénovation et de construction d'autoroutes. Les démarches étaient

285

cependant essentiellement réactives et souvent mal accueillies par les élus. L'implication citoyenne n'était pas acquise, loin s'en faut.

Dans les années 1970, le gouvernement fédéral voulait construire un imposant projet immobilier dans ce qu'il est convenu d'appeler le Vieux-Port de Montréal, récemment délaissé par l'administration portuaire. Comme on l'a vu, des citoyens s'y sont opposés pendant que Montréal et le gouvernement du Québec restaient sur la touche. Il a fallu une décennie de mobilisation, de contestations et de consultations publiques organisées en marge des instances officielles pour convaincre le gouvernement fédéral de revoir sa position.

Il n'empêche que le maire de Montréal était resté farouchement opposé à toute forme de consultation. Non sans raison, car plusieurs des projets qu'il caressait ou qu'il supportait risquaient d'être contestés. La reconnaissance de la nécessité de la consultation n'en a pas moins fait son chemin. En 1983, la Chambre de commerce du Montréal métropolitain, le Montreal Board of Trade, des promoteurs immobiliers et des défenseurs du patrimoine, dont Héritage Montréal, ont obtenu que se tienne une consultation publique sur un projet immobilier comprenant une salle pour l'Orchestre symphonique de Montréal. L'enjeu était la protection de la perspective sur le mont Royal que l'empiètement sur l'avenue McGill College compromettait. Le projet a été abandonné. En 1987, ce fut au tour du Musée des beaux-arts de Montréal de contribuer à une consultation menée par le Comité consultatif de Montréal sur le projet d'agrandissement de l'institution. La sauvegarde des façades du New Sherbrooke et leur intégration dans le nouveau pavillon en ont été un des résultats.

Les acquis restaient précaires. À Québec, le Groupe de travail sur la révision des fonctions et des organisations gouvernementales avait déposé son rapport l'année précédente. Présidé par Paul Gobeil, qui était aussi le président du Conseil du Trésor, le groupe de travail recommandait l'abolition du Bureau d'audiences

FAIRE FACE AU CHANGEMENT DE PARADIGME

publiques sur l'environnement (BAPE). L'effet Thatcher se faisait sentir au Québec. Le ministre de l'Environnement a tenu bon.

En 1989, pour institutionnaliser davantage le droit de regard des citoyens, le Rassemblement des citoyens et citoyennes de Montréal (RCM) a créé le Bureau de consultation de Montréal (BCM) sur le modèle du BAPE. Il s'agissait d'une première dans l'histoire de la consultation publique en milieu municipal au Québec. Ce bureau n'a pas fait long feu. En 1994, Pierre Bourque, émule de Jean Drapeau et nouvellement élu à la mairie, a démantelé le Bureau. Il a fallu attendre 2002 pour que soit mis sur pied l'Office de consultation publique de Montréal (OCPM). La métropole renouait avec la participation citoyenne. L'OCPM, à l'instar du défunt BCM, adoptait la procédure du BAPE.

À Québec, l'administration de Jean-Paul L'Allier, qui reconnaissait l'influence du RCM de Jean Doré, a engagé une politique de consultation publique dès 1996, en plus de créer des Conseils de quartier.

Même si la participation citoyenne était parfois malmenée par certains élus, les débats qu'elle a autorisés ont influencé les pratiques aménagistes[43]. Le chantier des budgets participatifs, l'élaboration d'Agendas 21 locaux[44] et la formulation collaborative de diagnostics territoriaux ont représenté des mécanismes élargissant le spectre d'une participation citoyenne, désormais considérée comme indispensable.

Devant l'ampleur des défis souvent inédits qui se présentaient aux collectivités, il s'agissait de favoriser l'émergence d'une

---

43. Mario Gauthier, Michel Gariépy et Marie-Odile Trépanier (dir.), *Renouveler l'aménagement et l'urbanisme : planification territoriale, débat public et développement durable*, Montréal, Presses de l'Université de Montréal, 2008.
44. Démarche intégrée et participative de planification initiée en vue de la préparation et de la mise en œuvre d'un plan d'action axé sur les enjeux locaux en matière de développement durable. L'Agenda 21, repris dans plusieurs pays, est issu des négociations internationales tenues au sommet de la Terre de Rio, en 1992.

UN QUÉBEC URBAIN EN MUTATION

« citoyenneté compétente[45] », en faisant de la ville un terreau d'initiatives vouées à une transformation des collectivités locales. Pour y parvenir, l'environnement bâti qu'est la ville doit devenir une communauté politique, c'est-à-dire être une cité. Cette accession au statut de cité comporte deux axes :

> [...] passer de la ville à la cité se décline sous deux registres. D'abord la ville, la corporation municipale, s'ouvre et favorise la participation citoyenne dans toutes ses instances et dans toutes ses actions en amont comme en aval. Ensuite, elle devient un outil au service de la communauté, elle assume un leadership territorial, elle soutient les initiatives locales qui servent au bien commun et mobilise la communauté pour faire face aux défis présents et à venir, quels qu'ils soient[46].

Certains élus et bon nombre de promoteurs se sont difficilement accommodés d'une telle conception de la participation citoyenne. Pour les défenseurs d'une définition étroite de la légitimité politique et d'un marché dont les lois seraient irrécusables, les initiatives endossées ou proposées ne devaient être l'objet d'aucune contrariété. Ces dernières années, la contestation de projets de construction d'écoles à l'Île-des-Sœurs, à Repentigny et à Drummondville a montré que l'idée du bien commun ou de l'intérêt collectif se heurte parfois à des intérêts privés défendus avec conviction. Les débats récurrents sur la question des référendums municipaux montrent la difficulté de mettre en œuvre des mécanismes d'arbitrage acceptables par l'ensemble des parties prenantes.

Le défi de la décroissance

Dans une société qui assimile la croissance au progrès et en fait une fin, la décroissante est considérée, au mieux, comme un

---

45. Richard Sennett, *Bâtir et habiter : pour une éthique de la ville*, Paris, Albin Michel, 2019.
46. Maxime Pedneaud-Jobin, *Passer de la ville à la cité : faire place à la participation citoyenne*, Ottawa, Éditions David, 2021, p. 22.

FAIRE FACE AU CHANGEMENT DE PARADIGME

fâcheux accident de parcours, au pire comme un fléau. Synonymes de ratés, des épisodes de décroissance plus ou moins prolongés ont déjà frappé le Québec urbain.

Dans les années 1870, la ville de Québec a été confrontée à l'effondrement du commerce du bois et de la construction navale, au départ de la garnison et à des saignées démographiques. Entre 1845 et 1955, les incendies qui ont éclaté à Québec, Montréal, Hull, Terrebonne, Rimouski, Nicolet et dans quelques autres villes ont détruit des centaines de bâtiments, ont mis abruptement fin aux activités économiques et ont obligé des sinistrés ayant tout perdu à quitter les lieux. Le retour à la normale s'est parfois échelonné sur plusieurs années.

Dans les années 1960 et 1970, les fermetures et les relocalisations d'usines, combinées au départ de nombreux résidents pour la banlieue, ont affecté la démographie et contribué à une contraction des activités économiques dans des quartiers de Montréal, Québec, Hull, Sherbrooke et Trois-Rivières et, bien que dans une moindre mesure, dans plusieurs villes manufacturières. Au tournant du millénaire, la fermeture de la mine et de la fonderie de Murdochville, en Gaspésie, a, suivant la même logique, motivé le déménagement de nombreux résidents. La population, qui se chiffrait à quelque 5 000 habitants dans les années 1970, est alors passée sous la barre du millier. Néanmoins, la fermeture définitive de la ville, bien qu'entérinée par référendum, a été écartée par le gouvernement.

Plus récemment, l'essor du télétravail a entraîné une diminution importante de l'occupation des tours à bureaux et un recul de l'activité économique d'accompagnement dans les centres-villes de Montréal et de Gatineau. L'impact est tel que dans les deux villes, comme dans beaucoup d'autres grandes villes du monde, la conversion de tours à bureaux en édifices à logements est maintenant envisagée.

Ces exemples de décroissance concrétisent des dynamiques socio-spatiales non recherchées. Il y a donc peu de bénéfices à en tirer et un retour aussi rapide que possible à la normale est souhaité. En revanche, certains proposent de faire de la décroissance l'assise conceptuelle de la transition d'un monde essentiellement basé sur l'entreprise et la production/consommation vers un monde fondé sur les communs[47], c'est-à-dire sur un usage collectif des ressources et de certains espaces basé sur une auto-organisation et une cogestion citoyennes[48]. Montréal est devenu un terrain de prédilection pour de telles initiatives.

Depuis plusieurs années, on voit ainsi émerger à Montréal une multitude de projets citoyens novateurs. Que l'on parle de monnaies locales, de jardins communautaires, de bibliothèques d'outils, de ruelles vertes ou de coopératives d'habitations ou multiservices, ces initiatives ont un point en commun : celui de ne pas s'inscrire dans une logique d'État ou de marché, mais plutôt dans celle des « communs »[49].

L'idée des communs fait son chemin en urbanisme[50]. Mais la pratique parvient difficilement à prendre ses distances au regard des impératifs de la croissance. On pourrait même soutenir que la décroissance est passablement déconcertante pour les urbanistes.

En fait, les instruments d'urbanisme conventionnels peinent à apporter des solutions efficaces lorsque l'économie ralentit.

---

47. Yves-Marie Abraham, *Guérir du mal de l'infini. Produire moins, partager plus, décider ensemble*, Montréal, Écosociété, 2019.
48. Les communs ont été théorisés par la politologue et économiste étatsunienne Elinor Ostrom (1933-2012). Pour celle-ci, un commun est le produit de l'articulation d'une ressource, d'une communauté et de règles de gouvernance axées sur une gestion équitable. Il relève d'une alternative au marché et à la gestion publique.
49. Marie-Soleil L'Allier, « L'économie des communs à Montréal », dans Jonathan Durand Folco (dir.), *Montréal en chantier. Les défis d'une métropole pour le XXIᵉ siècle*, Montréal, Écosociété, 2022, p. 130-131.
50. Bernard Declève, Marine Declève, Vincent Kaufmann, Aniss M. Mezoued et Chloé Salembier (dir.), *La ville en communs : récits d'urbanisme*, Genève, Métis Presses, 2022.

FAIRE FACE AU CHANGEMENT DE PARADIGME

Le phénomène est observable dans les villes qui subissent un processus de déclin, aussi appelé «dévitalisation urbaine», qui affecte leur croissance[51].

Mais c'est moins l'urbanisme *stricto sensu* qu'une certaine conception du progrès qui est en cause. C'est ce dont témoigne le concept de développement durable – ou soutenable –, un oxymore pour plusieurs observateurs. En lui accolant cet adjectif et en lui donnant des assises économiques, sociales, environnementales et culturelles, on confère au développement une aura de respectabilité, que sanctionnent au demeurant les nombreuses labellisations. Aussi, de nos jours, aucun document d'urbanisme, aucune politique de mobilité, ni aucun projet immobilier ne passe la rampe s'il ne se prétend pas durable. Le développement durable, qu'il soit urbain ou immobilier, n'en reste pas moins synonyme de croissance et de création de richesse, dont on soutient en outre qu'elle rejaillit inévitablement sur les collectivités hôtesses.

C'est ce que révèlent les indicateurs les plus prisés chez les promoteurs et les décideurs, par exemple le nombre de mises en chantier et leur valeur monétaire, mais aussi la contribution au PIB, une mesure pourtant critiquée depuis belle lurette. Certaines justifications de la croissance sont parfois étonnantes. On en vient, par exemple, à soutenir que des sur-hauteurs devraient être autorisées dans les quartiers centraux de Montréal au motif qu'elles contribueraient à la lutte à l'étalement urbain. Quant aux externalités négatives, rarement prises en compte de manière formelle, elles sont passées sous silence, minimisées ou, au mieux, partiellement compensées financièrement.

Quand bien même les urbanistes et les décideurs réussiraient à s'émanciper de l'idéologie de la croissance, encore faudrait-il conceptualiser et mettre en œuvre la décroissance urbaine, ce qui

---

51. Jean-François Roy, «Les instruments d'urbanisme s'émancipent-ils réellement du dogme de la croissance?», *Urbanité*, hiver 2023, p. 20.

de toute évidence est plus facile à dire qu'à faire[52]. C'est pourquoi diverses initiatives cherchent à s'éloigner de la conception usuelle du développement. C'est le cas, entre autres, de la démarche prospective «Chemins de transition[53]» initiée par l'Université de Montréal en 2020 en collaboration avec Espace pour la vie[54]. La posture adoptée par les collaborateurs découle du constat que «face à l'ampleur des bouleversements écologiques, la question n'est plus de savoir si nous nous dirigeons vers une société profondément différente, mais si cette transition sera entièrement subie, ou au moins partiellement choisie». Il s'agit en quelque sorte de mieux anticiper les transformations auxquelles nous serons confrontées, de se donner les moyens d'adopter des modèles plus résilients et d'identifier les trajectoires propres à favoriser une accélération des transitions socio-écologiques des territoires.

Moins englobantes, plusieurs approches expérimentées au cours des dernières années pourraient alimenter différentes formes de ce qu'il est convenu d'appeler la sobriété territoriale. La ville du quart d'heure[55], les quartiers sans voitures[56], l'économie circu-

---

52. Dans l'ex Allemagne de l'Est, l'érosion démographique survenue dans certaines villes après 1989 a nécessité, pour que soit limité l'effondrement des valeurs foncières, la démolition de milliers de logements. La diminution de population et des activités peut aussi avoir un effet nuisible sur les services techniques urbains dont le calibrage tient généralement compte de la croissance anticipée et non pas d'une éventuelle décroissance.

53. https://cheminsdetransition.org/

54. L'Espace pour la vie est un complexe muséal regroupant cinq musées de sciences naturelles : la Biosphère, le Biodôme, l'Insectarium, le Jardin botanique et le Planétarium.

55. Il s'agit de rendre accessibles en un quart d'heure, à pied ou à vélo, les lieux de travail, d'études, de loisir et de commerces et les services de première ligne. Bien que cette conception soit plus ou moins une réalité dans certains quartiers centraux, par exemple le Plateau-Mont-Royal, plusieurs observateurs considèrent qu'il est peu vraisemblable qu'elle puisse se généraliser, particulièrement en ce qui concerne le travail.

56. Stéphane Boyer, *Des quartiers sans voitures*, Montréal, Éditions Somme toute, 2022. Cet ouvrage est d'autant plus étonnant qu'il est écrit par le maire d'une municipalité, en l'occurrence Laval, entièrement conçue et développée en fonction de l'automobile.

FAIRE FACE AU CHANGEMENT DE PARADIGME

laire urbaine, de même que les circuits économiques et solidaires courts, sont différentes déclinaisons d'une transformation de la ville susceptible de favoriser une réduction des déplacements, une croissance de la mobilité active et une diminution de l'usage de l'automobile.

En d'autres termes, il s'agit de repenser l'organisation de la ville de telle sorte qu'on s'y déplace moins et mieux. Pour ce faire, la compacité des milieux bâtis, la consolidation des quartiers insuffisamment denses ou parcourus de discontinuités, une utilisation optimale des terrains et des bâtiments (y compris par le changement d'usage), la perméabilité des trames viaires, la mixité des usages et des activités ainsi que l'accessibilité au transport collectif structurant sont prônées.

Inscrite dans des temps longs, l'urbanisation est une dynamique articulée à des décisions, des actions et des interactions multiples et peu coordonnées. Son produit – la ville dans ses diverses déclinaisons – possède quant à lui une forte inertie ; aussi la ville est-elle difficilement malléable. C'est pourquoi les chantiers destinés à transformer la ville de manière significative exigent la mise en œuvre de moyens logistiques, techniques, juridiques et financiers considérables.

Banlieue, dites-vous ? (Figures pages suivantes)
Les banlieues se sont considérablement transformées depuis une trentaine d'années. Les plus anciennes ont gagné en autonomie, au point où, à Montréal et, dans une moindre mesure, à Québec, on évoque désormais une métropolisation pluri-centralisée. Longueuil, Laval, Brossard et Sainte-Foy localisent quatre des principaux ancrages de cette dynamique, dont les balbutiements remontent aux années 1960. Malgré une rupture marquée au regard des attributs usuels de la banlieue, ces sous-centres restent des propositions urbanistiques ambiguës, notamment parce qu'elles peinent à rompre avec l'automobilité.

Figure 27a – Le pôle du métro à Longueuil
(photo Pierre Lahoud)

Figure 27b – Le centre-ville de Laval
(photo Pierre Lahoud)

Figure 27c – Le pôle Solar-Uniquartier et Dix-30 à Brossard
(photo Pierre Lahoud)

Figure 27d – Le centre-ville de Sainte-Foy
(photo Pierre Lahoud)

UN QUÉBEC URBAIN EN MUTATION

Soumis à l'épreuve de cette réalité à laquelle l'urbanisme doit faire face, les changements de paradigme dont il a été question dans le présent chapitre ne peuvent par conséquent avoir un impact tangible immédiat sur les rapports au territoire et sur l'organisation socio-spatiale des collectivités. Les enjeux d'aménagement liés, entre autres, à la poursuite de l'étalement urbain, à l'accroissement de la dépendance à l'automobile, à la gentrification et à une marchandisation agressive du logement, au vieillissement de la population, aux dérèglements climatiques et à l'érosion de la biodiversité n'en commandent pas moins la poursuite des réflexions et la mise en œuvre d'initiatives qui devraient permettre le changement de cap indispensable.

Conclusion

Prendre acte et innover

Au début des années 1930, Frank Lloyd Wright anticipait le déclin de la ville traditionnelle et une urbanisation diffuse[1]. Pour le célèbre architecte, concepteur de Broadacre City (1932→)[2], les nouvelles technologies de construction et de communication sonnaient le glas de la ville compacte et dense. La maquette de la ville du futur, Shell Oil City of Tomorrow, réalisée en 1937 par Norman Bel Geddes pour la pétrolière, et celle conçue pour le pavillon de la General Motors Corporation (GM) dans le cadre de l'exposition internationale de New York de 1939, placée sous le thème *World of Tomorrow*, faisaient écho à cette vision d'une urbanisation non contenue articulée à un imposant réseau autoroutier.

Vingt-cinq ans plus tard, Melvin M. Webber a constaté que les technologies de transport et de télécommunication avaient contribué à engendrer une telle forme d'urbanisation, désormais observable empiriquement[3]. Cette urbanisation généralisée[4] s'oppose à une conception des territoires où subsisteraient, à l'écart

---

1. Frank Lloyd Wright, *La ville évanescente*, Lausanne, Infolio, (2013 [1932]).
2. Critique de la concentration métropolitaine, Wright dévoile la maquette de Broadacre City lors de l'exposition des Arts industriels présentée en 1935 au Rockefeller Center.
3. *L'urbain sans lieu ni borne.*
4. « L'urbanisme au XXe siècle : esquisse d'un profil », p. 245-255.

des agglomérations urbaines, de vastes pans d'une ruralité plus ou moins idéalisée. Déplaçant l'observation sur le terrain sociologique, Jean Viard a soutenu en 1990 que «la société urbaine a envahi la majeure partie de l'espace, perdant ainsi sa correspondance originelle avec l'espace délimité de la ville[5]». Son propos faisait écho aux thèses formulées par Henri Lefebvre en 1970 que j'évoque dans l'introduction de cet ouvrage.

À la fin des années 1960, le sociologue Henri Mandras avait, quant à lui, annoncé la fin du monde paysan[6]. Dans une France qui s'est urbanisée tardivement, la thèse a fait grand bruit. Quelques années plus tard, Eugen Weber a décrété la fin des terroirs français[7]. Au début des années 1980, ces thèses ont trouvé une écoute au Québec; Colette Moreux a soutenu qu'il n'y aurait plus, ou presque, d'authentiques petites communautés caractéristiques d'une Folk Society qui avait retenu l'attention des sociologues de l'École de Chicago[8]. Plus récemment, Stéphane Gendron a constaté que «[l]a fracture entre le monde urbain et le monde rural ne cesse de se creuser, au Québec comme ailleurs. Pendant que les villes continuent de se développer en s'étalant toujours plus loin, les campagnes, elles, sont en proie à la désertification sociale et économique[9]».

Cette urbanisation sans bornes est corrélée à des modes de vie et des valeurs spécifiques. Les technologies de l'information et de la télécommunication lui ont donné une ampleur inédite depuis les années 1980. La néoruralité, fer de lance de la redynamisation des campagnes, en serait, plus encore que la villégiature et le tourisme à une autre époque, l'une des principales déclinaisons, bien qu'il faille admettre que l'on ne vive pas de la même

---

5. Jean Viard, *Le tiers espace : essai sur la nature*, Paris, Éditions Klincksieck, 1990, p. 20.

6. Henri Mandras, *La fin des paysans*, Arles, Actes Sud, 1992 [1967].

7. Eugen Weber, *La fin des terroirs*, Paris, Éditions Fayard, 1983 [1976].

8. Colette Moreux, *Doudeville en Québec. La modernisation d'une tradition*, Montréal, Presses de l'Université de Montréal, 1982.

9. Stéphane Gendron, *Rapaillons nos territoires*, Montréal, Écosociété, 2022.

CONCLUSION

manière à Havre-Saint-Pierre, à Baie-Saint-Paul, à l'île d'Orléans, à Shawinigan, à Hérouxville, à Massueville, à Hemmingford, à Harrington, à Senneterre, à Guérin, à Sainte-Foy, à Châteauguay, dans Limoilou, à Westmount ou sur le Plateau-Mont-Royal. Mais, les différences observables aujourd'hui sont sans commune mesure avec ce qu'elles étaient dans l'entre-deux-guerres.

Pour le sociologue Gérald Fortin, la cause était entendue ; le « processus d'urbanisation totale[10] » était engagé dès les années d'après-guerre.

Il est très important de distinguer entre certaines formes de représentations collectives de type idéologique qui ont pu refuser la ville, qu'elle soit petite ou grande, et les valeurs et les attitudes collectives de la population comme telle. Il faut, en outre, placer le débat dans un contexte où la distinction entre rural et urbain, ou entre ville et campagne, est à toutes fins pratiques disparue et où non seulement la circulation des idées mais la circulation géographique est un phénomène acquis[11].

Cette urbanisation généralisée, une urbanisation totale aléatoire selon Fortin, s'est accompagnée d'une érosion des morphologies constitutives de la ville industrielle et des établissements ruraux qui ont incarné, jusqu'au milieu du siècle dernier, la partition urbaine-rurale du monde. Or, cette dynamique pose des défis particuliers en raison même de son caractère aléatoire.

Dès la fin des années 1960, le sociologue étatsunien William H. White s'est inquiété du sort réservé aux espaces délaissés (friches agricoles, emprises ferroviaires abandonnées, boisés déstructurés par les occupations anarchiques, etc.) disséminés sur le territoire des agglomérations métropolitaines[12]. Il souhaitait

---

10. Gérald Fortin, « Le Québec : une ville à inventer », *Recherches sociographiques*, Vol. 9, n° 1-2, 1968, p. 19.

11. « Le Québec : une ville à inventer », p. 17.

12. William H. White, *The last Landscape*, Philadelphie, University of Pennsylvania Press (2002 [1968]).

UN QUÉBEC URBAIN EN MUTATION

que les aménagistes se préoccupent de ces espaces laissés pour compte et mettent leur réappropriation à contribution en vue de l'amélioration de la cohérence territoriale. Une trentaine d'années plus tard, l'Allemand Thomas Sieverts a adopté une position similaire[13]. Ayant observé que les modalités d'urbanisation des décennies précédentes avaient engendré de vastes superficies sans vocation spécifique et que les perspectives démographiques ne permettaient guère d'envisager un comblement de celles-ci par les modalités et les dynamiques d'urbanisation ayant cours, Sieverts a soutenu qu'un des défis de l'urbanisme du XXIe siècle était justement à faire de ces espaces des composantes à part entière des paysages métropolitains, en leur attribuant une vocation viable à long terme.

Or, tous ces délaissés n'ont pas le même potentiel de réappropriation et de valorisation. La patrimonialisation des cadres bâtis et l'empaysagement portés par les urbains et les néoruraux ciblent les campagnes dotées de certaines qualités d'emblée recherchées. Les milieux moins bien pourvus, handicapés par des modalités agressives d'exploitation du sol ou des ressources, ou tout simplement trop difficiles d'accès, sont ignorés. La dévitalisation de petites communautés, y compris à proximité des grands centres, la concentration des exploitations agricoles et le remembrement des terres, la quasi fermeture de rangs où sévit la déprise agricole, y sévissent dans l'indifférence.

À Montréal, l'intensité de l'industrialisation des années 1875-1930 a eu des conséquences significatives sur l'urbanisation, en particulier du point de vue de la densité et de la compacité résidentielle. Après la guerre de 1939-1945, l'adhésion enthousiaste au modèle suburbain étatsunien, couplé au laxisme de l'État québécois et des municipalités en matière d'urbanisme, a changé la donne. Les densités résidentielles se sont effondrées et

---

13. Thomas Sieverts, *Entre-ville : Une lecture de la Zwischenstadt*, Montréal, Éditions Parenthèses, 2004.

CONCLUSION

les discontinuités entre les plages urbanisées se sont multipliées. La diffusion croissante de l'emploi hors des quartiers centraux a participé finalement à l'amplification de l'étalement urbain. La suburbanisation n'a pas entraîné la disparition de la ville, tant s'en faut. Le centre-ville a conservé une position avantageuse sur l'échiquier économique. Malmenés dans les années 1960 et 1970, les quartiers centraux ont été patrimonialisés et sont devenus financièrement inaccessibles. Il n'en reste pas moins que la géographie de l'agglomération a été durablement reconfigurée, en particulier grâce à l'automobilité. Mais la banlieue n'est plus ce qu'elle était au moment de la grande déferlante pavillonnaire des Trente Glorieuses. Des sous-centres proches de la métropole ont été aménagés à Longueuil, Anjou, Laval et Brossard. Un peu partout, des îlots de densité résidentielle ont émergé au gré des opportunités de marché

À Québec et dans les autres villes industrielles de la province, le même scénario s'est reproduit. La suburbanisation a gommé la délimitation ville-campagne. Dans la capitale, les conséquences ont été plus radicales, toutes proportions gardées, en raison du surdimensionnement du réseau autoroutier. Le Québec est par conséquent une société à la fois très urbaine (80 % des Québécois vivent en milieu urbain) et très étalée géographiquement.

La suburbanisation débridée a soulevé des inquiétudes dès le tournant des années 1960. À cette époque, personne ne semblait vouloir contrarier le désir d'évasion des ménages et laisser passer les bonnes occasions d'affaires qui se présentaient aux promoteurs et aux municipalités. D'autant qu'à Montréal et à Québec, les vastes projets immobiliers, la rénovation urbaine et les chantiers infrastructuraux incitaient les décideurs à banaliser ce qui se passait dans des banlieues, encore très dépendantes des villes centres.

En 1976, un ensemble d'initiatives évoquées au chapitre 5 a suggéré un changement de cap. Il a néanmoins fallu attendre encore trois ans avant que la province ne se dote de sa première

UN QUÉBEC URBAIN EN MUTATION

Loi sur l'aménagement et l'urbanisme (LAU). Les avancées ont été timides. Seule la mise en œuvre de la Loi sur la protection du territoire agricole, votée avant la LAU, a vraiment limité l'empiètement sur les terres agricoles. Montréal n'a adopté son premier plan d'urbanisme qu'en 1992, soit 50 ans après en avoir obtenu le pouvoir. Les états généraux du monde rural, tenus en 1991 à l'initiative de l'Union des producteurs agricoles, ont poussé un cri d'alarme quant à la dévitalisation de plusieurs villages et aux défis d'aménagement auxquels les communautés rurales étaient confrontées[14]. En 1994, le gouvernement du Québec a publié *Les orientations du gouvernement en matière d'aménagement*, sous-titré *Pour un aménagement concerté*. Le document précisait, au profit des municipalités régionales de comté et des Communautés urbaines, les préoccupations du gouvernement dont elles devaient tenir compte dans leurs documents de planification. En 1995, une douzaine d'associations et d'ordres professionnels a convié la population aux états généraux du paysage québécois. L'événement était l'occasion de rappeler le peu d'attention accordée aux paysages dans les pratiques aménagistes et la subordination de leur prise en charge aux impératifs du développement économique. Ces événements ont notamment mené à la création de l'organisme Solidarité rurale et du Conseil du paysage québécois, et à l'adoption de la Charte du paysage québécois. Le désengagement de l'État après l'adhésion des élus aux politiques néolibérales a toutefois réduit la portée de ces initiatives.

Paru en 2000, le livre *Le pays réel sacrifié*[15] dénonçait, exemples de dérapages et d'improvisations à l'appui, la relégation généralisée de l'urbanisme au rang de préoccupation accessoire. Le constat

---

14. Bernard Vachon (dir.), *Le Québec rural dans tous ses états*, Montréal, Les Éditions du Boréal, 1991.

15. Gérard Beaudet avec la collaboration de Paul Lewis et des contributions de Jean Décarie et Daniel Gill, *Le pays réel sacrifié : la mise en tutelle de l'urbanisme au Québec*, Montréal, Nota bene 2000.

CONCLUSION

était d'autant plus désolant que, de toute évidence, l'urbanisme et l'aménagement du territoire faisaient partie de la solution à de nombreux problèmes du Québec.

Créée en 2015, l'Alliance Ariane[16] a repris le flambeau en faisant valoir la nécessité, pour la province, de se doter d'une politique nationale de l'aménagement du territoire et de l'urbanisme. La déclaration adoptée dans le sillage de la création de l'organisme et endossée par 3 400 signataires soutenait :

> [...] qu'il est fondamental et urgent de réunir, dans un même texte ayant statut de Politique nationale, une vision d'ensemble assortie de principes fondamentaux en matière d'aménagement du territoire et d'urbanisme qui puisse assurer la coordination de l'ensemble des lois, politiques et interventions de l'État et des instances municipales.

Le Sommet québécois de l'aménagement du territoire, tenu en janvier 2022, a précédé de peu le lancement, en juin de la même année, de la Politique nationale de l'architecture et de l'aménagement du territoire, sous-titrée *Mieux habiter et bâtir notre territoire*. Si elle a été généralement bien accueillie, cette politique demeurait, aux yeux de plusieurs observateurs, une initiative de portée très limitée, dans la mesure où elle ne comportait aucun objectif explicite, aucun engagement formel mesurable, aucun échéancier ni aucun mécanisme de mesure de l'atteinte des objectifs. Que pouvait-on en attendre ?

En matière d'urbanisme et d'aménagement du territoire, tout n'est évidemment pas consternant. Année après année, des réalisations remarquables en matière de planification urbaine, de développement immobilier, de design urbain, de mise en valeur du patrimoine ou de protection de paysages sont encensées. La

---

16. L'Ordre des urbanistes, l'Ordre des architectes, l'Association des aménagistes régionaux, le Regroupement national des conseils régionaux en environnement, l'Union des producteurs agricoles, Héritage Montréal, Vivre en ville et la Fondation David Suzuki en étaient les organismes fondateurs.

UN QUÉBEC URBAIN EN MUTATION

poursuite de l'étalement urbain, le saccage des milieux naturels, l'approbation par les municipalités de projets immobiliers sans âme, de même que les nombreuses démolitions et les quelques sauvetages *in extremis* de bâtiments d'intérêt patrimonial, montrent que les acquis sont extrêmement fragiles. Des agissements déplorables ont la vie dure et les avancées n'ont pas *de facto* les effets d'entraînement qu'il serait permis d'anticiper.

L'entêtement du gouvernement québécois de François Legault, et l'absence de justification minimalement fondée, dans le dossier d'un troisième lien décrié unanimement par les spécialistes de l'urbanisme et de la mobilité[17], la manière dont on a laissé CPDQ infra imposer ses vues en toute impunité, jusqu'à ce que la contestation citoyenne force le gouvernement à exclure l'organisme du projet du REM de l'Est, les tergiversations concernant les projets d'aires protégées disséminées dans le sud du Québec, l'improvisation dans les dossiers des maisons des aînés et des musées régionaux (les espaces bleus), la justification peu crédible de la ministre des Affaires municipales et de l'Habitation de l'extension des périmètres d'urbanisation dans la MRC de Montcalm, la banalisation par les ministres des Transports et de l'Environnement de l'étalement urbain et des conséquences de la poursuite de projets autoroutiers, le rejet de quelque contrainte que ce soit au libre choix résidentiel des ménages, le refus de reconnaître une crise du logement qui affecte de nombreuses collectivités partout au Québec, tout comme le rejet, par la ministre de la Culture et des Communications, des critiques qui remettaient en cause la pertinence et la portée des modifications à la Loi sur le patrimoine culturel, n'augurent rien de bon.

D'autant moins que le document adopté par le gouvernement combine une vision idyllique et bon nombre d'énoncés vertueux repris *ad nauseam* dans divers documents d'urbanisme et d'aménagement du territoire produits au cours des quatre dernières

---

17. Et finalement abandonné au printemps 2023, du moins dans ses déclinaisons autoroutière et hybride.

CONCLUSION

décennies. En d'autres termes, la politique ne propose rien de très original ni de très engageant. Aussi nécessaire soit-il, le dépoussiérage de la Loi sur l'aménagement et l'urbanisme réalisé au printemps 2023 ne peut compenser l'absence criante de vision et la pérennité de conceptions désuètes, inappropriées et souvent collectivement coûteuses. Le risque est par conséquent grand de voir les attentes et les ambitions des municipalités, des citoyens, des promoteurs et des organismes engagés dans les dossiers d'urbanisme, d'aménagement du territoire, d'exploitation des ressources et de valorisation du patrimoine et des paysages, être diluées dans un consensus vertueux.

Le lancement, le 26 juin 2023, du plan de mise en œuvre 2023-2027 de la Politique nationale de l'architecture et de l'aménagement du territoire, doté d'une enveloppe de 360,4 M$, confirme les craintes de plusieurs, tant en raison de l'insuffisance des crédits allouées que du flou de plusieurs des mesures proposées.

L'absence de conviction en la matière des membres du cabinet ministériel y compris, au plus haut niveau, du premier ministre[18], n'explique pas de manière entièrement satisfaisante l'incapacité de relever les défis auxquels fait face une société aussi fortement urbanisée que le Québec. Après tout, les progrès depuis l'adoption par le premier gouvernement de René Lévesque de la Loi sur la qualité de l'environnement (1978), de la Loi sur la protection du territoire agricole (1978) et de la Loi sur l'aménagement et l'urbanisme (1979) n'ont pas été particulièrement soutenus, et encore moins spectaculaires. Des reculs ont même été occasionnellement constatés, par exemple en ce qui concerne la protection du patrimoine et des milieux humides. Comment expliquer ces résultats somme toute décevants?

Dans un essai publié en 2013, je proposais d'y voir le résultat de l'inachèvement du chantier de l'urbanisme et de l'aménagement

---

18. L'absence du premier ministre au lancement de la politique nationale en dit long sur l'intérêt qu'il porte à ce dossier.

du territoire lancé, à l'instar de celui de l'éducation, pendant la Révolution tranquille[19]. Dans l'un et l'autre cas, tout se serait passé comme si le rattrapage, alors jugé indispensable, avait exigé trop d'efforts, ou du moins des efforts trop soutenus au regard des retards accumulés qu'il fallait combler et des modestes acquis sur lesquels il était possible de prendre appui. Le Québec, faut-il le rappeler, quoique majoritairement urbain depuis le lendemain de la Première Guerre mondiale, ne s'était pas véritablement donné les moyens de piloter les dossiers de l'urbanisme et de l'aménagement du territoire. Le gouvernement et les municipalités ont préféré laisser la mise entre les mains des propriétaires fonciers, des spéculateurs, des gros promoteurs immobiliers et des principales entreprises industrielles, mais aussi d'une multitude de petits contracteurs proches des élus locaux.

Les transformations majeures survenues durant les Trente Glorieuses à la faveur de l'étalement urbain se sont donc produites avant même que le Québec se soit doté des premiers leviers destinés à cadrer l'urbanisation. Le décalage a manifestement eu un impact durable, comme le révèlent les initiatives lancées depuis le début des années 1990 par des organismes de la société civile pour déplorer les dérives et exiger que le tir soit corrigé.

L'urgence de la situation favorisera-t-elle une prise de conscience salutaire? Il faut l'espérer. Mais encore faudra-t-il éviter le piège de la pensée magique et des solutions technologiques qui nous éviteraient d'avoir à faire des choix difficiles. L'engouement pour l'automobile électrique et le recours à l'intelligence artificielle pour solutionner des problèmes urbains dont on évite de traquer les causes profondes montrent bien que, pour plusieurs, notre mode de vie n'est pas dans la balance[20].

---

19. Gérard Beaudet, *Les dessous du printemps étudiant : la relation trouble des Québécois à l'histoire, à l'éducation et au territoire*, Montréal, Nota bene, 2013.
20. En 1992, George H. W. Bush a déclaré, lors du sommet de la Terre de Rio, que le genre de vie américain n'était pas négociable. On peut se demander si les Québécois

CONCLUSION

Une telle posture n'est pas inédite. La résistance aux changements souhaitables a régulièrement scandé l'histoire de l'urbanisation et de l'urbanisme. Le Québec n'a pas fait exception. Reste à espérer que, comme le suggère le présent ouvrage, nous saurons, à l'instar de ceux qui nous ont précédé et au nom du bien commun, innover.

Nous en sommes capables. Dans un avis déposé en 2004, le Conseil de la science et de la technologie[21] reconnaissait que les municipalités québécoises pouvaient se montrer innovantes dans leurs champs de compétence traditionnels comme dans d'autres domaines où elles étaient désormais appelées à intervenir. La même année, l'Union des municipalités du Québec a créé le prix Mérite ovation municipale. Chaque année, entre 80 et 120 initiatives sont proposées par plusieurs dizaines de municipalités de toutes tailles. Un examen des projets primés réalisé en 2019 a confirmé le constat du Conseil de la science et de la technologie : les municipalités sont capables d'innover[22]. Certes, l'innovation municipale n'a pas la même ambition, n'est pas de même nature et n'a pas la même portée que celle qui est pratiquée en entreprise. Étroitement articulée à l'intérêt public et au bien commun, elle n'en permet pas moins d'apporter des solutions originales aux défis que doivent relever les collectivités territoriales constitutives d'un Québec urbain en mutation. Serait-ce un secret trop bien gardé ?

---

sont davantage ouverts à la négociation. Dans un ouvrage paru en 2007, François Cardinal ne dénonçait-il pas le mythe d'un Québec vert ? Malheureusement, les plus récentes données sur l'évolution du parc automobile ne font que confirmer son diagnostic. François Cardinal, *Le mythe du Québec vert*, Montréal, Voix parallèles, 2007.

21.   Marie-Pierre Ippersiel et Jean-François Morissette, *L'innovation dans les municipalités : perceptions des acteurs et défis*, Conseil de la science et de la technologie, 2004.

22.   Gérard Beaudet et Richard Shearmur, *L'innovation municipale : sortir des sentiers battus*, Montréal, Presses de l'Université de Montréal, 2019.

Bibliographie

ABRAHAM, Yves-Marie, *Guérir du mal de l'infini. Produire moins, partager plus, décider ensemble*, Montréal, Écosociété, 2019.

ANONYME, «Le Bourgneuf (sic)», *Développement et aménagement du territoire*, Fédéral Publications Services et Éditions Georges Le Pape, 1976.

ANONYME, «L'État provincial a un rôle à jouer: l'urbanisme à la base de la solution des problèmes des municipalités», *Le Devoir*, 30 août 1960.

APPLEYARD, DONALD, Kevin LYNCH et John R. MYER, *The View from the Road*, Cambridge, MA: MIT Press, 1965.

ASSELIN, Olivar, *Le problème municipal : la leçon que Montréal doit tirer de l'expérience des États-Unis*, Ligue du progrès civique, 1909.

AUBIN, Henry, *Les vrais propriétaires de Montréal*, Montréal, L'Étincelle, 1977.

BAILLARGEON, Denise, «Entre la "Revanche" et la "Veillée" des berceaux : les médecins québécois francophones, la mortalité infantile et la question nationale, 1910-40», *Bulletin canadien d'histoire médicale*, Vol. 19, n° 1, 2002.

BARDET, Gaston, *Le nouvel urbanisme*, Paris, Vincent Fréal, 1948.

BASS WARNER, Sam, *Streetcar Suburbs: The Process of Growth in Boston, 1870-1900*, Cambridge, Harvard University Press, 1978.

BAZZO, Marie-France et coll. (dir.), *De quoi le territoire québécois a-t-il besoin ?*, Montréal, Leméac, 2013.

BEAUDET, Gérard et coll., « REM de l'Est : les mirages », *L'Action nationale*, Vol. CXII, n° 3-4, mars-avril 2022, p. 73-154.

BEAUDET, Gérard, « Offrir un toit aux plus démunis : chronique de la production du logement social », dossier Habiter l'habitat. Perspectives sur la crise du logement, *Possibles*, Vol. 46, n° 1, 2022.

BEAUDET, Gérard, *Le transport collectif à l'épreuve de la banlieue du grand Montréal*, Québec, Presses de l'Université Laval, 2022.

BEAUDET, Gérard, *Banlieue, dites-vous ? La suburbanisation dans la région métropolitaine de Montréal*, Québec, Presses de l'Université Laval, 2021.

BEAUDET, Gérard, « Patrimoine urbain : troquer la substance pour l'apparence », *La Presse*, 15 février 2020.

BEAUDET, Gérard et Richard SHEARMUR, *L'innovation municipale : sortir des sentiers battus*, Montréal, Presses de l'Université de Montréal, 2019.

BEAUDET, Gérard, *Comment le vieux Terrebonne est devenu le Vieux-Terrebonne*, Québec, Les éditions GID, 2017.

BEAUDET, Gérard et Isabelle THOMAS, « Petite chronique des désastres au Québec », *Urbanité*, printemps 2014.

BEAUDET, Gérard, « Produire l'habitat à la petite semaine et à la bonne franquette », *ARQ*, n° 166, février 2014.

BEAUDET, Gérard, *Les dessous du printemps étudiant. La relation trouble des Québécois à l'histoire, à l'éducation et au territoire*, Montréal, Nota bene, 2013.

BEAUDET, Gérard et Pauline WOLFF, *Politique de mobilité et de transport durables*, Union des municipalités du Québec, 2008.

BEAUDET, Gérard, « Aménagement du territoire et urbanisme : le Québec a-t-il su relever le défi de la planification ? », *Organisations & Territoires*, Vol. 14, n° 3, 2005.

BIBLIOGRAPHIE

BEAUDET, Gérard, «L'Institut et l'urbanisme au Québec : 1961/62-2001/02», dans Gérard BEAUDET (dir.), *L'Institut d'urbanisme 1961-1962 / 2001-2002 : un urbanisme ouvert sur le monde*, Éditions Trames, 2004.

BEAUDET, Gérard, avec la collaboration de Paul LEWIS et des contributions de Jean DÉCARIE et Daniel GILL, *Le pays réel sacrifié : la mise en tutelle de l'urbanisme au Québec*, Montréal, Nota bene, 2000.

BEAUDET, Gérard et Serge GAGNON, «Esquisse d'une géographie structurale du tourisme et de la villégiature : l'exemple du Québec», dans Normand CAZELAIS, Roger NADEAU et Gérard BEAUDET (dir.), *L'espace touristique*, Presses de l'Université du Québec, 1999.

BEAUDET, Gérard, «Urbanisme, aménagement et tradition : la protection et la mise en valeur du patrimoine en région et en banlieue», dans Annick GERMAIN (dir.), *L'aménagement urbain : promesses et défis*, Institut québécois de recherche sur la culture, 1991.

BEAUPRÉ, Pierre, «Small Town Blues?», *ARQ Architecture Québec*, n° 23, février 1985, p. 5.

BEAUPRÉ, Pierre, «Habitat public : 8 projets», *ARQ Architecture Québec*, n° 28, décembre 1985.

BÉLANGER, Marcel, «De la région naturelle à la région urbaine : problèmes d'habitat», *Conférences J. A. de Sève*, Montréal, Presses de l'Université de Montréal, 1971.

BELLAVANCE, Claude, *Shawinigan Water and Power, 1898-1963 : formation et déclin d'un groupe industriel au Québec*, Montréal, Les Éditions du Boréal, 1994.

BERGERON, Bruno, «Création d'un centre-ville en banlieue. Secteur Harmonie, arrondissement de Boucherville de la Ville de Longueuil», *Urbanité*, novembre 2002.

BERGERON, Claude, *Architecture du XXe siècle au Québec*, Québec, Musée de la Civilisation et Éditions du Méridien, 1989.

BÉRUBÉ, Harold, *Unité, autonomie, démocratie : une histoire de l'Union des municipalités du Québec*, Montréal, Les Éditions du Boréal, 2019.

BÉRUBÉ, Harold, « Vendre la banlieue aux Montréalais : discours et stratégies publicitaires, 1950-1970 », *Revue d'histoire de l'Amérique française*, Vol. 71, nᵒ 1-2, 2017, p. 83-112.

BÉRUBÉ, Harold, *Des sociétés distinctes. Gouverner les banlieues bourgeoises de Montréal, 1880-1939*, Montréal, McGill-Queen's University Press, 2014.

BLANCHARD, Raoul, *Montréal, esquisse de géographie urbaine*, Montréal, VLB Éditeur, 1992 [1947].

BOISVERT, Michel A. et Paula NEGRON-POBLETE (dir.), *L'urbain, un enjeu environnemental*, Québec, Presses de l'Université du Québec, 2004.

BOYER, Stéphane, *Des quartiers sans voitures*, Montréal, Éditions Somme toute, 2022.

BUREAU, Luc, « Et Dieu créa le rang… », *Cahiers de géographie du Québec*, Vol. 28, nᵒ 73-74, 1984.

Bureau de la statistique du Québec, *Annuaire du Québec 1963*, Ministère de l'Industrie et du Commerce, Québec, L'Imprimeur de la Reine, 1964.

CAMERON, Christina, « Lord Dufferin contre les Goths et les Vandales », *Cap-aux-Diamants*, Édition spéciale, 1987.

CARDINAL, Aurèle et Hélène LAPERRIÈRE, « La renaissance d'un centre-ville : le cas de Trois-Rivières », dans Annick GERMAIN (dir.), *L'aménagement urbain : promesses et défis*, Institut québécois de recherche sur la culture, 1991.

CARDINAL, François, *Le mythe du Québec vert*, Montréal, Voix parallèles, 2007.

CHAMPAGNE, Éric-Pierre, « Destruction des milieux humides : une somme record versée en compensations », *La Presse*, 25 octobre 2022.

BIBLIOGRAPHIE

CHAMPAGNE, Éric et Paula NEGRON-POBLETE, « La mobilité urbaine durable : du concept à la réalité », *Vertigo*, Hors-série n° 11, 2012. https://journals.openedition.org/vertigo/11779

CHARLEBOIS, Catherine et Mathieu LAPOINTE (dir.), *Scandale! Le Montréal illicite 1940-1960*, Montréal, Les Éditions Cardinal, 2016.

CHARLEBOIS, Catherine et Paul-André LINTEAU, *Quartiers disparus*, Montréal, Les Éditions Cardinal, 2014.

CHARLES, Réjane, *Le coût d'aménagement des zones urbanisées. Le cas de la ville de Laval*, Montréal, Presses de l'Université de Montréal, 1972.

CHARRON, Chantal, *La crise du logement à Québec et le village des « Cove Fields » : ghettoïsation de la misère et stratégies de survie sur les Plaines d'Abraham (1945-1951)*, Mémoire de maîtrise en histoire, UQÀM, 2004.

CHOAY, Françoise, *Une Urbanisme, utopies et réalités. Une anthologie*, Paris, Seuil, 1965.

CHOKO, Marc H., *Les Habitations Jeanne-Mance, un projet social au centre-ville*, Montréal, Éditions Saint-Martin, 1995.

CHOKO, Marc H., *Une cité-jardin à Montréal. La Cité-jardin du Tricentenaire, 1940-1947*, Montréal, Éditions du Méridien 1989.

Collectif G15+, Les Indicateurs du bien-être au Québec. Véhicules en circulation sur les routes, 2022. https://indicateurs.quebec/indicateurs/vehicules-en-circulation-sur-les-routes

Collectif, « Tous banlieusards : l'hégémonie d'un modèle urbain », *Liberté*, n° 301, 2013.

COLLIN, Jean-Pierre, « Vers un coopératisme social : La Ligue ouvrière catholique et la question du logement dans les années 1940 », *Histoire sociale*, Vol. 27, n° 53, 1994, p. 89-109.

COLLIN, Jean-Pierre, « Crise du logement et action catholique à Montréal, 1940-1960 », *Revue d'histoire de l'Amérique française*, Vol. 41, n° 2, 1987, p. 179-203.

UN QUÉBEC URBAIN EN MUTATION

COLLIN, Jean-Pierre, *La cité coopérative canadienne-française : Saint-Léonard-de-Port-Maurice, 1955-1963*, Presses de l'Université du Québec, 1986.

Commission provinciale d'urbanisme, *Rapport La Haye*, Gouvernement du Québec, 1968.

Conseil des affaires sociales, *Deux Québec dans un : Rapport sur le développement social et démographique*, Boucherville, Gouvernement du Québec et Gaëtan Morin éditeur, 1989.

CORBOZ, André, « Ville Mont-Royal : cité-jardin vitruvienne », dans André CORBOZ (textes choisis par Lucie K. MORISSET), *De la ville au patrimoine urbain. Histoires de forme et de sens*, Québec, Presses de l'Université du Québec, 2009 [2000].

CORBOZ, André, « Le territoire comme palimpseste », dans André CORBOZ (textes choisis par Lucie K. MORISSET), *De la ville au patrimoine urbain. Histoire de forme et de sens*, Québec, Presses de l'Université du Québec, 2009 [1974].

CORBOZ, André, « Du bon usage des sites historiques », dans André CORBOZ (textes choisis par Lucie K. MORISSET), *De la ville au patrimoine urbain. Histoire de forme et de sens*, Québec, Presses de l'Université du Québec, 2009 [1992].

CORBOZ, André, « L'urbanisme au XXe siècle : esquisse d'un profil », dans André CORBOZ (textes choisis par Lucie K. MORISSET) *De la ville au patrimoine urbain. Histoire de forme et de sens*, Québec, Presses de l'Université du Québec, 2009 [1992].

CORBOZ, André, « La Suisse comme hyperville », *Le Visiteur*, n° 6, 2002.

COURVILLE, Serge, *Le Québec : genèse et mutation du territoire*, Québec, Presses de l'Université Laval, 2000.

COURVILLE, Serge, *Entre ville et campagne : l'essor du village dans les seigneuries du Bas-Canada*, Québec, Presses de l'Université Laval, 1990.

BIBLIOGRAPHIE

COURVILLE, Serge et Robert GARON (dir.), *Québec, ville et capitale, Atlas historique du Québec*, Québec, Presses de l'Université Laval, 2001.

DALCOURT, Annie-Claude, *Le centre commercial de l'île de Montréal, typologie d'un espace commercial en construction, 1950-1955*, Mémoire de maîtrise en histoire, UQÀM, 2012.

DÉCARIE, Jean, « La trame verte et bleue de Montréal », *Urbanité*, hiver 2017.

DÉCARIE, Jean et Gilles BOILEAU, « Le projet Archipel : une réflexion et une discussion géographiques », *Cahiers de géographie du Québec*, Vol. 27, n° 71, 1983.

DECHÊNE, Louise, « La rente du faubourg Saint-Roch à Québec – 1750-1850 », *Revue d'histoire de l'Amérique française*, Vol. 34, n° 4, 1981.

DECLÈVE, Bernard, Marine DECLÈVE, Vincent KAUFMANN, Aniss M. MEZOUED et Chloé SALEMBIER (dir.), *La ville en communs : récits d'urbanisme*, Genève, Métis Presses, 2022.

DE KONINCK, Marie-Charlotte, *Jamais plus comme avant ! Le Québec de 1945 à 1960*, Montréal, Éditions Fides/Musée de la civilisation, 1995.

DELÂGE, Denys, *Le pays renversé. Amérindiens et Européens en Amérique du Nord – 1600-1664*, Montréal, Les Éditions du Boréal, 1991 [2015].

DELÂGE, Denys et Jean-Philippe WARREN, *Le piège de la liberté : les peuples autochtones dans l'engrenage des régimes coloniaux*, Montréal, Les Éditions du Boréal, 2017.

DESJARDINS, Yves, *Histoire du Mile End*, Québec, Septentrion, 2017.

DESNOILLES, Richard, « Lorsque la politique crée l'image d'une métropole : Québec et la Révolution tranquille », dans Jean-Pierre AUGUSTIN (dir.), *Villes québécoises et renouvellement urbain depuis la Révolution tranquille*, Pessac, Maison des Sciences de l'Homme d'Aquitaine, 2010.

DIONNE, Narcisse-Eutrope, *Samuel de Champlain : fondateur de Québec et père de la Nouvelle-France*, tome 2, A. Côté et cie Imprimeurs et éditeurs, 1906. https://numerique.banq. qc.ca/patrimoine/details/52327/2022710?docref=ysy6EibVyl-vBcsJ2JkT4tQ

Direction générale de l'urbanisme et de l'aménagement du territoire, *Les orientations du gouvernement en matière d'aménagement : pour un aménagement concerté du territoire*, Ministère des Affaires municipales, 1994

Direction générale de l'urbanisme et de l'aménagement du territoire, *L'urbanisation dans la conurbation montréalaise : tendances actuelles et propositions d'orientation*, Ministère des Affaires municipales, 1977.

DROUIN, Martin, « De la démolition des taudis à la sauvegarde du patrimoine bâti (Montréal, 1954-1973) », *Revue d'histoire urbaine*, Vol. 41, n° 1.

DROUIN, Martin, *Le combat du patrimoine à Montréal, 1973-2003*, Québec, Presses de l'Université du Québec, 2005.

DUBÉ, Jean, Jean MERCIER et Emiliano SCANU, *Comment survivre aux controverses sur le transport à Québec ?*, Québec, Septentrion, 2021.

DUBÉ, Philippe, *Deux cents ans de villégiature dans Charlevoix*, Québec, Presses de l'Université Laval, 1986.

DUBREUIL, Guy, « Les bases culturelles de l'aménagement du territoire », *Développement et aménagement du territoire*, Fédéral Publications Services et Éditions Georges Le Pape, 1976.

DURHAM, J. G. Lambton, *Le rapport Durham*, Montréal, Typo, 1990 [1839].

FAUGIER, Étienne, « Automobile, transports urbains et mutations : l'automobilisation urbaine de Québec, 1919-1939 », *Revue d'histoire urbaine*, Vol. 38, n° 1, 2009.

BIBLIOGRAPHIE

FERRON, Jacques, «Le quart de siècle de ville Jacques-Cartier», dans Robert Guy SCULLY, *Morceaux du grand Montréal*, Montréal, Éditions du Noroît, 1978.

FILION, Gérard, «Les banlieues, un corps sans âme», *Le Devoir*, 10 février 1960.

FIORI, Ruth, *Vieux Paris: naissance d'une conscience patrimoniale dans la capitale*, Bruxelles, Éditions Mardaga, 2012.

FORTIER, Robert, *Villes industrielles planifiées*, Montréal, Centre canadien d'architecture et Les Éditions du Boréal, 1996.

FORTIN, Andrée, «La banlieue en trois temps», dans Andrée FORTIN, Carole DESPRÉS et Geneviève VACHON (dir.) *La banlieue revisitée*, Montréal, Nota bene, 2002.

FORTIN, Andrée, Carole DESPRÉS et Geneviève VACHON (dir.), *La banlieue s'étale*, Montréal, Nota bene, 2011.

FORTIN, Gérald, «Le Québec: une ville à inventer», *Recherches sociographiques*, Vol. 9, n° 1-2, 1968.

FOURASTIÉ, Jean, *Les Trente Glorieuses ou la révolution invisible de 1946 à 1975, 1979*, Paris, Fayard, 1979.

GAGNON, Louis, *Louis XIV et le Canada 1658-1674*, Québec, Septentrion, 2011.

GAGNON, Serge, «L'intervention de l'État québécois dans le tourisme entre 1920 et 1940 ou la mise en scène géopolitique de l'identité canadienne-française», *Hérodote*, Vol. 4, n° 127, 2007.

GAGNON-PRATTE, France, *Maisons de campagne des montréalais 1892-1924*, Montréal, Éditions du Méridien, 1987.

GAGNON-PRATTE, France, *L'architecture et la nature à Québec au dix-neuvième siècle: les villas*, Musée du Québec, 1980.

GAMELIN, Alain, René HARDY, Jean ROY, Normand SÉGUIN et Guy TOUPIN, *Trois-Rivières illustrée*, Corporation des fêtes du trois cent cinquantième anniversaire, 1984.

GAUDETTE, Jean, *L'émergence de la modernité urbaine au Québec: Saint-Jean-sur-Richelieu (1880-1930)*, Québec, Septentrion, 2011.

GAUDREAU, Louis, «Que doit-on retenir du Projet Griffintown?», *Relations*, juin 2009.

GAUTHIER, Mario, Michel GARIÉPY et Marie-Odile TRÉPANIER (dir.), *Renouveler l'aménagement et l'urbanisme: planification territoriale, débat public et développement durable*, Montréal, Presses de l'Université de Montréal, 2008.

GENDRON, Stéphane, *Rapaillons nos territoires*, Montréal, Écosociété, 2022.

GILMORE, John, *Une histoire du jazz à Montréal*, Montréal, Lux Éditeur, 2009.

GIRARD, Michel F., *L'écologisme retrouvé: Essor et déclin de la Commission de la conservation du Canada*. Ottawa, Presses de l'Université d'Ottawa, 1994.

GOUDREAULT, Zacharie, «Près de 400 logements sortis du marché spéculatif à Drummondville», *Le Devoir*, 1er mars 2023.

GOULET, Denis, *Brève histoire des épidémies au Québec; du choléra à la COVID-19*, Québec, Septentrion, 2020.

GRENIER, Benoît, *Résistances seigneuriales: histoire et mémoire de la seigneurie au Québec depuis son abolition*, Québec, Septentrion, 2023.

GUERTIN, Rémi, *L'implantation des premiers chemins de fer du Bas-Canada*, Québec, Les Éditions GID, 2014.

HAMELIN, Louis-Edmond, *Le rang d'habitat. Le réel et l'imaginaire*, Montréal, Les Éditions Hurtubise, 1993.

HANNA, David, «Creation of an Early Victorian Suburb in Montreal Urban», *Revue d'histoire urbaine*, Vol. 9, n° 2, 1980.

HANNLEY, Lynn, «Les habitations de mauvaise qualité», dans Miron, JOHN R. (dir.), *Habitation et milieu de vie: L'évolution du logement au Canada, 1945 à 1986*, SCHL et McGill-Queens University Press, 1994.

HARDY, René, *La sidérurgie dans le monde rural. Les hauts fourneaux du Québec au XIXᵉ siècle*, Québec, Presses de l'Université Laval, 1995.

BIBLIOGRAPHIE

HARRIS, Richard, *Creeping Conformity: How Canada Became Sururban, 1900-1960*, Toronto, University of Toronto Press, 2004.

HOGUE, Clarence, André BOLDUC et Daniel LAROUCHE, *Québec, un siècle d'électricité*, Montréal, Éditions Libre Expression, 1979.

HOWARD, Ebenezer, *La cité-jardin de demain*, Paris, Dunod, 1969 [réédition 1982].

HULBERT, François, « Pouvoir municipal et développement urbain : le cas de Sainte-Foy en banlieue de Québec », *Cahiers de géographie du Québec*, Vol. 25, n° 66, 1981.

HUPPÉ, Isabelle, « Les premiers immeubles d'appartements de Montréal, 1880-1914. Un nouveau type d'habitation », *Revue d'histoire urbaine*, Vol. 3, n° 2, 2011.

IPPERSIEL, Marie-Pierre et Jean-François MORISSETTE, *L'innovation dans les municipalités : perceptions des acteurs et défis*, Conseil de la science et de la technologie, 2004.

JEAN, Bruno, *Territoires d'avenir. Pour une sociologie de la ruralité*, Québec, Presses de l'Université du Québec, 1997.

KESTEMAN, Jean-Pierre, *Histoire de Sherbrooke, tome 4 : De la ville ouvrière à la métropole universitaire (1930-2002)*, Sherbrooke, Les Éditions GGC, 2002.

LABRECQUE, Raymond, « La bataille de la Jacques-Cartier », *Histoire Québec*, Vol. 14, n° 1, 2008.

LAFERRIÈRE, Suzanne et Bernard VALLÉE, « De la prospérité à l'incertitude : les usines Angus à Rosemont », *Cap-aux-Diamants*, n° 54, 1998.

LAFRANCE, Gaëtan et Julie LAFRANCE, *Qui peut sauver la cité ?* Montréal, Les Éditions MultiMondes, 2014.

L'ALLIER, Marie-Soleil, « L'économie des communs à Montréal », dans Jonathan DURAND FOLCO (dir.), *Montréal en chantier. Les défis d'une métropole pour le XXIᵉ siècle*, Montréal, Écosociété, 2022.

UN QUÉBEC URBAIN EN MUTATION

LAMBERT, Pierre, «Histoire du boulevard Sir-Wilfrid-Laurier», *Cahiers d'histoire de la Société d'histoire de Belœil – Mont-Saint-Hilaire*, n° 107, 2015.

LAMONDE, Yvan, *La modernité au Québec, tome 1 La crise de l'homme et de l'esprit (1929-1939)*, Montréal, Éditions Fides, 2011.

LATOUCHE, Daniel, «Les villes québécoises et la Révolution tranquille : un premier rendez-vous», dans J. P. AUGUSTIN (dir.), *Villes québécoises et renouvellement urbain depuis la Révolution tranquille*, Pessac, Maison des Sciences de l'Homme d'Aquitaine, 2010.

LAURIN, Suzanne, *L'échiquier de Mirabel*, Montréal, Les Éditions du Boréal, 2012.

LAUZON, Gilles, *Pointe-Saint-Charles : l'urbanisation d'un quartier ouvrier de Montréal, 1840-1930*, Québec, Septentrion, 2014.

LEFEBVRE, Henri, *Du rural à l'urbain*, Paris, Éditions Anthropos, 1970.

LÉGARÉ, Yves, «À l'heure de la crise», *Cap-aux-Diamants*, Vol. 2, n° 1, 1986.

LEMOINE, Réjean et Sandra BISSON, *Québec-Ouest/Vanier de l'indigence à l'indépendance*, Québec, Les Éditions GID, 2018.

LINTEAU, Paul-André, *Maisonneuve ou comment des promoteurs fabriquent une ville, 1883-1918*, Montréal, Les Éditions du Boréal, 1981.

LORTIE, André (dir.), *Les années 60 : Montréal voit grand*, CCA et Douglas & McIntyre, 2004.

LYNCH, Kevin, *L'image de la cité*, Paris, Dunod, 1969 [1960].

MANDRAS, Henri, *La fin des paysans*, Arles, Actes Sud, 1992 [1967].

MARSAN, Jean-Claude, «L'aménagement du Vieux-Port de Montréal : les avatars de l'urbanisme promoteur», dans Annick GERMAIN (dir.), *L'aménagement urbain : promesses et défis*, Institut québécois de recherche sur la culture, 1991.

BIBLIOGRAPHIE

MATHIEU, Jacques et Eugen KEDL (dir.), *Les plaines d'Abraham : le culte de l'idéal*, Québec, Septentrion, 1993.

MEADOWS, Dennis, Donella MEADOWS et Jørgen RANDERS, *Les limites à la croissance* (préface d'Yves-Marie Abraham), Montréal, Écosociété, 2013.

MESLY, Nicolas, *Terres d'asphalte : notre agriculture sous haute pression*, Montréal, Les Éditions MultiMondes, 2022.

Ministère de la Culture et des Communications, « Mises aux enchères des premiers lots hydrauliques du canal de Lachine », Répertoire du patrimoine culturel du Québec, non daté. https://www.patrimoine-culturel.gouv.qc.ca/detail.do?methode=consulter&id=26988&type=pge

Ministère des Affaires municipales, *La révision des schémas d'aménagement. Bilan des schémas d'aménagement et perspectives de révision*, Gouvernement du Québec, 1992.

MONTPETIT, Édouard, « La veillée des berceaux », *L'Action française*, 1917. https://numerique.banq.qc.ca/patrimoine/details/52327/2223408?docsearchtext=La%20veill%C3%A9e%20des%20berceaux

MOREUX, Colette, *Douceville en Québec. La modernisation d'une tradition*, Montréal, Presses de l'Université de Montréal, 1982.

MORIN, Richard, « Déclin, réaménagement et réanimation d'un quartier ancien de Montréal », *Revue d'histoire urbaine*, Vol. 17, n° 1, 1988.

MORISSONNEAU, Christian, *Le rêve américain de Champlain*, Montréal, Les Éditions Hurtubise, 2009.

NAMIAN, Dahlia, *La société de provocation : essai sur l'obscénité des riches*, Lux Éditeurs, 2023.

OUELLET, Line, « La ville en banlieue », *Continuité*, n° 32-33, 1986.

PARIZEAU, Marcel, « L'urbanisme à Montréal », dans Esdras Minville (dir.), *Montréal économique*, Montréal, Éditions Fides, coll. Études sur notre milieu, 1942.

PEDNEAUD-JOBIN, Maxime, *Passer de la ville à la cité : faire place à la participation citoyenne*, Ottawa, Éditions David, 2021.

PÉLOQUIN, Bonaventure, *L'urbanisme. Principes et conseils pour l'aménagement et l'extension des villes*, Montréal, Bellarmin, 1950.

PIKETTY, Thomas, *Le capital au XXIe siècle*, Montréal, Éditions Fides, 2013.

PINARD, Guy, «Les appartements The Court», *La Presse*, 21 juin 1992.

POITRAS, Claire, «La ville en mouvement. Les formes urbaines et architecturales du système automobile, 1900-1960», dans Claude BELLAVANCE et Marc ST-HILAIRE (dir.), *Le fait urbain*, Centre interuniversitaire d'études québécoises (CIEQ), coll. «Les chantiers de l'Atlas historique du Québec», 2015.

PURCELL, Susan et Brian MCKENNA, *Jean Drapeau*, Montréal, Éditions Stanké, 1981.

RAJOTTE-LABRÈQUE, Marie-Paule, «Des townships aux Cantons-de-l'Est», *Cap-aux-Diamants*, n° 29, 1992.

RAVENEAU, Jean, «Analyse morphologique, classification et protection des paysages : le cas de Charlevoix», *Cahiers de géographie du Québec*, Vol. 21, n° 53-54, 2005, p. 135-86.

RAYNAUD, Michel Max, «Densification, contrainte territoriale et politique urbaine», *Revue québécoise d'urbanisme*, Vol. 42, novembre 2022, p. 4-6.

RITCHOT, Gilles, *Québec, forme d'établissement. Étude de géographie régionale structurale*, Paris, Éditions L'Harmattan, 1999.

RITCHOT, Gilles, François CHARBONNEAU, Pierre GASCON et Gilles LAVIGNE, *Rapport d'étude sur le patrimoine immobilier*, Montréal, Centre de recherche et d'innovation urbaines, 1977.

ROBILLARD, Louis, «Le problème de l'habitation. Une visite à "Casimirville" de Pont-Viau», *Le Devoir*, 16 juillet 1947.

BIBLIOGRAPHIE

ROBY, Yves, « Partir pour les "États" », dans Serge COURVILLE (dir.), *Atlas historique du Québec : population et territoire*, Québec, Presses de l'Université Laval, 1996.

ROSS, Brian et Marie-Hélène PROVENÇAL, « Les premières formes urbaines à Montréal : parcellaire et morphologie, 1642-1690 », *Trames*, n° 10, 1995.

ROUX-PRATTE, Maude, « Les élites drummondvilloises et la crise des années 1930 : une étroite collaboration autour de l'assistance aux chômeurs », *Revue d'histoire de l'Amérique française*, Vol. 58, n° 2, 2004.

ROY, Jean-François, « Les instruments d'urbanisme s'émancipent-ils réellement du dogme de la croissance ? », *Urbanité*, hiver 2023.

RUDDEL, David-Thierry et Marc LAFRANCE, « Québec, 1785-1840 : problèmes de croissance d'une ville coloniale », *Histoire sociale*, Vol. XVIII, n° 36, novembre 1985.

RUIZ, Julie et Gérald DOMON (dir.), *Agriculture et paysage : Aménager autrement les territoires ruraux*, Montréal, Presses de l'Université de Montréal, 2014.

RYAN, Claude, « Vers une politique québécoise d'urbanisme », *Le Devoir*, 12 janvier 1963.

SAINT-CYR, Pierre, « Sherbrooke : la Paton », *Continuité*, n° 37, 1987.

SENNETT, Richard, *Bâtir et habiter : pour une éthique de la ville*, Paris, Albin Michel, 2019.

SIEVERTS, Thomas, *Entre-ville : Une lecture de la Zwischenstadt*, Montréal, Éditions Parenthèses, 2004.

SIMARD, Martin, « La controverse sur la densification au Québec : un choc des valeurs sur la forme de l'habitat et des milieux de vie », *Organisations & Territoires*, Vol. 31, n° 3, 2022, p. 111-127.

SIROIS, Alexandre, « Destruction des milieux humides : un (autre) fiasco environnemental », *La Presse*, 28 octobre 2022.

SOUDRE, LATTÉ et MORALES, *Ville de Terrebonne ; étude de rénovation urbaine*, Ville de Terrebonne, 1971.

STERLIN, Marie et Antoine TRUSSART, *Gentriville : comment des quartiers deviennent inabordables*, Montréal, VLB éditeur, 2022.

THOMAS, Isabelle et Antonio DA CUNHA (dir.), *La ville résiliente. Comment la construire ?*, Montréal, Presses de l'Université de Montréal, 2017.

TREMBLAY, Yves, «La consommation bridée : contrôle des prix et rationnement durant la Deuxième Guerre mondiale», *Revue d'histoire de l'Amérique française*, Vol. 58, n° 4, 2005.

VACHON, Bernard, *Rebâtir les régions du Québec : un plaidoyer ; un projet politique*, Montréal, Les Éditions MultiMondes, 2022.

VACHON, Bernard, *La Passion du rural : Quarante ans d'écrits, de paroles et d'actions pour que vive le Québec rural*, tome 2 – *Évolution récente du Québec rural, 1961-2014*, Trois-Pistoles, Éditions Trois-Pistoles, 2012.

VACHON, Bernard (dir.), *Le Québec rural dans tous ses états*, Montréal, Les Éditions du Boréal, 1991.

VANLAETHEM, France, Sarah MARCHAND, Paul-André LINTEAU et Jacques-André CHARTRAND, *Place Ville Marie : L'immeuble phare de Montréal*, Montréal, Québec Amérique, 2012.

VAUGEOIS, Serge, «Laval après le 13 novembre 2013 : améliorer l'image de la ville», *Urbanité*, 2014.

VIARD, Jean, *Le tiers espace : essai sur la nature*, Paris, Éditions Klincksieck, 1990.

Ville de Montréal, *Métropole*. Les cahiers de l'urbanisme n° 2, Service d'Urbanisme, 1964.

Ville de Québec, «Montcalm Saint-Sacrement – nature et architecture : complices dans la ville», Coffret *Les quartiers de Québec*, 1988.

Ville de Québec, «Limoilou : à l'heure de la planification urbaine», Coffret *Les quartiers de Québec*, 1987.

VOYER, Marie-Hélène, *L'habitude des ruines. Le sacre de l'oubli et de la laideur au Québec*, Montréal, Lux Éditeur, 2021.

BIBLIOGRAPHIE

WALCZAK, Lise « L'avènement du patrimoine de banlieue », *Continuité*, n° 170 : habiter un milieu ancien, 2021.

WEBBER, Melvin M., *L'urbain sans lieu ni borne*, La Tour-d'Aigues, Éditions de l'Aube, 1996 [1971].

WEBER, Eugen, *La fin des terroirs*, Paris, Fayard, 1983 [1976].

WHITE, William H., *The Last Landscape*, Philadelphie, University of Pennsylvania Press, 2002 [1968].

WRIGHT, Frank Lloyd, *La ville évanescente*, Lausanne, Infolio, 2013 [1932].